Zu diesem Buch

«Der Roman von William Boyd ist auf ungewöhnliche Weise amüsant: er ist leicht und locker geschrieben, nie ohne Ironie, und der Verfasser versucht nicht, die gelassen erzählte turbulente Handlung zusätzlich durch gewaltsam aufgepfropfte Gags noch heiterer zu machen. Das Buch ist heiter in seiner Grundstimmung, denn das Aufeinandertreffen des bedenkenreichen Briten mit der hemdsärmeligen Mentalität der Nordamerikaner birgt Überraschungen in schreienden Farben. Toleranz und gutes Benehmen stehen gegen Ellbogen und Vorteilsphilosophie. Der Brite freilich ist diszipliniert und hart im Nehmen; schockiert sein nützt ihm nichts, auch wenn der am häufigsten gehörte Satz ‹Verpiß dich› ihn kränkt. Es gibt einen Witz von dem Mann, der zu einem Psychiater geht, weil er sich für einen Schuft hält; nach der Behandlung hält er sich immer noch für einen Schweinehund, aber es macht ihm nichts mehr aus. Eine ähnlich erfolgreiche Behandlung wird unserem Mann zuteil; er wächst insofern über sich hinaus, als er sich als Kuriosum erkennt in dieser verrückten amerikanischen Welt – und sich gelten läßt. Da ihm alle seine Unternehmungen schieflaufen, paßt er sich der rollenden Welle an und erkennt: Alle Menschen wollen das Glück, und alle Menschen müssen sterben... Der feinsinnige Henderson Dores ist geheilt. Nackt rennt er durch das nächtliche New York, und jetzt, zum erstenmal, fällt er nicht auf, ist so wie alle sind: unbekümmert, was die Meinung der Welt betrifft. Skurrile Typen treiben die verblüffende Handlung durch die Täler der Epik hinauf in die Berge witziger Dialoge und in die Hügel extravaganter Reminiszenzen. Eine Farce – aber eine raffinierte!» («Nürnberger Nachrichten»)

«Rasant wie die Handlung ist auch das Tempo, das William Boyd in diesem herrlich komischen Slapstick-Roman anschlägt.» («Playboy»)

William Boyd, geboren 1952 als Sohn eines schottischen Arztes in Accra (Ghana), verbrachte seine Kindheit abwechselnd in einem englischen Internat und in Nigeria. Dort wurde er auch Augenzeuge des Biafra-Kriegs. Nach diesem Schlüsselerlebnis kehrte er endgültig nach England zurück und absolvierte ein Anglistik-Studium in Oxford. Am dortigen St. Hilda's College unterrichtete er moderne Literatur. Heute lebt er in London als freier Schriftsteller und Kritiker.

Von William Boyd erschienen außerdem: «Zum Nachtisch Krieg» (rororo Nr. 12501), «Die neuen Bekenntnisse» (rororo Nr. 12901) und «Brazzaville Beach» (Rowohlt 1993).

WILLIAM BOYD

STARS ★ UND ★ BARS

Roman

Deutsch
von Hermann Stiehl

rororo
ROWOHLT

Die Originalausgabe erschien 1984 unter dem Titel
«Stars and Bars» bei Hamish Hamilton Ltd., London

Redaktion Thomas Überhoff
Umschlaggestaltung Dirk Linke (Foto: Alfred Seiland)

13.–15. Tausend August 1993

Veröffentlicht im Rowohlt Taschenbuch Verlag GmbH,
Reinbek bei Hamburg, Oktober 1990

Satz aus der Garamond auf der Monotype Lasercomp
von LibroSatz, Kriftel
Druck und Bindung von Clausen & Bosse, Leck
Printed in Germany
1290-ISBN 3 499 12803 9

Für Susan

Der «Wahrhaft Starke», gelassen, ausgeglichen, seiner Stärke bewußt, sitzt im Lokal ganz ruhig vor seinem Glas; er braucht sich nicht zu beweisen, daß er keine Angst hat ... Mit anderen Worten, den Test gibt es nur für den Wahrhaft Schwachen: ganz gleich, ob er ihn besteht oder nicht, er kann sein inneres Wesen nicht ändern. Der Wahrhaft Starke bewegt sich geradewegs mitten durch die Fülle des normalen Lebens in Amerika und zieht dabei die direkte und vernünftige Strecke vor. Doch «Amerika» ist genau das, was der wahrhaft Schwache, der neurotische Held, fürchtet.

CHRISTOPHER ISHERWOOD, *Lions and Shadows*

☆ ERSTER TEIL ☆

Vierundzwanzig Stunden in New York

Erstes Kapitel

Schauen Sie, da geht Henderson Dores die Park Avenue in New York hinauf. Ich komme zu spät, denkt er, und das stimmt, er kommt zu spät zur Arbeit. Er trägt seine Säbel in einem schmalen Beutel über der rechten Schulter und bemüht sich, ruhig und lässig zu erscheinen, aber der Ausdruck nachhaltiger Besorgnis auf dem kantigen, offenen Gesicht verrät seine wahre Verfassung. Die Scharen von ordentlichen und gutgekleideten Amerikanern schreiten zielstrebig an ihm vorüber, ohne Eile, voller Selbstvertrauen.

Henderson geht weiter. Er ist fast vierzig Jahre alt – sein Geburtstag steht kurz bevor – und nicht ganz einsachtzig groß. Er ist von kräftiger Statur, und sein Gesicht wirkt freundlich und recht anziehend. Zu seiner ständigen Überraschung sind die Menschen geneigt, ihn auf den ersten Blick zu mögen. Er ist höflich, flott gekleidet und scheint, abgesehen von dieser leicht gerunzelten Stirn, so ruhig und unbekümmert wie Hinz und Kunz. Doch Henderson leidet unter einem Groll, einer Bitterkeit von der tiefsitzenden, heimtückischen Art. Er mag sich nicht mehr, ist nicht zufrieden mit der Persönlichkeit, die ihm mitgegeben wurde, ganz und gar nicht. Etwas an ihm ist nicht auf der Höhe, taugt nichts. Das Fleisch würde er ja gern behalten, aber den Geist würde er lieber vertauschen, wenn's recht ist. Er will ein anderer werden, will anders sein, als er jetzt ist. Und deshalb eigentlich ist er überhaupt hier.

Er fährt sich mit der Hand durch das dichte, blonde Haar, das kurz ist, aber gewissermaßen lang geschnitten, auf die englische Art. In der Tat deutet für den geübten Beobachter alles an ihm auf den typischen Engländer hin. Der bereits erwähnte Haarschnitt, die Augen mit den hellen Wimpern, der Flaum auf den unrasierten Wangenknochen, der alte blaue Zweireiher, der abgewetzte goldene Siegelring am kleinen Finger der linken Hand, die marineblauen, knöchellangen Socken (nur Butler und Chauffeure tragen Schwarz) und die glänzenden, von vielen Knittern überzogenen geschnürten Halbschuhe mit den Kappen an den Spitzen.

Dieses Wissen – daß er so leicht von den anderen zu unterscheiden ist – muß ihn einfach bekümmern, ist es doch sein großer und einziger Traum, sich anzupassen, dazuzugehören, zu verschmelzen mit der Identität dieser ernsthaften, beneidenswerten Menschen auf dem Weg zur Arbeit. Einfach auch so in Manhattan leben, sagt er sich, während er die Säbel auf die linke Schulter nimmt, wie alle anderen hier. Er runzelt wieder ein wenig die Stirn und geht etwas langsamer. Sein Problem ist folgendes: Er liebt Amerika, aber wird Amerika seine Liebe erwidern? Da vorn wartet der Verrückte.

«Der Kürschner um Mitternacht glaubt, seine Hände seien voller Wolken.»

«Bitte, gehen Sie.»

«Der Kürschner um Mitternacht glaubt, seine Hände seien voller Wolken.»

Gewöhnlich sprach Henderson Dores nicht mit Verrückten. Nach seiner Erfahrung war es möglich, selbst noch das giftigste Gerede zu ignorieren, wenn man so tat, als existierte die andere Person nicht – als wäre sie gar nicht *da*. Das war ein Trick, den er zuerst furchtsame Professoren in Oxford hatte anwenden sehen, wenn sie in schmalen Gassen von Betrunkenen belästigt wurden. Starres Lächeln, Augen geradeaus, und – Abrakadabra – weg war der Betrunkene. Und so zauberte er mit einer kleinen Willensanstrengung den Verrückten fort, zwang sein Gesicht zu dem erforderlichen sanften, gekünstelten Lächeln, trat zwei Schritte nach links und ging weiter.

Der Verrückte hopste neben ihm her.

Nicht stehenbleiben, lautete die Regel. Er hätte gar nicht

erst stehenbleiben sollen, aber was der Verrückte da sagte, ergab irgendwie einen perversen Sinn.

Er ließ den Blick schweifen, versuchte den üblen Gefährten an seiner Seite zu ignorieren. An diesem sonnigen Aprilmorgen schien New York tief durchzuatmen und in der klaren, sauberen Luft zu jubilieren. Es war in seiner Terminologie ein «Baisertag»: knusprig, raffiniert, zerbrechlich.

Es zupfte mehrmals an seinem Ellbogen. Du bist nicht da, sagte sich Henderson, deshalb kannst du mich auch nicht am Ellbogen zupfen. Sein Arm wurde fest gepackt. Er blieb stehen. Eine vage Furcht stimulierte seinen Pulsschlag. Der nicht eben geruchsfreie Verrückte trug einen beigen Mantel mit hochgeschlagenem Kragen, einen Schal, einen zerknautschten Filzhut und eine Sonnenbrille, und er hatte einen schwarzen Regenschirm aufgespannt. Henderson sah, daß ihm unter dem Hut der Schweiß hervorrann.

«Bitte lassen Sie mich in Ruhe», sagte Henderson mit fester Stimme.

Die Menge wirbelte um das Verkehrshindernis herum.

«Charmante Leute haben etwas zu verbergen.» Der Verrückte sprach mit einer weiblichen Singsangstimme. Sein Gesicht war zu nah; sein Atem roch eigenartig nach alten Zitronen.

«Lassen Sie mich in Ruhe, oder ich rufe die Polizei.»

«Ach, verpiß dich, Arschloch.»

Das paßte schon eher ins Bild. Der Verrückte trat zurück und zielte mit dem Finger nach ihm, den Daumen hochgereckt.

«Peng!»

Henderson zuckte in ungespieltem Schrecken zusammen, wandte sich um und schritt weiter. «Peng! Peng! Peng!» verklang es hinter ihm. Er erschauerte. Du liebe Güte, dachte er, was für eine widerwärtige Begegnung. Er hob den Beutel mit den Säbeln an und vergewisserte sich, daß der Riemen seinen Anzug nicht zerknitterte. *Der Kürschner um Mitternacht glaubt, seine Hände seien voller Wolken.* Das ist eigentlich gar nicht so übel für einen Irren, dachte er und beruhigte sich ein wenig. Das klang wie ein Erkennungsspruch bei einem Agententreff oder wie eine Zeile aus einem besseren symbolistischen Gedicht.

Er stapfte den leichten Anstieg der Park Avenue hinauf. Jüngere Leute überholten ihn, unter ihnen ein hübsches Mädchen in einem eleganten pilzfarbenen Seidenkostüm mit gar nicht dazu passenden Trainingsschuhen. Ihre Brüste wippten unter dem glänzenden Stoff der Bluse. Ihr von gefärbten Strähnen durchzogenes blondes Haar wurde von einem Bügel mit winzigen Kopfhörern im Zaum gehalten. Sie verzog das Gesicht im Rhythmus des Liedes, das nur sie allein hörte. Henderson fragte sich, ob er ihr einen «schönen Tag» wünschen sollte. Derlei konnte man hier machen: irgendeinem vorübergehenden Fremden einen fröhlichen Gruß zukommen lassen. *«Hey, viel Spaß an der Musik!»* konnte er rufen. Oder *«Guten Appetit beim Lunch!»* oder *«Alles Gute!»* Er schüttelte bewundernd den Kopf und sagte nichts.

Er beschleunigte seinen Schritt. Mit der Kuppe eines Zeigefingers strich er Feuchtigkeit aus seinen borstigen blonden Brauen. Diese Brauen begannen ihm Sorgen zu machen. Bis vor kurzem waren sie ganz normal und unauffällig gewesen, aber neuerdings waren sie buschig und störrisch geworden, und einzelne Haare wuchsen sogar heraus und lockten sich: Sie entwickelten sich zu einem Gesichtsteil für sich. Ärger bereiteten ihm auch seine Brustwarzen. Er rief sich zur Ordnung: Heb dir die Sorgen für den Heimweg auf.

Sein Heim war ein kleines Apartment in der East Sixty-second Street zwischen der Lexington und der Second Avenue. Es lag nicht allzu weit vom Büro entfernt, und stieg der Weg dorthin auch ein wenig an, so stellte das Hinabschlendern am Abend doch eine Entschädigung für die morgendliche Anstrengung dar. Er sah wieder auf die Uhr. Ja, er kam tatsächlich zu spät. Ebenso erstaunlicher- wie erfreulicherweise war er kurz nach fünf Uhr noch einmal fest eingeschlafen und erst um acht aufgewacht, ohne Erinnerung an irgendwelche Träume. Er hatte in der Kehle ein Schluchzen der Erleichterung gespürt: Vielleicht wurde das jetzt endlich anders, vielleicht war dies ein Zeichen – Amerika übte tatsächlich seine Wirkung aus …

Er achtete zur Zeit auf Zeichen; er analysierte sie mit dem Eifer eines Oberpriesterlehrlings. Und zunächst schienen sie alle Günstiges zu verheißen.

Er war vor etwa zwei Monaten in Amerika eingetroffen. Es hatte geregnet, als seine Maschine auf dem John F. Kennedy Airport landete. Vor den Fenstern des Flughafengebäudes fielen schwere, im Kunstlicht gelb schimmernde Tropfen. Er hatte kurz daran gedacht, dem Beispiel des Papstes folgend, den Boden zu küssen (hätte er sich einen Moment lang unbeobachtet gefühlt), doch er schritt schnurstracks aus der Maschine in einen schäbigen Korridor hinein. Er gelangte in sanfter Trance an dem mürrischen Einwanderungsbeamten und dem wortkargen Zöllner vorbei: diese schleppenden Laute, diese unmöglichen Namen, die echte Knarre an der echten Polizistenhüfte.

Draußen regnete es inzwischen noch heftiger. Ein großer, sehr zorniger Schwarzer in einer glänzenden Ölhaut brachte mit heiserer Stimme und herrischen Gesten Ordnung in das Gedrängel zu den Taxis. Warteschlange und Fahrzeuge bildeten zwei folgsame Reihen. Die leuchtenden, zerbeulten gelben Taxis …

Henderson stand eine Weile neben dem Taxiordner. Das Warten machte ihm nichts aus. Der Mann murmelte etwas vor sich hin. Henderson blickte von der Seite auf seinen Schnurrbart und die dicken, wulstigen Lippen und bemerkte, daß der Mann ständig in Bewegung zu sein schien, obwohl er stillstand. Wasser tropfte ihm stetig vom Mützenschild.

«Es könnte schlimmer sein», sagte der freundliche Henderson. «In England schneit es.»

Der Taxiordner wandte sich um; das Weiße in seinen Augen war so gelb wie Butter.

«Scheiß auf England», sagte er.

Henderson nickte. «Scheiß auf England», pflichtete er ihm bei. «Völlig richtig.»

Dieser Augenblick war einer Offenbarung gleichgekommen, sagte er sich jetzt, während er vor einer Ampel wartete, um auf die westliche Seite der Park Avenue zu gelangen. Ein Omen. Der Verkehr stoppte, und er eilte zu der Verkehrsinsel, hielt inne, eilte weiter. Er hatte lange darüber nachgesonnen und maß inzwischen seiner Abreise aus England eine Bedeutung bei, welche die vorgeblichen und wenig bemerkenswerten geschäftlichen Gründe zunächst nicht zu rechtfertigen schienen. Gewiß, er trat in New York einen neuen Job an, aber es war gleichzeitig auch eine Flucht. Eine Flucht vor der Vergangenheit und vor sich selbst.

Er schritt schneller aus, und die Aluminiumglocken seiner Säbel klapperten dumpf aneinander, wenn der Beutel ihm gegen den Oberschenkel schlug.

Er hatte, so sagte er sich, bewußt und entschlossen die Flucht aus England angetreten, um Schüchternheit und Furchtsamkeit hinter sich zu lassen . . . Ein Mann auf Rollschuhen glitt lautlos an ihm vorbei und schlängelte sich geschickt durch die Menge. Hendersons Bewunderung kam von Herzen. *«Viel Spaß dabei!»* hätte er ihm nachrufen mögen, aber er tat es nicht. Warum nicht? Weil er schüchtern war.

Er war (diese Einschätzung nahm er ohne eine Spur von Selbstmitleid vor) ein schüchterner Mensch. Nicht chronisch schüchtern – er stammelte nicht, speichelte nicht beim Sprechen, schwitzte nicht und zuckte nicht zusammen, wie das den am ärgsten von diesem Leiden Betroffenen widerfuhr –, nein, er war schüchtern auf die Art, wie die meisten seiner Landsleute schüchtern waren. Sein Makel war ein angeborener: latent, tiefsitzend, stets gegenwärtig. Es war wie ein Muttermal oder eine versteckte Krankheit; ein ethnisches Merkmal, eine rassische Besonderheit.

Er trat in den Schatten eines hohen Gebäudes und erschauerte unter der plötzlichen Kühle. Zunächst sonnig, später Regen, hatte die Wettervorhersage gelautet. Er hatte heute nur seinen Regenmantel dabei, im Vertrauen auf den freundlichen Wetterfrosch. Vielleicht war das etwas unvorsichtig gewesen. Er überholte zwei junge Männer, die in ein lautes Gespräch vertieft dahinschlenderten. Der eine rauchte eine lindgrüne Zigarre. Er kniff die Augen zusammen, als er durch eine schieferblaue Wolke schritt und den Brechreiz verursachenden Zigarrenrauch roch, der die Frische des Morgens verdarb.

Schüchtern.

Gewiß, Bildung und Erziehung gaben ihm ein recht brauchbares Sortiment von Hilfsmitteln und Methoden an die Hand, um dieses Handicap zu überwinden. Wer ihn beobachtete, wie er auf einer Cocktailparty plauderte oder einen langweiligen Tischnachbarn in ein Gespräch zog, wäre nie auf sein spezielles Leiden gekommen. Aber es war da, und unter der soziokulturellen Tünche litt er auch an allen Unterarten der Schüchternheit, als da wären: mangelndes Selbstvertrauen, Furcht vor Gefühlsäußerungen und spontanen Handlungen, schließlich Angst davor, Aufmerksamkeit zu erregen, und ein fast unwiderstehlicher Drang zur Anpassung.

An der nächsten Ecke bog er in flottem Tempo von der Park Avenue ab und konnte gerade noch mit einem Körperruck drei glänzenden, dampfenden Kothaufen ausweichen, die soeben im näheren Umkeis eines aufstrebenden Bäumchens deponiert worden waren. Er überholte die pelzbekleidete Vettel und ihren abscheulichen Köter. Er warf ihr einen feindseligen, tadelnd strengen Blick zu. Es drängte ihn, die Dame zu fragen, wo sie denn ihre Hundedreckschaufel habe, oder zumindest eine beißende Bemerkung zu machen. Erst letzte Woche hatte er von einem Mann in der City gehört, der angesichts einer spreizbeinigen dänischen Dogge, die direkt vor ihm ihr Geschäft ablud, eine Waffe aus der Jacke gezogen und das Tier auf der Stelle abgeknallt hatte. Eine wahrhaft *amerikanische* Handlungsweise, dachte er, während er das restliche Stück Straße auf sein Büro zuschritt. Ein mißbilligender Blick, ein Na-na! mit zusammengepreßten Lippen war alles, was er zustande brachte. Das war typisch, und genau das stimmte mit ihm nicht. Und deshalb hatte er fortgehen, hatte er zwecks Heilung nach Amerika kommen müssen. Weil hier die Schüchternheit verbannt, geächtet, verboten war.

Das war natürlich Unsinn, sagte er sich sogleich, während er um einen Briefträger mit seinem Rollwägelchen herumsteuerte. Es gab viele schüchterne Menschen in Amerika, aber sie waren, wie es schien, auf eine andere Art schüchtern; ihre Unsicherheit trug einen anderen Stempel. Und wenn er schon sein Leben lang schüchtern sein mußte, dann wollte er schüchtern sein so wie sie.

An der Tür zu Mulholland & Melhuish, Kunstauktionshaus, hielt er inne. Schönes Gerede, dachte er voller Ironie, leere Worte. Das einzige Problem war, daß er es immer wieder zu Rückfällen kommen ließ. Er hatte schon eindeutige Fortschritte gemacht: siehe Melissa, siehe Irene. Aber er erlitt immer wieder einen Rückfall. Dieser Zusammenstoß mit dem Verrückten vor ein paar Minuten – da hatte er wieder einmal völlig versagt.

Er betrat die Eingangshalle – schwarzweiße Marmorplatten, Eichenholztäfelung.

«Guten Morgen, Mr. Dores», sagte die Empfangsdame. «Wie geht's?»

Henderson, schon halb an ihrem Tisch vorbei, lächelte automatisch, hielt dann inne. So machte man das nicht.

«Mir geht es gut, danke, Mary. Sogar sehr gut. Danke der Nachfrage.»

«Oh . . . Oh. Gut. Nichts zu danken.»

Er betrat den kleinen Lift und drückte auf TÜR ZU. Die Tür glitt zu und klemmte einen blaßblauen Arm ein.

«Au!»

Er drückte auf TÜR AUF, und Pruitt Halfacre trat in die Kabine.

«Mann, Henderson! Haben Sie mich nicht gesehen?»

«Entschuldigen sie, Pruitt. War ganz in Gedanken.»

«O Gott – das ist *Öl.*» Halfacre musterte den zerknautschten Ärmel. «Ich werde Ihnen wohl die Rechnung schicken müssen, Henderson.»

Machte er Witze oder meinte er es ernst? Bei Amerikanern wußte Henderson da nie Bescheid. Er strich sich über die Augenbrauen. Sie fuhren aufwärts.

«Gute Nachricht, was?» sagte Halfacre. «Endlich, endlich.»

«Was?»

«Sie haben noch nichts davon gehört? Wir rechnen mit einer Versteigerung von Impressionisten. Zumindest besteht die Hoffnung.»

«Tatsächlich?»

«Ja. Tom weiß Genaueres.»

Sie verließen den Lift im vierten Stock. Nach der Eleganz der Eingangshalle kamen hier verschrammter Anstrich, helle Lampen und abgewetztes Linoleum.

«Morgen, Ian», sagte Halfacre.

«Schnapp», sagte Toothe. Er und Halfacre trugen Fliegen.

«Zwei Seelen, ein Gedanke, Ian.»

«Bißchen spät heute, Henderson, wie?» sagte Toothe. «Das gehört sich aber gar nicht. Sie sehen sehr erhitzt und nervös aus.» Toothe war Engländer, eine britische Version von Halfacre. Zwei Mimosen von der schlimmsten Sorte. Henderson verzieh Halfacre, weil er Amerikaner war, aber Toothe konnte er nicht ausstehen, wenn er ehrlich war.

«Das macht der Anstieg von meiner Wohnung – meinem Apartment bis hierher», sagte er zur Entschuldigung.

«Man wird alt.»

«Tod, wo ist dein Stachel», sagte Halfacre. Toothe lachte.

Henderson lachte ebenfalls, winkte fröhlich und ließ sie auf dem Flur stehen. Während er auf sein Büro zuschritt, überkam ihn plötzlich der Zorn. Man wird alt! Neununddreißig war doch nicht alt. Unverschämter Knilch. Und wie kam er dazu, die Stechuhr zu spielen? Ekel. Die Vierzig gerade erst am Horizont. In der Blüte des Lebens . . . Aber andererseits waren da diese beunruhigenden Dinge, die mit seinem Körper passierten. Seine Augenbrauen, die Brustwarzen, die Schienbeine, der Hintern.

Als er vor seinem Büro stand, ging die Tür auf.

«Oh.»

«Hallo.» Er grüßte Kimberly, die makellose Kimberly, seine Sekretärin. Wie achtzehn und ging auf die Dreißig zu. Das Haar, die Haut, die Fingernägel, die Augen, die Kleidung. Alles war picobello, tadellos. Wie aus dem Ei gepellt. Ganz im Gegensatz zu ihm.

«Was machen Sie denn hier, Sir?»

«Wie bitte?»

«Ihr Zehn-Uhr-Flug nach Boston? Der Mann mit den Winslow Homers?»

«O Gott!» Henderson erinnerte sich wieder. «Ach, wissen Sie, rufen Sie ihn an und sagen Sie ihm, ich sei krank. Ich komme morgen.»

«Morgen ist Samstag.»

«Dann Montag. O Gott.» Er rieb sich die Augen. «Ich habe verschlafen. Glatt vergessen. Tut mir leid, Kimberly.»

«Sie haben Anrufe bekommen.»

«Was – schon?» Er sah auf seine Uhr. 9.45.

«Eine Miss Düsseldorf und eine Mrs. Wax.»

«Schön.»

Kimberly ging. Henderson lehnte seine Säbel hinter der Tür an die Wand und setzte sich. Durchs Fenster überblickte er einen Teil des Central Park. Die Platanen setzten gerade Laub an; die Sonne auf den sanften Hügeln ließ alles frühlingshaft und frisch erscheinen.

Miss Düsseldorf. Das war Irene. Er bestand auf diesem Code: Sie mußte ein Pseudonym gebrauchen – den Namen einer Stadt –, wenn sie ihn anrief. Das letzte Mal war es Pnom Penh gewesen.

Wen sollte er zuerst anrufen – seine Geliebte oder seine

Ex-Frau? Er sollte Melissa anrufen, das wußte er, sie hatte es gern, wenn man umgehend zurückrief. Er wählte Irenes Nummer.

«Hallo, Irene. Ich –»

«Heute abend, und vergiß es nicht, das ist alles.»

«Ja, bis dann. Ich hab's nicht vergessen. Schließlich habe *ich dich* eingeladen.»

«Komm nicht zu spät. Ich warte fünf Minuten, dann gehe ich.»

«Ich bin pünktlich. Bye.»

Henderson stand auf und zog das Jackett aus. Er ging zur Tür, um es aufzuhängen, und blieb dort einen Augenblick stehen, das Jackett in der einen, das kantige Kinn in der anderen Hand. Er strich sich behutsam über den Kieferknochen wie jemand, der nach einer Novocainspritze zu sich kommt. Was um alles in der Welt trieb er da, fragte er sich – wie konnte er sich immer mehr mit Irene einlassen, wo er doch eigentlich Melissa wieder heiraten wollte? Er schüttelte den Kopf. Auch das war typisch: Eine klare und vorbestimmte Handlungsweise war durcheinandergebracht worden durch unbeständige und launische Begierden, denen er anscheinend nicht zu widerstehen vermochte. Jetzt stand er kurz davor, eine Wahl treffen zu müssen. Die schlimmste Situation, die man sich denken konnte.

Als er das Jackett über den Kleiderbügel hängte, fiel sein Blick auf die Briefe in der inneren Brusttasche. Auf zweien leuchtete das Rot und Blau von Luftpostbriefen. Als er vorhin aus seinem Apartment geeilt war, hatte er die Post eingesteckt, ohne sie näher anzusehen.

Er legte die Luftpostbriefe auf den Tisch und verspürte in der Brust einen Anflug von Ehrfurcht und Beklommenheit. Die Briefe kamen aus England, seine eigene Handschrift stand darauf – er legte Anfragen immer frankierte und adressierte Rückumschläge bei, um sich einer prompten Antwort zu versichern. Der eine trug den Poststempel NORTHAMPTON. Er riß ihn mit dem Daumen auf.

Sehr geehrter Mr. Dores,
besten Dank für Ihren Brief vom 7. März. Ich erinnere mich sehr gut an Captain Dores. Er war mein Kompaniechef während der Operationen im Raum von Pinbon im Jahre 43. Er war ein feiner und gerechter Mensch und bei den Kameraden beliebt.

Leider muß ich Ihnen mitteilen, daß ich an Malaria erkrankt und nach Indien zurückgeschafft worden war, wo ich drei Monate im Lazarett lag. Als ich wieder zu meiner Einheit kam, war Ihr Vater schon sechs Wochen tot, und von der Kompanie war leider nicht mehr viel übrig, da wir oft im Einsatz gewesen waren.

Vielleicht wenden Sie sich an die nachfolgend Genannten, die bei der Kompanie waren, als Ihr Vater getötet wurde: Lance Corporal David Lee, Royal British Legion, 31 Hardboard Road, Chiswick, London, und Private Campbell Drew, Royal British Legion, Kelpie's Wynd, Innerliethen, Peeblesshire. Ich habe diese Kameraden das letzte Mal 1967 bei einem Regimentstreffen gesehen, weiß also nicht, ob sie noch am Leben sind.

Captain Dores stand bei uns allen, wie schon gesagt, in hohem Ansehen. Wir waren alle erschüttert, als wir damals von seinem Tod hörten.

In der Hoffnung, Ihnen dienlich gewesen zu sein, verbleibe ich mit freundlichen Grüßen

Sergeant (i. R.) Graham Bellows

Noch eine Fehlanzeige, aber immerhin kannte er jetzt noch eine Person, die er anschreiben konnte. An Drew hatte er schon geschrieben. Er warf einen Blick auf den anderen Brief; dieser trug den Poststempel GALASHIELS. Das war zweifellos seine Antwort.

Drews Handschrift war groß und zackig, und er drückte offenbar sehr stark auf seinen Kugelschreiber.

Sehr geehrter Herr,

zu Ihrem Brief wegen Ihres Vaters. Ich war bei der Kompanie in der Nähe von Pinbon, als er starb. Es war für uns alle eine schwierige Situation, da wir hinter den feindlichen Linien operierten. Wir hatten fast täglich Verluste durch Krankheit, Feindeinwirkung und sogar durch Unfälle. Ihr Vater war ein guter Mensch und ein guter Offizier. Sein Tod war für uns alle ein schwerer Schlag.

Mit freundlichen Grüßen
Campbell Drew

Henderson strich Drews etwas zerknitterten Briefbogen auf der Tischplatte glatt. Er lehnte sich zurück und atmete tief aus. Immerhin einer, der dabeigewesen war. Aber der Brief half ihm nicht weiter. Was genau war an jenem Tag – dem einundzwanzigsten März 1943 – in Burma geschehen? Präziser ausgedrückt: Unter welchen Umständen war Captain Dores ums Leben gekommen? Wie, wo, wann und durch wen? Er beneidete plötzlich diesen Schotten mit der ungelenken Handschrift. Drew hatte seinen Vater gekannt, hatte unter ihm gedient und wahrscheinlich zusammen mit ihm lustige und schlechte Zeiten erlebt; hatte gewissermaßen eine Art Intimität mit ihm geteilt, die seinem Sohn verweigert worden war.

Er starrte auf die Reproduktion einer Landschaft von Monet, die Mulholland & Melhuish 1963 in London für fünfundvierzigtausend Pfund verkauft hatte. Die Farben verschwammen. Er stellte die Augen auf unendlich und versuchte in der Hoffnung, die in ihm aufsteigende Trauer zu unterdrücken, in eine kurze Trance zu versinken. Es klappte nicht. Warum fühlte er sich nicht müder? Als an chronischer Schlaflosigkeit leidender Mensch hatte er doch wohl das Recht, sich ständig erschöpft zu fühlen.

Kimberly betätigte den Summer.

«Mrs. Wax, Sir. Auf Apparat eins.»

Henderson zögerte nur eine Sekunde, dann nahm er den Hörer ab.

«Melissa», sagte er enthusiastisch. «Habe gerade deine Nachricht erhalten.»

«Du hast es nicht vergessen, nein?»

«Natürlich nicht.» Er fragte sich, was er nicht vergessen hatte. Alle erinnerten ihn heute an etwas.

«Dann bis später.»

«Ja – ehem – um wieviel Uhr sagtest du?»

«Um sieben. Bryant freut sich schon.»

«Dito. Dann also um sieben.»

Mrs. Wax legte auf. Er glaubte einen durch die Leitung schwingenden gehauchten Kuß gehört zu haben. Die Sache war ein zweifelhaftes Vergnügen. Er runzelte die Stirn. Von den zahlreichen Bedingungen, die Melissa gestellt hatte – ehe sie den Gedanken an ihre Wiedervereinigung auch nur in Betracht zog –, war eine der lästigsten die, daß die Kinder aus ihrer zweiten Ehe «Henderson wie einen Vater liebenlernen sollten». In seinem Eifer, zu Gefallen zu sein, erklärte sich Henderson mit allem einverstanden, sogar mit der Ächtung von vor-wiederehelichem Sex. Daher das Treffen heute abend. Er erinnerte sich: Bryant hatte Geburtstag, und Bryant war seine Stieftochter in spe. Er rechnete. Melissa um sieben. Irene traf er um neun, in der Bar eines Restaurants in Soho. Das müßte er schaffen können. Jetzt mußte er nur noch ein Geschenk für das Mädchen kaufen.

Henderson blickte in den Korb mit den Posteingängen: drei Briefe. Mit einem gewissen Schuldgefühl wurde er sich bewußt, daß er sich erst jetzt seiner Arbeit zuwandte, obwohl er schon eine Stunde im Haus war. Seine Privatangelegenheiten nahmen einen immer größeren Teil seiner Zeit in Anspruch ... Er mußte sich jetzt konzentrieren.

Daß das Geschäft bei Mulholland & Melhuish blühte, konnte man nicht gerade behaupten. Deshalb hatte man ihn ja aus England herübergeholt: Er sollte den Laden in Schwung bringen, einiges hereinholen, dafür sorgen, daß die Firma sich ein Renommee erwarb. Da fiel ihm wieder ein, was Pruitt gesagt hatte: daß Aussicht auf eine Versteigerung von Impressionisten bestand. Er fuhr zusammen; er sollte wirklich mehr darüber in Erfahrung bringen, etwas Interesse an den Tag legen, anstatt Briefe zu lesen und mit Freundinnen zu telefonieren. Schließlich fiel das in sein Fach.

Mulholland & Melhuish hatte einen «Impressionisten-Fachmann» gebraucht und deshalb ihn herangezogen. Aus irgendeinem Grund war in Amerika ein Auktionshaus erst richtig etabliert, wenn es eine größere Anzahl von Impressionisten unter den Hammer bringen konnte. Erst dann schien man vertrauenswürdig zu sein und einen Ruf zu erlangen. So war es zumindest im Falle der New Yorker Filialen der anderen berühmten Londoner Auktionshäuser gewesen. Bis man mit einem bedeutsamen Angebot von Impressionisten aufwarten konnte, war mit wenig ernsthaft profitablem Geschäft zu rechnen. Das war so eine Art Äquatortaufe, das mußte man hinter sich bringen. Warum das so war, ließ sich nicht sagen. Es war einfach eine der unlogischen Regeln in diesem Spiel.

Er zeichnete konzentrische Kreise auf seine Löschblattunterlage. Mulholland & Melhuish hatte die New Yorker Filiale vor anderthalb Jahren eröffnet. Und bis jetzt war es zu keiner bedeutsamen Versteigerung von Impressionisten gekommen. Man hatte ihn als möglichen letzten Trumpf herübergeholt. Da er eine Autorität auf dem Gebiet der französischen Malerei des ausgehenden neunzehnten Jahrhunderts war, sollten sein Fachwissen, seine akademischen Beziehungen, seine Kenntnisse über Privatsammler potentielle Kunden anlocken und ihnen Vertrauen einflößen.

Zunächst – wieder ein Zeichen, wieder ein Omen – war alles recht glatt gegangen. Gleich in den ersten vierzehn Tagen hatte er eine große Berthe Morisot zur Versteigerung erworben. Die Moral stieg; Erleichterung und Hoffnung waren in den Büros fast mit Händen zu greifen. Aber seitdem: Fehlanzeige.

Er trommelte mit den Fingern auf die Schreibtischplatte. Pruitts Neuigkeit bedeutete einen Triumph für die Firma, für ihn aber auch so etwas wie ein persönliches Versagen. Er hatte sich nicht energisch genug eingesetzt. Die Probleme seines Privatlebens kosteten ihn zuviel Zeit. Wenn sich Melissa nur nicht so störrisch gezeigt hätte. Wenn er nur Irene nicht begegnet wäre . . .

Er stand auf und blickte die Regale entlang, die vollgepfropft waren mit dicken Kunstbüchern, abgegriffenen Katalogen, Auktionsakten. Er schlenderte in Kimberlys kleines Büro hinüber. Sie tippte gerade, die leuchtenden Fingernägel schwebten über den Tasten. Ob da auch einmal einer abbrach? Er fuhr sich mit den Fingern durch das dichte Haar und zog die Hose hoch. Er beantwortete Kimberlys fragenden Blick mit einem unbestimmten Lächeln. Er sollte wirklich etwas über diese Versteigerung in Erfahrung bringen, sonst glaubte man noch, er schmolle.

Ein Kopf wurde zur Tür hereingestreckt.

«Meine Güte, ich dachte, Sie seien in Boston.»

Es war Thomas Beeby, sein Chef. Beeby war sehr groß und schlank und hätte wie der klassische, distinguierte englische Gentleman ausgesehen, wären nicht seine erstaunlich rundlichen, rosigen Wangen gewesen, die ihm das zu dem Gesamtbild nicht passende pausbäckige Aussehen eines in die Jahre gekommenen Cherubs verliehen.

«Aufgeschoben, Tom», sagte Henderson. «Der Mann scheint erkrankt zu sein.» Kimberlys Nägel ließen ohne Pause die Tasten klappern.

«Aber das ist ja wunderbar. Haben Sie schon das Neueste gehört?»

«Die Versteigerung? Ja, ich war gerade auf dem Weg –»

«Es scheint, wir können die Sammlung Gage bekommen.»

«Ach ja?» Gage, Gage. Der Name sagte ihm nichts im Zusammenhang mit einer Gemäldesammlung.

«Kommen Sie mit, ich erzähle Ihnen alles. Gott sei Dank, daß Sie nicht in Boston sind.»

Er folgte Beeby den Flur entlang zu seinem Zimmer. Aus dem Geschoß darunter drangen Geräusche herauf – der

Auktionsraum begann sich zu füllen. Heute war Porzellan dran. Ein ehrerbietiger Toothe ging vorsichtig an ihnen vorbei, um die Sache zu übernehmen.

«Alles in Ordnung, Ian», sagte Beeby. «Henderson ist doch nicht in Boston. Er kann fahren.»

Wohin fahren, fragte sich Henderson.

«Oh, sehr gut», sagte Toothe. Die Enttäuschung war ihm anzuhören. Henderson verspürte ein kurzes Hochgefühl. Das kleine Schwein, dachte er, hat mir kein Sterbenswort von dieser Sammlung Gage gesagt, wollte sie sich selbst unter den Nagel reißen.

Beeby legte Henderson die Hand auf die Schulter.

«Das ist es endlich, Henderson», sagte er. «Das ist es, worauf wir so lange gewartet haben.»

Sie betraten Beebys Büro, das ein wenig größer war als Hendersons, aber nicht weniger funktional eingerichtet. Immerhin bot es einen besseren Blick auf den Central Park. Die Sonne schien noch immer auf die Bäume. Fernes Gehupe drang von der Madison Avenue herauf. Beeby zündete sich eine Zigarette an. Henderson fühlte seine Erregung, und er verspürte eine jähe Zuneigung zu dem hochgewachsenen Mann. Beeby hatte ihn nach Amerika geholt, die Fäden gezogen und diese Stelle für ihn geschaffen, und dafür würde Henderson ihm ewig dankbar sein.

«Loomis Gage», begann Beeby. «Zurückgezogen lebender Südstaatler, Millionär. Ein alter Mann mit einer kleinen, aber erlesenen Sammlung. Einige Holländer, siebzehntes Jahrhundert, Sachen aus unbedeutenden Schulen; nichts Besonderes. Aber. Aber: zwei schöne Sisleys – von 1872, sagt er –, zwei van Dongens, ein großer Derain, ein Utrillo, ein kleiner Braque und zwei Vuillards.»

«Na!»

«Ich möchte, daß Sie da hinfahren, Henderson. Prüfen Sie alles und ziehen Sie es dann für uns an Land. Keine Verkäuferkommission. Versprechen Sie ihm einen Farbkatalog. Eine Ausstellung in London, falls er das wünscht. Was auch immer.»

«Gut.» Henderson ließ sich von Beebys Erregung anstecken. Er begann im Kopf ungefähre Summen zu addieren, kalkulierte die zehn Prozent Käuferkommission, die Mulholland & Melhuish berechnen würde. Das mußte ein sehr gutes Geschäft werden. Aber was noch wichtiger war, es würde das Signal für den endgültigen Einzug der Firma in den New Yorker Auktionshandel sein . . . Doch ein Aspekt dieser wundersamen Chance machte ihn stutzig.

«Nehmen Sie mir die Frage nicht übel, Tom, aber – das ist jetzt rein persönliche Neugier – was hat ihn dazu gebracht, die Bilder gerade uns anzubieten?»

«Der reine Zufall. Er behauptet, in den Zwanzigern den alten Mulholland kennengelernt zu haben. Wollte ihn sprechen. Als ich ihm sagte, er sei tot, hätte er beinahe aufgelegt. Da sagte ich, ich sei der Schwiegersohn von Archie Melhuish, und das hat ihn wieder aufgemuntert. Ein Glücksfall, weiter nichts.» Beeby lächelte fröhlich. «Wir haben mal die Trumpfkarten erwischt.»

Henderson lächelte ebenfalls. Guter, alter Tom, dachte er, es war schön, ihn zur Abwechslung einmal glücklich zu sehen.

«Ich möchte, daß Sie am Sonntag hinfahren.»

«Am Sonntag?»

«Ja.»

«Natürlich.» Henderson lächelte weiter. «Und wo ist das? Genau?»

«Er wohnt an einem Ort namens Luxora Beach.»

«Ist das so eine supermoderne Eigentumswohnanlage?»

«Da bin ich mir nicht sicher.» Beeby runzelte die Stirn. «Es ist in Georgia, glaube ich. Oder Alabama. Irgendwo da in der Gegend. Ich weiß im Augenblick nur, daß Sie am Montag in Atlanta sein müssen.»

«Etwas vage, das alles, nicht?»

«Ja. Aber das ist Absicht. Es geht ihm um seine Privatsphäre. Er hat mir nicht einmal seine Telefonnummer gegeben. Ruft heute nachmittag noch einmal an und will mir nähere Einzelheiten mitteilen. Jedenfalls – bringen Sie die Sache so schnell wie möglich unter Dach und Fach.»

«Mache ich.» Ihm war eine Idee gekommen. «Eine sehr gute Nachricht, Tom», sagte er zu dem strahlenden Beeby. «Freue mich wirklich. Gratuliere.» Impulsiv, ganz gegen ihre sonstige Gewohnheit, schüttelten sie einander die Hand.

Wieder in seinem Büro angelangt, ließ sich Henderson von Kimberly mit Irene verbinden.

«Mrs. Düsseldorf?»

«Okay, Henderson, was ist?»

«Würdest du gern ein paar Tage Urlaub machen? Schon morgen?»

«Ich weiß nicht – wo soll's denn hingehen?»

«In den Süden.»

Zweites Kapitel

Er war noch immer sehr mit sich zufrieden, als eine Stunde später Pruitt Halfacre in sein Büro kam.

«Zeit zum Lunch?» fragte Halfacre. Heute kannte Hendersons Wohlwollen keine Grenzen.

«Großartige Nachricht, das mit der Sammlung Gage», sagte er, als sie die Madison hinunterschritten.

«O ja. Ja», pflichtete Halfacre ihm bei. Er wirkte ein wenig bekümmert.

«Ist etwas?»

«Wir müssen miteinander reden, Henderson.»

«Ja, gut. Worüber?»

«Warten wir damit bis zum Essen, das wäre mir lieber.»

Sie gingen ein paar Stufen hinunter in ein Restaurant, das in honiggelben und lindgrünen Farbtönen gehalten war. Vor der Theke gleich vorn drängten sich elegante Frauen und hochgewachsene, breitschultrige Männer. Alle sprachen mit lauter, fester Stimme und machten einen gelösten Eindruck. Voller Kummer – er hatte es ja gewußt – spürte Henderson, wie sein Selbstvertrauen zu schwinden begann. Es mußte in der Newtonschen Physik irgendein Gesetz geben, das dieses Phänomen erklären konnte und demzufolge eine überlegene Kraft die Macht besaß, einer unterlegenen Kraft des gleichen Typs Energie zu entziehen. Er ließ den Blick über die schicken Leute an den Tischen schweifen. Pruitt begrüßte Bekannte mit lautem Hallo. Ich will so sein wie ihr alle, dachte Henderson, während er fühlte, wie ihm die Schultern herabfielen und die Brust einsank; ich will euer Selbstvertrauen haben und eure Zielstrebigkeit, eure Zähne und eure sonnengebräunte Haut, flehte er, während er zur Seite trat und sich bei einem Kellner entschuldigte. Das ist nicht fair.

Sie drängten sich an die Bar durch, Henderson in Halfacres Kielwasser. Er atmete ein Dutzend verschiedene Duftschwälle ein. Jasmin, Rose, Nektarine, Moschus, Zibet. Juwelen funkelten, dezent und teuer.

«Henderson, darf ich ganz offen zu Ihnen sein?» sagte Halfacre mit tiefer Stimme dicht an seinem Ohr.

Henderson sah ihn erstaunt an. «Können wir nicht zuerst etwas trinken?»

Ein Barkeeper näherte sich mit dem Gehabe eines Filmstars.

«Tag, die Herren. Was darf's sein?»

«Dewar's on the rocks», sagte Halfacre. «Mit einem Kringel. Henderson?»

«Mir ein Budweiser, bitte», sagte Henderson. «Ungekringelt.»

Der Barkeeper fand das nicht witzig. Er stülpte ein Glas in einen knirschenden, glitzernden Behälter mit Eiswürfeln und füllte es bis zum Rand. Er goß reichlich Whisky dazu, schnitt einen Kringel Zitrone ab und ließ ihn hineinfallen. Wie können sie ausgezeichnetem Whisky nur so was antun, dachte Henderson. Überall waren Eis und Zitrone drin. Eine wahre Verschwendung von Eis in diesem Lande. Ungeheure Eisvorkommen. Er trank einen Schluck von seinem Bier.

«Sie sagten gerade» – er wandte sich zu Halfacre um – «etwas von völliger Offenheit.»

«Pruitt, dein Tisch ist frei.» Das war der Kellner.

«Thatcher, hi.» Halfacre und der Kellner umarmten sich unter viel männlichem Schulterklopfen. «Ich hab schon gehört, daß du hier bist. Wie läuft's denn so?»

«Oh, nicht schlecht. Ich arbeite an einem Roman.»

«Großartig! . . . Ach, das mit Muffy tut mir leid. Ich habe davon gehört. Sie ist wohl nicht klargekommen.»

«Des einen Freud –»

«Des anderen Leid. Zu blöd.» Halfacre verbrachte eine Sekunde in tiefem Nachdenken. «Thatcher, das ist ein Kollege von mir, Henderson. Thatcher und ich sind zusammen zur Schule gegangen.»

«Nett, Sie kennenzulernen, Henderson.»

«Guten Tag», murmelte Henderson, mittlerweile völlig entmannt. Thatcher geleitete sie durch die mondäne Menge zu ihrem Tisch. Henderson hatte das Gefühl, sein Hals habe sich in den Rumpf zurückgezogen und seine Schultern seien im Begriff, sich vor dem Kinn zu begegnen. Er nahm mit einem Seufzer der Erleichterung Platz. Halfacre schien das in Aussicht genommene Gespräch vergessen zu haben, und Henderson ließ es einen Augenblick lang ruhig angehen. Er vertiefte sich in die Speisekarte und musterte Halfacre über ihren oberen Rand. Er sah Halfacres klar geschnittenes, hageres Gesicht, das kurzgeschnittene Haar, die – gerade erst aufgesetzte – modische Schildpattbrille. Hier hatte er das Musterbeispiel, das platonische Ideal vor sich: Harvardstudium, Dr. phil., alteingesessene Familie, bescheidenes, aber angenehmes Privateinkommen; der amerikanische Mann, Marke ausgehendes zwanzigstes Jahrhundert. Wie lässig-selbstverständlich er seine Kleidung trug, wie sehr er sich in diesem feinen Restaurant zu Hause fühlte. Man beachte den meisterhaften Aplomb, mit dem er beiläufige Gespräche anfangen und beenden konnte. Man lausche seinen festgefügten und vernünftigen Ansichten. Und außerdem war dieser Mann mit einem intelligenten und gutaussehenden Mädchen verlobt. Und was noch hinzukommt, dachte Henderson: Dieser Mann ist elf Jahre jünger als ich.

Thatcher erschien wieder, um die Bestellungen aufzunehmen.

«Hühneromelett», sagte Halfacre. «Gebratene Scholle, Salatbeilage, ohne Dressing. Ist Ihnen ein Sancerre recht, Henderson?»

«Wunderbar.» Hendersons Blicke zuckten verzweifelt über die Speisekarte auf der Suche nach etwas, das er erstens mochte und von dem er zweitens wußte, was es war. Was Halfacre bestellt hatte, schien hier gar nicht aufgeführt zu sein. Ein solcher Mann ließ sich bringen, was er wollte, und nicht, was angeboten wurde.

«Ich – hm – fange an mit – ehem – *crevettes fumées aux framboises*. Als nächstes nehme ich . . .» Du lieber Gott. «Als nächstes nehme ich . . . Rinderfilet mit Karamelsoße.»

«Gemüse, Sir?»

Henderson starrte auf die Karte. Haferwurz, Griechisch-Heu, Wurzelingwer. Was war das alles? Da erspähten seine Augen etwas Bekanntes. «Geschmorter Rettich.»

Die Speisekarten wurden entfernt.

«So, Pruitt», sagte er, während er die Serviette auseinanderschüttelte, «Sie wollten über etwas mit mir sprechen.»

Pruitt zog mit den Zinken seiner Gabel Furchen in das dicke, weiße Tischtuch.

«Ganz recht.» Er hielt inne. «Henderson, warum sind Sie mir gegenüber so – so feindselig eingestellt? Warum» – Pruitt hielt jetzt die Gabel mit beiden Händen gefaßt, als wollte er sie verbiegen – «warum hassen Sie mich, Henderson? Warum verspüre ich diese unglaubliche Aggression, die von Ihnen ausgeht?»

Erst gegen Ende des unbefriedigenden Lunchs (Henderson hatte entgeistert seine gespenstisch roten Krabben angestarrt und nur einen Bissen von der kandierten Lende geschafft) war Halfacre schließlich überzeugt, daß sein Kollege nicht nur nichts gegen ihn hatte, sondern ihn im Gegenteil sogar bewunderte und hochschätzte. Daß Henderson ihn außerdem für einen idealen Bundesgenossen und klugen Kopf hielt. Halfacre brauchte zwanzig Minuten, bis er vom Stadium der Skepsis über etwas widerwillige Entschuldigungen zu unverhohlener Dankbarkeit fand. Hendersons Fragen förderten zutage, daß es zu der Fehleinschätzung eine Woche zuvor gekommen war, als Halfacre ihm den Flur hinunter einen Gruß zugerufen und Henderson – wie Halfacre geglaubt hatte – recht schroff darauf geantwortet hatte.

«Und Sie glaubten, das bedeutete, ich mag Sie nicht?»

«Gott, Henderson. Ich wußte es einfach nicht. Ihre Erwiderung war so . . . Sie wissen schon, so voller . . . voller . . . Was hätte ich mir dabei denken sollen?»

«Sie sagten ‹Hi, Henderson›. Und ich sagte darauf ‹Hallo›.»

«Ja – aber es lag daran, *wie* Sie das sagten.»

«Hallo. Hallo. Das geht nur auf eine Weise.»

«Da sagen Sie es schon wieder so. *Hlou, hlou.*»

«Aber so spreche ich nun mal, Pruitt.»

«Aber ich hatte das Gefühl, Sie . . . Ach, okay, dann bin ich eben ein wenig paranoid. Ich weiß. Ich habe Probleme mit meiner Selbsteinschätzung. Ich mache mir Sorgen wegen solcher Dinge. Die Aggression in dieser Stadt, Henderson. Der Konkurrenzkampf . . . Sehen Sie, da sind Burschen, mit denen ich zusammen auf der Schule war, mit denen ich aufgewachsen bin – Zahnärzte, Makler –, die verdienen zwölfmal soviel wie ich. *Zwölfmal* soviel.» Er zählte weitere Sorgen und Ängste auf. Henderson sah zu, wie er sich zu seinem schwarzen Tee eine dicke Zigarre anzündete, und fragte sich, weshalb Halfacre sich eigentlich Sorgen machte. Dessen Probleme hätte *er* haben mögen . . . Da kam ihm der Gedanke, daß es am Ende allen Halfacres dieser Welt vielleicht bloß darauf ankam, sich in einem dauernden Zustand der Besorgnis zu befinden – wegen irgendwas, wegen allem möglichen. Ich mache mir Sorgen, *ergo sum*.

«Ich glaube, es ist gut, daß wir so miteinander reden», sagte Halfacre um seine Zigarre herum. «Wissen Sie, wenn wir diese Art von hilfreichem holistischem Fluß bewirken können» – eine fließende Bewegung mit beiden Händen –, «Gott, was könnten wir da hervorbringen und auf die Beine stellen . . . Wir verinnerlichen, Henderson. Ich verinnerliche jedenfalls. Ständig, ich weiß. Mein Fehler. Mein tragischer Makel, ha.» Er runzelte die Stirn. «Und das kann nicht gut sein, oder?»

«Nein, wohl nicht. Aber andererseits –»

«Sie haben recht. Sie haben ja so recht.»

Sie gingen langsam, den großen Park zur Linken, die Fifth Avenue hinauf zum Büro zurück.

«Ich bin Ihnen sehr dankbar, Henderson», sagte Halfacre.

«Keine Ursache.»

«Ich möchte, daß Sie wissen, wie sehr ich Ihre Freundschaft zu schätzen weiß. Wie sehr ich Ihre Bücher bewundere und Ihr Wissen.»

«Schon gut, ich bitte Sie.» Henderson brach der Schweiß der Verlegenheit aus.

«Nein, ich habe das Gefühl, ich muß –»

«Gehen wir in die Frick Collection», sagte Henderson unvermittelt, einer Eingebung folgend.

Sie bezahlten beide ihren Dollar und traten in das Halbdunkel der kühlen Gemäldegalerie. Das Wassergeplätscher vom Hof her, der solide graue Stein und Marmor und die makellosen Pflanzen verströmten eine lebendige Ruhe und bewirkten die gewohnte Verzauberung. Henderson entkrampfte sich. Wenn ich nur hier mein Bett aufschlagen könnte, dachte er, ich weiß, dann könnte ich schlafen.

Sie schritten langsam durch einen Saal voller Goyas, Lorrains und van Dycks, betraten dann einen anderen großen Raum. Der Anblick der Gemälde brachte Halfacre endlich zum Schweigen. Hendersons Gedanken schweiften ab, beschäftigten sich mit seiner Reise in den Süden. Er beschloß, mit dem Auto zu fahren, zwei Tage unterwegs zu verbringen. Er konnte sich Kentucky ansehen, Virginia . . . vielleicht über Nacht in Washington bleiben. Irene konnte ihm die Hauptstadt zeigen. Er lächelte bei dieser Vorstellung. In schönen Hotels übernachten. Eines in der Nähe dieses Luxora Beach ausfindig machen. Irene konnte schwimmen und Sonnenbäder nehmen, während er tagsüber bei Gage zu tun hatte. Die Abende mit Irene zusammen verbringen, nur sie beide, Melissa und sein Gewissen in New York zurücklassen.

Halt, so nicht, bitte. Das war nicht gerade die angemessene innere Einstellung gegenüber einer zukünftigen Ehefrau. Er verzog ein wenig das Gesicht. Er fragte sich, weshalb er in diesem Zwiespalt leben und, seinem gesunden Instinkt zum Trotz, in bezug auf seine Pflicht so launenhaft sein mußte. Vielleicht würde Pruitt sagen, das sei *sein* tragischer Makel . . .

Er sah sich um. Halfacre war schon weitergegangen. Henderson schwenkte nach links und ging, den Hof überquerend, in einen anderen Saal. An den Wänden hingen Romneys, Gainsboroughs und Constables. Jäh überfiel ihn ein Anflug von Heimweh nach England. Er dachte wie im Traum an englische Landschaften, an die Wirklichkeit hinter den hier hängenden Bildern. Jetzt, im April, würde das Laub schon herausgekommen sein, und auf den Feldern . . . Die riesigen, heckenlosen Felder würden aufdringliche Prärien in brutalem, grellem Gelb sein, da irgendeine Verfügung der Europäischen Gemeinschaft die Landwirte angespornt hatte, jeden verfügbaren Morgen Land mit Raps einzusäen. Und im Herbst, dann war es wie eine Fahrt durch ein vom Krieg verwüstetes Land; breite Rauchsäulen stiegen von den brennenden Stoppeln zum Himmel auf, und der Himmel selbst verbarg sich hinter einem dünnen Schleier aus Ascheflocken. Als er an einem Wochenende im vergangenen Sommer vor dem Häuschen eines Freundes in den Cotswolds saß, hatte er sich vor einem Regen spröden Aschestaubs in Sicherheit bringen müssen, der aus scheinbar klarem Himmel herabfiel.

In dieser von drastischem Realismus geprägten Stimmung wandte er sich *Richard Paul Jodrell* von Gainsborough zu. Da zeigte sich das hochmütige, selbstzufriedene Gesicht Englands. Und auf *Die Mall am St. James-Park* waren die selbstgefälligen Schönen zu sehen, die sich in zwei Jahrhunderten nicht verändert hatten. Er konnte sich ihre Gespräche vorstellen, den Tonfall ihrer trägen Stimmen hören. Er sah genauer hin. Zu seiner leisen Überraschung entdeckte er an einer der Frauen eine verblüffende Ähnlichkeit mit seiner Mutter.

Er dachte an sie, eine gut erhaltene Fünfundsechzigjährige mit spitzer Nase, die in ihrer hübschen «Villa» in Hove lebte.

Zu stark geschminktes Gesicht, das graue Haar zu einem jugendlichen Bubikopf getrimmt, unerschütterlich und unreflektiert konservativ. Sie weilte oft bei ihren erwachsenen Nichten und deren jungen Familien – eine wohlhabende und gerngesehene Besucherin in deren im Grüngürtel gelegenen Behausungen. Henderson war ihr einziges Kind, und sie bewahrten tapfer einen Anschein von Zuneigung zwischen Mutter und Sohn, der die gegenseitige Mißbilligung im großen und ganzen ausreichend verbarg.

Henderson verließ fluchtartig den Raum. Dem wollte er ja gerade entkommen, das war seine Vergangenheit, die jetzt hoffentlich für immer hinter ihm lag. Er verlangsamte den Schritt und schlenderte durch einen Saal mit schaumigen Pastellbildern von Fragonard. Kein Halfacre zu sehen. Er ging wieder zurück.

Halfacre schien sich kaum von der Stelle gerührt zu haben. Er stand vor dem Gemälde *Herrin und Magd* von Vermeer. Henderson sah, daß ihm Tränen übers Gesicht rannen. Brust und Schultern zuckten unter einem leisen Schluchzen.

«Pruitt», sagte Henderson bestürzt. «Was ist denn?» Hatte er ihn etwa schon wieder irgendwie gekränkt?

Halfacre deutete auf das Bild.

«Es ist so wahr», sagte er. «Es ist so wahr.»

Henderson unterdrückte das automatisch aufsteigende hämische Grinsen. Das ist der Unterschied zwischen uns, dachte er traurig. Eine große, unüberbrückbare Kluft. Wir haben beide unsere Laufbahn der Kunst gewidmet, aber er kann in einer Gemäldegalerie weinen. Ich würde eher sterben.

Henderson trat etwas verwirrt beiseite. Er wußte nicht, was er sagen sollte, und ihm wurde plötzlich auf beklemmende Weise klar, daß er noch einen weiten Weg zurückzulegen hatte, bis er sich in diesem Land zu Hause fühlen würde.

Sieh dir die Gemälde an, sagte er sich. Er gehorchte. *Die Kreuzabnahme* von Gerard David. *Der Maler* von Frans Hals.

Judith und Holofernes von Jacob van Hoegh. Bei diesem Bild blieb er stehen, leicht schockiert angesichts der Wonne, die sich auf Judiths Zügen ausdrückte, während sie brutal Holofernes' Kehle durchsäbelte. Judith hatte ein keckes, herzförmiges Gesicht mit schmalem Kinn. Holofernes' Zunge, blaßlila und schaumbefleckt, hing gute sieben, acht Zentimeter heraus.

«Pruitt, kommen Sie, sehen Sie sich das mal an», sagte Henderson. Das würde bestimmt seinen Tränen Einhalt gebieten.

Am Nachmittag schaute Beeby herein mit Gages Telefonnummer und den Anweisungen über das Wo und Wann ihres Treffens. Sie waren ganz einfach. Wenn Henderson in Atlanta eintraf, sollte er zwischen vier und fünf Uhr nachmittags die angegebene Nummer wählen. Dann würde er erfahren, wie es weiterging.

«Ist das alles?»

«Ja, leider.»

«Bißchen geheimnistuerisch, nicht? Muß das alles wirklich sein?»

«Sie kennen doch diese Leute», sagte Beeby feierlich. «Unsicher. Eifrig auf ihre Privatsphäre bedacht. Er hat sich nicht von dieser Vorgehensweise abbringen lassen. Eisern war er. Wir müssen das respektieren, Henderson. Wir können es uns nicht leisten, ihn vor den Kopf zu stoßen.»

«Immer schön sachte.»

«Genau.» Beeby kniff die Augen zusammen und wedelte mit der Hand. «Klingt, als hätte er's faustdick hinter den Ohren. Ich glaube, wir müssen da sehr vorsichtig vorgehen.»

Henderson begleitete ihn zur Tür. Beeby spielte mit seinem Siegelring.

«Viel Glück», sagte er und tätschelte Hendersons Ellbogen. Es war ein Ausdruck aufrichtiger Zuneigung und Anteilnahme.

«Keine Sorge», sagte Henderson; seine Finger streiften

über Beebys Ärmel zum Zeichen, daß er die Zuneigung erwiderte. Seitenweise drängten sich Empfindungen und Zeichen in den vier Worten zusammen.

«Ich rufe Sie an, sowie ich Kontakt aufgenommen habe. Und, Tom – es wird schon gutgehen.»

«Gewiß. Dann bis nächste Woche.»

Henderson sah Beebys großer Gestalt nach, wie sie den Flur hinunterschritt. Er merkte, daß seine Augen feucht wurden. Er verläßt sich auf mich, dachte er. Wie ein Vater. Fast.

Drittes Kapitel

Das Sportcenter hatte seine Räume am East River im Kellergeschoß eines alten Gebäudes zwischen der Queensboro Bridge und dem Franklin Delano Roosevelt Drive. Es war der einzige Ort in Manhattan, an dem Henderson einen Coach im Säbelfechten hatte ausfindig machen können, und deshalb versuchte er, barmherzig über das wenig anziehende Erscheinungsbild dieser Stätte hinwegzusehen.

Die Kellerfenster waren massiv vergittert und ließen vor Schmutz kaum Licht durch. Den Treppenschacht zierte Strandgut in Form von Wachspapierkartons und Bier- und Limonadedosen. Die ramponierten genieteten Stahl-Doppeltüren waren gespenstisch und professionell mit futuristischen Namen und Zahlen besprüht.

Henderson trat ein. Ein alter Mann hinter einem Schaltergitter blickte prüfend auf seine Karte, die ihn als Mitglied des Queensboro Fitnessclubs auswies.

«Ist Mr. Teagarden da?» fragte Henderson.

«Ist er.»

Henderson lief einen Gang entlang und betrat den dumpfigen Umkleideraum. Schmale Reihen von grauen Spinden füllten ihn fast zur Gänze. Dazwischen standen niedrige Bänke. Drei junge Puertoricaner im Boxdress standen wie aufgereiht in der Nähe von Hendersons Spind und rauchten.

Er versuchte sich möglichst unbekümmert auszukleiden. Dann zog er seine weißen Socken und den weißen Rollkragenpullover an und stieg in die weißen Knickerbocker. Er hörte, wie man hinter ihm kicherte und Witze machte.

«He, was trägst denn du da für 'n Zeug?»

Henderson schnürte sich die Turnschuhe.

«Bißchen tuntig, was, Mann!»

Er schlang sich den Säbelbeutel über die Schulter.

«Schneewittchen. He, Schneewittchen!»

Er griff nach Maske, Handschuhen und gepolsterter Weste und schritt so erhaben es ging aus dem Umkleideraum.

Der Übungsraum mit seiner niedrigen Decke war erstaunlich groß. Da waren ein Boxring, eine Fläche mit Fitnessgeräten – Flaschenzugapparaturen, Kippsitze und Beinstützen, kurze Laufbänder mit Meßskalen und Handgeländern – und die üblichen Hanteln und Gewichte, mit denen die schweißglänzenden, erbshirnigen Muskelprotze herumjonglieren konnten. Da waren ferner eine große Matte für die Liebhaber der asiatischen Kampfsportarten und am anderen Ende, hinter einer Tür, ein Dampfbad und ein Tauchbecken.

In der hinteren Ecke sah er Teagarden, der gerade mit Kreide die *piste* abgrenzte.

«Ziemlich spät», sagte Teagarden.

«Viel zu tun gehabt», entschuldigte sich Henderson. «Und ich muß spätestens um halb sieben gehen.»

«Gibt aber keine Ermäßigung.»

«Nein, so habe ich das auch nicht gemeint . . .»

Eugene Teagarden war ein Schwarzer. Der einzige schwarze Säbelfechter in Amerika, wie er behauptete, weshalb er so hohe Unterrichtsgebühren verlangte. Er war schlank und rank und hatte einen gepflegten breiten Schnurrbart. Sein Verhalten schwankte launenhaft zwischen Feindseligkeit und Geringschätzung. Er war, soweit Henderson das beurteilen konnte, ein brillanter Fechter. Er lehrte außerdem nicht eigentlich Fechten, sondern «Zen-Fechten», wie er es nannte. Die reine Technik wurde dabei mit verwirrenden philosophischen Abhandlungen und bewußtseinserweiternden Prozeduren garniert. Angespornt durch die in Amerika ständig zu hörende Aufforderung zu körperlicher Betätigung, hatte Henderson sich für das Fechten entschieden, die einzige Sportart, die ihm während der Schulzeit immerhin ein wenig Spaß gemacht hatte. Es ging ihm weniger um Körpertraining als um ein Gesprächsthema bei Dinners und

Parties. Wenn früher oder später die Rede darauf kam, was man für seine Kondition tat, wenn man von Aerobic sprach oder sich über den Schrittlängenfaktor beim Joggen erhitzte, konnte Henderson immer etwas über das Fechten beisteuern.

Er zog einen Säbel aus dem Beutel.

«Dann keine Zeit verschwendet», sagte Teagarden. «Masken auf. Auslage.»

Henderson stülpte sich die Maske über, das große zyklopische Fliegenauge. Er liebte die Maske; sie machte seinen Kopf so gesichtslos wie eine Glühbirne.

«Denken Sie an die Regeln», sagte Teagarden.

Kontrollierte Entspannung, sagte Henderson sich vor, kontrollierte Entspannung. Das war der Schlüssel zu Teagardens Methode, das Herzstück des «Zen-Fechtens». Und deshalb ließ er sich Teagardens Beschimpfungen gefallen: Diese Barschheit tat ihm gut, so hoffte er. Er brauchte nicht das körperliche Training, er brauchte die Therapie.

«Auf die Zehenspitzen.»

Henderson erhob sich auf die Zehenspitzen, Beine gespreizt, linke Hand an der Hüfte, Säbel vor sich angewinkelt.

«Fühlen Sie diese Klinge», sagte Teagarden, jetzt ebenfalls mit der Maske in Fechterstellung ihm gegenüber stehend. «Sie *sind* diese Klinge. Es gibt nur noch die Klinge. Sie existieren nicht mehr. Was sind Sie?»

«Ich – äh – bin die Klinge.»

«Kontrollierte Entspannung.»

Henderson entspannte sich und versuchte wachsam zu bleiben.

«Mensur.»

Die Säbel berührten sich. Ein blechern-kratzendes Geräusch.

«Spüren Sie sie?»

«Was?»

«Die *sensation du fer*.»

«O ja, ich spüre sie.»

«Okay. *Flèche*-Angriff, wann immer Sie wollen.»

Der *Flèche*-Angriff war eine Art verrückter, hopsender Vorstoß, bei dem der Angreifer oft an seinem Gegner vorbeistolperte. An irgendeinem Punkt während dieses Angriffs sollte man einen Hieb gegen die Backe oder Flanke des Gegners führen.

Henderson schwankte. Teagarden stand gelassen und regungslos da. Henderson glaubte, er würde jeden Moment nach vorn fallen, so entspannt fühlte er sich.

Er sang im Geist ein Lied – das war auch eine von Teagardens Drillmethoden. Aus irgendeinem Grund sang er immer «Nymphs and Shepherds».

Nymphs and shepherds, come away, come away. Ich bin die Klinge, sagte er sich, ich bin die Klinge. *Come, come, come, come away.* Er wollte einen *Flèche*-Angriff gegen Teagardens linke Seite führen – was ungewöhnlich war –, und dann einen Hieb auf der rechten Gesichtshälfte anbringen – was noch ungewöhnlicher war. Also Fingernägel der rechten Hand nach unten, rechter Arm gestreckt hinter der Glocke, ausatmen, entspannen, eine Finte nach rechts und angreifen!

Henderson spürte Teagardens Parade an der Innenseite des rechten Ellbogens und fast gleichzeitig die heftigen Hiebe gegen Kopf und linke Backe, während er, in die Luft säbelnd, an ihm vorbeistürmte.

«Was machen Sie denn, Mann?» rief Teagarden, als Henderson gegen eine Wandleiter prallte. «Sie waren völlig ungedeckt. Und haben wild drauflosgeschlagen.»

Mit in die Stirn geschobener Maske kam er näher. «Der Hieb ist ein Zucken mit dem kleinen Finger.» *Ping, bong, scharr, kratz, ping.* Teagardens Säbel versetzte Hendersons Maske in fünf Millisekunden ebenso viele Hiebe.

«Sie sind verdammt nochmal kein Errol Flynn. Kommt alles aus dem Handgelenk, Mann. Was Sie da machen, ist Fleischhacken.» Er fuchtelte in der Luft herum, um das zu illustrieren. «Sie sind kein Metzger, Sie sind ein Artist. Sie haben doch mit Kunst zu tun, da sollte Ihnen das ganz leicht von der Hand gehen.»

«Entschuldigung», murmelte Henderson.

«Okay. Jetzt erst mal tief atmen.»

Sie atmeten zwei Minuten lang tief ein und aus.

«Kontrollierte Entspannung», sagte Teagarden.

Henderson entspannte sich.

«Probieren wir's mal so», sagte Teagarden. «Sie sind oben auf einem Berg, okay? In einem weißen Zimmer. Sie sind dort geboren. Sie haben Ihr ganzes Leben dort gelebt. Warum? Weil Sie der Fechtkönig sind. Der Herr der Säbelfechter. Leute kommen von überall her auf Ihren Berg, um Ihnen in Ihrem Zimmer zuzuschauen. Um Ihre *Flèche*-Angriffe zu sehen. Warum? Weil Ihre *Flèche*-Angriffe sauber sind, Mann. Sauber. Alles klar?»

«Berg, weißes Zimmer, sauber, ja.»

«Augen zu.» Seine Stimme wurde eine Spur leiser. «Sie sind der Herr der Säbelfechter in Ihrem weißen Zimmer auf dem Berg. Denken Sie daran. Stellen Sie es sich vor. Versetzen Sie sich hinein. Was sind Sie?»

«Ich bin – ehem – der (ein Hüsteln) Herr der Säbelfechter.»

«Lauter.»

«Ich bin der Herr der Säbelfechter.»

«Lauter.»

«Ich bin der Herr der Säbelfechter!»

«Lauter!»

«ICH BIN DER HERR DER SÄBELFECHTER!»

Henderson schlug die Augen auf. Einige Leute hatten ihre Übungen unterbrochen, eine kleine Menschentraube stand um sie herum. Aus irgendeinem Grund fühlte er sich eigenartig leicht, fast wie auf Wolken vor Verlegenheit. Nur Teagarden brachte es zuwege, daß er sich so benahm. Nur in Amerika gab er sich zu so etwas her.

«Okay. Ich mache jetzt eine Finte gegen den Kopf, und Sie parieren *quinte*. Klar?»

«Ja.»

«Dann parieren Sie an der Hüfte mit *seconde* und ripostieren gegen die rechte Backe.»

«Okay.»

«Dann stoße ich zur Flanke, pariere *tierce* auf den Ausfall, mache eine Gegenriposte zum Kopf, und dann sehen wir weiter.»

«Schön.»

«Und sauber, um Gottes willen. Sauber.»

Nach der Dusche rieben sich Henderson und Teagarden im Umkleideraum trocken. Henderson gab sich Mühe, nicht auf Teagardens langes, dünnes Glied zu starren, und hielt sich selbst bedeckt, so gut es ging. Seit seiner Zeit auf der Internatsschule fühlte er sich nackt mit anderen Männern zusammen unbehaglich. In diesem Fall kam noch hinzu, daß Teagarden der erste Schwarze war, den er je unbekleidet gesehen hatte, ausgenommen Abbildungen in Büchern und im *National Geographic*, und Henderson war bemüht, nicht neugierig zu erscheinen. Er summte leise *«Nymphs and Shepherds»* und heuchelte großes Interesse für eine Ecke an der Decke. Teagarden ging unbekümmert hin und her, das Handtuch um den Hals, zog aber schließlich doch die Unterhose an.

Henderson sagte ihm, er werde für einige Tage verreisen und möglicherweise den Unterricht am Mittwoch ausfallen lassen müssen.

«Das liegt bei Ihnen», sagte Teagarden in aggressivem Ton.

Henderson streifte sich das Hemd über. Wirklich, dieser Mann war unmöglich. Die harmloseste Bemerkung empfand er als Beleidigung.

«Wo fahren Sie hin?»

«In den Süden. Wahrscheinlich nach Georgia. Fürs erste. Zunächst muß ich nach Atlanta.»

«Scheiße. Was wollen Sie denn da?»

«Ich habe dort zu tun.»

«Herrgott, bleiben Sie lieber hier.»

«Warum?»

«Ist doch übel da unten.»

«Schlimmer als hier?»

Teagarden zuckte die Achseln. «Vielleicht nicht. Aber anders, das bestimmt.»

«Wie anders? Wie meinen Sie das?»

«Scheiße, ich weiß nicht . . . Na ja, vielleicht ist ja überall alles gleich. Überall die gleiche Scheiße.» Teagarden sah ihn durchdringend an. «Überall tischen sie einem Scheiße auf. So ist es doch, oder? Sie tischen einem Scheiße auf.»

Henderson war ratlos. «Na ja, nicht immer. Manchmal, aber doch nicht immer, finde ich.»

Teagarden setzte sich, um seine Schuhe zu schnüren. «So, finden Sie?»

«Ja, doch.»

Teagarden lachte. Ihn schien diese Vorstellung wirklich zu belustigen.

«Dann viel Glück, Mr. Dores. Sie können's bestimmt brauchen.»

Etwas aus der Fassung gebracht, verabschiedete sich Henderson und ging.

Henderson winkte in der East Fifty-ninth Street einem Taxi und gab dem Fahrer Melissas Adresse an. Er lehnte sich in das rote Kunstlederpolster zurück und versuchte Teagardens Worte und sein Lachen zu vergessen. Er dachte mit nur gedämpftem Schuldgefühl an die Fahrt in den Süden mit Irene. Er fühlte sich müde und erfrischt zugleich nach dem Training mit den Säbeln. Vielleicht würde er heute nacht schlafen können.

Er verscheuchte Irene aus seinen Gedanken, als das Taxi sich Melissas Wohnung näherte. Keine der beiden Frauen in seinem Leben wußte etwas von der Existenz der anderen. Die Folge war, daß er ein bestimmtes Konzentrationsniveau aufrechthalten mußte, um sich nicht durch eine Unachtsamkeit zu verraten.

Er entlohnte den Fahrer und blieb einen Augenblick vor dem Eingang des Apartmenthauses stehen. Es war kühl, und er sammelte unter dem Firmament leuchtender Fenster seine Gedanken. Er rückte seine Krawatte gerade und räusperte sich. Es war, als ginge er auf Freiersfüßen; dann erinnerte er sich, daß dem ja auch so war. Letzte Woche hatte Melissa zu verstehen gegeben, daß sie im Begriff seien, sich wieder «inoffiziell zu verloben». Er rechnete schon damit, daß sie einen Ring verlangte.

Er hatte Melissa Mitte der sechziger Jahre, vor jetzt bald zwei Jahrzehnten, in Oxford kennengelernt. Während der Arbeit an der Dissertation hatte er durch eine Lehrtätigkeit bei einem Sommerkurs, den verschiedene amerikanische Colleges in Oxford abhielten, seine Finanzen aufgebessert. Melissa war eine seiner Schutzbefohlenen gewesen. Schon damals, als seine Liebesaffäre mit Amerika noch nicht in voller Blüte stand, war ihm Melissa mit ihrer Frische, dem zurückgebundenen dunklen Haar und ihrer unglaublichen Aura von Sauberkeit überwältigend verlockend erschienen. Sie hatte gerade, wie sie ihm in der dritten Tutorstunde gestand, eine unglückliche Liebesaffäre mit einem College-Studenten hinter sich. Hendersons Oxford-Affektiertheiten (französische Zigaretten, zerknitterte Gelehrsamkeit), der bloße Umstand, daß er so ganz anders war als ihr verflossener Freund und die voraussehbare Schüler-Lehrer-Schwärmerei trugen dazu bei, daß sie sich in eine Beziehung stürzten, wie er sie leidenschaftlicher noch nicht erlebt hatte. Es begann mit Lunchpicknicks und ging mit Besuchen in Pubs an heißen Sommerabenden und schließlich mit Wochenendausflügen nach London weiter. Und es ging alles sehr schnell, unter dem Schwung starker Gefühle, weil einer im anderen die gerade gelegen kommende Befriedigung seiner Bedürfnisse sah. Drei Monate später wurden sie in der Kapelle seines Colleges getraut (ihre furchteinflößenden Eltern kamen zur Hochzeit herübergeflogen), und sie mieteten ein Häuschen in Islip. Der Gefühlsschwung hielt auch ein Jahr später noch an. Im Rückblick jetzt erschien Henderson dies noch immer als die Zeit, in der er am längsten wirklich glücklich gewesen war. In diesem nächsten Sommer waren sie nach Frankreich und Italien gereist. Ihre nächste Reise – in die Staaten, Henderson war schon außer sich vor Vorfreude – befand sich im letzten Planungsstadium, als Melissa eines Nachmittags im November etwas früher von der Arbeit heimkam und ihn mit der Nachbarsfrau im Bett fand.

Diese Frau hieß Agnes Brown, ein Name, der in seiner Tristheit genau zu ihr paßte. Henderson war Melissa nur dieses eine Mal untreu gewesen, und er fragte sich bis zum heutigen Tag, wie sie es so schicksalhaft fertiggebracht hatten, zueinander ins Bett zu geraten.

Agnes war eine etwas schmuddelige Frau, der die Pflichten im Haushalt und zusätzliche Arbeiten immer über den Kopf zu wachsen schienen. Sie war ein wenig älter als Henderson, geschieden, und hatte drei geräuschvolle und potentiell neurotische kleine Kinder. Henderson und Melissa kannten sie ganz gut – wie das bei Nachbarn eben üblich ist –, aber er hatte sie nie auch nur im Traum mit sexuellen oder erotischen Vorstellungen in Verbindung gebracht, denn er hatte in Agnes eine Leidensgefährtin erkannt: Agnes Brown war schüchtern. Sie gestand Henderson und Melissa das bei verschiedenen Gelegenheiten ein und beklagte ihre Gehemmtheit, die es ihr erschwerte, wieder einen Mann zu finden.

Für solche Menschen ist oft der einzige Weg zu körperlichem Kontakt ein Zusammenstoß, und eines regnerischen Nachmittags stießen sie und Henderson zusammen. Sie war gekommen, um sich eine von Melissas amerikanischen Zeitschriften auszuleihen. Henderson griff nach der Zeitschrift, drehte sich zu rasch um und stieß gegen sie.

Warum hatte er sie geküßt? Während der anderthalb Jahrzehnte danach hatte er sich diese Frage hundertmal gestellt, ohne eine befriedigende Antwort darauf zu finden. Noch schwerer ließ sich die fummelnd-verlegene Hast erklären, mit der sie aufs Sofa gefallen waren, und das kältebibbernde, halb entkleidete Hinüberschlüpfen ins Schlafzimmer ein paar Minuten später.

Zuerst sagte er sich, ihm müsse nach so etwas wie einer letzten Dosis europäischen Schmutzes gewesen sein, bevor er sich der strahlenden Hygiene der Neuen Welt aussetzte, aber als Motiv klang das nicht recht überzeugend. Er wußte, daß er es getan hatte, weil auch er schüchtern war – wenn auch nicht so schüchtern wie sie. Unter den Blinden ist der Einäugige König. Dieselbe Machtformel gilt auch, das wußte er jetzt, für die Gemeinde der Sanften. Dort hat der zumindest mäßig Kühne die Hebel in der Hand. Indem er sich mäßig erkühnte, hatte er die Gelegenheit ergriffen: Er hatte einfach nicht den Mut gehabt, nein zu sagen. Es war letztlich so, dachte er, wenn er sich des feuchten, eher schmerzhaften Zusammenpralls von Mündern erinnerte, daß sie scharf auf mich und ich geschmeichelt und schwach war. Das war die schreckliche Begleiterscheinung der Schüchternheit: Weil ihm die Kraft fehlte, anderer Meinung zu sein, etwas zu verschmähen, seiner eigenen Wege zu gehen, war es immer leichter, sich anzupassen. Als Melissa an jenem gräßlichen Nachmittag hereingestürmt kam und sie entdeckte, schlief er nicht etwa mit Agnes, er paßte sich nur den Umständen an.

Und noch am selben Abend hatte Melissa ihn verlassen. Untreue war für sie das einzige unverzeihliche Verbrechen. Henderson kam in jenem Sommer nicht in die Staaten. Statt dessen sah er sich einem beunruhigenden transatlantischen Sperrfeuer von gerichtlichen Drohungen, Verfügungen und Anweisungen ausgesetzt. Irgendwie, irgendwo (Reno? Mexiko?) wurden er und Melissa ganz schnell geschieden.

Unvorhergesehener Trost und zweitbeste Lösung – etwas, das er und Agnes Brown von ihrer Natur her als ihr Schicksal zu akzeptieren geneigt waren –, schien es ihnen, sich zusammenzutun. Aber nach drei Jahren machten die allzu aktiven kreischenden Kinder und die von vornherein zum Scheitern verurteilte Art ihrer Verbindung (sie hatte einen schlechten Start und schien danach ständig bedroht) eine Trennung unvermeidlich. Sie kam – mit dumpfer Resignation und ohne Tränen –, und Henderson zog nach London, um das zu beginnen, was er jetzt sein verlorenes Jahrzehnt nannte. Er begründete seinen Ruf, indem er seine drei Bücher über die Impressionisten schrieb, diverse Artikel verfaßte, vier Jahre lang als Mitherausgeber eines Kunstmagazins arbeitete, das Jahr 1976 dank eines Stiftungsstipendiums in Frankreich verbrachte, im ganzen Südosten Englands an Kunstakademien Vorträge über Kunstgeschichte hielt, eine Festschrift für einen alten Professor herausgab und Einleitungen für zahlreiche Kataloge konzipierte. Es war eine ereignislose, freudlose und recht einsame Zeit, eine Zeit harter Arbeit und monotoner Insolvenz, die nur gelegentlich durch ein finanzielles Manna erleichtert wurde (zwei Bildbände für einen Schweizer Verleger und die eingesparte Hälfte seines Stipendiumgeldes, das er für den Kauf einer kleinen Wohnung in Baron's Court verwandte). Sie endete – offiziell – 1981, als ihm Thomas Beeby, ein alter Bekannter seiner Mutter, die Stellung eines Taxators bei Mulholland & Melhuish anbot.

Er sah das Jahrzehnt, bevor er Melissa wiedersah, bewußt als «verloren» an, weil dadurch seine neue Bindung an sie, die eventuelle Wiederverheiratung eingeschlossen, gestärkt wurde. Solchermaßen innerlich verpflichtet, nannte er jetzt dem Pförtner seinen Namen. Der Mann musterte ihn argwöhnisch, ehe er ihm gestattete, den Aufzug zu betreten. Während sich die Kabine zum fünften Stock hinaufbewegte, mußte Henderson daran denken, daß sein Berufsleben (vor Mulholland & Melhuish) zwar ein gewisses bescheidenes Niveau erreicht hatte, sein Gefühlsleben aber nach der Scheidung verkümmert und praktisch zum Erliegen gekommen war. Merkwürdigerweise hatte sich nach Melissas Weggang auch seine Schlaflosigkeit entwickelt, die langlebigste Erinnerung an sein törichtes Verhalten an jenem Nachmittag.

Es schien in Europa kein Äquivalent zu existieren für das, was Melissa ihm gegeben hatte; oder es war so, daß sein wilder Schmerz über die Vertreibung aus dem Paradies ihn noch weiter strafte, indem er alle Substitute als mangelhaft entlarvte. Vom Zeitpunkt der Scheidung an bekam das eine

Jahr Ehe in seiner Erinnerung den Glanz einer fast legendären Glückseligkeit, vor allem verglichen mit den wenigen kurzen und unbefriedigenden Affären, die er inzwischen gehabt hatte (mit einer spröden Akademikerin, einer hübschen, aber langweiligen Studentin und einer ehrgeizigen Redakteurin bei einer Zeitschrift, für die er schrieb). Seine Schuld, das gab er zu. Er wurde für immer längere Abschnitte seines Lebens zu so etwas wie einem asexuellen Menschen. Sex spielte eine zunehmend untergeordnete oder einsame Rolle: der ewige Ersatzmann beim Footballmatch, nur selten von der Bank gerufen, um sich am Spielfeldrand warm zu laufen. Er zog den Trainingsanzug aus, rannte die Seitenlinie auf und ab, war aber nicht mehr wirklich gefragt.

Melissa stand an der Tür zu ihrem Apartment. Zu ihren Füßen kläfften zwei Pekinesen.

«Hallo», sagte er, beugte sich vor und küßte einen Smaragdohrring.

«Was hast du denn da?» fragte Melissa.

«Meine Säbel.»

«Wie schneidig.» Sie lachte und stieß ihm gegen die Brust. Er schwankte auf den Fersen zurück. «Mein Gott, du bist ein seltsamer Mensch, Henderson.»

Er folgte ihr in die Waxsche Behausung.

«Gervase, Candice – hört auf!» sagte sie zu den noch immer giftig bellenden Hunden. «Es ist Henderson. Sagt ihm guten Tag.» Die Hunde knurrten. «Begrüß sie auch, Henderson. Sie müssen deine Stimme kennenlernen.»

«Was? . . . Du meinst, ich soll diesen Hunden guten Tag sagen?»

«Ja. Komm schon.»

«Hallo, Gervase. Hallo, Candice.»

Melissa bückte sich und kratzte ihnen mit langen Fingernägeln die Köpfe. «Kommt, Babies, es ist Henderson. Sprich weiter, Henderson.»

Den Hunden Grüße zumurmelnd, folgte er ihr durch die Diele.

Kurz bevor Beeby ihm die Stellung in New York anbot, hatte er von Melissa gehört. Sie hatte ihm geschrieben, um ihm von ihrer zweiten Scheidung – von Mr. Wax – zu berichten und durchblicken zu lassen, daß man die Vergangenheit begraben solle. In seinem dritten Brief – eine einseitige Korrespondenz hatte begonnen – konnte er ihr von seiner bevorstehenden Ankunft in New York berichten, von dem «erstaunlichen Zufall», der sie wieder zusammenbringen würde.

Er hatte dies natürlich als ein weiteres Zeichen aufgefaßt, als gutes Omen für das neue Unternehmen. Seine Erinnerungen erwachten wieder zum Leben, wurden eindringlicher: Von seinem einen Jahr Ehe wurde ein neuer Abzug angefertigt. Das Wiedersehen und die verschiedenen Dinners danach waren herzlich, auf angenehme Weise zurückhaltend und erwachsen-nachdenklich verlaufen. Geistig war der Weg schon geebnet gewesen: Es schien ganz natürlich, daß sie danach strebten, ihr früheres gemeinsames Glück wiederzufinden. Es hatte keine umwerfenden Geständnisse gegeben, keine wechselseitigen Eroberungskampagnen. Dem ersten Kuß hatte für Henderson eine traumhafte Vorhersehbarkeit angehaftet; er hatte ihn wochenlang geprobt. Die Andeutungen, die auf eine justitiable Konsolidierung ihrer Versöhnung anspielten, waren kurz darauf erfolgt.

Das Dumme war, wie Henderson sich jetzt bewußt wurde, daß er sich zu unbedacht von seinem eigenen einsamen Trachten hatte treiben lassen und weniger von einer realistischen Einschätzung dessen, was es umfaßte, oder der vielen Zufälligkeiten des Lebens ... Er runzelte die Stirn und betrachtete ihre hübschen Beine. So hatte er zum Beispiel nicht im entferntesten die Möglichkeit in Betracht gezogen, daß plötzlich eine Irene auftauchen könnte. Oder daran gedacht, daß er und Melissa jetzt andere Menschen waren. Und in mancher Beziehung hatte sich Melissa auch radikal verändert. So war etwa das glänzende dunkelbraune Haar fort. Es war jetzt blond gefärbt, schulterlang und wurde von gräßlichen schnellzementartigen Sprays in Form gehalten. Sie war vielleicht noch schlanker als zuvor, trug teure Kleider in hellen Farben und war ein wenig zu braun gebrannt. Die moralischen Imperative blieben jedoch unerbittlich. Sie hatte Irving Wax ein Jahr nach der Trennung von Henderson geheiratet. Wax war ein großes Tier in der Zementbranche und ein sehr reicher Mann. Sie hatte sich im Jahr zuvor von ihm scheiden lassen. «Er hat seine Sekretärin gevögelt, Henderson. Was hätte ich tun sollen? Wirklich, ihr Männer seid unmöglich.»

Er konnte sich an diesen Tonfall bestens erinnern. Keine Empörung, keine Entrüstung, nur eine ruhige, logische Einschätzung. Melissas Stärke war, daß sie zu jenen Frauen zählte, die genau wissen, was sie vom Leben verlangen, und ganz methodisch danach streben, es sich anzueignen. Der Natur solcher Frauen lagen eine unerschütterliche Gelassenheit und Gewißheit zugrunde, als stünden das Leben und die Welt irgendwie in *ihrer* Schuld ... Wenn Henderson über sein Verhältnis zu Melissa nachdachte, fragte er sich manchmal, ob nicht vielleicht weniger Liebe und Zuneigung ihn zu ihr hingezogen hatten als vielmehr Neid. Die Rolle des Neids in menschlichen Gefühlsbeziehungen wurde seiner Ansicht nach stark unterschätzt. Die Menschen, in die wir uns verlieben, sind oft Menschen, die wir beneiden. Heirate sie, lerne sie von allen Seiten kennen, dann läßt sich mit diesem verderblichen Ressentiment leichter leben, läßt es sich leichter handhaben ... In dieser Hinsicht, dachte er, während er Melissa neidisch ins Wohnzimmer folgte, hatte er sich gar nicht so sehr verändert, und auch Melissa war so verlockend selbstsicher wie eh und je – mit der unergründlichen Ruhe einer Äbtissin.

Das Wohnzimmer war in den gleichen Farben gehalten wie Melissas Kleider: gold, beige und creme. Es war die perfekte Tarnung. Einmal drehte er sich, als er gerade einen Drink einschenkte, um und glaubte, sie sei verschwunden – aber sie hatte sich nur vor den Vorhang gestellt.

Ein zwölfjähriger Junge saß vor einem Fernsehapparat. Er sah nicht auf, als sie eintraten. Irving Wax junior.

«Irving, Henderson ist da. Schalt das Ding aus.»

«Hi.» Der Junge sah sich um. Sein Mund war ein Klempnerladen von Zahnspangen; am Kinn zeigten sich die ersten Aknepusteln. Insgesamt vergröberte der Pubertätscocktail, der zur Zeit in ihm gemixt wurde, seine Züge und ließ ihn linkisch, leicht zurückgeblieben aussehen.

«Hallo, Irv», sagte Henderson jovial.

«Wo ist Bryant?» fragte Melissa.

«Ich bin hier.»

Henderson wandte sich um. Bryant war ein großes, hübsches Mädchen, schlank, mit einem kurzen, wilden Blondschopf. Kleine Brüste, die sich kaum unter ihrem bauschigen T-Shirt abzeichneten, uralte Jeans, Turnschuhe. Er hatte sie nie anders als gelangweilt oder mürrisch gesehen.

«Herzlichen Glückwunsch zum Geburtstag!» sagte Henderson und überreichte ihr einen Umschlag, der ihr Geschenk enthielt. «Was ist das?»

«Mach's auf, Bry», sagte Melissa.

Sie öffnete den Umschlag. «Mitglied auf Lebenszeit», las sie langsam. «Freund des Frick? Was soll ich damit anfangen?»

«Ach, Henderson. Wie aufmerksam.»

«Ja. Ich dachte –»

«Sag danke, kleine Missy.»

«Ja, aber was kann ich damit anfangen?»

«Nun, äh –» Melissa sah Henderson hilfesuchend an.

«Du kannst zunächst einmal umsonst das Frick besuchen. Solange du lebst.»

«Was ist das Frick?»

«Um Fricks willen», schnaubte Irving Wax.

«Ich gehe mit dir hin, Baby», sagte Melissa. Sie formte mit den Lippen ein lautloses «Danke» zu Henderson hin und warf ihm eine Kußhand zu. Henderson fuhr innerlich zusammen. Trotz seines Schuldgefühls hatte er noch immer das verzweifelte Verlangen, mit Melissa ins Bett zu gehen. Er rief sich die Zeit in Oxford ins Gedächtnis zurück und versuchte darüber hinwegzusehen, wie undankbar Bryant ihre Mitgliedskarte auf den Couchtisch warf.

Henderson machte eine Flasche Champagner auf. Sie stießen auf Bryants Gesundheit an und gratulierten ihr zum vierzehnten Geburtstag. Sie sah eigentlich nicht wie vierzehn aus, dachte Henderson. Hätte er es nicht gewußt, würde er sie für zweiundzwanzig gehalten haben.

Er setzte sich zu Melissa auf die Ledercouch, während eine philippinische Hausangestellte Geburtstagstorte herumreichte. Dann gab es Kaffee, und Melissa zündete sich eine extra lange Zigarette an. Als Bryant ebenfalls eine haben wollte, wurde sie abschlägig beschieden. Sie durfte zwei am Tag rauchen und hatte ihr Quantum schon überschritten. Henderson war ein wenig betroffen. Schließlich gingen die Kinder hinaus.

Henderson küßte Melissa behutsam auf die Lippen. Er schmeckte Lippenstift und Tabak.

«Liebe dich, Darling», sagte Melissa abwesend.

«Ich auch . . . ich meine, ich liebe dich auch.»

Henderson legte ihr die Hand auf den Schenkel und knetete ihn zärtlich. Melissa kämmte ihm mit den langen Fingernägeln das Haar über das linke Ohr zurück. Henderson wurde sich bewußt, daß er gleichzeitig die Stirn runzelte und lächelte. Kein Wunder: er fühlte sich in diesem Moment stark zu Melissa hingezogen und wollte sie unbedingt wieder heiraten, und doch plante er zur selben Zeit ein pikantes Wochenende mit Irene. Abermals erschütterte es ihn, mit welcher Leichtigkeit er in derartige Situationen geriet und damit fertig wurde. War dies ein grundsätzlicher Charakterfehler, oder benahmen sich die anderen auch so? Vielleicht war dies die einzig mögliche Antwort auf die Großzügigkeit Amerikas: Konnte man anderswo nur entweder das eine oder das andere bekommen, so konnte man hier beides haben . . . Das war, wie er überlegte, eine sehr unbritische Vorstellung.

«Melissa, Darling», sagte er vorsichtig, «ich muß morgen für ein paar Tage verreisen. Geschäftlich.»

«Ach ja? Wohin?»

Bleib vage, dachte er.

«Ehem – in die Nähe von Washington. Ich warte noch auf nähere Angaben.»

«Washington? Aber das ist ja herrlich.»

«Ja?»

«Ja, natürlich. Dann kannst du Bryant begleiten. Sie verbringt einige Zeit bei Mom und Daddy Wax. Sie fliegt morgen.»

«Ach, zu dumm. Ich fahre nämlich mit dem Wagen.»

«Henderson! Fahr doch wenigstens mit der Bahn. Kein Mensch fährt mit dem Wagen nach Washington.» Melissa lachte entzückt über einen solch exzentrischen Einfall.

«Doch, ich. Du weißt doch, wie ich das Fliegen hasse.» Etwas in seinen Gedanken schien wild um sich zu schlagen wie eine am Genick gepackte Schlange.

«Na schön, okay. Um so besser. Dann *fährst* du eben mit Bryant.» Melissa legte Henderson die Hand auf den Oberschenkel. «Dann könnt ihr euch auch gleich besser kennenlernen.» Sie plapperte weiter. Vor Hendersons Augen schien sich das Zimmer mit bösen Vorahnungen zu verdunkeln. Seine schwächlichen Ausflüchte und abblockenden Bedenken wurden beiseite gefegt, indes neue Pläne gemacht und Termine geändert wurden.

«Wie spät ist es?» fragte er schließlich.

«Viertel vor neun.»

«O Gott! Ich muß gehen!»

Viertes Kapitel

*H*enderson traf keuchend im Blue Room ein, als Irene das Lokal gerade verlassen wollte.

«Na, da hat aber jemand Glück», sagte sie und deutete mit dem Finger auf ihn.

Sie gingen wieder hinein. Henderson legte seinen Mantel und die Säbel ab und folgte ihr zur Bar. Grellweiße, dünne, kahle Bäume waren hier und da gepflanzt worden, und die an den Zweigen angebrachten kleinen blauen Lichter verliehen dem Raum eine eigenartig trübselige und doch festliche Atmosphäre. An der Bar herrschte Betrieb. In New York, stellte Henderson fest, schien man Alkohol in großen Mengen zu konsumieren.

«Guten Abend», sagte ein weiterer gutaussehender Barkeeper. Wo kommen diese Burschen her, fragte sich Henderson. Wo werden sie gemacht?

«Noch einmal dasselbe, bitte. Und einen großen Scotch.»

Die Gläser wurden in den Eisbehälter gestülpt, das Quantum Getränk aus einem Meter Höhe hineingegossen; saubere, kräftige Finger schnitten einen Schnipsel Zitronenschale ab.

«Ach, und – ehem» – die Zitronenschale plumpste in seinen Whisky – «keinen Kringel.»

«Wie bitte, Sir?»

«Hust.» Henderson räusperte sich und klopfte sich auf die Brust. Er hustete. «Nichts.»

Er wandte sich zu Irene um und lächelte sie an.

«Na denn Prost», sagte er mit etwas kümmerlicher Selbstironie und trank einen Schluck. Dann beugte er sich vor und küßte den Muskel, der von ihrem Hals zur Schulter führte. Er bemerkte, daß sie hohe Absätze trug. Das war ein schlechtes Zeichen: Sie war nicht mit ihm zufrieden. Mit hohen

Absätzen war sie gut zwei Zentimeter größer als er. Entspann dich, befahl er sich. Kontrollierte Entspannung. Er spürte, wie ihm der Whisky durch die Adern rann und die Blutkörperchen aufmöbelte. Irene sah ihn an und lachte.

«Ich weiß nicht, wie du das machst, Henderson», sagte sie. «Du bringst mich auf die Palme, und dann kreuzt du auf mit deinen Golfschlägern, und ich muß lachen.»

«Mit meinen Säbeln», berichtigte er. «Wie geht es dir? Du siehst gut aus.»

«Bei mir ist ein Schnupfen im Anzug. Ich brauche südliche Sonne.»

«Ah.»

Er hatte Irene vor einem Monat bei einer Privatschau in einer Galerie an der Madison Avenue kennengelernt. Es war ein regnerischer Tag gewesen, und er war wie an diesem Abend zu spät gekommen, durchnäßt und etwas außer Atem. An einem breiten, weißen Tisch voller Kataloge und fotokopierter Preislisten hatte eine gutgebaute dunkelhaarige junge Frau gestanden. Völlig zerstreut reichte Henderson ihr seinen tropfenden Schirm und den Mantel.

«Ich bin nicht die Scheißgarderobenfrau, Sie Trottel», hatte sie ganz ruhig gesagt und auf dem Absatz kehrtgemacht, ohne auf den Strom seiner entgeisterten Entschuldigungen zu achten. Als er sich während der langweiligen Party später gerade an der improvisierten Bar Weißwein einschenkte, kam sie mit einem leeren Glas auf ihn zu und bat ihn, es zu füllen.

«Ich bin nicht der verdammte Barkeeper», hatte er mit einer Kühnheit gesagt, die ihn selbst überraschte (er konnte sich nicht ganz dazu überwinden, das «Scheiß» zu gebrauchen). Sie fand das sehr lustig. Sie begannen sich zu unterhalten und stellten fest, daß sie die ausgestellten Gemälde unterschiedlich beurteilten. Henderson hielt sie für puerilen Abklatsch, Irene war mit dem Künstler befreundet – daher die Einladung – und bewunderte sie sehr.

Henderson hatte sich sogleich zu Irene hingezogen gefühlt, weil sie der Verkäuferin in einem Fleischerladen in Spanien ähnlich sah, um die er prickelnde sexuelle Phantasien gesponnen hatte, um einen ansonsten banalen und ereignislosen Ferienaufenthalt vor zwei Jahren zu beleben. Er kaufte zweimal, bisweilen dreimal am Tag Fleisch bei ihr, wobei er nie mehr sagte als *«jamón», «chuletas de cerdo», «es todo», «gracias»*. Sie war im Gegensatz zu ihrer braungebrannten Kundschaft blaß, als ginge sie nie in die Sonne. Sie hatte breite Schultern und kräftige Arme. Sie zerteilte Fleisch mit geübtem, energischem Schnitt. Henderson stand ihr an der blutbeschmierten Marmortheke gegenüber und konnte kaum atmen, während sie ihm weiche, schwere Plastikbeutel mit Koteletts, Steaks, Leber, Hühnerbrüsten und anderen Fleischstücken reichte, die in seinem Wörterbuch standen. Da er im Hotel wohnte, mußte er nachher alles wegwerfen. Er gab während dieser Ferien ein Vermögen für ungegessenes Fleisch aus.

Die Verkäuferin wurde bald auf ihn aufmerksam, und es kam zu langen und direkten Blickkontakten während der jeweiligen Transaktion. Beim Herausgeben des Wechselgeldes kratzte sie ihm manchmal mit den rotbefleckten Fingernägeln über die feuchte Handfläche.

Irene war wie diese namenlose Verkäuferin in der Fleischerei kräftig und blaß. Sie hatte dichtes schwarzes Haar, das sich im Nacken lockte. Ihre Augen waren braun, und sie hatte sehr ausgeprägte Gesichtszüge: vorspringende Nase, kräftige Lippen, ungezupfte Augenbrauen. Und sie war groß. An jenem Abend in der Galerie war sie größer gewesen als er.

«Wissen Sie», hatte er die fruchtlose Diskussion über die Qualitäten der Bilder unterbrochen, «Sie erinnern mich an jemanden.»

«Ach ja? An wen?»

«An ein Mädchen in einer Fleischerei in Alicante.»

Irene hatte sich im Raum umgesehen. «Ich nehme an, das soll so etwas wie ein Kompliment sein.»

«Gott. Nein – ehem – was ich meinte, Sie» – seine linke Hand hatte, nach dem sprichwörtlichen Strohhalm suchend, in der Luft herumgefuchtelt – «was ich Sie fragen wollte . . .

ob Sie spanisches Blut in den Adern haben. Das ist es, was ich . . . ja.»

«Nein. Ich bin Jüdin.»

«Aha.» Kopfnicken. «So.»

«Sie sind kein Jude», hatte sie mit einem entsetzten Ausdruck auf dem Gesicht gesagt.

«O nein. Ich bin Engländer.»

Irene hatte so laut gelacht, daß die Leute ihre Gespräche unterbrachen und sich umdrehten.

Henderson sah sie an, wie sie da auf dem Barhocker saß. Sie trug ein ärmelloses dunkelblaues Kleid. Ihre Haut sah fast blütenweiß aus. Weiß wie ein Kühlschrank. Er legte ihr die Hand aufs Knie.

«Ich kann mich freimachen, kein Problem», sagte sie. «Wann fahren wir?»

«Ja, hm.» Henderson schluckte und nahm die Hand von ihrem Knie.

«Mr. Dores? Ihr Tisch ist gedeckt, Sir.»

Als sie sich gesetzt hatten, war Hendersons Haut mit einem feinen Schweißfilm überzogen. Wie sollte er Irene beibringen, daß ihr Platz im Wagen inzwischen an Bryant vergeben war?

«Ich war schon in New Orleans», sagte Irene, «aber noch nie so im richtigen Süden.»

Der Ober tauchte hinter Henderson auf.

«Hallo, die Herrschaften», sagte er fröhlich. «Ich heiße James –»

Henderson sah sich verwirrt um. «Oh! Hallo. Mein Name ist Dores. Henderson Dores.» Er erhob sich. «Das ist Miss – Mrs. – Stein.» Gedankenlos streckte er die Hand aus.

Der Ober warf Irene einen verwirrten Blick zu, ehe er die Hand ergriff. «Schön, Sie kennenzulernen, Sir.» Seine Ratlosigkeit dauerte nur eine Sekunde. «Wie gesagt, ich heiße James. Ich bediene Sie heute abend und werde mich um Ihr Wohl kümmern.» Er reichte ihnen die Speisekarte. «Einen angenehmen Abend», sagte er strahlend und ging.

Henderson setzte sich wieder. «Entschuldige», sagte er. «Ich dachte . . .»

Irene sah ihn gereizt an. «Was ist los mit dir? Ist dir nicht gut?»

«Doch, doch. Anstrengender Tag – war ziemlich viel los.»

Sie schüttelte den Kopf wie über einen hoffnungslosen Fall. «Kommst du heute nacht mit zu mir?» fragte sie, während sie die Speisekarte musterte.

Henderson tat desgleichen und versuchte das Pulsieren seiner Herzklappen zu ignorieren. «Ja, gern.» Er würde ihr das mit der Fahrt in den Süden später erklären müssen. «Mein Gott», sagte er, «was ist in dieser Stadt nur mit den Speisekarten los?»

Henderson aß nur wenig; das Seehechtfilet in Bier und Preiselbeersoße machte ihm nicht gerade Appetit. Irene verspeiste ihre zwei gebratenen Täubchen auf frischen Grapefruitherzen mit Genuß. Da er sich bewußt war, daß er das Terrain ein wenig sondieren mußte, fragte er sie, ob sie sich auch bestimmt ein paar Tage Urlaub nehmen könne. Irene versicherte es ihm erneut. Sie leitete zusammen mit ihrem Bruder eine Firma, die Personalcomputer verkaufte. Sie erinnerte ihn daran, daß sie ihr eigener Herr war; sie konnte sich Urlaub nehmen, wann sie wollte. Gut, sagte Henderson. Gut.

Es war nach Mitternacht, als sie das Restaurant verließen, und es regnete ein wenig.

«Am West Broadway bekommen wir ein Taxi», sagte Henderson. «Hier lang.»

Irene hatte einen Taschenschirm, den sie aufspannte. Henderson warf sich den Säbelbeutel über die Schulter und hakte sich bei ihr unter. Er roch ihr Haar, das vage nach Früchten duftete, nach Äpfeln oder Sultaninen – wohl noch von ihrem Shampoo. Sie schlenderten um Unrat und Pfützen herum die Straße entlang und blieben ab und zu vor dem erleuchteten Schaufenster einer der vielen Boutiquen und Galerien in dieser Gegend stehen. Vor einem dieser Fenster küßte er sie.

Er schloß die Augen und paßte seine Lippen den ihren sanft so an, daß ihre Unterlippe genau in der Lücke zwischen seinen beiden lag. Er preßte die Nase an ihre Wange und spürte, wie seine Zähne leicht an die ihren stießen, als sie den Mund ein wenig öffnete. Er fühlte sich plötzlich hilflos, Opfer seines wilden Verlangens.

Sie gingen weiter, es regnete jetzt etwas stärker, und die Straßen waren fast menschenleer, da alle sich in Sicherheit zu bringen suchten.

«Du hast doch gesagt, du kennst den Weg», sagte Irene.

«Ich kenne ihn auch. Hier geht's lang.»

Sie bogen in eine Straße ohne Läden ein. Hoch oben konnte er die funkelnden Blumenfenster der Lofts sehen. Regen tropfte von den Feuerleitern.

«Die nächste links, glaube ich.»

Sie drehten sich um. Jemand joggte in einem klatschnassen Trainingsanzug die Straße entlang. Diese Irren joggen wirklich zu jeder Tages- und Nachtzeit durch die Gegend, dachte Henderson mit leiser Bewunderung.

«Wir sollten lieber umkehren und vom Restaurant aus ein Taxi bestellen», meinte Irene.

«Es kann nicht mehr weit sein.» Henderson trat aus dem Schutz von Irenes Schirm heraus und blickte die Straße hinauf und hinunter. Da vorn war eine Kreuzung. Er suchte nach einem Straßenschild. Nichts.

«Kehren wir um», sagte er plötzlich. Er hatte vier Gestalten um die Ecke biegen sehen – männliche Gestalten, die ohne Eile dahergeschlendert kamen. Er verspürte auf der Stelle einen unwahrscheinlichen Durst. Irene wühlte in ihrer Handtasche.

«Ich muß mir die Nase putzen.»

Henderson sah sich noch einmal um, ganz unauffällig und unbesorgt, wie er hoffte. Die Männer – dunkle, geschmeidige Gestalten – hatten die Fahrbahn überquert und gingen jetzt, etwas schneller, wie es schien, auf ihrer Straßenseite. Henderson ballte die Faust. Er sah rasch nach links und rechts. Sie waren allein. Irene suchte noch immer nach einem Taschentuch.

O Gott, dachte Henderson, es heißt, das passiert jedem früher oder später – so wie ein Autounfall oder ein Einbruch. Er wurde von einer wachsenden Panik überwältigt. Nur wenn du nicht genug Geld dabei hast, bringen sie dich um. Oder begießen dich mit Benzin und zünden dich an. Oder vergewaltigen dich. Die ganze Bande. Sie waren nur noch zehn Meter entfernt.

«Hab's gefunden», sagte Irene und schneuzte sich geräuschvoll.

«LAUF!» kreischte Henderson, wobei er gleichzeitig den Schirm zur Seite schlug und Irene einen kräftigen Stoß versetzte. Er schwang die Säbel von der Schulter und ließ sie zu Boden fallen. Seine Hand schloß sich um die Brieftasche, die vollgestopft war mit Kreditkarten und Dollarscheinen.

«Hier, da habt ihr sie, ihr Schweine!» brüllte er den Straßenräubern zu und warf die Brieftasche mit aller Kraft in ihre Richtung. Er sah, wie sie aufklappte und Banknoten und Kreditkarten herausregneten, dann wandte er sich um und rannte davon. Doch sogleich stolperte er über die Säbel und schlug sich heftig das Knie auf. Durch Tränen des Schmerzes hindurch konnte er keine Anzeichen von Irene entdecken und nahm an, daß sie hatte fliehen können. Er hörte Rufe dicht hinter sich. Ohne sich umzublicken, rappelte er sich auf und lief weiter, wobei der zugegürtete und zugeknöpfte Regenmantel seine stampfenden Knie behinderte. Eines brannte wie Feuer, als wäre die Kniescheibe ein weißglühender Wetzstein. Doch Henderson ruderte mit den Armen und hetzte weiter, wobei er hier in einer Pfütze ausglitt, dort eine Mülltonne rammte. Zu noch größerer Anstrengung spornten ihn ein erneuter Anruf von hinten und das Geräusch fliegender Schritte an, leichter, energischer, athletischer Schritte, die auf dem nassen Asphalt aufklatschten. O Gott, mach, daß sie mich nur nicht mit Benzin übergießen, betete er. Daß sie mir nur nicht die Zähne einschlagen. Er hatte das

Gefühl, sich vor Anstrengung gleich übergeben zu müssen. Da packte ihn eine Hand am Ellbogen. Er schrie und schlug wild nach hinten aus, während er sich zwang, weiterzurennen. Eine Hand packte seinen flatternden Mantelschoß.

«Okay!» brüllte er in wütendem Entsetzen, als er mit einem Ruck zum Stehen gebracht wurde. «Bringt mich doch um, bringt mich doch um! Mir ist's gleich!»

Er brach keuchend an einer Hauswand zusammen; das Rettung verheißende Ende der Straße war noch immer dunkle zwanzig Meter entfernt. Würde jemand seine Schreie hören?

Seine Arme wurden fest gepackt. «Sir», sprach eine ruhige Stimme. «Beruhigen Sie sich doch, bitte. Wir haben Ihre Brieftasche und Ihr Geld aufgehoben.»

Henderson lag in seiner Wohnung im Bett. Allein. Ihm war zumute wie jemandem, der aus tiefem Koma erwacht, oder wie einem Flugzeug, das aus einer dichten Wolkenbank in freien Himmel stößt. Die weißen Wolken waren seine Scham und Verlegenheit. Gelegentlich wirbelten sie noch auf, als wollten sie ihn erneut verschlingen, doch jetzt, mehrere Stunden später, schienen sie sich endlich aufzulösen.

Der kräftige Stoß, den er Irene versetzt hatte, war böse danebengegangen. Sie war so heftig gegen eine Hauswand geflogen, daß ihr die Sprache und die Luft wegblieben, und hatte dann fassungslos verfolgt, wie ihr außer sich geratener Liebhaber vier heimkehrenden Kinobesuchern kreischend seine Brieftasche zuschleuderte und dann mit flatterndem Regenmantel panikartig die Flucht ergriff, wobei er immer wieder stolperte und hinfiel. Zwei der jungen Leute hatten ihr auf die Beine geholfen und sie gestützt, bis sie wieder Luft bekam, während die beiden anderen den verzweifelt plärrenden Henderson einholten. Diese Version der Ereignisse hatte er später rekonstruiert. Die Schmach machte ihn zu einem gefügigen Automaten. Irene war in ein Taxi verfrachtet worden, das gerade kam (*jetzt* kamen welche!), und er hatte mit

Unterstützung der vier jungen Männer (sie waren so hilfsbereit) herumgesucht und seine durchweichten Geldscheine und Kreditkarten aufgelesen.

Er sah auf die Uhr. Halb vier. Als er das letzte Mal auf die Uhr gesehen hatte, war es drei Minuten vor halb vier gewesen. Dies war die grausamste Geißel der Schlaflosigkeit. Die Zeit trödelte. Die Zeit bummelte. Die Zeit vergaß, was ihres Amtes war. Henderson konnte wach liegen und in der Zeit, die der Minutenzeiger seiner Uhr benötigte, um einen winzigen Gradabschnitt auf dem Zifferblatt vorzurücken, sein ganzes Leben in gnadenloser Ausführlichkeit Revue passieren lassen – alle Fehlstarts, Selbsttäuschungen, Irrtümer, alle Hätte-ich-dochs. Er drehte sich um. Er drehte sich wieder um. Es wurde ihm heiß, und er streckte ein Bein unter der Decke hervor. Es wurde ihm kalt am Bein. Er zog es wieder unter die Decke. Er sah auf die Uhr. Sechsundzwanzig Minuten vor vier.

Eigentlich hätte er jetzt mit Irene im Bett liegen sollen. Diese runden, flachen Brüste mit ihren merkwürdig kleinen, dunklen Brustwarzen. Ihre unrasierten Achselhöhlen. Ihre Gerüche . . . Sie hatten bislang zweimal miteinander geschlafen. Beim erstenmal, als er unsicher über ihr gekniet hatte (erster Geschlechtsverkehr seit acht Monaten, alle Techniken vergessen, hoffnungsvoll auf den Instinkt vertrauend), hatte sie hinuntergegriffen, sein Glied an der Wurzel gepackt und ohne große Umstände – es gab keinen anderen adäquaten Ausdruck dafür – eingestöpselt. Beim zweitenmal, als er hingebungsvoll mit schweißfeuchter Stirn und schlaffem Kinn drauflospumpte, hatte sie ihm ins Ohr geflüstert: «Wollen wir aufhören, Henderson? Meinst du wirklich, es lohnt sich heute abend?» Er hatte sofort innegehalten, und der Schock über ihren nüchtern räsonierenden Ton hatte zu rascher Erschlaffung geführt. Sie hatte gesagt, in dieser Nacht scheine das alles ein wenig zwecklos – er möge ihr diesen Ausdruck verzeihen. Sie sei nicht in der richtigen Stimmung für all das Geschiebe und Gestampfe. Es habe nichts mit ihm zu tun, hatte sie hinzugefügt, es sei einfach so, daß sie bisweilen den Geschlechtsakt, nun, sagen wir lächerlich und absurd fände. Er hatte ihr zu seiner Überraschung beigepflichtet, aber an Irenes verächtlicher Logik war etwas, das, einmal ins Spiel gebracht, keine Auseinandersetzung duldete. Es war wie beim Laserauge eines Lenkwaffengeschosses: hatte es sein Ziel einmal gefunden, konnte man ihm nicht mehr ausweichen, welche Kapriolen man auch schlug.

Heute abend jedoch, bis zu dem katastrophalen Auftritt der vier «Straßenräuber», war es anders gewesen, und es wäre auch anders gelaufen, dessen war er sicher. Er biß ins Kopfkissen. Er war gern mit Irene zusammen: sie konnte so seltsam, so eigenartig sein. Als er zum erstenmal mit in ihre Wohnung gekommen war, hatte sie ihn hereingebeten und dann einen Holzklotz und einen Hammer aufgehoben, die im Flur lagen, das Holz gegen eine Wand gehalten und zwei Minuten lang darauf herumgehämmert – was sie dann alle Viertelstunde wiederholte. Wie sie ihrem verblüfften Gast erklärte, hatten ihre Nachbarn einen Monat lang zu jeder Tages- und Nachtzeit ihre Wohnung renoviert, und nun, da sie fertig waren, zahlte sie ihnen mit gleicher Münze heim. Letzten Sonntag hatte sie, wie sie eingestand, sogar zwei Stunden lang gehämmert und gebohrt. «Ich bleibe keinem etwas schuldig», hatte sie gesagt, wobei sie ihn mit einem verbissenen Lächeln ansah.

Das stimmte. Und darin lag auch, wie Henderson zugeben mußte, Irenes starke Anziehungskraft begründet. Sie war das genaue Gegenstück zu ihm. So wie Kannibalen dafür bekannt sind, daß sie das Hirn ihrer Feinde essen, um sich zusätzliche Intelligenz anzueignen, so stellte sich Henderson vor, im Umgang mit Irene könne einiges von deren Lebenskraft auf ihn übergehen . . .

Er setzte sich auf und schüttelte das Kissen zurecht. Während er im Lauf der Jahre sein Problem zunächst ausgemacht, dann analysiert und sich ihm schließlich zu stellen versucht hatte, hatte sich sein Verdacht immer mehr verstärkt, daß gewissermaßen nicht er, sondern sein Heimatland dafür verantwortlich war. Vielleicht.

Er warf sich heftig herum.

Er schob die Hand in die kühle Spalte zwischen Bettuch und Kissen. Das brauchte er. Er dachte an seinen bejammernswerten Tag. Die Schmach ließ ihm keine Ruhe. Es war hoffnungslos, sie anzurufen, zu fragen, ob er vorbeikommen könne. Hoffnungslos ... Außerdem wußte er nicht, ob er dazu in der Lage war. Bei dem Sturz über den Säbelbeutel hatte er sich das Knie übel aufgeschunden und seinen Anzug ruiniert.

Er sah auf die Uhr. Viertel vor vier.

Er drehte sich auf die Seite, kuschelte sich ins Kissen und schloß die Augen. Aber sein Gehirn plapperte weiter wie ein unermüdlicher Gast, der nicht gehen will. Daß es zu derartiger Hyperaktivität angeregt wurde, mußte etwas mit dem Bett zu tun haben, mit dem Umstand, daß Hendersons Körper sich in Ruhelage befand. Er beschwor sexuelle Phantasiebilder herauf, bekam auch eine Erektion, um dann festzustellen, daß er daran dachte, wie er wohl einen Ersatz für seine American Express-Kreditkarte bekäme, die nicht wieder aufgetaucht war, so eifrig er und seine vier neuen Freunde auch danach gesucht hatten.

Er fragte sich, ob er eine Schlaftablette nehmen sollte, entschied sich aber dagegen. Nach Tabletten war er am nächsten Tag noch müder als nach einer tablettenlosen Nacht auf der Folterbank. Einmal hatte er in einem Anfall von Frustration drei von den ihm verschriebenen Tabletten auf einmal genommen. Er war auch schlecht und recht eingeschlafen, doch am nächsten Tag war er wie ein Schwachsinniger umhergetappt – schwere Lider, Lippen wie Gummi, seiner Sinne nur halb mächtig, kaum in der Lage, drei vernünftige Worte in Folge zu artikulieren. Er döste zwar jede Nacht ab und zu ein, aber nie, wie es schien, für länger als eine halbe Stunde. Er wunderte sich ständig erneut darüber, wie sein Körper derart magere Schlafrationen überlebte. Er hatte irgendwo gelesen, das mit den acht Stunden Schlaf pro Tag sei eine Legende. Er war der lebende Beweis gegen diesen Irrglauben – falls so etwas vorstellbar war. Eine Zeitlang spielte er mit Worten herum: Kann man einen Irrglauben nachweisen, einen Irrglauben widerlegen . . .?

Ein gräßliches Knirschgeräusch, untermalt von Stimmenlärm und Geklirr, weckte ihn aus leichtem Schlaf. Er rieb sich die Augen. Erschöpft ging er ans Fenster und sah hinaus. Die Rückfront seines Apartmentblocks lag der Rückseite eines großen Hotels gegenüber. Im Hof davor wurden zwei riesige grüne Müllwagen mit Abfall beladen. Mülltonnen mit dem Umfang von Schiffsschornsteinen wurden von Männern aus der Küche herausgerollt, an einen Kranarm gehängt und automatisch auf die Wagen gekippt. Während dieser Prozedur unterhielten sich die Männer ununterbrochen und lauthals im Wetteifer mit der jaulenden Hydraulik, den rumpelnden gußeisernen Rädern der Abfalltonnen und dem brodelnden, mahlenden Geräusch aus den Eingeweiden der Müllwagen.

In den ersten Tagen nach dem Einzug in den Wohnblock hatte Henderson sich zu seinem Fenster im sechsten Stock hinausgebeugt und vergeblich um etwas mehr Ruhe gebeten. «Entschuldigen Sie», hatte er gerufen, «besteht die Möglichkeit, daß das ein wenig leiser geht?» Die Männer schienen ihn zu hören und riefen etwas zurück, aber er konnte sie nicht verstehen. Tatsache war, daß sich nichts änderte. Der Lärm dauerte fünfzehn bis zwanzig Minuten, allmorgendlich zwischen vier und fünf Uhr. Als er empört andere Mieter darauf ansprach, versicherten sie ihm, er werde sich schon bald daran gewöhnen. Auf sie schien das auch zuzutreffen, denn sie schliefen trotz des Höllenlärms weiter.

Aber sie litten auch nicht an Schlaflosigkeit. Henderson wandte sich vom Schlafzimmerfenster ab, ging in seine moderne Kleinküche und machte sich eine Tasse Tee. Er trank einen Schluck und dachte an seine Fahrt in den Süden zusammen mit der reizenden Bryant. Zumindest würde er Melissa eine Freude machen. Er dachte einen Augenblick lang voller Zuneigung an sie. Melissa mochte nicht so aufregend sein wie Irene, aber das war unter den gegebenen Umständen eher von Vorteil. Vielleicht sollte er die Affäre mit Irene beenden. Doch dieser Gedanke stimmte ihn traurig. Andererseits – vielleicht war sie schon beendet. Bei Irene konnte man nie wissen . . .

Um sich abzulenken, ging er ins Wohnzimmer und griff nach Papier und Feder. Er hatte beschlossen, an Lance Corporal Drew zu schreiben und ihn zu bitten, ihm umgehend alles mitzuteilen, was er über den Tod von Captain Dores wußte.

«Sie brauchen keine Angst zu haben, meine Gefühle zu verletzen», schrieb Henderson. «Ich habe meinen Vater nicht gekannt und möchte deshalb gern soviel über ihn erfahren, wie ich kann. Ich weiß, wo und wann er gestorben ist, aber nicht, unter welchen Umständen. Wenn Sie mir darüber etwas sagen könnten – oder mir Name und Adresse eines anderen nennen könnten, der etwas weiß –, wäre ich Ihnen ewig dankbar.»

Er adressierte einen Umschlag an sich selbst und suchte in der Schreibtischschublade nach seinem Vorrat an englischen Briefmarken. Dabei geriet ihm ein anderer unadressierter, vergilbter Umschlag in die Finger. Er spürte, wie sich sein Gesicht sogleich vor Enttäuschung verkrampfte. Es war ein Brief von seinem Vater, geschrieben während seines letzten Heimaturlaubs vor der Abreise in den Fernen Osten und gerichtet an sein ungeborenes Kind.

Henderson hatte von seiner Existenz erst vor anderthalb Jahren erfahren, und dieser Brief war daran schuld gewesen, daß er Nachforschungen über die Umstände des Todes seines Vaters im Kampfeinsatz angestellt hatte.

Eines Nachmittags hatte seine Mutter mitten in einem nichtssagenden Gespräch beiläufig «diesen alten Brief von deinem Vater» erwähnt. Nach den ersten ungläubigen und hitzigen Vorwürfen («Vierzig Jahre hast du gebraucht, mir davon zu erzählen!») hatte seine gekränkte Mutter ihn ihm ausgehändigt.

«Lies ihn», hatte sie mit einer Andeutung von Tränen in der Stimme gesagt. «Dann verstehst du, warum ich ihn dir nicht gegeben habe.»

Jetzt faltete er ihn wieder auseinander, einen eigenartigen, angespannten Ausdruck auf dem Gesicht, und breitete ihn vorsichtig auf der Tischplatte aus.

Mein liebes Mädchen,
sollte mir etwas zustoßen, möchte ich, daß Du dies bei Dir bewahrst. Alles, was ich habe, steht zu Deiner Verfügung. Mein Vertrauen in Dich ist wie meine Zuneigung zu Dir und kennt keine Grenzen.

Mit all meiner Liebe
Dein Dad

Henderson hatte Tränen in den Augen, als er dies las, Tränen der Frustration. Jedesmal, wenn er diesen Brief las, mußte er den heftigen Drang unterdrücken, ihn zu zerreißen.

«Er war felsenfest davon überzeugt, du würdest ein Mädchen sein», hatte seine Mutter gesagt. «Ganz und gar davon überzeugt, ich konnte sagen, was ich wollte. ‹Kümmere dich um mein kleines Mädchen›, waren seine letzten Worte beim Abschied. Ich dachte, du würdest dich nur darüber aufregen. Und du *hast* dich aufgeregt.»

Henderson lehnte sich zurück. Ein leichtes Zittern durchfuhr ihn. Er legte den Brief weg und rieb sich eine Zeitlang mit Daumen und Mittelfinger über die Nase. Das Wissen, das dieser Brief enthielt, stellte die größte Enttäuschung seines Lebens dar, die um so bitterer war, als er nichts daran ändern konnte – nie etwas hätte daran ändern können. Es schien absurd, sich wegen der Spekulationen eines Vaters über das Geschlecht eines ungeborenen Kindes im Jahre 1943 aufzuregen … Aber wenn man nun dieses ungeborene Kind *war . . .*? Irgendwie hatte er dadurch, daß er als Knabe zur Welt gekommen war, seinen Vater im Stich gelassen, auch wenn der Mann nie etwas davon erfahren hatte.

Er stand auf. «Das ist lächerlich», sagte er laut. Er verlor wohl langsam den Verstand. Er zwang sich, an etwas anderes zu denken. Irene. Es mußte einen Weg geben, Irene in den Süden zu bekommen. Vielleicht ein rascher, zerknirschter Besuch gleich morgen. Ließ sich an eine Art von Versöhnung denken? Er hielt inne. Zerknirschung, Entschuldigungen, Versöhnung, Rückfall.

Er sah seinen Tee kalt werden, hatte dessen metallischen Geschmack im Mund. Er verspürte einen alten, vertrauten Zorn über seine Unentschlossenheit. Was verlangte er wirklich vom Leben? Melissa oder Irene? Immer vorausgesetzt, sie wollten *ihn* haben . . . Er war der eigenen Gesellschaft müde; er wollte sie einem anderen aufbürden, ehe er zu alt wurde und es zu spät war.

Fünftes Kapitel

Henderson betrat die Schnellgaststätte gleich bei ihm um die Ecke. Sie war lang, schmal und einfallslos in verschiedenen Brauntönen gehalten. In einer Ecke bei der Tür zwängten zwei, drei Garderobenständer die blonde Lateinamerikanerin ein, die an der Kasse saß. Die eine Wand entlang reihten sich Tischnischen bis hinten ins Dunkel. Ihnen gegenüber war eine Kunststofftheke mit festmontierten Barhockern. In der Mitte dahinter lag die in rostfreiem Stahl glänzende Küche.

In dem Lokal servierten die zwei freundlichsten älteren Damen, denen Henderson je begegnet war. Bereits bei seinem dritten Frühstück dort stiegen sie in den Rang von Lieblingstanten auf, so überwältigend war ihre Freude, wenn er morgens hereinkam. Die Frauen hatten beide die gleiche starr gelockte Dauerwellenfrisur in verschiedenen Grautönen. Ihre Stimmen klangen rauh – rauh von Zigaretten –, aber herzlich. Wenn sie Henderson nicht gerade versicherten, wie wunderbar es sei, ihn wiederzusehen, bedachten sie einander mit lustig-bissigen Bemerkungen, wobei sie unbekümmert durch das ganze Lokal schrien, oder kabbelten sich mit Ike. Ike war der Schnellkoch, der gern mit den Kellnerinnen witzelte und seine Späße mit ihnen machte. Das tat er ständig («Na, Martha, neue Schuhe? Was hat dein Alter denn dieses Wochenende mit dir getrieben?»), ohne Rücksicht darauf, daß die «Girls» ihm ununterbrochen ihre Bestellungen zuriefen.

Während er spöttische Sprüche einsteckte und austeilte, tänzelte und hüpfte er vor den Grillgeräten und Toastern hin und her. Er konnte drei Eier mit einer Hand aufschlagen, fünf Muffins mit Butter bestreichen, Eier verrühren, pochieren, backen und zerschneiden, ohne ins Schwitzen zu geraten. In Stoßzeiten kam alle drei Sekunden eine neue Bestellung. Henderson sah ihn nie etwas aufschreiben. Und während der ganzen Zeit führte er das neckische Geplänkel weiter. «He, Joy, was nimmst du für'n Haarfestiger neuerdings? Zement?» Er fand seine eigenen Witze ungeheuer lustig; sein Gesicht zog sich wie unter Schmerzen zusammen, sein Knie stieß gegen eine Kühlschranktür, und er knickte leicht auf der einen Seite ein.

An diesem Morgen ging es weniger hektisch zu – es war Samstag. Henderson steckte noch immer die verpatzte Nacht in den Knochen. Seine Augen brannten, und die Nasengänge waren trocken und gereizt. Er nickte der olivhäutigen Blondine an der Kasse zu und ließ sich von Martha aus dem Mantel helfen.

«Wie geht's Ihnen heute, Mr. Dores?»

«Nicht so besonders, Martha.»

«MR. DORES FÜHLT SICH NICHT SO BESONDERS, JOY!»

«Haben Sie diese Nacht geschlafen, Mr. Dores?»

Henderson hatte ihnen gleich in der ersten Woche von seiner Schlaflosigkeit erzählt.

«Nein, kaum.»

«MR. DORES HAT KAUM GESCHLAFEN, JOY!»

«EIN JAMMER. DAS TUT UNS ABER LEID, MR. DORES!»

«Sieht aus, als hätte Joy auch nicht gerade viel Schlaf bekommen.» Ikes linkes Bein knickte ein, und er stieß sich den Ellbogen in die Seite.

«ZWEI EIER, BEIDSEITIG, SPECK, BAGEL GETOASTET», rief Joy aus der hinteren Region.

Zwei Eier klatschten auf die Backplatte noch während sie sprach; ein Bagel fuhr in einen Toaster, Speckscheiben zischten unter einem Grill.

«Martha hätt's lieber, sie würd nachts wach gehalten. Was, Martha?»

«Nicht von dir, das steht fest.»

Helles, wieherndes Kichern von Ike.

«Was soll's heut morgen sein, Mr. Dores?»

Henderson überlegte. «Ein Ei pochiert, eines verrührt auf leicht getoastetem Roggenbrot. Drei Scheiben Speck – gut durchgebraten – ehem – Röstkartoffeln. Orangensaft und ein English, nur eine Seite getoastet.»

«EINS POCHIERT, EINS VERRÜHRT AUF HELLEM ROGGEN. DREI SPECK, DURCH. GERÖSTETE. GETOASTETES ENGLISH, EINSEITIG.»

«Ach, sagen wir lieber zwei pochierte, kein Toast, die Röstkartoffeln weglassen, ein Bagel und Räucherlachs.»

«IKE, ÄNDERUNG. ZWEI POCHIERT, KEIN TOAST, GERÖSTETE ZURÜCK, BAGEL UND RÄUCHERLACHS.»

Henderson lächelte mit schuldbewußter Befriedigung. Seit Tagen versuchte er eine Bestellung zu fabrizieren, an der Ikes erstaunliches Gedächtnis und seine Übersicht scheitern würden. Dieses Ändern einer schon aufgegebenen Bestellung war eine neue und unfaire Masche.

«Gehste heut abend mit mir aus, Martha?» fragte Ike über die Schulter.

«Ha – nicht mal, wenn du der letzte Mann auf der Welt wärst!»

Ike rannte fünf Sekunden lang auf der Stelle.

«RÜHREI AUF MUFFIN, ZUM MITNEHMEN. ZWEI EIER, EINSEITIG, SPECK DURCH!» rief Joy.

Henderson saß gespannt da. Drei Bestellungen gleichzeitig; Ike und Martha hatten es noch immer miteinander. Der Saft kam. Keine dreißig Sekunden später standen die Eier vor ihm. Zwei pochierte Eier, drei feine, knusprige Speckscheiben, ein Bagel und Räucherlachs. Er seufzte und blickte auf. Ike trank eisgekühltes Wasser.

«So ein Frühstück kriegen Sie in England nicht, Mr. Dores, oder?» fragte Martha.

Henderson mußte zugeben, daß sie recht hatte. Als er das

letzte Mal in England ein warmes Frühstück bestellt hatte, war das Eigelb in einem durchsichtigen Hof von Eiweiß herumgeschwommen, von dem Fett auf dem Toastbrot war ihm der Gaumen noch nach Stunden pelzig gewesen, und von dem schlaffen Speck hatte er die rindenharte Schwarte nicht entfernen können.

Der Gedanke an England drückte ihn jäh nieder. Er aß rasch sein Frühstück und beschloß, seinen Frieden mit Irene zu machen, ehe er seinen Mietwagen abholte. Vielleicht konnte sie mit dem Flugzeug nachkommen und sich dort unten mit ihm treffen. Er würde ihr das jedenfalls vorschlagen und etwas von einem Kollegen erfinden, den er im letzten Augenblick noch im Wagen mitnehmen mußte.

Draußen blieb er einen Augenblick auf dem Bürgersteig stehen. Die Sonne schien, aber nach dem Regen war es heute kühler. Er tat ein paar tiefe Atemzüge, reckte die Schultern und winkte aus dem träg dahinfließenden Verkehrsstrom ein Taxi herbei. Langsam begann er sich etwas wohler zu fühlen. Die City am Morgen übte immer diese Wirkung auf ihn aus. Das Taxi brachte ihn gemächlich durch die Stadt zu Irenes Apartment an der Upper West Side.

Dort angelangt, schritt er kurz auf und ab und ging im Geist noch einmal seine Entschuldigungsverschen durch, ehe er die Vorhalle zu betreten versuchte. Irenes Apartment lag in einem alten Backsteinhaus, das innen sehr aufwendig renoviert worden war. Am Eingang waren schwere Türen aus dickem Glas, durch die er ein Stück mit Platten ausgelegten Fußbodens zu einem stählern blitzenden Aufzug hin überblicken konnte. Auf einer Seite saß ein kleiner Mann an einer Art Pult.

Die schweren Glastüren wollten nicht aufgehen. Henderson drückte auf den Knopf unter einer in die Wand eingelassenen Sprechanlage.

«Ja?» Der kleine Mann sprach in ein Mikrofon an der Seite des Pults.

«Ich möchte zu Miss Irene Stein.»

«Werden Sie erwartet?»

«Nein, eigentlich nicht . . .»

«Name?»

«Dores.»

Der Mann bediente einige Knöpfe auf der Pultplatte und sprach etwas für Henderson Unhörbares ins Mikrofon.

«Sie ist nicht da.»

Henderson drückte noch einmal auf den Knopf. Er haßte diese Apparaturen.

«Könnte ich sie bitte sprechen?»

Der kleine Mann ignorierte ihn. Henderson klopfte laut an das dicke Glas, daß ihm die Knöchel weh taten. Schwerfällig erhob sich der Mann von seinem Hocker und näherte sich den Türen. Henderson erkannte ihn. Ein kleiner, slawisch aussehender Bursche mit wachsfarbener, großporiger Gesichtshaut und der niedrigsten Stirn, die Henderson je gesehen hatte: Sein Haaransatz war kaum zwei Zentimeter über den Augenbrauen. An seinem Nylonblazer steckte ein Schildchen. A. BRA. Das war Adolf Bra, Irenes Portier.

Indem Henderson sich mit seinem ganzen Gewicht gegen eine Tür lehnte, schuf er einen Spalt von einem Zentimeter. Bra trat hinzu.

«Könnte ich Miss Stein sprechen?» wiederholte Henderson in entschlossenem Ton.

«Miss Stein befindet sich nicht in ihrer Wohnung.»

Aus irgendeinem Grund machte diese Pedanterie Henderson noch wütender.

«Haben Sie das auf der Portiersschule gelernt? Hören Sie, Sie kennen mich doch. Und ich habe Sie mit ihr sprechen sehen, Herrgott noch mal. Ich will sie nur kurz sprechen.»

Bra sah auf seine Finger. Mit der Kante des einen Daumennagels pfriemelte er etwas unter dem anderen heraus.

«Ich habe Ihnen doch gesagt, Miss Stein –»

«Befindet sich nicht in ihrer Wohnung, ich weiß.» Henderson zwang sich zu einem Lächeln. «Ich glaube Ihnen nicht. Ich bin ein Bekannter von Miss Stein. Wenn Sie mich nicht mit ihr sprechen lassen, beschwere ich mich über Sie bei –» Ja, bei wem? «Beschwere ich mich über Sie.»

Bra drohte mit dem Finger und lehnte sich gegen den Spalt. Automatisch tat Henderson das gleiche.

«Zieh Leine, Schwanzlutscher», sagte Bra durch den Spalt. Sein Atem roch beißend, säuerlich, als lebte der Mann nur von Kapern.

Henderson wich zurück, zu überrascht und angeekelt, um etwas zu erwidern. Hätte er seinen Säbel dabeigehabt, er hätte Bras dünnen Körper durch den Spalt hindurch durchbohrt.

«Das wird Ihnen noch leid tun!» rief er. Er hätte genauso grob zurückfluchen sollen, sagte er sich Sekunden später, aber er hatte das Gefühl, daß er sich bereits zum Narren gemacht hatte, ein kapitales Verbrechen für einen Engländer. Wieder ganz Brite, gab er sich so würdevoll, wie er konnte, und warf Bra, der zu seinem Pult zurückgekehrt war, ein mitleidiges Lächeln zu. Einfacher kleiner Mann, sagte er sich. Sklavenseele. Volk von Bauern, was konnte man da schon erwarten? Lebten von Rüben und Leberwurst. Vitaminmangel, Rachitis, Inzucht. Geistig minderbemittelt, Untermenschen . . . Er rief sich zur Ordnung und schämte sich plötzlich. Als nächstes würde er ihn noch in die Gaskammer schicken. Der Mann tat ja nur seine Pflicht – wenn auch etwas unhöflich, schließlich war so ein giftiger Haß nicht nötig.

Er ging die Straße entlang, bis er eine Telefonzelle fand, warf ein Zehn-Cent-Stück in den Apparat und tippte Irenes Nummer.

«Hallo, hier ist Irene. Tut mir leid, aber ich bin im Moment nicht zu Hause –»

Der Anrufbeantworter. Es war, als wollte man eine Audienz beim Präsidenten haben.

«– rufe bestimmt zurück. *Biiii.*»

Henderson wollte sagen, daß es ihm leid tat, wollte alles erklären, seine Gefühle darlegen.

«Irene, hier ist Henderson . . . Ich rufe dich morgen an.»

Er hängte ein. Seine Stimme hatte gestelzt und schwülstig geklungen. Sie würde niemals zurückrufen, wenn jemand so sprach ... Er stand allein auf der Straße, voller Enttäuschung, all seine Pläne und guten Vorsätze im Sande verlaufen. Jetzt konnte er nur noch den Wagen mieten, Bryant abholen und gen Süden fahren.

☆ ZWEITER TEIL ☆

Der Süden

Erstes Kapitel

Henderson hatte einen mittelgroßen Wagen verlangt, doch was er bekam, war größer als alles, was sich auf Englands Straßen bewegte. Die junge Frau in der Mietwagenagentur versicherte ihm, dies sei Standardgröße. Sie hätten auch größere Modelle, falls er eines wünsche. Er lehnte dankend ab.

Als er hinter dem Lenkrad saß, schien sich die Motorhaube vor ihm zu erstrecken wie das Deck eines Flugzeugträgers. Er stellte die Automatik auf «D», trat aufs Gaspedal, und der Wagen zog kräftig an. Er hörte kein Motorgeräusch. Die Servolenkung erlaubte es ihm, mit zwei Fingern zu steuern. Bei dem Gedanken, in diesem Ungetüm über die Schnellstraßen zu rasen, durchfuhr ihn jäh eine jungenhafte Erregung, die seine düstere, enttäuschte Stimmung verdrängte. Herrgott, das macht richtig Spaß, dachte er, als er aus dem unterirdischen Parkdeck die Rampe hinauffuhr, das ist wie ein großes Spielzeug.

Bis er, um seinen Koffer zu holen, nach Hause und anschließend zu Melissas Apartment gefahren war, hatte der stahlblaue Wagen an einem Rücklicht das Glas eingebüßt und dafür auf der Seite eine durchgehende Schramme und am vorderen linken Kotflügel eine Delle hinzubekommen. Außerdem hatten ihn andere Fahrer, denen er auf die eine oder andere Art in die Quere gekommen war, einen Idioten, ein Arschloch, einen Irren, einen Trottel und ein Rindvieh genannt. Fußgänger – in England sanftmütige, furchtsame Wesen – hatten gegen seine Reifen getreten und mit Fäusten die Karosserie traktiert. Ein ganz besonders erzürnter unaufmerksamer Passant hatte ihm sogar gegen die Windschutzscheibe gespuckt – eine erstaunliche Menge grünlichen

Schmodders. Er fand nicht allzuweit von Melissas Wohnung entfernt einen Platz zum Parken, blieb aber zunächst einmal bei eingeschalteten Scheibenwischern etwa fünf Minuten im Wagen sitzen, um sich zu sammeln.

Melissa begrüßte ihn an der Tür, während ihn Candice unter ihrer Achselhöhle heraus ankläffte.

«Hallo, Darling.» Ihre Wangen berührten sich; er spürte ihr Haar auf seinem Gesicht.

«Candice, kläff Henderson nicht so an.»

Sie gingen ins Wohnzimmer. Gervase stimmte in das schrille Gekläff ein. Er dachte: Wenn wir je wieder heiraten, fliegen die zwei Köter raus – aber postwendend.

«Sie packt gerade noch ihre Sachen. Dauert nur eine Sekunde.» Melissa setzte sich neben ihn auf das riesige Sofa und ergriff seine Hand.

«Bist du okay, Baby? Du siehst müde aus.»

Henderson erzählte ihr von seiner unruhigen Nacht – *nach* dem «Überfall» –, von den Müllkutschern und ihrer frühmorgendlichen Diskussionsrunde. Melissa sah ihn mit ehrlichem Mitgefühl an. Sie hob die Hand und kratzte ihn sanft am Nacken. Es war eine mechanische Geste; Henderson erinnerte sich aus ihren frühen gemeinsamen Tagen daran; eine wohlige Gänsehaut bewies seine Zuneigung.

«Je früher wir dich hierher bekommen, desto besser», sagte sie.

Ein Gefühl der Dankbarkeit und Geborgenheit umfing ihn. Melissa hatte alles unter Kontrolle. Er war plötzlich sicher, daß er mit ihr glücklich werden würde. Er legte ihr die Hand auf die Schulter: so schlank, so ordentlich. Die Seide ihrer nilgrünen Bluse fühlte sich kühl an. Er spürte den dünnen Träger ihres Büstenhalters. Er war gewiß auch aus Seide: steif und frisch an diesem Tag, mit einem hübschen, diskreten Spitzenrand.

«Ich kann's kaum abwarten», sagte er mit einem leisen Beben der Aufrichtigkeit in der Stimme und berührte mit den Lippen ihren Hals. Das war ein Fehler, wie er sogleich bemerkte, denn er erinnerte sich, daß sie ihren Hals immer ausgiebig mit Parfum besprühte. Er setzte sich auf, einen säuerlichen, fremdartigen Geschmack im Mund.

«Könnte ich etwas zu trinken haben?» fragte er, bitteren Speichel schluckend. «Cola? Seven-Up?»

«Bryant, Schatz, kannst du Henderson eine Cola holen?»

«Warum kann er sich nicht selbst eine holen?»

«Bryant!»

«Schon gut», sagte Henderson. «Ich gehe schon.»

Er trank in der funkelnden Küche ein Glas Wasser. Als er zurückkam, war Melissa irgendwohin gegangen, und Bryant stand allein im Zimmer.

«Nun ja», sagte er. «Ja, hui . . . nun ja.»

Bryant sah ihn an, als hätte er eine Schraube locker. Sie trug eine blaugestreifte Hose, die auf halber Wadenhöhe aufhörte, ein altes, verschossenes T-Shirt und eine teuer aussehende Lederjacke voller Taschen, Klappen und Schnallen. Ihr Haar war zerzaust und ungekämmt.

Verzogene Göre, dachte er. Diese Hunde würden nicht die einzigen Mitglieder des Waxschen Haushalts sein, die sich auf ein böses Erwachen gefaßt machen konnten, wenn er einzog. Er schob die Hände in die Taschen und blickte sich im Zimmer um, als sähe er es zum erstenmal. Das ist lachhaft, dachte er. Sie ist ein vierzehnjähriges Mädchen, und ich bin ein Mann von neununddreißig Jahren. Warum bin ich da so nervös? Er hielt sich gerade noch davon ab, «Nymphs and Shepherds» zu pfeifen. Bryant sah ihn an, offenbar völlig entspannt. Es stimmt, dachte er; sie ist wirklich sehr abgebrüht und reif für einen Teenager. Er versetzte sich in ihr Alter zurück: seine unbeholfene, brodelnde Adoleszenz. Seine kalten, angsterfüllten Schultage, die Abgründe von Schüchternheit, die Wüsten von Not, die er täglich durchschreiten mußte. Was war an seiner Erziehung, seiner Umgebung, seiner Familie falsch gewesen? Wenn er sich vorstellte, welche Qualen er vermieden hätte, wenn er wie Bryant gewesen wäre!

«Wo ist Irving?» fragte er. Endlich war ihm eingefallen, was er sagen könnte, und er atmete erleichtert auf.

«Keine Ahnung.»

«Aha.» Henderson nickte heftig, drehte sich auf dem Absatz herum und klopfte sich gegen die Taschen, als suche er nach seiner Brieftasche. Das war ja eine Reisegefährtin, die Melissa ihm da aufgehalst hatte: Die Gesellschaft eines Trappistenmönchs mußte kurzweiliger sein. Er nahm sich vor, auf dem Weg in den Süden so schnell wie möglich zu fahren.

Melissa kam mit den zwei Hunden herein, und es ging ans Verabschieden. Bryant kauerte sich nieder und umarmte die Tiere.

«Bye, Candice. Bye, Gervase. Seid brav, ich komme bald wieder», sagte sie mit gespielt trauriger Stimme. Einen Augenblick lang sah Henderson das kleine Mädchen in ihr.

«Ruf mich an», sagte Melissa und drückte ihre Tochter an sich. «Oft. Und du auch», flüsterte sie Henderson ins Ohr, als sie ihn auf die Wange küßte. Sie blickte nach unten. «Gervase, *hörst du auf!*»

Henderson hatte geglaubt, der Druck gegen sein Fußgelenk rühre von einer Berührung mit der Sofakante her, aber als er seinerseits zu Boden sah, stellte er fest, daß sich Gervase mit mandeläugiger, keuchender Wildheit an seinem Knöchel abreagierte.

«Haust du wohl ab!» Er sprang zur Seite und strampelte sich das Tier vom Bein. Zum zweitenmal an diesem Tag wünschte er, er hätte seinen Säbel dabeigehabt. *Flèche*-Angriff: Pekinesenkebab.

«Ich bin nächste Woche wieder zurück», sagte Henderson, indem er sich erneut Melissa zuwandte. «Ich sehe dich dann am – *Herrgott!*» Der Köter war irgendwie auf die Sofalehne gelangt und versuchte, den Kopf in Hendersons Leistengegend zu vergraben.

«Was ist denn mit diesem Hund los?» wollte er wissen. «Solltest du dich nicht mal darum kümmern? Ihn kastrieren lassen oder so?»

«Komm, Gervase! Sei kein ungezogener Junge.»

Verdammte Hunde, fluchte er in sich hinein, während er Bryants Koffer nahm und rückwärts zur Tür hinausging.

«Bye, Gervase! Bye, Candice! Bye, Mom!»

«Sagt auf Wiedersehen, Gervase, Candice. Sagt Bryant und Henderson auf Wiedersehen.»

Die vernünftigsten Frauen konnten den Verstand verlieren, wenn es um Tiere ging, dachte Henderson, der sich mit einem kurzen Winken begnügte. Daß er sich von diesen Viechern auch noch verbal verabschiedete, kam nun wahrhaftig nicht in Frage. Da hätte er sich ja nicht mehr im Spiegel ansehen können.

Sie summten im Lift hinunter – das leise Bellen war bald nicht mehr zu vernehmen – und richteten sich ohne große Umstände im Wagen ein.

«So», sagte Henderson, die Hände auf dem Lenkrad. «Es ist soweit. Auf nach Süden, junge Frau.» Er wandte den Kopf, um zu sehen, ob sie die Anspielung auf den Mythos des Wilden Westens verstanden hatte, aber Bryant suchte etwas in der Vielzahl ihrer Taschen und war viel zu beschäftigt. Schließlich hatte sie das Gesuchte gefunden und drehte sich zu ihm um, wobei sie sich eine Haarsträhne aus den Augen blies.

«Zigarette?» fragte sie und hielt ihm ein zerknautschtes Päckchen hin.

Im Lincoln-Tunnel tauchten sie unter dem Hudson River hindurch. Am anderen Ufer herausgekommen, fuhren sie durch Union City auf die riesigen übereinandergreifenden Kleeblätter des New Jersey Turnpike. Bryant war bei ihrer dritten Zigarette angelangt, und Henderson nahm die Fahrbahn durch einen dünnen grauen Schleier wahr. Die Augen schmerzten ihm, und seine Nase juckte – bald würde er niesen müssen. Bryant saß im Schneidersitz da, den Kopf in die Faust gestützt, und ließ die öde Stadtlandschaft leeren Blicks an sich vorbeifliegen.

Sie strebten in einem dichten Strom großer, erstaunlich

staubiger und zerbeulter Wagen und wahrhaft riesiger Laster nach Süden, die alle ständig die Fahrstreifen wechselten – so aufgeregt und unlogisch wie ein Schwarm Fische. Während Henderson sich an diesen exzentrischen Fahrstil gewöhnte (der so ganz anders war als das untadelige Festhalten an einem Fahrstreifen auf englischen Fernstraßen), wich seine anfängliche Spannung allmählich einer gewissen Gereiztheit. Warum hatte er sich nicht einfach geweigert, Bryant mitzunehmen, oder gesagt, das sei unmöglich? Das war wieder einmal typisch für seine Schwäche. Er ließ sich zu leicht manipulieren und herumkriegen, war zum eigenen Schaden viel zu anständig und entgegenkommend. Er tat alles, was Melissa von ihm verlangte, und zur Belohnung hatte er jetzt ein mürrisches, wortfaules, kettenrauchendes, undankbares Mädchen als Reisebegleiterin für die nächsten zwei Tage. Er war versucht, über Nacht bis Richmond durchzufahren (wo die Großeltern Wax wohnten), nur um sie möglichst bald loszuwerden. Er spürte, wie ihm eine Träne aus dem linken Auge rann, und als er zur Seite schielte, sah er, daß sich Bryant gerade mit dem Anzünder vom Armaturenbrett die vierte Zigarette anzündete. Sie tat dies mit der gedankenlosen, professionellen Lässigkeit des Gewohnheitsrauchers, hielt das glühende Plättchen an das Zigarettenende, ohne richtig hinzusehen, inhalierte und blies Rauch durch den Mundwinkel aus, bis der Tabak brannte.

«Du weißt, daß du von Zigaretten Lungenkrebs bekommen kannst», sagte er.

«Klar. Und ein Emphysem und Herzstillstand, und sie bringen sogar Cowboys um. Weiß ich alles.» Sie lehnte sich zurück und lächelte zum erstenmal. «Das ist ein kalkuliertes Risiko. Gehst du denn nie Risiken ein, Henderson?»

«Nicht, wenn ich es vermeiden kann», sagte er.

Sie blickte ihn an. «Nein, wohl nicht.»

Sie fuhren durch New Jersey. Bisweilen führte die Straße aufgeständert über trostloses Marschland mit kleinen blauen

Seen und Flächen mit hohem Schilfgras. Hier und da ragte ein riesiges Kraftwerk aus Beton und Glas wie eine Insel heraus; die Kühltürme spien Dampf aus, und die summenden Drähte schossen in Wellen von den heißen Dynamos fort, um wuchernde Vororte und ferne Städte zu versorgen – Edison, Metuchen, Plainfield, Sayreville. Überlandleitungen, wohin man blickte. Elektrokabel rückten hier viel mehr ins Blickfeld als im ordentlichen, sauberen Europa. Henderson stellte sich die Kraftwerke als große Fabriken vor, die am laufenden Band kilometerweise Kabel ausstießen, um das ganze Land mit ihrem Gewebe zu überziehen; Kabel, die jede Stadt, jedes Straßenbild mit ihren Girlanden versahen wie ein großes, über die Erde gefallenes verwirrtes Netz von Takelwerk, das alles zusammenhielt. Mit dem Effekt, so dachte er, daß alles unaufgeräumt und halb fertig aussah, baufällig und heruntergekommen. Amerikas Straßen waren in seinen Augen in der Stadt wie auf dem Land unnötig überladen mit all diesen Kabeln und Drähten.

Ganz allgemein gab es hier, wie er beim Betrachten der Szenerie zu beiden Seiten der Straße feststellte, mehr Eisenkram aller Art, von den wackligen, schwankenden Fernsehantennen bis zu den kreuz und quer vorragenden Straßenschildern, die zum Großteil einen neuen Farbanstrich nötig hatten. In England, dachte er, halten wir unser Straßenbild außerordentlich gut in Schuß: Alles sieht neu und sauber aus auf den Straßen. Arbeitertrupps zogen eifrig durchs Land und überpinselten die Fahrstreifenbegrenzungen immer wieder neu. Er dachte an die Londoner Straßen mit ihrer Vielzahl von Linien und Zickzackmarkierungen: gelbe Streifen oder Doppelstreifen, die verschiedenen Markierungen an den Bordsteinen, die Balken und Pfeile. Man benötigte ein Lexikon, wenn man heutzutage seinen Wagen parken wollte.

Aber hier sah alles sehr abgenutzt aus. Die Bankette waren staubig und eingebrochen – es war oft nicht auszumachen, wo die Fahrbahn aufhörte und der Rand anfing. In England waren die Straßenränder deutlich gekennzeichnet. Die Bordsteinindustrie hatte noch nie einen solchen Boom wie in diesen Jahren erlebt. Die Ränder waren genau und scharf abgegrenzt: akkurat gearbeitet, gebördelt, gesäumt. Manchmal stieß man in Amerika zwar auf ähnliche Perfektion, aber gewöhnlich verliefen die Ränder unregelmäßig. In ihre Pflege wurde nicht wie verrückt Energie gesteckt.

Na und, dachte er später, plötzlich voller Bitterkeit. Hier wurden die Energien dazu verwendet, daß die wichtigen Dinge funktionierten – wie Telefone, Lebensmittelproduktion, Heizung und Kühlung –, und nicht für das Aufmöbeln von Straßenschildern und das Polieren von Katzenaugen verschwendet. An ihren Straßenrändern und Teerdecken sollt ihr sie erkennen ...

Seine düstere Stimmung wurde noch finsterer, als sie an Philadelphia vorüberfuhren. Er gab jede Hoffnung auf einigermaßen angenehme Reisebeziehungen zu dem qualmenden Schlot auf dem Beifahrersitz auf. Die meiste Zeit schwieg er mit zusammengebissenen Zähnen. Er konnte genauso mürrisch und in sich gekehrt sein wie irgendein dahergelaufener verzogener Teenager, sagte er sich mit stiller Befriedigung: kein Problem, sich auf diese Ebene hinunterzubegeben. Er begnügte sich damit, die Szenerie zu betrachten und über ihre Fremdheit nachzusinnen: all diese Holzhäuser, die erstaunliche Anzahl von Spielplätzen, Tennisplätzen und Baseballfeldern.

Dummerweise schien seine schlechte Laune zu bewirken, daß Bryant immer gelöster wurde, als hätte gerade die Befangenheit des Erwachsenen-Kind-Verhältnisses sie gestört. Nun da auch er sich egoistisch gab, schien sie sich zu entkrampfen. Sie schaltete eine Zeitlang das Radio an und sang leise einige Popsongs mit. Dann und wann machte sie auch eine Bemerkung: «Da, schau dir mal diesen flotten Wagen an!» Oder: «Ich habe mal an einem Wochenende in Philadelphia übernachtet.»

Henderson antwortete einsilbig. Dann sagte sie: «Weißt

du, daß dir ganz schön viel Haare aus den Ohren wachsen?»

Henderson wußte das in der Tat. Diese Tatsache gehörte zu dem ganzen Katalog beunruhigender Körperveränderungen, die er in der jüngsten Zeit registrierte. Ihm wuchsen auch mehr Haare aus der Nase, als ihm lieb war. Er legte keinen Wert darauf, daran erinnert zu werden.

«So etwas ist ganz normal, weißt du», sagte er. «Wenn man älter wird, gehen mit dem Körper Veränderungen vor. Dir wird das auch passieren», bemerkte er ein wenig genüßlich. «Wenn du eine erwachsene Frau bist, werden mit deinem Körper Dinge passieren, über die du nicht allzu erfreut sein wirst.»

«Dann gehe ich zum Schönheitschirurgen.»

«Da muß ich ja lachen.»

Sie zuckte die Achseln. «Wie alt bist du denn jetzt?»

«Neunundddreißig.»

«Ach ja?»

«Wie meinst du das?»

«Ich weiß nicht. Ich habe wohl gedacht, du wärst älter.» Sie kratzte an etwas am Armaturenbrett. «Opa Wax hat auch Haare in den Ohren. Und du hast fast so viele wie er. Da habe ich eben geglaubt, du wärst älter.»

Henderson spürte, wie er errötete. So eine Frechheit, dachte er. Das kleine Miststück! Er überlegte verzweifelt, wie er es ihr heimzahlen konnte.

«Wir übernachten im Jefferson-Burr, nicht?» fragte Bryant.

Das Jefferson-Burr gehörte zu den vornehmeren Hotels in Washington. Wenn man sich in gewissen Badezimmern zum Fenster hinauslehnte, sah man den Rasen des Weißen Hauses. Melissa hatte zwei Zimmer bestellt.

«Nein», log Henderson, von Rachegelüsten inspiriert. «Es war voll.»

«Oh. Wo übernachten wir dann? Im Hilton?»

«Nein, nein. Es ist noch ein Stück bis dahin. Ich sag's dir, wenn wir hinkommen.»

Zweites Kapitel

SKAGGSVILLE MOTOR HOTEL, verkündete eine schäbige Reklametafel am Rand des Highway 95, auf dem sie jetzt waren, NÄCHSTE AUSFAHRT.

«Da wären wir», sagte Henderson.

«Du machst wohl Witze!»

«Das beste, was ich so kurzfristig finden konnte.»

Das Motor Hotel stand auf dem Gelände eines dicht belegten Parkplatzes. Es war langgestreckt, dreigeschossig und so sachlich-reizlos wie ein Werkzeugkasten. Henderson befahl Bryant, im Wagen zu bleiben, während er sich ihrer «Vorbestellung vergewisserte».

Im Foyer lag ein abgewetzter orangeroter Auslegeteppich mit einem Sonnenmuster. Die Vorhänge paßten dazu. Der Teppich fühlte sich an den Schuhsohlen etwas klebrig an. Das Hotel war ideal. Neben der Rezeption stand ein kleines Schild.

HERZLICH WILLKOMMEN!
DAS SKAGGSVILLE MOTO HOT
BEGRÜSST DIE TAGUNGSTEILNEHMER
DER ISOLIER-GLASWOLLEN-INDUSTRIE VON DELAWARE

«Herzlich willkommen im Skaggsville Motor Hotel», echote eine kleine untersetzte Frau an der Rezeption. «Nehmen Sie an der Tagung teil?»

«Ich?» Sah er wie ein Isolierglaswollenhändler aus? «Nein, nein. Ich will nur ein Zimmer für eine Nacht haben.» Er legte seine Kreditkarte auf die Theke. «Zwei Zimmer.»

Sie sah auf einen Plan. «Wir haben keine zwei Zimmer mehr. Die Tagung.»

«Oh.»
«Ich hätte eine Juniorsuite.»
«Was ist das?»
«Das ist ein extra großes Zimmer mit zwei Doppelbetten, ein paar Sesseln. Eine Art Suite, aber in einem Raum.»
Er überlegte. Was sollte er tun? Weiterfahren?
«Ihr Name, Sir?»
«Dores. Augenblick, ich bin gleich wieder zurück.»
Er eilte hinaus zum Wagen.
«Sie haben nur noch ein Zimmer. Eine Juniorsuite.»
«Und wo ist da das Problem?»
Henderson spürte, wie ihn eine leichte Panik erfaßte. Ganz ruhig, sagte er sich. Er ging wieder hinein. Bryant folgte ihm lässigen Schritts. Henderson unterschrieb ein Formular, nahm den Schlüssel entgegen und bekam gesagt, wo das Zimmer zu finden war.
«Wunderbar», sagte er, ein wenig besorgt. Ganz so hatte er sich die Rache nicht gedacht. Er drehte sich um. Bryant stand vor einem von Schimmelflecken überzogenen Bild des Kapitols an der Plastikkiefernholztäfelung.
«Angenehmen Aufenthalt, Mr. und Mrs. Dores», tönte die freundliche Empfangsdame. Henderson wirbelte entsetzt herum und wollte das richtigstellen, aber die Frau war schon am Telefon. Du lieber Gott, dachte er, das ist wahrscheinlich ein Verstoß gegen Bundesgesetze – von einem Staat in den anderen reisen mit einer als Ehefrau ausgegebenen Minderjährigen.
Bryant sah ihn aus schmalen Augen an.
Das Zimmer lag ganz am Ende eines sehr langen Flurs. Vor der Tür standen ein leise brummender Getränkeautomat und eine Eismaschine. Man hatte einen guten Blick auf den Parkplatz. Das orangerote Sonnenmuster vom Foyer herrschte auch hier vor.
«Das ist es», sagte er. «Nicht übel.»
Auf jeden Fall sah es abgenutzt aus. Wenn er die Augen ständig in Bewegung hielt und sie nie auch nur eine Sekunde

lang auf einer Stelle ruhen ließ, war es ihm gerade eben möglich, die vielen kleinen Kratzer, Flecken und Brandmale von Zigaretten zu übersehen, die tausend frühere Bewohner hinterlassen hatten.

Wie versprochen hatte das Zimmer zwei Doppelbetten und eine dreiteilige Plastikmöbelgarnitur mit der Zugabe eines Babybettchens in der einen Ecke. Henderson sah sich vergeblich nach einem Fetzchen Naturfaser oder einem Stück Holz um. Kein Wunder, daß die Glaswolleproduzenten hier tagten – sie fühlten sich ganz wie zu Hause.

«Ich habe schon Schlimmeres gesehen», sagte Bryant, keineswegs so entgeistert, wie sie hätte sein sollen. Sie drehte sich um und sah ihn an.

«Damit eines klar ist», sagte sie. «Diese Sache mit Mr. und Mrs. – du hast doch nicht vor, mich zu bumsen, oder?»

«Du lieber Gott, *nein*! Nicht im Traum würde ich – Wie kannst du es wagen . . . Das war ein Irrtum seitens der –»

«Entspann dich», sagte sie. Sie begann sich wie Teagarden anzuhören. Henderson wischte sich das brennende Gesicht, entsetzt über die Obszönität dieses Gedankens.

Bryant warf ihre Jacke aufs Bett. «Nur, um das klarzustellen.»

Um halb acht aßen sie im Speisesaal des Hotels, in dem außer ihnen fast nur kräftig gebaute, steif in Schlips und Kragen gekleidete Geschäftsleute saßen. Henderson bestellte ein Steak, das auf beiden Seiten gut zwei Zentimeter über den Tellerrand ragte. Bryant tat sich an einem Rohkostsalat und drei Zigaretten gütlich.

Henderson schaffte etwa ein Viertel von seinem Steak und schob den Teller beiseite. Er fühlte sich eigenartig bedrückt, was er darauf zurückführte, daß er den größten Teil des Tages mit Bryant verbracht hatte. Kein gutes Omen für die neue Ehe. Er seufzte und dachte an den nächsten Tag. Wann er wohl nach Atlanta kam? Beeby hatte Gage angerufen und ihm mitgeteilt, daß Henderson unterwegs war. Er konnte in aller Frühe losfahren, Bryant so bald wie möglich absetzen ... Er blickte sich in dem öden Speisesaal um und sehnte sich auf einmal nach New York. Er wünschte, sie wären im Jefferson-Burr abgestiegen und nicht in diesem anonymen Hotel. Wieder mal überschlau gewesen, dachte er reumütig. Das passierte, wenn er ganz gerissen und raffiniert sein wollte: Er schnitt sich ins eigene Fleisch. Er war dazu verdammt, nichts ausrichten zu können, verurteilt zu Toleranz und freundlichem Verhalten.

Bryant tat Saccharin in ihren Kaffee.

«Was genau machst du eigentlich auf dieser Geschäftsreise?» fragte sie.

Henderson erzählte ihr von der Sammlung Gage, von ihrer Bedeutung, beschrieb, was er zu tun hatte, wenn er die Gemälde zu Gesicht bekam.

«Wo wohnt er denn, dieser alte Knabe?»

«An einem Ort namens Luxora Beach.»

«Und dort fährst du hin?»

«Später. In Atlanta bekomme ich nähere Anweisungen.»

«Wohnst du dann bei ihm?»

«Nein. Ich nehme mir wahrscheinlich ein Hotelzimmer.»

«Könnte ich mitkommen?»

«*Was?*»

«Kann ich nicht mitkommen? Ich war noch nie richtig im Süden.»

«Das kommt überhaupt nicht in Frage.»

«Ach komm, Henderson, ich fall dir auch bestimmt nicht zur Last.»

«Völlig unmöglich.»

«Eine ganze Woche bei Oma und Opa, das ist so langweilig. Du hast ja keine Ahnung, wie sie sind.»

«Pech.»

«Ach *bitte*.»

«Nein. Nein. *Nein*.»

«Du lieber Gott!» Sie sah wirklich verärgert aus. Eins zu null für dich, endlich, dachte er und lächelte triumphierend in sich hinein. Sie konnte es nicht vertragen, etwas abgeschlagen zu bekommen.

Nach dem Abendessen zog sich Bryant, über Kopfschmerzen klagend, auf die Juniorsuite zurück. Henderson ging eine weitere Viertelmeile Flur hinunter zur Bar. Sie nannte sich The Barbary Coast, aber er konnte in der gesamten belanglosen Ausstattung des Raums beim besten Willen nicht die kleinste thematische Anspielung auf dieses Motiv erkennen. An den Tischen saßen grimmig dreinblickende Glaswöller, für deren Unterhaltung eine hagere Country-und-Western-Sängerin an einer elektronischen Orgel auf einem kleinen Podium am hinteren Ende des Raums sorgte. Zwei gelangweilte Kellnerinnen in sehr kurzen, beigen Satinkleidern gingen mit Drinks hin und her.

Henderson setzte sich an die Theke, bestellte einen großen Scotch und dachte kurz daran, Irene anzurufen, um vielleicht ein paar der abgebrochenen Brücken zu reparieren. Seltsamerweise wurde er, während er so dasaß und trank, immer bedrückter und schwermütiger. Er musterte argwöhnisch seinen Whisky. Eine ungeheure geistige Müdigkeit senkte sich auf ihn herab, als hätte ihm irgendeine Gottheit persönlich und unzweideutig bestätigt, daß alle Torheiten und unerklärlichen Grausamkeiten der Welt des Menschen Los und alle Versuche, daran etwas zu ändern, müßig und zwecklos waren.

Er blickte sich um. Die Gesichter der Glaswöller schienen in ähnlich bitterer Erkenntnis herabzuhängen. Hatte es etwas mit dem Scaggsville Motor Hotel selbst zu tun, fragte er sich. Lag auf dem glücklosen Gebäude ein Fluch? Hatte sich seine statische Elektrizität irgendwie aufgeladen? Hatte man ihn vielleicht unter Drogen gesetzt? . . . Doch dann erkannte er die Ursache der allgemeinen Tristesse.

Das Repertoire der hageren Sängerin bestand ausschließlich aus den trübsinnigsten Nummern, die es auf dem Gebiet des Country and Western gab. Sie stellte ihre japanische

Orgel (dünn wie ein Bügelbrett) auf «getragen» ein und sang herzerweichend von Selbstmord, Abtreibung, Ehebruch, Sitzenlassen, seelischer und körperlicher Grausamkeit, Alkoholismus und unheilbarer Krankheit. Ihr bloßes Gesicht, bleich und zerkratzt unter dem blauschwarz gefärbten Haar, schien von Erfahrung aus erster Hand mit all diesen Mißhelligkeiten zu künden – aber vielleicht war das nur ein Nebeneffekt des allabendlichen Vortragens solcher Lieder.

Der Song, den sie gerade spielte, kam Henderson entfernt bekannt vor – wahrscheinlich ein Hit aus der jüngsten Zeit. Er lauschte dem Text einer Strophe.

Each gnat she cooked me a fan dinner,
Each gnat I throwed it on the floor,
Then I took myseilf to town,
Till the mornin' come aroun',
Drinkin', gamblin' 'n' sleepin' with some whore.

Für den Refrain schaltete sie ihre Maschine auf «säuselnde Geigen» um (*«I was the happiest, meanest, full-time, signed-up sinner»*), doch Henderson hatte das Gefühl, daß sein Bedarf gedeckt war.

Er ging die endlosen Flure entlang, und mit jedem Schritt, den er sich weiter von dem düsteren Saloon entfernte, wurde ihm merklich wohler. Schöne Tagung, dachte er. Er hatte gehört, so etwas sei gewöhnlich ein Vorwand für ein ausgelassenes Besäufnis. Diese Glaswöller jedoch würden geduckt und reuig zu ihren Ehefrauen zurückkehren.

Er betrat leise das Zimmer. Die Lichter waren aus, Bryant schien zu schlafen. Er ging behutsam weiter ins Badezimmer. Um das Waschbecken herum lagen Töpfchen und Tuben, Haarspangen und Make-up. Blonde Haare klebten an dem nassen Email.

Er vergewisserte sich, daß die Tür abgeschlossen war, und zog sich aus. Sein Körper war im Lampenlicht von einer gelblichen Blässe. Er überprüfte rasch die Krisenregionen.

Seine Brustwarzen, einst gefällige Knöpfe unter einem Schatten von Brusthaar, hatten sich zu breiten, derben rosafarbenen Zitzen ausgewachsen. Schon immer eher kräftig gebaut, hatte er sich nie übermäßig um sein Gewicht gekümmert: er aß und trank, wie er Lust hatte, und trug als Folge das übliche Strafpolster mit sich herum. Doch jetzt erlebte er einen kritischen Gewichtsverlust: seine Gesäßbacken verschwanden. Sie schrumpften ein. Der Hosenboden, gewöhnlich gestrafft und glänzend, schlapperte ihm jetzt um den Hintern. Er drehte sich zur Seite und betrachtete sich im Spiegel. Ein prima Arsch für einen Kilt, hatte einmal das Kompliment einer schottischen Freundin gelautet. Trüge er jetzt einen Kilt, so würde der Saum hinten mehrere Zentimeter tiefer hängen als vorn und ihm an den Waden scheuern. Und da er gerade bei den Beinen war: da gingen ihm die Haare aus. Normalerweise von einem wolligen Stachelflaum bedeckt, waren seine Beine nun von den Knien abwärts glatt und glänzend geworden. Dafür sproß ihm all dieses zusätzliche Haar aus Ohren und Nasenlöchern . . . Er fragte sich, ob so ein Hintertreppen-Haarquacksalber ihm den Nasen- und Ohrenhaarwuchs wohl verpflanzen, ihn auf den verödeten Hängen seiner Schienbeine einsäen würde.

Er betrat die Duschkabine. Fast dreißig Jahre lang hatte er sich nicht um seinen Körper gekümmert. Er tat seine Pflicht; er sah ganz gut aus; die Verteilung von Muskeln und Haar war normal. Doch nun sagte er: «Augenblick mal, Freund.» Er wurde es müde, in Form zu bleiben; er erschlaffte. Nach vier Jahrzehnten zeigten sich die ersten Abnutzungserscheinungen. Er wurde alt.

Er hielt den Kopf unter den kräftigen Duschstrahl und versuchte zu vergessen. Selbst im schäbigsten Motel konnte man anständig duschen. Er erinnerte sich an die Dusche, die er in seiner Londoner Wohnung hatte installieren lassen. Sie hatte einen schwachen, nur fünf Zentimeter breiten Strahl. Es plätscherte einem lahm auf die eine Schulter, wenn man sich darunter stellte, und es dauerte fünf Minuten, bis das

Haar naß war. Die Temperatur richtig einzustellen erforderte genaueste, haarfeine Regulierung der Hähne – man brauchte das Fingerspitzengefühl eines Safeknackers dazu.

Nachdem er sich abgetrocknet hatte, überlegte er, wie er ins Bett gehen sollte. Er schlief normalerweise nackt, doch heute machte die Schicklichkeit wohl eine Ausnahme von dieser Gewohnheit nötig. Er zog seine Unterhose an und ging leise ins Schlafzimmer.

Bryant saß im Bett und rauchte bei angeknipster Nachttischlampe. Sie trug einen blaßblauen Pyjama mit dem Monogramm B. W. Henderson stand da und war sich plötzlich des prallen Beutels seines Unterhosenvorderteils, der haarlosen Beine und der dicken Brustwarzen bewußt. Er eilte zu seinem Bett und schlüpfte zwischen die knisternden Nylontücher.

«Du solltest nicht im Bett rauchen», brummte er. «Bei der statischen Elektrizität hier könnten wir uns in einem weißen Blitz in nichts auflösen.»

Bryant ging nicht darauf ein.

«Und du hast im Badezimmer Unordnung gemacht.»

«Du sollst Mom anrufen. Ich habe mit ihr telefoniert, während du draußen warst.»

«Oh, richtig.» Er war erfreut. Er tippte die New Yorker Nummer. Während er darauf wartete, daß Melissa sich meldete, beugte sich Bryant vor, um ihre Zigarette auszudrücken. Als sie sich ausstreckte, um an den Aschenbecher zu kommen, konnte er ihr vorn in den Pyjama hineinsehen. Ihre kleinen, festen Brüste mit winzigen, seltsam kuppelförmigen Brustwarzen. Verlegenheit und Schock schnürten ihm die Kehle zu.

Melissa meldete sich.

«Melissa? Hier Henderson.» Seine Gedanken irrten umher. Mein Gott, dachte er, mir zittern ja die Hände.

«Henderson, Darling, vielen Dank. Das ist so lieb von dir. Ich möchte, daß du weißt, wie hoch ich dir das anrechne. Wirklich, Darling.»

«Ich bitte dich.» So amerikanisch: diese ganze aufrichtige Dankbarkeit wegen eines Rückrufs.

«Kommt es dir auch bestimmt nicht ungelegen?»

«Nein, nein. Keinesfalls. Im Gegenteil.»

«Oh, du bist wunderbar, das hatte ich ganz vergessen. Du lieber Mann, du. Es gibt nicht viele Männer, die das tun würden, das weiß ich. Ich möchte, daß du ganz bald wieder zurückkommst.»

Ein Argwohn schlich ihn an.

«Nun, es ist ja nicht –»

«So bescheiden! Ach, Mr. Englishman, das gefällt mir so! Nein, Darling, es ist so lieb von dir, daß du ihr das angeboten hast, das wollte ich dir nur sagen. Und für sie wird es bestimmt auch sehr interessant sein: dich bei der Arbeit zu beobachten, etwas zu lernen über –»

Vor Entsetzen standen ihm die Haare zu Berge, als er sich plötzlich bewußt wurde, wovon sie sprach. Melissa plapperte weiter von Oma Wax, die sie schon angerufen und in die neue Lage eingeweiht hatte. Henderson wandte sich zu Bryant um. Sie hatte sich ins Bett gekuschelt und lächelte ihn unschuldig an. Er verspürte einen jähen Abscheu vor dieser frühreifen Erwachsenen, während er Versicherungen und Beteuerungen ins Telefon murmelte. Er sagte auf Wiedersehen und legte auf.

«Das ist eines der infamsten, unschönsten Beispiele von . . . Verlogenheit, das ich je erlebt habe», begann er, und seine Stimme bebte vor Zorn.

«Gott, Henderson, ich bin dir bestimmt nicht im Weg.»

«Darum geht es nicht. Das ist die reine, verdammte Eigensucht.»

«Was ist daran so eigensüchtig? Warum kann ich nicht mitkommen? Ich störe dich schon nicht. Du bist derjenige, der eigensüchtig ist. Du willst nicht, daß ich mitkomme. Warum nicht? Was ist so schlimm, wenn ich dabei bin?» Sie sprach in verletztem Ton, dem Ton eines gekränkten Kindes, in dem jene tyrannisierende Selbstgerechtigkeit mitschwingt, die sich einstellt, wenn sie einen Erwachsenen drangekriegt haben.

Er tobte noch eine Zeitlang weiter, wußte aber, daß es jetzt zu spät war. Was schlimmer war: er wußte, daß auch *sie* das wußte.

«Ich begreife nicht, weshalb du dich so aufregst», sagte sie mit durchtriebener, gespielter Unschuld. «Du hast doch gehört, wie sehr Mom sich gefreut hat. Findest du das nicht schön?»

Sie hatte recht, aber er gab es nicht zu. Vielleicht war das ein Zeichen: daß er sich auf Melissa konzentrieren und Irene vergessen sollte . . .

Er lag stundenlang wach und fand keine Ruhe zwischen den Nylontüchern des Scaggsville Motor Hotels. Er ging die neuen Optionen durch, die sich plötzlich in seinem Leben abzeichneten. Die vor ihm liegende Route war so gerade und sicher erschienen, jetzt sah er sich einem wahren Fächer von Wegen gegenüber. Er grübelte gereizt über die Alternativen nach, während der Getränkeautomat draußen auf dem Flur unheilvoll erzitterte und das leise Rasseln der Eismaschine zu dem ganz langsamen Vorrücken der Nacht einen einsamen Takt schlug.

Drittes Kapitel

Die Interstate 85 brachte sie sicher durch North und South Carolina. Je weiter sie nach Süden fuhren, desto wärmer wurde es. Jetzt, in Georgia, brannte die Sonne von einem klaren, blauen Himmel herunter, und Henderson schaltete die Klimaanlage des Wagens ein. Daraufhin glitten sie bei hochgekurbelten Fenstern in einer Kühlzelle dahin. Die Landschaft draußen war erstaunlich dicht, aber monoton bewaldet; eine zäh aussehende mittelgroße Fichtenart schien vorzuherrschen. Der Highway führte stracks durch dieses Grün; die einzige Abwechslung boten die hohen Stangen mit den Schildern der Tankstellen, Motels und Supermärkte an Kreuzungen. HOLIDAY INN, OMELETTE SHOPPE, COWBOY BARBECUE, BI-LO, STARVIN' MARVIN, FOOD GIANT, STEAK & ALE, WIFESAVER. Diese dreißig Meter hohen Schilder ragten an Pfosten gleich riesigen Cocktailquirlen über den Wald hinaus.

Auf der Fahrt von Scaggsville nach Süden war Henderson, der entschlossen seinen Zorn pflegte, kurz angebunden geblieben. Bryant schien das jedoch nicht zu kümmern: Sie war beinahe überschwenglich, sang die Songs mit, die aus dem Radio kamen – es war jetzt ausschließlich Country and Western – oder klopfte den Takt dazu. Henderson hatte auf der Suche nach Musik, aus der nicht das Schmalz triefte, sämtliche Kanäle durchprobiert – vergeblich. Die einzige Alternative waren religiöse Sender, die Prayer-ins, wasserfeste Bibeln («zum Lesen am Pool») oder gräßliche Moralpredigten zu bieten hatten.

«Magst du Country and Western nicht?» fragte Bryant.

«Ich habe einen *Horror* davor.»

«Ich mag diese Songs. Sie sind so . . . so wahr.»

«Mein Gott», sagte Henderson, «wenn das deine Vorstellung von Wahrheit ist, dann tust du mir leid.»

«Okay – was ist dann nicht wahr daran?» wollte Bryant wissen.

«Also weißt du, darüber will ich jetzt nicht sprechen», sagte Henderson. «Es ist schon schlimm genug, daß ich mir diesen . . . diesen *Brei* anhören muß, da will ich nicht auch noch die Texte analysieren.»

Bryant zuckte die Achseln und fand einen neuen Sender. Henderson blickte auf ihren dünnen Arm mit dem blonden Haarflaum, während sie am Knopf drehte. Er war nervös, und er fühlte sich unbehaglich neben ihr. Außerdem war er fast sicher, daß sie keinen Büstenhalter trug. Er wünschte sich sehnlich, er hätte vergangene Nacht ihre Brüste nicht gesehen. Es war eigenartig, wie sehr das sein Bild von ihr verändert hatte: kein verdrossenes kleines Biest mehr, mit dem er sich um seiner Mutter willen abzufinden hatte; dieser kurze Blick hatte ihrer Persönlichkeit neue Ingredienzien beigemischt – Weiblichkeit, Geschlechtsreife . . . Sex.

Sie sahen Atlanta schon von weitem; die Hochhäuser des Zentrums hoben sich vor der untergehenden Sonne ab, und einige wenige kleine, bläulichrote Wolken trieben träge über die Stadt hinweg.

«Das Beste ist, wir rufen gleich an», sagte Henderson.

«Meinst du, es ist weit weg?»

«Was?»

«Luxora Beach.»

«Nun, bis zur nächsten Küste ist es hier jedenfalls verdammt weit.» Der Gedanke war ihm schon früher gekommen.

«Vielleicht liegt es an einem See.» Sie sah auf die Straßenkarte. «Hier in der Gegend gibt es viele Seen.»

«Vielleicht.»

Sie fuhren an der nächsten Abfahrt vom Highway herunter. Henderson machte eine Telefonzelle ausfindig, während sich Bryant auf die Suche nach dem «Sanitärbereich» machte, womit man hier offenbar die Toilette bezeichnete.

Er wählte die Nummer, die Beeby ihm gegeben hatte. Es läutete recht lange, und er wollte gerade einhängen, als sich eine Frau meldete.

«Hä?»

«Kann ich Mr. Loomis Gage sprechen?»

«Was?»

«Loomis Gage. Kann ich –»

«Was?»

Du lieber Gott. «Loo-mis Gage.»

Er hörte sie einen Namen rufen. Im Hintergrund war das Geräusch eines Fernsehers zu vernehmen, dann kam eine Männerstimme.

«Hä? Wer ist da?»

«Mr. Gage? Mr. Loomis Gage?»

«Nein. Wer sind Sie?»

«Mein Name ist Dores. Von Mulholland & Melhuish – New York. Ich hätte gern Mr. Loomis Gage gesprochen.»

Er mußte das dreimal wiederholen, der Mann schien schwer von Begriff zu sein.

«Ach ja?» Und dann: «Ach *ja* . . . Bleiben Sie dran.»

Henderson steckte weitere Münzen in den Schlitz. Der Mann kam zurück.

«Wir haben Sie heute morgen erwartet.»

«Da muß ein Irrtum vorliegen.»

«Beckman hat den ganzen Tag in Atlanta gewartet.»

«Ich hätte nicht schneller hier sein können, tut mir leid.»

«Na schön, er wird an der Ecke Peachtree Street und Edgewood sein, zur vollen Stunde. Schaffen Sie's bis sechs?»

«Ich denke schon.»

«Er schaut sich nach Ihnen um.»

Das ist absurd, dachte Henderson. «Wie sieht er aus?»

«Schlank, lange blonde Haare.»

Und schon hatte der Mann aufgelegt.

Henderson stellte fest, daß er schweißfeuchte Handflächen hatte. Er verspürte plötzlich ein wenig Angst. Diese Situation war so ausgefallen, richtig verrückt. Er dachte an seine üblichen Reisen als Taxator: ein angenehmes Wochenende in einem herrschaftlichen Haus, höfliches, kultiviertes Gespräch über Kunst. Der Herrgott mochte wissen, was Beeby ihm da eingebrockt hatte. Er wünschte schon, er hätte statt seiner Ian Toothe geschickt, dann wären ihm jedenfalls eine Menge Probleme erspart geblieben.

Bryant kam aus dem «Sanitärbereich» zurück.

«Was passiert jetzt?» fragte sie.

«Wir treffen uns mit einem Mann namens Beckman an einer Straßenkreuzung in Atlanta.»

«Hört sich gut an.» Sie riß die Augen auf. «Und was dann?»

«Das weiß ich noch nicht genau.»

Sie fuhren die gesamte Peachtree Street hinunter. Atlanta schien sich mitten in einem großangelegten Sanierungsprogramm zu befinden: Auf alte Gebäude mit abbröckelnden Fassaden folgten mit Backsteinen übersäte Baugrundstücke, dann schoß aus einer Piazza mit mehreren Ebenen samt Baumgruppen, plätschernden Brunnen und Fischteichen drumherum ein funkelnagelneuer Wolkenkratzer in die Höhe. Als sie sich dem Zentrum näherten, wurden die Gebäude höher und imposanter: große, kreisrunde Hotelbauten, Fassadenklippen aus Spiegelglas, die sich über kleinen Parkanlagen und Plätzen auftürmten.

Die Straßen wirkten im Gegensatz zu den New Yorker Straßen um die Tageszeit merkwürdig ruhig. Sie waren etwas zu früh für das vereinbarte Treffen – nur drei Schwarze trieben sich an der Ecke Peachtree Street und Edgewood herum –, und so stellten sie den Wagen ab und schlenderten eine Weile umher. Sie betraten eine Betonhöhle und fuhren mit einem Lift tief in die Erde hinunter. Dort standen sie dann in der riesigen, makellos sauberen, glänzenden und leeren Halle einer U-Bahn-Station. Zwei Bahnsteigschaffner betrachteten sie neugierig.

«Wo sind denn die Leute alle?» flüsterte Bryant. «Das ist, als wäre man in der Zukunft.»

Sie fuhren wieder hinauf. Ein sehr dünner Weißer mit widerspenstigem langem blondem Haar, stand wippend und hüpfend an der Ecke und musterte mißtrauisch die Schwarzen.

«Mr. Beckman?» sagte Henderson.

Der Mann drehte sich erschrocken um, den Arm wie zur Abwehr eines Schlags erhoben. Henderson machte einen Satz rückwärts.

«Endlich, verdammt», sagte der Mann. «Ich wart hier schon seit verfluchten sechs Stunden.»

«Ich habe doch am Telefon erklärt –»

«Sind Sie mit dem Wagen da?» Er hatte ein schmales, faltiges Gesicht und einen engen Gaumen mit zu dicht beieinanderstehenden Zähnen.

«Ja.»

«Ich hab diesen Transporter da.» Er deutete auf einen blauen Kleinlaster mit großen, überbreiten Reifen und blitzendem Chrom. «Fahren Sie mir hinterher.»

Henderson folgte dem Lieferwagen durch Atlantas Vororte. Bald waren sie auf einer anderen Schnellstraße. Er sah Richtungsschilder: Anniston und Birmingham. Sie fuhren nach Westen. Er fragte sich, ob ihr Ziel in Alabama lag. Er wünschte plötzlich, er wäre in seinem Apartment in New York oder auf dem Weg ins Queensboro Fitnesscenter zu einem Säbelgang mit Teagarden. Bryant hielt den Blick starr auf den Kleinlaster gerichtet.

«Mann, ist das ein komischer Kauz. Hast du seine Augen gesehen?»

«Ich habe nicht auf seine Augen geschaut. Hast du seine Zähne gesehen?»

«Er hat dauernd geblinzelt, als hätte er Sandkörner drin.»

Nachdem sie etwa eine Stunde gefahren waren, bogen sie bei einer Stadt namens Villa Rica ab. Von dort aus fuhren sie über eine Reihe von zweispurigen Landstraßen. Es wurde dunkler. Henderson schaltete die Scheinwerfer ein. Sie fuhren durch kleine Ortschaften – Draketown, Felton. Bryant saß über die Karte gebeugt.

«Hast du eine Ahnung, wo wir sind?» fragte Henderson.

«Nein. Ich bin hier nicht mehr mitgekommen.»

«Sind wir noch in Georgia oder schon in Alabama?»

«Was macht das für einen Unterschied?»

«Ich weiß es nicht.»

Sie fuhren weiter. Bryant schaltete das Radio ein.

«. . . unheilbar krank. Und er sagte zu mir: ‹Father, wie wird es im Himmel sein?›» Es war eine tiefe, einschmeichelnde Stimme.

«O *nein*!» sagte Bryant angewidert und streckte die Hand aus.

«Augenblick, dreh mal noch nicht weiter», sagte Henderson, von Abscheu erfüllt.

«Und ich wußte nicht, was ich dem Mann sagen sollte, liebe Freunde, diesem . . . todkranken Menschen. Wie ist es im Himmel? Ich wußte keine Antwort in dieser Stunde der Not. Da kratzte mein Hund Patch an der Tür. Ich hatte ihn draußen im Wagen gelassen, aber er mußte durchs Fenster gesprungen und zum Haus dieses Mannes gelaufen sein, um nach mir zu suchen. Ich hörte ihn an der Tür kratzen. Ich öffnete und ließ ihn herein. Und da, Freunde, wußte ich die Antwort. Ich sagte zu diesem . . . unheilbar kranken Mann: ‹Sir, der Himmel ist wie dieses Zimmer hier. Mein Hund Patch ist noch nie in diesem Haus gewesen, aber er hat dieses Zimmer voller Vertrauen und Zuversicht und ohne Furcht betreten. Warum? Weil er wußte, daß ich, sein Herr, darin war. So können auch Sie zu unserem himmlischen Herrn gehen und bei ihm an der Tür kratzen voller Vertrauen und Zuversicht und ohne Furcht. Wir wissen nicht, was im ‹Zimmer› des Himmels ist, aber wir wissen, daß Gott darin wohnt, und wir brauchen keine Furcht zu haben, zu ihm hineinzugehen.› Gute Nacht, liebe Freunde. Schalten Sie nächste Woche wieder WNBK in Tallapoosa ein zur *Kleinen Sonntags-*

predigt. Es verabschiedet sich für heute Reverend T. J. Cardew. Gott segne Sie alle. Amen.»

«Du liebe Güte», sagte Henderson.

«Soll ich Musik suchen? Das hier nervt.»

Nach einer weiteren halben Stunde sahen sie schließlich ein Schild: WILLKOMMEN IN LUXORA BEACH. Dann noch eins: DER LIONS CLUB VON LUXORA BEACH HEISST SIE WILLKOMMEN. Und endlich: LUXORA BEACH – 1079 EINW.

Inzwischen war es ganz dunkel geworden. Sie fuhren an eingeschossigen Holzhäusern vorüber, die zu beiden Seiten die Fahrbahn säumten, und kamen dann in einen Abschnitt mit Straßenbeleuchtung. Man erkannte eine schmale Hauptstraße, an deren Seite eine Bahnlinie entlangführte. Jenseits der Bahnlinie erstreckte sich eine geteerte Fläche vor einer heruntergekommenen Ladenfront mit kahlen Fassaden und Flachdächern. Über einem dunklen Fenster las Henderson LUXORA BEACH DRUGS. Alle Fenster waren dunkel bis auf die einer Bar. Die rote Neonfliege einer Budweiser-Reklame und die blaue Rosette des Pabst-Emblems warfen hübsche Schlaglichter auf die davor parkenden glanzlosen, staubigen Wagen.

Beckmans Kleinlaster bog ab und holperte über die Schienen. Henderson folgte ihm. Sie verließen die gepflasterte Straße und fuhren einen gewundenen Feldweg entlang, mit Gestrüpp zu beiden Seiten, soweit Henderson das bei dem Staub erkennen konnte, den Beckmans Reifen aufwirbelten.

Dann passierten sie ein wackliges Holztor mit einem gußeisernen Bogen darüber, auf dem in schmutzigweißer Schnörkelschrift THE GAGE MANSION geschrieben stand. Vor sich konnte Henderson im schwachen Mondlicht die Umrisse eines recht großen Hauses erkennen. Sie bogen in den großen Halbkreis einer Auffahrt ein. Die Scheinwerfer erleuchteten kleine Gruppen von hochgewachsenen Bäumen, die in Befolgung irgendeines gärtnerischen Kompositionsprinzips strategisch angepflanzt worden zu sein schienen. In einigen Fenstern brannte Licht.

Der Kleinlaster hielt. Auch Henderson hielt. Er sah Bryant an, die seinen ratlosen Blick erwiderte. Einen winzigen Moment lang schienen sie Verbündete zu sein. Er stieg aus. Vor dem Haus stand ein Wohnmobil von riesigen Ausmaßen, das aus geripptem Aluminium mit einem Furnier aus Plastikholz zu bestehen schien. Kabel verliefen zwischen dem Wagen und dem Haus. Als Henderson nach rückwärts blickte, sah er, daß die Auffahrt einen perfekten Kreis bildete. Er trat vom Wagen fort, um einen besseren Eindruck von der Architektur des Hauses zu gewinnen, aber es war zu dunkel. Es war wahrscheinlich auch nicht wichtig. Die Wirkung selbst des schönsten Gebäudes wäre durch die Nachbarschaft dieses gräßlichen Wohnmobils beeinträchtigt worden. Er fragte sich, warum es da stand.

«Er ist drin», rief Beckman aus seinem Transporter, umrundete die Auffahrt und fuhr wieder zum Tor hinaus.

Im Haus oder im Wohnmobil, fragte sich Henderson. Er holte ihre Koffer aus dem Wagen.

Bryant spähte durch ein vorhangverziertes Bullauge in dem gerippten Aluminium.

«Da sind Leute drin», sagte sie.

Vom Haus aus rief jemand: «Sind Sie das, Mr. Melhuish?»

«O Gott», seufzte Henderson. «Gehen wir.»

Die beiden stiegen etwa ein Dutzend Stufen zu einer breiten Holzveranda hinauf, die um das ganze Haus zu führen schien. Vor der zweiflügeligen Eingangstür stand ein kleiner Mann.

«Mr. Melhuish», sagte er und schüttelte Henderson kräftig die Hand. «Erfreut, Sie kennenzulernen, wirklich sehr erfreut. Ich bin Loomis Gage.»

«Mein Name ist Dores», sagte Henderson. «Hat Ihnen Mr. Beeby nicht mitgeteilt, daß *ich* komme?»

Der Mann lachte fröhlich.

«Dores, Melhuish, das ist doch schnurz. Mir jedenfalls. Kommen Sie rein.»

Sie traten durch die Tür in den Flur, wo beträchtlicher Lärm sie begrüßte. Von irgendwo oben drang das Stampfen von Rockmusik herunter, und in einem Raum zur Rechten dröhnte ein Fernsehgerät.

«Das ist meine Stieftochter!» sagte Henderson mit lauter Stimme, um sich verständlich zu machen. «Bryant Wax! Zukünftige Stieftochter, genauer gesagt!»

Bryant sah sich mit vorsichtiger Neugierde um. «Hi», sagte sie.

«Sie nehmen Ihre Familie mit, wenn Sie geschäftlich unterwegs sind?» rief Gage zurück.

«Nun . . .!»

«Das gefällt mir!»

«Was?!»

«Ich sagte, das gefällt mir!»

«Selten!»

«Entschuldigen Sie mich einen Moment!» Gage stieg einige Stufen die Treppe hinauf.

«Stell die verdammte Musik leiser!» brüllte er. Er blieb stehen und lauschte. Die Lautstärke wurde gedrosselt. Er kam herunter und öffnete die Tür zu dem Zimmer mit dem Fernsehgerät. Es war völlig dunkel bis auf die bunten Farben auf dem Bildschirm. Gage schaltete den Ton ab, ließ das Bild aber weiterflimmern. Er knipste ein paar Lampen an.

«So ist's besser», sagte er. Loomis Gage war klein und stämmig und offensichtlich recht alt, obwohl er noch sehr lebhaft wirkte. Das Gesicht hatte sein volles Quantum von Runzeln und Falten abbekommen, und die Augen waren wäßrig. Aber er hatte eine Mähne schneeweißen Haares, so dicht und füllig wie ein Teenager, was zu seinem fortgeschrittenen Alter nicht recht passen wollte. Er hatte auch eine ausgesprochene Stupsnase – für Hendersons Begriffe ein seltsam unschickliches Gesichtsmerkmal bei einem so ehrwürdigen Mann. Gage trug ein kurzärmeliges gelbes Sporthemd und khakifarbene Hosen. Sein Spitzbauch drückte gegen eine gravierte silberne Gürtelschnalle von der Größe einer Untertasse.

«Bitte nehmen Sie Platz», sagte er. «Du auch, Brian.»

«Mit *t*», sagte Bryant. «Bryan-t.»

«Du bist ein Mädchen, nicht wahr?»

«Klar.»

«Hab ich's doch gewußt.» Er sah Henderson stolz an. «Ich mag ja ein alter Mann sein, aber ein weibliches Wesen kann ich noch immer erkennen – auch wenn es einen Männernamen trägt.»

Henderson sah sich um. Keine Bilder an den Wänden. Das Zimmer war groß und holzgetäfelt. Zwei Deckenventilatoren wirbelten die warme Nachtluft auf. Die Möbel sahen alt und abgenutzt, aber behaglich aus. Nirgendwo ein Zeichen ostentativen Reichtums. Er verspürte eine kurze, leichte Beklemmung.

Bryant war in das stumme Fernsehbild vertieft.

«Kann ich Ihnen etwas zu trinken anbieten, Mr. Dores? Bourbon, Martini?»

«Ein Bier wäre sehr willkommen.»

«Ein Bier wäre sehr willkommen», wiederholte Gage, vor sich hin kichernd. «Das gefällt mir.» Er drückte auf einen Klingelknopf an der Wand.

«So, Sie sind also der Mann, der glaubt, er kann meine Gemälde an den Mann bringen.» Er musterte Henderson von oben bis unten. «Wie alt sind Sie?»

Warum stellte man dieser Tage so oft Spekulationen über sein Alter an? «Neununddreißig», sagte er. Er hörte, wie draußen ein Wagen vorfuhr.

«Neununddreißig», wiederholte Gage. «Für wie alt halten Sie mich?»

«Fünfundsechzig?» meinte Henderson und wurde mit einem wiehernden, spöttischen Lachen belohnt.

«Ich bin so alt wie das Jahrhundert, mein Junge. Aber ich bin so gesund wie meine Söhne. Gesünder, zum Teufel.»

Henderson fiel dazu nichts ein.

Die Tür ging auf, und ein großer, dunkelhaariger Mann kam herein. Er trug einen eng ansitzenden, bestickten Drilichanzug und hatte einen stufig geschnittenen Hexenmeisterbart.

«Entschuldige, Dad. Wußte nicht, daß du Gesellschaft hast.»

«Komm nur herein. Das ist Mr. Dores. Seine Tochter Bryant. Und das ist mein Sohn Freeborn.»

«Sehr erfreut, Sie kennenzulernen, Sir», sagte er in aufrichtigem Ton zu Henderson und schüttelte ihm energisch die Hand. «Auch Sie, Miss Dores.» Er trat ein paar Schritte zurück. «Wenn Sie mich bitte entschuldigen wollen – ich möchte nicht länger stören.»

Er hatte glänzendes, fülliges Haar wie sein Vater, bemerkte Henderson, nur daß es schwarz war. Er sah aus wie ein Berufsringer oder ein Spielsalonbesitzer: jemand aus den Randbezirken der Unterhaltungsbranche. Er trug an mehreren Fingern schwere, goldfarbene Ringe. Er lächelte in die Runde und ging.

Eine unauffällige ältere Frau kam herein. Sie sah müde und mürrisch aus.

«Alma-May», sagte Gage, «würden Sie für Mr. Dores' Tochter Coras altes Zimmer fertigmachen? Wir haben einen zusätzlichen Gast.»

«Was?» Die Empörung war echt. «Keine Chance!»

«Alma . . .»

«Herrgott.» Murrend ging sie hinaus.

«Machen Sie sich keine Mühe», sagte Henderson rasch. «Wir hatten ohnehin geplant, im Hotel zu übernachten.»

«Dann geben Sie Ihre Pläne auf, Mr. Dores. Ich will nichts davon hören. Verdammt, jetzt hab ich vergessen, ihr zu sagen, sie soll Ihnen ein Bier bringen. Ich hol's lieber selbst.» Er ging durch eine Tür am hinteren Ende des Zimmers hinaus. Henderson hörte, wie draußen Alma-Mays Stimme erregt aufschrillte.

«Jetzt siehst du, was du angerichtet hast», sagte er vorwurfsvoll zu Bryant, aber sie hörte nicht hin.

«Mr. Dores?»

Er sah sich um. Von der Tür her lächelte ihn Freeborns bärtiges Gesicht an.

«Kann ich Sie einen Augenblick sprechen, Sir? Wenn's Ihnen recht ist. Unter vier Augen.»

«Natürlich.»

Henderson folgte ihm durch die Eingangstür auf die Veranda hinaus. Freeborn war, wie er feststellte, nicht nur kräftig gebaut und groß, sondern auch sehr dick. Doch alles wurde durch das kräftige Material von Hemd und Hose einigermaßen zusammengehalten.

Freeborn lächelte und kratzte sich den Bart. Endlich ein vernünftiger Mensch, dachte Henderson.

«Entschuldigen Sie, daß ich frage, Sir, aber gehe ich recht in der Annahme, daß Sie der Mann von dem New Yorker Auktionshaus sind, das die Gemälde meines Vaters verkaufen will?»

Dann *gab* es also Gemälde. «Ja, ganz recht», sagte Henderson freundlich. «Wir haben die Ehre –»

«Ich glaube, ich sollte Sie fairerweise von einer gewissen Tatsache in Kenntnis setzen, die Einfluß auf Ihr Geschäft haben könnte.»

«Ja – und die wäre?»

«Die wäre folgende: Wenn Sie nicht bis morgen mittag mit Ihrem verdammten Arsch aus dem Haus verschwunden sind, dann schlage ich Ihnen damit den verdammten Schädel ein.» Seine Stimme klang noch immer ruhig und vernünftig, das Lächeln war noch immer da.

«Hören Sie mal –»

«Falls Sie sich bis dahin nicht verpißt haben, wird es Ihnen noch ganz schrecklich leid tun. Alles klar? Entschuldigen Sie.»

Henderson nickte. Freeborn klopfte ihm auf die Schulter.

«Sie wissen Bescheid. War nett, Sie kennenzulernen, Mr. Dores.»

Henderson blieb zwei Minuten lang auf der Veranda stehen und atmete ganz flach, um das Zittern zu unterdrücken, das seinen Körper erfaßt hatte. Das letzte Mal war er vor der Public School auf so direkte, bösartige und unter die Haut gehende Weise bedroht worden. Nichts in seiner Erfahrung als Erwachsener hatte ihn auf eine solche, anscheinend teilnahmslose Aggression vorbereitet.

Er ging vorsichtig wieder hinein. Gage und Bryant saßen nebeneinander auf einer Couch und sahen fern.

«Da ist Ihr Bier», sagte Gage, der sich über seine Abwesenheit keine Gedanken gemacht zu haben schien. «Entspannen Sie sich. Über das Geschäftliche reden wir morgen früh.»

Henderson setzte sich gehorsam und trank sein Bier. In seinem Kopf wetteiferte ein Wirrwarr von Stimmen, die ihm einander widersprechende Anweisungen und Aktionspläne zuriefen. So mußte es Ike zur morgendlichen Stoßzeit im Schnellrestaurant gehen, dachte er wie nebenbei und empfand eine neue Bewunderung für das Können dieses Mannes . . . Er konzentrierte sich. Sollte er Gage etwas von der durch nichts provozierten Drohung seines Sohnes sagen? Aber wie konnte er das? Er war kaum fünf Minuten in Gages Haus. «Entschuldigen Sie, Mr. Gage, aber Ihr Sohn sagt, er will mir mit meinem eigenen Arsch den Kopf einschlagen.» Nein, das ging nicht. Er mußte mit Beeby sprechen, jawohl, und zwar sofort.

«Mr. Gage? Könnte ich wohl telefonieren?»

«Ich dulde leider kein Telefon im Haus. Aber Freeborn hat eins in seinem Wohnmobil. Er hat sicher nichts dagegen.»

«Ach, ist schon gut», sagte Henderson. «Will ihn nicht stören. Ist nicht wichtig.»

Er blieb sitzen und versuchte sich wie Gage und Bryant auf das Fernsehen zu konzentrieren. Innerhalb von Minuten war er völlig durcheinander, da das Programm – eine Liebesgeschichte, nahm er an – scheinbar alle zwei Minuten auf verwirrende Weise mit Werbespots abwechselte. Noch verwirrender war, daß dieselben Darsteller – oder solche, die ihnen erstaunlich ähnelten – in beiden mitzuspielen schienen. Waschmittel, Shampoo, Hundefutter, dann traf sich das junge Paar in einer Bar; sie waren offenbar glücklich. Glückliche junge Freunde gesellten sich zu ihnen . . . aber das erwies sich als eine längere Bierreklame. Er fragte sich verwirrt, ob die junge Frau und der Hund vielleicht doch nicht Teil eines Werbespots gewesen waren. Er versuchte sich an den Ausgang der Szene zu erinnern, die er verfolgt hatte: War sie glücklich oder traurig gewesen, als sie mit ihrem vierbeinigen Freund durch den Wald gegangen war? Auf einmal saß ein dicker Mann auf der Motorhaube eines Wagens und gab phantastische Garantien. In Hendersons Kopf drehte sich alles. Er glaubte, noch einmal die jungen Liebenden zu erkennen, aber sie versuchten noch immer, Bier unter die Leute zu bringen. Schließlich kam der Nachspann, und da wußte er, daß es vorüber war, worum es sich auch gedreht haben mochte. Er hoffte, sie waren glücklich. Er lehnte sich erschöpft zurück, und die Stirn schmerzte ihn, weil er sie ständig in Falten gelegt hatte.

Eine Frau von strahlender Schönheit kündigte an, sie werde jetzt Nachrichten «aus aller Welt und den USA» verlesen.

«Wie Mrs. Nazarine Kilgus, Friedensrichterin von Furze County, heute mitteilte, findet die alljährliche Veranstaltung ‹Wie steht es um Ihre Gesundheit?› nächsten Monat im Trainingszentrum der Nationalgarde in Olar statt. Wie Mrs. Kilgus weiter sagte, wird die Veranstaltung mit Ausnahme eines fakultativen Bluttestes, der acht Dollar kostet, kostenlos sein.»

Eine Stunde später, mitten in einem Film – dessen Handlung Henderson hatte folgen können – stand Gage auf und schaltete das Gerät ab.

«Schlafenszeit bei Ranchero Gage», verkündete er und klingelte nach Alma-May. Sie kam nicht, und so brachte Gage sie selbst nach oben. Er rannte die Treppe hinauf und blieb oben stehen, um auf sie zu warten.

«Kein bißchen aus der Puste.»

«Höchst erstaunlich», sagte Henderson.

Sie gingen einen Flur entlang zum rückwärtigen Teil des Hauses. Durch eine Tür, an der sie vorüberkamen, klang Rockmusik. Gage klopfte heftig an und rief: «Stell den Lärm jetzt ab!» Das Geräusch erstarb zu einem gedämpften Pochen gleich dem fernen Brummen eines Generators.

«Ich verabscheue und hasse diese moderne Musik», sagte Gage. «Deshalb stelle ich den Fernseher so laut. Lieber lasse ich mich von blödem Geschwätz berieseln als von dem Mist, den er sich anhört.»

Gage öffnete eine Tür. «Badezimmer. ‹Er› ist übrigens Duane, Alma-Mays Junge. Beckman schläft nach vorn hinaus. Cora und ich sind Ihnen gegenüber auf der anderen Seite. Freeborn und Shanda haben ihr Wohnmobil. Alma-May hat ihren Anbau hinter der Küche.» Er hielt inne. «Noch etwas sollte ich Ihnen sagen. Wir sind Vegetarier hier. Es gibt also kein Fleisch und keinen Fisch auf unserem Speiseplan.

«Sehr schön.» Henderson nickte.

«Gut», sagte Bryant.

Bryant bekam ihr Zimmer gezeigt und eine gute Nacht gewünscht.

«Alles okay?» fragte Henderson sie.

«Was meinst du damit?»

«Nichts, nichts.» Er ging rasch weiter zu seinem Zimmer. An der Tür schüttelte Gage ihm feierlich die Hand.

«Das Frühstück wird hier locker gehandhabt. Kommen Sie herunter, wann immer Sie Lust haben, und bedienen Sie sich. Wir unterhalten uns dann am Morgen.»

Henderson sah ihm nach und fragte sich, ob er nicht gerade die beste Gelegenheit verpaßt hatte, ihm von dem beunruhigenden Freeborn zu berichten. Er fühlte sich sonderbar, angsterfüllt; plötzlich verlor er den Boden unter den Füßen. Er ging in sein Zimmer und setzte sich aufs Bett.

Einmal, während eines Urlaubs am Mittelmeer, war er allein in einem Dingi etwa eine Meile weit hinausgefahren.

Unter ihm war klares, türkises Wasser gewesen, und auf dem Sandboden ein paar Meter unter dem Kiel hatte sich ab und zu der dunkle Fleck eines Felsbrockens oder eines Tangbüschels abgezeichnet. Und dann war er plötzlich über die Kante des Kontinentalsockels oder irgendeines großen Abgrunds im Meeresboden gefahren, und das funkelnde Türkis hatte einem dichten, kalten, tintigen Blau Platz gemacht. Das kleine Boot fuhr weiter wie zuvor, die Sonne brannte ihm immer noch auf den Schultern, aber in diesem Augenblick war ihm nach Schreien zumute. Diese schwarzen Wassermassen unter ihm, die bleichen Dinge, die dort schwammen. Er kehrte sofort um. Er hatte eine gräßliche Angst vor der Tiefe . . .

Er schlug die Decke zurück und bemerkte mit jäher Verärgerung, daß das Bett nicht gemacht war. Er erblickte die zusammengelegten Laken auf einem Stuhl in der Ecke. Diese Alma-May, so sagte er sich, war doch hier offenbar eine Art Haushälterin, warum kümmerte sie sich dann nicht um so etwas? Zornig machte er das Bett. Auch ohne Freeborns durch nichts begründete Gehässigkeit hätte er keiner Ermunterung bedurft, diesen bizarren Haushalt bei der ersten sich bietenden Gelegenheit zu verlassen. Morgen würde er mit Bryant in das nächste – nächste anständige – Hotel ziehen, ob Gage nun etwas dagegen hatte oder nicht, und alles von dort aus vorantreiben. Zumindest würde er damit auch dem Buchstaben nach Freeborns Befehl gehorchen, wenn schon nicht dem Sinn nach.

Ein wenig gefaßter öffnete er die vom Boden bis zur Decke reichenden Fenster am einen Ende des Zimmers und sah, daß in diesem Stockwerk ein kleinerer Balkon um das Haus herumführte. Er trat hinaus, lehnte sich an eine Säule und blickte über die dunkle Landschaft. Er konnte leise Duanes Rockmusik hören, die ein sanfter Lufthauch herübertrieb, dann verstummte sie plötzlich. Im Dunkel draußen zirpten die Grillen monoton weiter. Ein großer Falter flatterte schwerfällig an ihm vorbei in das erleuchtete Schlafzimmer. Er beugte sich vor und blickte zum Himmel hinauf.

Die Sterne waren da und nahmen wie zu seiner Beruhigung die ihnen zugewiesenen Plätze ein. Eine Zeile aus einem halb vergessenen Gedicht kam ihm in den Sinn. «Schnell und fern führt die Bahn von Stern zu Stern», oder so ähnlich. Er wurde ein wenig ruhiger hier im Freien unter ihrem kalten Licht. Er legte die Hände auf das Balkongeländer, atmete tief und fragte sich zum einen, wie bald er das Haus würde verlassen können, und zum anderen, wann er Bryant überredet haben würde, zu den Großeltern Wax zu fahren.

Er massierte sich das Gesicht. Vielleicht wurde mit den Gemälden alles anders. Er sehnte sich plötzlich nach seinem Büro bei Mulholland & Melhuish, nach den abschirmenden Bollwerken seines Jobs, nach dem Alltag, den Kollegen. Hier unten fühlte er sich schwach und schutzlos, fremd in dem ungewohnten Milieu. Freeborn hatte damit gedroht, ihm den Schädel einzuschlagen. Warum um Gottes willen? Was bedeutete er Freeborn oder Freeborn ihm?

Panik und Furcht fielen ihn abermals an, und mit tiefer Schicksalsergebenheit wußte er, daß an Schlaf jetzt nicht zu denken war. Der lange Marsch der Nacht lag vor ihm, das Drehen und Herumwerfen, das Kissenaufschütteln und Lageverändern. Er seufzte in tiefem Selbstmitleid und ging ins Zimmer zurück.

Der dicke Falter – so groß wie ein Zaunkönig, wie ihm scheinen wollte –, der auf dem Balkon an ihm vorbeigeflattert war, attackierte jetzt unbeholfen die Deckenlampe und warf einen hüpfenden Riesenschatten über Wände und Bett. Was sollte er tun: irgend etwas suchen, womit er dem Tier einen tödlichen Schlag versetzen konnte, oder darum beten, daß es von allein wieder hinausflog? Er mochte dieses große und eigentlich prächtige Wesen nicht totklatschen. Ihm wohnte ein Beschützerinstinkt gegenüber Schmetterlingen und Faltern inne: sie bildeten eine erwählte Unterklasse von Insekten, die er barmherzigerweise von den rücksichtslosen Pogromen ausnahm, mit denen er sonst die übrigen Angehörigen der Großfamilie verfolgte.

Während er wie gelähmt dastand, tat ihm der Falter den Gefallen und ließ sich an der Wand in der Nähe der Decke nieder. Er stieg aufs Bett und klemmte behutsam die zusammengeklappten Flügel zwischen Daumen und Zeigefinger ein. Die Beine des Falters radelten vergeblich in der Luft, während er ihn vorsichtig zum Fenster trug. Doch da ging irgendwie der eine Flügel ab, und der Falter fiel mit einem weichen Klatsch zu Boden. Der lose Flügel flatterte Augenblicke später wie ein Blatt neben ihm hinunter.

Henderson war erschüttert. Der Falter flappte und krabbelte hilflos in Kreisen auf dem Holzfußboden herum. Henderson stellte sich einen ganz hohen Falterschrei des Entsetzens und des Schmerzes vor. Unwillkürlich trat er auf das verstümmelte Insekt, wobei er ein leises Knirschen vernahm – wie bei einem weichen Plätzchen –, ehe er den leblosen Körper auf den Balkon hinauskickte. Er fühlte sich erschöpft. Die simpelsten Handlungen – die banalsten Notwendigkeiten und Vorhaben – schienen nichts als absurde und nervenaufreibende Konsequenzen nach sich zu ziehen.

Er entkleidete sich schlapp, knipste das Licht aus und legte sich hin. Er fühlte sich hellwach, sein Denken war so aktiv wie das eines Prüflings im entscheidenden Examen. Er hörte, wie das dumpfe Dröhnen der Rockmusik wieder einsetzte. Duane, Alma-Mays Sohn. Warum wurde diese akustische Tyrannei hier geduldet? Und wer war Cora? Was sollte er mit Bryant machen? Würde Freeborn ihm morgen mittag tatsächlich den Schädel einschlagen? Würde die Sammlung Gage die Probleme von Mulholland & Melhuish lösen? War es denkbar, daß Irene ihm verzieh? Und Melissa? Diese und andere Gedanken schoben und stießen sich ihm durch den Sinn, während er sich auf die linke, dann auf die rechte Seite drehte, sich auf den Rücken, dann auf den Bauch legte, das Kissen fortrückte, wieder herbeiholte, es doppelt legte, das Bettuch mit Morgenrock und Steppdecke beschwerte, alles wieder fortstrampelte und schließlich irgendwie, irgendwann, ein paar Minuten der Ruhe fand.

Viertes Kapitel

Vorsichtig betrat Henderson am nächsten Morgen die Gagesche Küche. Er fühlte sich elend: müde und gereizt, aber nicht gereizt genug, um eine Konfrontation mit Freeborn zu begrüßen. Doch weder von ihm noch von irgend jemand sonst war etwas zu sehen. Das überraschte ihn ein wenig, denn er hatte angenommen, wenigstens Bryant werde unten sein, da ihr Zimmer leer gewesen war.

Er schenkte sich aus der Kanne, die zum Warmhalten auf dem Herd stand, eine Tasse Kaffee ein. Alma-May kam herein und nickte nur kurz, als er «Guten Morgen» sagte.

«Ist Mr. Gage schon auf?»

Alma-May deutete auf einen Brief auf dem Frühstückstisch. Er war an Henderson adressiert und von Loomis Gage geschrieben: er könne sich die Gemälde am Nachmittag ansehen, wenn er, Gage, von einer geschäftlichen Besorgung zurückgekehrt sei. Worum es sich bei dieser Besorgung handelte, wurde nicht mitgeteilt.

Henderson war sich bewußt, daß diese Verzögerung gegen die von Freeborn gesetzte Frist verstoßen würde, aber er konnte doch gewiß mit dem Schutz von Gage senior rechnen, oder? Eines war klar: er konnte in kein Hotel ziehen, ehe er die Bilder in Augenschein genommen hatte.

«Haben Sie zufällig Bryant – Miss Wax – gesehen?»

«Die ist schon ganz früh mit Beckman fort.»

«Du lieber Gott! Wohin denn?» fragte er bestürzt. Melissa würde es ihm nie verzeihen, wenn . . . Er hielt inne. Alma-Mays Kopf war bei der Anrufung des lieben Gottes ruckartig herumgefahren.

«Nach Hamburg.»

Ihm wurde plötzlich schwach, doch dann sagte er sich, daß

damit ein Hamburg in Georgia oder Alabama oder sonstwo gemeint sein mußte.

«Warum, wenn ich fragen darf?»

«Ins Labrotorium. Beckmans Labrotorium.»

«In sein Labrot – sein Labor – in Hamburg?»

«Genau.»

«Aha . . . Und Mr. Freeborn? Ist er . . .?»

«Unterwegs.»

Was sollte das heißen?

«Was macht er denn – unterwegs?»

«Verkauft Sachen. Handelsvertreter. Verkauft medizinische Sachen. Sie wissen schon: Verbandstoff, Bandagen, Stützgürtel. Auch Mundwasser, Suppisot . . . Zäpfchen. Solchen Kram.»

«Dann sind wir also allein im Haus», sagte er mit einem albernen Lachen, das er sogleich bedauerte. Aus Duanes Zimmer drang keine Rockmusik, also war der Junge wohl auch fort.

«Miss Cora ist noch da», sagte Alma-May mit einem sehr argwöhnischen Unterton. «Und Shanda.»

«Oh, ach ja.»

Nach dem Frühstück – Auberginenhaschee und eine blaßgraue sago- oder hafergrützenähnliche Substanz ohne viel Geschmack – kam Henderson zu dem Schluß, daß er als erstes Beeby anrufen mußte. Ermutigt durch Freeborns Abwesenheit näherte er sich dem ausladenden Wohnmobil vor den Eingangsstufen und klopfte an die Tür.

Sie wurde von einer recht hübschen jungen Frau im fortgeschrittenen Stadium der Schwangerschaft geöffnet. Sie trug einen schmuddelig-weißen Kittel mit blauen Biesen und völlig unpassende, hochhackige Riemenschuhe. Ihr üppiges, blond gesträhntes Haar, das offenbar in einer Lockenmähne hätte herabfallen sollen, mußte bei der letzten Dauerwelle schlecht weggekommen sein, und zwei spröde Haarbüschel waren hinter die Schläfen zurückgeschnickt. Eine Goldkette mit einem *S* daran hing ihr um den Hals, der durch einen offenbar frischen Knutschfleck entstellt war.

«Sind Sie der Mann aus New York?»

Henderson bejahte, nachdem er sie dazu gebracht hatte, die Frage zweimal zu wiederholen. Sie war zweifellos die Person, die sich am Tag zuvor bei seinem Anruf gemeldet hatte. Sie hatte einen starken glottalen, näselnden Akzent.

«Oh.» Sie stand oberhalb der dreistufigen Treppe in der Tür und spielte, offenbar zufrieden, ihn nur anzustarren, mit einem Feuerzeug.

«Entschuldigen Sie – könnte ich vielleicht einmal Ihr Telefon benutzen?»

«Ein Teller von wem . . .?» Er hob sich einen unsichtbaren Telefonhörer ans Ohr und mimte mit der Hand die Bewegung des Wählens.

«*Oh*. Sie möchten telefonieren. Kommen Sie doch rein.»

Henderson stieg die Stufen hinauf. Das Wohnmobil war erstaunlich geräumig oder wäre es vielmehr gewesen, wenn man die riesige Menge von Krimskrams ausgeräumt hätte. Der Raum war dunkel, die Vorhänge waren zugezogen, und nur eine kleine Tischlampe brannte. An den Wänden stapelten sich zahlreiche nichtssagende weiße Päckchen und Pakete, in denen er Watte vermutete.

«Ich bin Shanda Gage.»

«Henderson Dores.»

«Schön, Sie kennenzulernen.»

Sie führte ihn zu einem Sessel aus Glas und Stahlrohr neben einem Tischchen, auf dem ein Telefon stand. Er setzte sich und lächelte, da er den einfachsten Worten keinen Verständigungseffekt mehr zutraute.

Shanda ging lustlos hin und her, schob mit dem Knie Pakete zur Seite und tat so, als mache sie Ordnung.

Henderson rief Beeby an, R-Gespräch.

«Wie läuft die Sache?» fragte Beeby. «Gage hat mich heute morgen kurz angerufen und mir erzählt, daß Sie eingetroffen sind. Scheint sich ja alles gut anzulassen. Wie sieht es denn dort so aus?»

«Es ist ein Irrenhaus», sagte Henderson leise, mit einem verstohlenen Blick zu Shanda hin.

«Was? Sprechen Sie etwas lauter.»

«Sehr schön. Hübsches altes Haus.» Wenn Beeby glaubte, alles lasse sich gut an, bestand kein Anlaß, von Freeborns Drohung zu erzählen.

«Was ist mit den Gemälden?»

«Die bekomme ich heute nachmittag zu sehen.»

«Wunderbar, wunderbar. Halten Sie mich auf dem laufenden.»

«Bye, Thomas.»

Henderson legte auf. Shanda kam mit einem Tablett, auf dem zwei Tassen Kaffee standen, aus einer Tür. Henderson machte sich auf weitere Verständigungsschwierigkeiten gefaßt.

«Danke», sagte er und nickte lächelnd.

Shanda setzte sich ihm gegenüber. Sie drückte auf eine Art schwarzlackiertes Spielzeugkarussell neben sich, und das Ding begann sich langsam zu drehen, während eine Spieldose in seinem Innern «An der schönen blauen Donau» erklingen ließ. Nach ein, zwei Sekunden sprangen an der Seite kleine Türchen auf und gaben den Blick auf mit Zigaretten gefüllte Nischen frei. Shanda nahm sich eine.

Henderson schüttelte den Kopf und hob abwehrend die Hand. Er trank einen Schluck Kaffee und konzentrierte sich auf das, was Shanda sagte. Sie hatte die Zigarette zum Mund führen wollen, aber mitten in der Bewegung innegehalten. Sie hielt sie ein Stück von den Lippen entfernt hoch, in der anderen Hand das angeknipste Feuerzeug. Sie sah zur Decke hinauf. Henderson bemerkte, daß sie voller Flecken war.

«Freeborn ist in Montgomery», sagte sie mit der ganzen Bedächtigkeit eines Aphoristikers.

«Aha.»

«Er ist ein guter Ehemann.» Sie steckte die Zigarette zwischen die rosa Lippen, zündete sie an und inhalierte gierig. Henderson schmerzten die Augen vor Mitgefühl mit dem Kind in ihrem Leib. Sie lehnte sich zurück und kratzte sich am Knöchel. Ihre Schultern und Oberarme waren cremig und weich vor Fettpolstern. Er dachte plötzlich an den ekelhaften Freeborn, wie er seine Vampirinstinkte an ihrem Hals ausließ, der ebenfalls weich und cremig war, wie er feststellte, mit drei deutlichen Falten darin. Shanda blies Rauch gegen die Decke.

«Freeborn ist Handlungsreisender.»

«Hm-hmm!»

«Ja. Ich mach mir nichts aus dieser Cora – Sie?»

«Aus wem?»

«Cora Gage. Freeborns Schwester.»

«Ich kenne sie noch nicht.»

«Nein, Cora. Freeborns Schwester.»

«Ich. Kenne. Sie. Noch. Nicht.»

«Sie werden sie noch kennenlernen.» Sie rollte die Augen und kratzte sich unter der schweren Brust. Sie drückte ihre Zigarette aus. Henderson und Freeborn Gage junior atmeten erleichtert auf.

«Wo sind Sie her?»

«England.»

Sie stieß ein schüchternes Kichern aus. «Wissen Sie, ich geb mir ja Mühe, aber ich verstehe Sie einfach nicht. Wissen Sie, für mich hört sich das an wie *mn, ah, ks, i, st, öh*. Tut mir leid.» Sie zuckte die Achseln.

«Darf ich?» Er zog erneut seine Telefonpantomime ab.

«Oh, natürlich, bitte.»

Er rief Irene an – R-Gespräch.

«Nehmen Sie ein R-Gespräch an von Henderson Dores, Luxora Beach –»

«Nein.» Aufgelegt.

«Niemand da?» fragte Shanda.

«Nein.»

«Hat Freeborn Ihnen gesagt, daß ich beim Miss-Teenage-Wettbewerb von South Carolina Vierte gewesen bin?»

«Nein.»

«Stimmt aber. Das war letztes Jahr. Wir waren schon verheiratet, aber er hat gesagt, ich soll trotzdem mitmachen, unter meinem Mädchennamen, wissen Sie. Ich werde nächsten Monat zwanzig, da war das wohl meine letzte Chance. Und außerdem . . .» Sie klopfte sich auf den Leib.

Sie deutete auf eine große Silbersäule auf dem Fernsehgerät. Sie sah aus wie das verkleinerte Modell eines kunstvoll gearbeiteten Ehrenmals. Höflich betrachtete er sie. SHANDA MC NAB, stand da, VIERTER PLATZ. Da er schon aufgestanden war, benutzte er die Gelegenheit, um sich zu verabschieden. Shanda schob sich an ihm vorbei, um die Tür zu öffnen. Sie roch schon süß und mehlig – nach Milch und Körperpuder –, dachte er.

«Kommen Sie ruhig wieder, wenn Sie telefonieren wollen», sagte sie. «Ich unterhalte mich so gern. Ich habe nicht oft Besuch. Und diese Cora, mit der kann man ja nicht reden.»

«Vielen Dank», sagte Henderson. «Auf Wiedersehen.»

Er nahm die zunehmende Hitze und das von keinem Wölkchen getrübte Blau des Himmels wahr, als er die Auffahrt überquerte, um sich einen besseren Blick auf das Haus zu verschaffen. Doch als er an seinem Wagen vorüberkam, sah er zu seiner Verblüffung, daß das eine Vorderrad fehlte und die Achse durch einen Stapel von Backsteinen abgestützt war. Auf den ersten Schock der Empörung folgte ein Gefühl der Beunruhigung – wie bei einem Hausbesitzer, der heimkommt und feststellt, daß bei ihm eingebrochen und alles kurz und klein geschlagen worden ist. Wer? Wie? Warum? Fragen zuckten durch seinen Kopf. Von den vier Fahrzeugen, die am Vorabend vor dem Haus geparkt hatten, war nur noch eins da – ein besonders großes, staubig grünes Monstrum von der Farbe und Patina eines Stahlhelms voller Kampfspuren. Er ermahnte sich zur Ruhe. Zweifellos gab es eine völlig harmlose Erklärung dafür. Wahrscheinlich hatte er einen Platten gehabt, und einer der Hausbewohner war so aufmerksam gewesen, das Rad abzunehmen und zur Reparatur zu bringen. Man konnte es unmöglich darauf abgesehen haben, ihn hier festzuhalten. Er mußte laut und verächtlich über die Vorstellung lachen. Das Lachen klang protzig und hohl. Nun, das ließ sich ja recht einfach erklären. Er öffnete den Kofferraum. Das Reserverad war da. Er konnte es jederzeit montieren. Er spürte, wie ihm Erleichterung das Rückgrat hinunterlief und ein flaues Gefühl in den Knien verursachte.

Aber im Augenblick dachte er nicht daran, den Reifen zu wechseln. Zu heiß. Er trat in die Mitte des von der Auffahrt eingefaßten Rasenrunds und betrachtete den Gageschen Wohnsitz aus einiger Entfernung.

Es war ein altes, solide wirkendes Holz- und Backsteinhaus im Plantagenstil ohne die pseudogriechische Eleganz, wie sie gewöhnlich in Touristenprospekten und Filmen über den Bürgerkrieg zu sehen ist. Das Erdgeschoß stand auf einem etwas erhöhten Keller und war zugänglich über breite Stufen zu der in zwei Ebenen ringsum führenden Veranda. Auf dieser stützten Doppelsäulen aus stuckverziertem Backstein die Galerie. Das schindelgedeckte steile Walmdach, das auf schlichten kleinen Holzsäulen ruhte, überragte den Balkon. Vier kleine Backsteinkamine waren in der Mitte angeordnet. Es war ein schönes, wohlproportioniertes Haus, hauptsächlich, wie er sah, dem französischen Kolonialstil nachempfunden. Irgendwann war das Balkenwerk grün gestrichen worden, doch Regen und Wind hatten daraus mit der Zeit eine blättrige, flechtenartige Mischung von Grau- und Brauntönen gemacht. Es bedurfte einiger Pflege und Auffrischung, doch selbst im strahlendsten, jungfräulichsten Zustand hätte es den katastrophalen Eindruck von Freeborns nur sechs, sieben Meter davor abgestelltem Wohnmobil nicht auszulöschen vermocht.

Der kleine Park, in dem es stand, war besser gepflegt. Das

struppige Gras war bis auf Knöchelhöhe abgemäht. Die hier und da verstreuten Bäume waren groß und standen gut im Laub. Vom Zimmerfenster aus hatte er am Morgen auf einen Garten an der Rückseite des Hauses geblickt, wild wuchernd und in voller Blütenpracht, unter deren Üppigkeit die schmalen Kieswege und die niedrigen Buchsbaumhecken fast verschwanden.

Er ging um die Seite des Hauses herum. Von hier aus konnte er den schindelverkleideten Anbau sehen, in dem, wie er annahm, Alma-May wohnte. Er stieß eine schief hängende Flechtwerkpforte in der struppigen Hecke auf, die den Garten umgrenzte, und arbeitete sich einen Pfad entlang mit einiger Mühe zu einer kleinen Rasenfläche vor. Hier war das Gras kniehoch, und es wimmelte von Schmetterlingen. Er pflückte an einem Busch eine Blüte ab und roch daran. Ihr süßer und moschusartiger Duft erinnerte ihn an Shanda.

Er blickte zur Rückfront des Hauses hinauf. Eine schmalere Stufenreihe führte von der Veranda in den Garten hinunter. Weil Veranda und Galerie recht breit waren und das Dach so weit überhing, bekam man kaum eine genaue Vorstellung von der Größe des Hauses: wie viele Zimmer es hatte und wie sie innerhalb des rechteckigen Grundrisses angeordnet waren. Er begann die Fenster des Obergeschosses zu zählen. Acht. Er glaubte zu sehen, daß sich hinter einem von ihnen jemand bewegte, war sich aber nicht sicher. Kurz darauf hörte er, wie ein Motor angelassen wurde und ein Wagen davonfuhr. Shanda? Alma-May? Cora?

Er stieg die Stufen hinauf und rüttelte an der Hintertür. Verschlossen. Er schritt die Veranda entlang bis zur Vordertür. Einige der Fenster, an denen er vorüberkam, waren mit Läden verschlossen, und er fragte sich, ob diese Zimmer die Gemäldesammlung bargen.

Er trat in die Diele. Das Haus war still und machte einen leeren Eindruck. Er schlenderte im Erdgeschoß umher, spähte in Räume hinein, die er noch nicht gesehen hatte. Da waren ein großes Speisezimmer, ein Zimmer mit einem staubbedeckten Pingpongtisch, ein weiterer Empfangsraum, in dem mit Ausnahme eines großen Flügels alle Möbelstücke mit Tüchern verhüllt waren. Bei den Bildern an den Wänden handelte es sich um gerahmte Drucke, Familienporträts und Aquarelle von offenkundigen Amateuren.

Er ging leise die Treppe hinauf. Oben blieb er stehen und lauschte. Alles still. Er schob die Hände in die Taschen und summte unmelodisch vor sich hin, während er sich fragte, ob er eigentlich so hier herumschnüffeln durfte. Rechts war der Flur, an dem sein, Duanes und Bryants Zimmer lagen. Er wandte sich nach links. Er öffnete eine Tür und sah hinein. Ein völlig nichtssagendes Schlafzimmer mit verstreut umherliegenden Kleidungsstücken und einem ungemachten Bett. Auf einer Kommode stand ein recht großes Teilstück eines Verbrennungsmotors. Beckmans Zimmer? Andere Türen offenbarten ein Wandabteil voller zusammengefalteter Bettlaken und Handtücher, ein Badezimmer und einen weiteren völlig leeren Raum. Der Flur führte um eine Ecke herum. Zwei Türen waren zu beiden Seiten des Ganges, der an einem Flügelfenster zum Garten hinaus endete.

Er drückte auf die Klinke der einen Tür. Verschlossen. Auch die nächste Tür war verschlossen. Er wandte sich den Türen gegenüber zu. Gleich die erste ging auf. Der Raum lag im Dunkeln, die Vorhänge waren zugezogen, und es brannte kein Licht. Er blieb einen Moment auf der Schwelle stehen und lauschte. Nichts zu hören. Er sah ein kleines Wohnzimmer mit einigen alten Ledersesseln vor sich. Es roch stark nach schalem Zigarettenrauch. Waren das Gages Zimmer? Durch eine angelehnte Flügeltür in der einen Wand konnte er ein Einzelbett erkennen. Auf einem Regal inmitten eines Gewirrs von LPs, Magazinen, Zeitungen und Bücherstapeln stand eine metallisch glänzende Stereoanlage. Dahinter an der Wand hingen einige Bilder, aber in dem Dunkel waren keine Einzelheiten zu erkennen. Er schritt um die Stöße von Lesestoff und Platten herum, vorsichtig auf sie zu.

Jäh blieb er stehen. Auf der Konsole der Stereoanlage

glühte ein Lämpchen. Der Plattenteller drehte sich lautlos. Er spürte, wie das Echo seines Herzschlags vom Gaumendach widerhallte. Seine verblüfften Augen folgten einem Draht, der von dem Gerät über den Teppich mit den herumliegenden Büchern und Platten zu einem Diwan in der hinteren Ecke des Raumes führte. Auf dem Diwan lag jemand.

«Wer ist da?» fragte eine weibliche Stimme. «Duane? Laß deine schmutzigen Finger von meinen Platten.»

Mit zugeschnürter Kehle und zitternd stand Henderson da.

«Ehem – nein», sagte er. Die Person lag auf dem Rücken, soweit er das erkennen konnte, und hatte keine Anstalten gemacht, sich umzudrehen.

Henderson begann zu sprechen. «Tut mir schrecklich leid, daß ich so hereingeplatzt bin, Dores heiße ich, ich wollte eigentlich nach Mr. Gages Gemälden sehen, ehem –» Er trat ein, zwei Schritte näher. Er setzte erneut zu einer Erklärung an. Jetzt sah er, daß die Person auf dem Diwan eine recht kleine junge Frau war – zweifellos Cora Gage. Henderson hörte auf zu sprechen, weil er sich bewußt wurde, daß sie ihn nicht hören konnte. Sie trug Kopfhörer und eine Sonnenbrille mit sehr dunklen runden Gläsern. Sie setzte sich auf, nahm die Kopfhörer ab und wandte die blicklosen Augen in seine Richtung.

«Wenn Sie nicht Duane sind, wer zum Teufel sind Sie dann?» Ihre Stimme hatte einen ganz schwachen Südstaatenakzent. Es schien sie nicht zu überraschen, daß ein Fremder so ungebeten ihr Zimmer betrat; sie sprach in einem müden, gelassenen Ton.

«Mein Name ist Dores.» Henderson erklärte abermals, wer er war und weshalb er sie irrtümlicherweise gestört hatte. Er streckte die Hand aus, zog sie aber gleich wieder zurück – sie konnte diese Geste ja nicht sehen. Und er konnte nicht gut «Da, schlagen Sie ein» sagen wie ein Viehhändler.

«Er hat die Gemälde in seinen eigenen Zimmern hängen», erklärte sie. «Auf der anderen Seite des Flurs. Aber er hält sie unter Verschluß. Damit Freeborn und Beckman nicht rankommen.»

«Ah.» Das ergab keinen rechten Sinn, aber andererseits war das kaum überraschend.

«Aoh.» Sie ahmte ihn nach. Henderson ignorierte dies nachsichtig. Blinde waren außergewöhnlich empfänglich für Geräusche, das wußte er; sie genoß wahrscheinlich das Timbre seiner Stimme, als lege sie für ihr Gedächtnis eine Art Tonkarteikarte an, so wie sehende Menschen sich ein Gesicht oder einen Anblick merken. Sie trug Jeans und ein Männerhemd. Sie schwang die Beine vom Diwan herunter und setzte sich auf die Kante. Sie war sehr klein und schlank, gewiß nicht größer als eins sechzig. Sie hatte ein blasses, fahles Gesicht und unordentliches, büscheliges braunes Haar, das auf beiden Seiten des Kopfes zu Zöpfen gestrafft war. In dem schwachen Licht und mit den runden, undurchsichtigen Brillengläsern sah sie aus wie ein Nachtlebewesen, ein Lemur oder ein Wickelbär.

«Ich nehme an, Sie sind Engländer», sagte sie, wobei sie unverwandt nach vorn sah. Ihre Hand tastete den Überwurf entlang, bis sie an ein Päckchen Zigaretten und ein Feuerzeug stieß. Nach einem kurzem Zögern zündete sie sich eine Zigarette an.

«Ganz recht, ja», sagte er in dem respektvollen Ton, den er allen verkrüppelten, behinderten oder sozial benachteiligten Personen gegenüber gebrauchte. Sein Ton besagte: «Sie sind mit einer Behinderung geboren worden, aber ich bin nicht schockiert oder abgestoßen. Im Gegenteil, ich respektiere und bewundere Sie wegen Ihrer Bemühungen, das zu überwinden, und werde Sie so behandeln, als wären Sie ein ganz normaler, gesunder Mensch.»

«Ich habe eine irrationale, aber tiefsitzende Abneigung gegen Engländer», sagte sie.

Henderson lachte. Ein leises Ach-Sie-machen-ja-nur-Witze-Lachen.

«Was ist daran so lustig?»

Außer der Abneigung gegen Engländer …

«Nichts. Ich –»

«Warum haben Sie dann gelacht?»

Henderson blickte sich um, als suche er bei einem unsichtbaren Zuhörer Unterstützung.

«Nun, weil ich glaubte, Sie scherzen, wahrscheinlich.»

«Wieso?»

«Nun . . .» Meine Güte! «Wahrscheinlich, weil man das nicht im Ernst zu jemandem sagt, den man gerade erst kennengelernt hat.»

«Oh, tut man das nicht? Ich tue das aber. Ich hasse die Engländer.»

«Es tut mit leid, das zu hören.» Er spürte, wie eine heiße, pelzige Verlegenheit seinen ganzen Körper überzog. Er trat zwei Schritte zurück und wedelte mit den Händen.

«Vielleicht, wenn ich – wenn wir uns besser kennenlernen, vielleicht könnte ich Sie dann – ha, ha – dazu bringen, dieses Urteil zu überdenken. Oder zumindest mich davon auszunehmen.» Irgendwie hatte er die Tür erreicht. Er wünschte, er hätte dieses kurze Lachen nicht ausgestoßen.

Sie zog an ihrer Zigarette und erwiderte nichts.

«Dann will ich Sie nicht länger stören. Entschuldigen Sie, daß ich –»

«Wiedersehen, Mr. Dores.»

«Wiedersehen.»

Er schloß die Tür und schritt langsam den Flur entlang. Er verstand jetzt, was Shanda gemeint hatte. Was für eine erstaunliche Frau, dachte er. Was für ein . . . Biest, es gab kein anderes Wort dafür, ob jemand nun blind war oder nicht. Er schüttelte ehrlich bekümmert den Kopf. Er fragte sich, woher diese Einstellung wohl kam. War ihre Blindheit durch einen Unfall in einem englischen Wagen verursacht worden, einem Jaguar oder Aston Martin beispielsweise? Oder war sie durch eine Zangengeburt zur Welt gekommen, die ein ungeschickter und tapsiger englischer Gynäkologe vorgenommen hatte? Während er um die Ecke bog, nahm er mit einigem Abscheu wahr, daß er klebrigfeuchte Achselhöhlen bekommen hatte. Nein, das mußte tiefer reichen: diese Art von anomalem Haß hatte – wenn er nur ein wenig von der menschlichen Natur verstand – mit einer schiefgegangenen Herzensangelegenheit zu tun. Unerwiderte Liebe. Wahrscheinlich von einem Engländer sitzengelassen worden um einer anderen willen, die sehen konnte. Von einem normalen, vernünftigen, praktisch veranlagten Engländer. Was sie zur verbitterten, kettenrauchenden, einsiedlerischen Anglophobin hatte werden lassen. Er schritt die Treppe hinunter, ein wenig beruhigt durch diese Amateurpsychologie, und sah Freeborn zur Eingangstür hereinkommen. Er unterdrückte den Impuls, auf die Uhr zu sehen.

«Mann, Sie sind noch da?» sagte Freeborn und deutete auf ihn. «Sie haben noch anderthalb Stunden.»

Henderson ging langsam die letzten Stufen hinunter.

«Hören Sie, ich sage Ihnen lieber gleich», entgegnete er nervös, «daß ich hier erst fortgehe, wenn ich meine Geschäfte mit Ihrem Vater erledigt habe.»

Freeborn, der schon auf die Küche zugesteuert war, machte plötzlich kehrt und kam mit großen Schritten auf ihn zu. Henderson hob die Hände bis in Brusthöhe und zupfte dann an der losen Haut am Hals.

Freeborn schob sein großes Gesicht mit dem dichten, sauber gestutzten Bart nahe an das Hendersons heran.

«Nun hören Sie mir mal zu, Sie komischer Engländer. Sie werden *keine* Geschäfte mit meinem Vater erledigen. Die sind schon erledigt, klar? Diese Bilder sind schon verkauft. Er ist ein alter Mann. Er weiß nicht, was er redet, also verschwinden Sie hier, zum Teufel.»

«Ihr Vater hat meine Firma gebeten, seine Gemälde zu taxieren, und ich gehe erst, wenn *er* mich dazu auffordert.»

Freeborn sah ihn an. «Ich habe Sie gewarnt, Mann.» Er streckte beschwichtigend die Hände aus. «Fairer kann man nicht sein. Legen Sie sich ja nicht mit mir an.»

«Das wäre das letzte, wozu ich Lust hätte», erwiderte Henderson mutig. «Das Beste ist, Sie sprechen mit Ihrem

Vater, wenn Ihnen meine Anwesenheit nicht paßt. Ich tue hier nur meine Arbeit.»

«Jaja – und noch was: bleiben Sie von Shanda weg, klar? Wenn ich Sie mit ihr erwische, Mann, dann –»

«Herrgott noch mal, ich habe doch nur mal telefoniert.»

«Das ist *mein* Telefon, klar? Lassen Sie Ihre Scheißflossen davon, Sie läppischer englischer Schlappschwanz.» Damit wandte er sich um und stolzierte in die Küche.

Henderson ging langsam wieder die Treppe hinauf und in sein Zimmer. Diese plötzliche Feindseligkeit von allen Seiten stimmte ihn nachdenklich. Er fragte sich abermals, ob Beeby wußte, wovon er sprach ... Und was hatte Freeborn mit der Bemerkung gemeint, die Bilder seien schon verkauft? Oder war das alles, was seiner geballten Faust von Hirn als List einfiel? Freeborn erweckte zwar den Eindruck erstaunlicher Dummheit, aber es war Henderson zu riskant, eine Vermutung zur Wahrheit zu erheben. Er beschloß, zum hundertstenmal, wie ihm scheinen wollte, das Gagesche Haus auf der Stelle zu verlassen, sobald er die Gemälde taxiert hatte.

Indem er sich auf solche Weise selbst bemitleidete, mußte er an seinen Trost, Irene, denken. Vielleicht gelang es ihm doch noch, sie in den Süden zu locken, wenn er ihr schrieb. Sie mochte bei einem Anruf gleich den Hörer auflegen, aber einen Brief würde sie gewiß öffnen. Nachdem er hier fertig war – wenn alles gut ging –, konnte er mit Recht ein paar Tage Urlaub beanspruchen. Vielleicht gab Irene nach, wenn ein Wochenende in Charleston oder Savannah winkte ...

Er holte einen Schreibblock und einen Umschlag aus seinem Koffer, setzte sich und schrieb ihr einen diesbezüglichen Brief, der gespickt war mit Entschuldigungen und Erklärungen für sein ängstliches Verhalten in der Nacht des «Überfalls». Er schloß mit der uneingeschränktesten Liebesbeteuerung seines Lebens («mit meiner ganzen Liebe, H»). Er war vorsichtig bei Gefühlen. Oder vielmehr: er war durchaus für Gefühle zu haben, aber unsicher, um nicht zu sagen unwissend, was die Art betraf, in der man sie am besten ausdrückte.

Als er den Umschlag zuklebte, mußte er an den letzten Brief denken, den er geschrieben hatte. Er fragte sich, ob Lance Corporal Drew ihn über den Tod seines Vaters würde aufklären können ... Und was würde sein Vater zu der derzeitigen Notlage seines Sohnes gesagt haben? Die vielleicht traurigste und nachhaltigste Konsequenz des Todes von Captain Arnold Dores 1943 im burmesischen Dschungel war die, daß er, Henderson, keine Vorstellung von dem Mann hatte, kein persönliches, privates Bild, das er hochhalten und das ihn trösten konnte, abgesehen von reinen Phantasie- und Wunschvisionen. Die Fotos im Besitz der Familie wirkten dem eher entgegen. In verschwommenem Schwarzweiß zeigten sie einen netten, schlanken Mann in weiten Flanellhosen mit einem kleinen Schnurrbart und sehr kurz geschnittenem Haar. Selbst bei den professionelleren Aufnahmen störte ein gezwungenes und unnatürliches Lächeln, das die recht breite – und in den Augen seines Sohnes unschöne – Lücke zwischen den Schneidezähnen freigab. Diese Bilder aus zweiter Hand waren ferner insofern enttäuschend, als sie die niederdrückende Tatsache bestätigten, daß Henderson die meisten Gesichtszüge – etwa das eckige Gesicht und die recht kleine Nase – von seiner Mutter geerbt hatte. Er sah überhaupt nicht wie sein Vater aus.

Wenn die einzige Art von Unsterblichkeit, der wir sicher sein können, so dachte er, während er zum Fenster ging und in die Wildnis des Gartens hinausblickte, das Bild von uns ist, das in den Gedanken derer existiert, die uns überleben, dann war sein Vater denkbar schlecht dabei weggekommen. Er klopfte sich mit der Kante des Briefumschlags gegen den Daumennagel. Sogar die Reminiszenzen seiner Witwe waren allgemeiner Art und wenig anregend. «Ein reizender, lieber Mensch», war das letzte Urteil, das seine Mutter, von ihrem Sohn befragt, gefällt hatte; aber das sagte sie von jedem, den sie nicht gerade verabscheute. Vielleicht hatte sie alles vergessen, dachte er. Doch das machte ihn zornig: man hatte die Pflicht, sich zu erinnern. Freunde und Familie hatten über die

Toten zu sprechen und zu klatschen, als wären sie noch am Leben.

Er wandte sich vom Fenster ab und lief unglücklich im Zimmer auf und ab. Vielleicht sollte er Melissa bitten, Bryant abzuholen. Ihr sagen, daß dieser südstaatlerische Wissenschaftler an ihrer Tochter herumexperimentierte in seinem «Labrotor» . . . Er seufzte voller Verzweiflung. Dann wurde er sich bewußt, daß er nicht mehr an Freeborns neueste Drohung gedacht hatte. Er würde die umgängliche Shanda bearbeiten, dafür sorgen müssen, daß er telefonieren konnte, wann immer Freeborn nicht in der Gegend war, sie vielleicht gar dazu bewegen müssen, daß sie ihm heimlich eventuelle Botschaften überbrachte, die für ihn eintrafen. Typisch für Loomis Gage, daß er kein Telefon im Haus haben wollte, dachte er zornig. Das war genau die selbstsüchtige Affektiertheit, die sich Millionäre leisteten . . . Aber er mußte sich beruhigen. Er stellte fest, daß er sich noch immer über die Begegnung mit der rätselhaften blinden Cora ärgerte. Ein Glück, daß er so proamerikanisch war, sonst hätte ihm die Familie Gage reichlich Gründe für ein genüßliches Yankeedurchwalken geliefert. Aber sie waren ja keine Yankees, fiel ihm da ein, sie waren «Rebs» oder «Confeds» oder wie sie sich noch nannten.

Sein innerer Klagemonolog wurde durch das Geräusch eines vorfahrenden Wagens unterbrochen. Ob das Gage war? Doch die wenigen Minuten später aufdröhnende Rockmusik sagte ihm, daß es sich bei dem Fahrer um Duane gehandelt hatte.

Der Krach trieb ihn in die Küche hinunter, wo Alma-May ihm zum Lunch ein Schmelzkäse- und Gewürzgurkensandwich machte. Sie konnte seine beiden Fragen, nämlich wo Gage war und wann er zurückerwartet wurde, nicht beantworten.

«Duane hat heute morgen festgestellt, daß Ihr Wagen einen Platten hat», sagte sie.

«Ja, ich dachte mir schon so etwas.»

«Mr. Gage hat ihm gesagt, er soll den Reifen reparieren lassen.»

«Oh, da bin ich sehr dankbar. Glauben Sie, er könnte das Ersatzrad montieren, wenn es nicht zu viele Umstände macht?»

«Ich werd's ihm sagen.»

Fünftes Kapitel

Nach dem Lunch sagte sich Henderson, daß er wohl oder übel zu Fuß nach Luxora Beach gehen mußte, um seinen Brief aufzugeben. Zumindest hatte er dann eine Beschäftigung.

Von der Tür her erblickte er Shanda, die auf ihren hohen Absätzen vor dem Wohnmobil umherstapfte.

«Shanda», rief er leise und ging auf sie zu.

«Hi. Wie geht's?» Sie hielt sich beide Hände ins Kreuz gestemmt, und ihr Bauch drückte mit Macht gegen den Stoff ihres Kittels. Mit jemandem zu reden, der so offensichtlich schwanger war, bereitete Henderson ein leises Unbehagen, aber er sprach tapfer weiter.

«Ehem – hören Sie, Shanda, ich wollte Sie bitten, das heißt, ich habe mich gefragt, ob Sie es möglicherweise einrichten könnten, mir einen kleinen Gefallen zu tun», begann er in vertraulichem Ton, hielt jedoch inne, als er sah, daß sich ein Schleier des Unverständnisses über ihre Augen legte.

«Mein Rücken», sagte sie langsam, «bringt mich noch um.»

Henderson kniff sich die Nase. Es gab keine Wahl, er würde sich den hiesigen Sprechweisen anpassen müssen, sonst standen sie noch Stunden so herum.

«Well – ehem –», begann er erneut und versuchte sich bei der Umformulierung des Textes an seinen Huckleberry Finn und Ring Lardner zu erinnern. Es gelang ihm recht gut, wenn er auch vielleicht etwas übertrieb, aber so wie ein Orchester auf das Stimmen nicht verzichten kann, mußte er erst den richtigen Ton finden.

«Ach ja?» Shanda sah beunruhigt und erleichtert zugleich drein, wie ein UNO-Delegierter ohne Fremdsprachenkenntnisse, dessen defekter Kopfhörer gerade wieder funktionstüchtig gemacht wurde und ihm mitteilt, daß zu Hause inzwischen ein Militärputsch stattgefunden hat.

Solcherart ermutigt, redete Henderson weiter und bat, sie möge ihm doch Bescheid sagen, falls ein Anruf für ihn komme. «Auf die heimliche, klar?»

«Hm –»

«Wär Ihnen kolossal dankbar.»

«Okay.» Sie sah sich um. «Ich weiß nicht, ob Freeborn . . .» Sie runzelte die Stirn, aber dann lächelte sie. «Ach, was soll's, er ist ja meistens nicht da, und er weiht mich auch in nichts ein. Ich sag's Ihnen, wenn er fort ist, dann können Sie auch telefonieren.» Sie lächelte abermals – ein kleines Verschwörerlächeln – und rieb sich mit der Hand das Genick.

«Vielen Dank, Ma'am», sagte Henderson. «Bleibt unser kleines Geheimnis. Einen schönen Tag noch.»

Er drehte sich um und ging, ganz stolz auf seine sprachlichen Fähigkeiten. Jetzt würde zumindest die Außenwelt mit ihm Kontakt aufnehmen können. Ein Schritt in die richtige Richtung.

Es war überraschend warm für April, und auf dem Marsch den reizlosen Feldweg entlang in den Ort mußte er sich zuerst seiner Krawatte, dann seines Jacketts entledigen. Als er etwa eine Meile hinter sich hatte, brauste Freeborn staubumhüllt in seinem großen Wagen an ihm vorbei, die eine Hand hoch aus dem Fenster gereckt und mit dem Mittelfinger die Luft aufspießend. Henderson erwiderte die Geste mit einem V-Zeichen, nachdem er sich instinktiv vergewissert hatte, daß sonst niemand zusah. Das alles kam ihm ein wenig dumm und kindisch vor, doch ähnlich wie im Umgang mit Bryant hatte er keine Mühe, sich auf Freeborns Niveau hinunterzubegeben.

Verschwitzt und ziemlich fußlahm stand er eine Viertelstunde später auf der Hauptstraße von Luxora Beach. Vor ihm lagen die Schienen und dahinter die Landstraße. Zu seiner Linken erstreckte sich das Einkaufszentrum. Das Neonlicht der Lokalschilder brannte noch bleich in der Nachmittagsluft. Es war sehr still im Ort – er sah keinen einzigen Menschen auf den Straßen. Über der Hauptstraße blinkte überflüssigerweise eine an einem Kabel aufgehängte Verkehrsampel. Es gab keine Wagen, die hätten gestoppt werden müssen.

Er überquerte die Bahnlinie und hielt auf den Holzturm der Baptistenkirche zu. In diesen Seitenstraßen waren kleine Geschäfte und Läden: LUXORA BEACH AUTOZUBEHÖR; LUXORA BEACH LANDWIRTSCHAFTLICHE GROSSHANDLUNG; ELEKTROARTIKEL; DR. TIRE; LUXORA BEACH DÜNGEMITTEL, INH. HERBERT HACKETT RAFT JR. – «ECHTER DÜNGER»; LUXORA BEACH GETREIDE- UND SAMENHANDLUNG.

Auf dem nicht weit von der Kirche gelegenen Postamt, einem Holzgebäude, an dem das Sternenbanner und darunter die alte Südstaatenflagge flatterten, gab er seinen Brief (per Eilzustellung) an Irene auf. Er bemerkte die verglaste öffentliche Telefonzelle davor. Sollte er noch einmal versuchen, sie anzurufen? Nein, am besten ließ er erst den Brief seine Wirkung tun.

Verrichteterdinge ging er zur Hauptstraße zurück. Was für eine Affäre, dachte er, das bloße Aufgeben eines Briefes. Die Nachmittagssonne knallte noch immer heftig herunter, und noch immer kaum ein Anzeichen von Leben. Er blieb auf dem erhöhten hölzernen Bürgersteig stehen, wo gerade Schatten war, und sah die staubige Straße hinauf und hinunter. Wo bin ich, dachte er, und was tue ich hier? Er sehnte sich nach einem Wagen oder einem Laster, der durch den Ort fuhr. An der Tür des Ladens neben ihm hing ein Schild: SONNTAGS GESCHLOSSEN. WIR SEHEN UNS ZUM GOTTESDIENST.

Plötzlich dachte er, ohne zu wissen, warum, an seinen Vater. Vielleicht aber deshalb, weil er sich hier so fremd und fehl am Platze fühlte, wie sich sein Vater manchmal im stinkenden Dschungel Burmas vorgekommen sein mußte.

Vom friedlichen nieselregnerischen Hove in das heiße, gefährliche Burma . . . Henderson blickte sich um. Er versuchte, sich Arnold Dores jetzt an seiner Seite vorzustellen. Den hageren Mann in seinen weiten Hosen, das kurzgeschnittene, pomadisierte Haar, den gepflegten Schnurrbart. Was würde er sagen? Welchen Rat würde er ihm geben? Würde er lächeln und die unschöne Lücke zwischen den Schneidezähnen entblößen? «Also weißt du, Junge, ich an deiner Stelle, ich würde –» Ja – was? Er atmete tief aus. Arnold Dores' zerbrechliche Schimäre verschwand.

Auf dem Parkplatz vor den Läden setzte sich ein großer, kastanienbrauner Wagen in Bewegung. Er fuhr langsam, ehe er über die Bahngleise holperte und in die Hauptstraße einbog. Er sah, daß auf den Vordersitzen zwei Mädchen saßen, mit blondem Haar wie Shanda und viel Make-up. Sie fuhren gemächlich an ihm vorbei und warfen ihm unverhohlen neugierige Blicke zu. Sie trugen knappe T-Shirts, die straff über den Brüsten spannten. Der Wagen war zerbeult und schmutzig. Leere Zigarettenpäckchen, Zeitschriften und Handbücher lagen auf dem Armaturenbrett hinter der Windschutzscheibe herum. Der Wagen bewegte sich langsam die Straße hinunter; er schien einen Rauchschleier von Sexualität hinter sich her zu ziehen – von der geschmacklosesten, knalligsten Art, gewiß, aber dennoch sehr spürbar. Irgendwo herrschte also doch Leben in Luxora Beach.

Angeregt vor sich hin lächelnd, überquerte Henderson die Straße. Im Aussehen, so dachte er, während der Wagen seinen Blicken entschwand, hatte ein großer Teil der jungen Amerikanerinnen etwas gemein. Über die ganze Skala hinweg von Shanda bis hinauf zu Millionärstöchtern. Da war zunächst einmal die Mähne oder doch der Ansatz zu einer Mähne – vorzugsweise blond, aber nicht unbedingt. Dann kam sehr viel Mascara und was sonst so dazugehörte: Rouge, Lidschatten und Lippenstift (gewöhnlich rosa). Und dann mußte etwas am Kopf glitzern – meistens Ohrringe, aber ein Halsband oder eine Haarspange taten es auch. Er gesellte dem Archetypus noch einige Details hinzu – hochgedrückte Brüste, hochhackige weiße Riemenschuhe –, während er dem Weg zum Gageschen Haus zustrebte. Da sah er, daß Beckmans Transporter vor dem Lokal parkte und Bryant allein auf dem Vordersitz saß. Er änderte die Richtung.

«Schönen Tag gehabt?» fragte er etwas sarkastisch.

«Oh, hi. Ja, nicht übel. Er ist nicht so komisch, wie ich dachte. Er ist schon komisch, aber nicht *so* komisch.»

«Könntest du es mich in Zukunft vielleicht wissen lassen, wenn du einen Ausflug unternimmst?»

«Ich wollte dir doch nur nicht im Weg sein. Ich dachte, du würdest dich freuen.» Sie zupfte an dem Stoff ihrer Hose. «Die Gemälde schon gesehen?»

«Nein. Gage war fort.»

«Beckman sagt, sie seien schon verkauft.»

«Da täuscht er sich aber», sagte er ärgerlich. «Wo ist er übrigens?»

«Im Lokal.»

«Gut. Ich frage ihn.»

Am Eingang hielt Henderson inne – sollte er, sollte er nicht? Dann stieß er die Tür auf.

Für vier Uhr nachmittags herrschte in dem Lokal erstaunlicher Betrieb (hier steckten sie also alle) – und es war recht dunkel. Zwei Dutzend Männer mußten sich in dem langen, schmalen Raum befinden. Als sich seine Augen an die trübe Atmosphäre gewöhnten, sah er, daß hier ausschließlich Weiße waren, alle in Arbeitskleidung und mehr oder weniger angetrunken. Zögernd näherte er sich der Theke. Außer Alkohol gab es dort, wie er bemerkte, auch Taschentücher, Kugelschreiber und Kämme zu kaufen. Die Einrichtung und die Bierreklamen aus Plastik waren Jahrzehnte alt.

«Was soll's sein?» fragte ihn der käsige, pomadige Barkeeper. Keine südstaatlichen Höflichkeiten hier.

«Ich suche Beckman Gage.»

«Beckman!» rief der Barkeeper nach hinten ins Lokal. Dort

erblickte Henderson einen alten Kegelspielautomaten, und darüber gebeugt stand Beckman.

Beckman ließ sein Spiel im Stich und kam, die Bierflasche in der Hand, auf ihn zu. Er war ähnlich gekleidet wie die anderen – Drillich und kariertes Baumwollhemd. Seltsame Aufmachung für ein Labor, dachte Henderson, aber wahrscheinlich schrubbte er da nur die Fußböden.

«Hi», sagte Beckman. «Bier?»

«Bitte.»

Das lange, strohblonde Haar ließ Beckman jugendlich erscheinen, doch beim näheren Hinsehen entdeckte man im Gesicht die Falten und Runzeln. Er mußte Mitte Dreißig sein – viel zu alt für Bryant, beruhigte sich Henderson.

Eine langhalsige Bierflasche wurde geräuschvoll auf die Theke gestellt und der Kronkorken mit einem Öffner abgeschnickt.

«Könnte ich bitte ein Glas haben?» bat Henderson, ohne zu überlegen. Der Barkeeper sah ihn so argwöhnisch an, als hätte er sich nach der Damentoilette erkundigt, kramte dann in Regalen unter der Theke und reichte ihm ein dickes, halb durchsichtiges Glas mit feinen Kratzern.

«Prost», sagte Henderson. Beckman lächelte, und seine Augenlider flatterten wie die einer Unschuld vom Lande. Er schien zweimal pro Sekunde zu blinzeln, errechnete Henderson: Das mußte so sein, als sähe man die Welt im Licht einer stroboskopischen Sonne. Beunruhigt stellte er fest, daß sich vor Mitgefühl seine eigene Blinzelfrequenz erhöhte.

«Schön, daß Sie Bryant mitgenommen haben in Ihr – ehem – Labor.»

«Ha, war mir ein Vergnügen. Nettes Mädchen. Redet ziemlich viel.» Blinzel-blinzel-blinzel-blinzel.

Pause.

«Sie ist meine Stieftochter. Wird es bald werden, genauer gesagt.»

«Ich weiß. Gratuliere.» Klapp-klapp-klapp-klapp.

Henderson wandte den Kopf und hielt seine flatternden

Augenlider mit Daumen und Zeigefinger fest. Blickkontakt mit Beckman zog sofortige Bindehautentzündung nach sich.

«Was machen Sie eigentlich in Ihrem Labor?» fragte er, den Blick auf das Bier in seinem Glas gerichtet.

«Na ja, ich bin, was man einen Elementarteilchenphysiker nennt. Sie wissen schon – Quarks, Neutrinos, Antimaterie und so.»

«Elementarteilchenphysiker?» Henderson bemühte sich, ein ungläubiges Lachen zu unterdrücken. Der Ärmste. «Faszinierend.»

«Finde ich auch.»

Wieder eine Pause. Dann sagte Beckman: «Stören Sie sich bitte nicht an meinem Blinzeln. Das ist in Vietnam passiert. Wäre da beinahe hopsgegangen.»

«Ach ja? Das ist mir eigentlich noch gar nicht aufgefallen ... Ich dachte ...» Henderson wechselte das Thema. «Bryant sagte mir etwas von den Bildern – den Gemälden Ihres Vaters –, daß sie schon verkauft seien?»

«Ja, das stimmt. Freeborn hat sie vor ein paar Monaten verkauft.»

Henderson verspürte einen leichten Schock. «Sind Sie sicher?»

«Klar.»

«Da muß ein Irrtum vorliegen.»

«Wieso?»

«An wen hat er sie verkauft?»

«An einen Burschen namens Sereno. Ich weiß es nicht genau. Fragen Sie lieber Freeborn selbst.»

Ich frage lieber den alten Gage, dachte Henderson, der wird gewiß staunen.

«Kann ich mit Ihnen zurückfahren?»

«Klar. Gehen wir.»

Sie gingen hinaus und stiegen in den Transporter. Bryant saß zwischen ihnen. Sie hatte eine Sonnenbrille aufgesetzt – vielleicht um ihr Blinzeln zu verbergen, dachte Henderson.

Sie rumpelten von den Geleisen herunter.

«Als ich in Vietnam war», begann Beckman ungefragt, «das war 68, in der Provinz Dac Tro – nein, es war Quang Tri. Wir hatten Luftunterstützung gegen so eine vom Feind besetzte Ortschaft angefordert. Nur hat die blöde Luftwaffe ihre Bomben über unserem Zug abgeladen. Drei Tote, sechs Verwundete. Ich bin zwei Tage später in einem Lazarett aufgewacht, ohne einen Kratzer am Leib, aber geblinzelt hab ich wie verrückt. Hat seitdem nicht mehr aufgehört.»

«Du lieber Gott», sagte Bryant verstört. «Dann blinzeln Sie ununterbrochen seit dieser Zeit?»

«Genau.»

«Bekommen Sie keine Entschädigung? So eine Art Kriegsrente?» fragte Henderson höflich.

«Wofür? Ich sag Ihnen doch, ich habe keinen Kratzer abbekommen. Hab nicht mal 'nen Orden gekriegt. Sie haben mich gleich wieder in den Einsatz geschickt.»

«Du liebe Güte», sagte Henderson. «Das ist ja barbarisch.»

«Aber zumindest waren Sie nicht tot», sagte Bryant. «Wie die anderen.»

«Ja, das ist immerhin etwas.»

Sie langten vor dem Haus an. Alma-May fegte die Veranda.

«Abend», sagte Henderson. «Ist Mr. Gage zurück?»

«Ja.»

«Sehr schön.»

«Aber er ist schon wieder fort. Er hat nach Ihnen gefragt. Wollte Ihnen die Bilder zeigen, hat er gesagt.»

«O Scheiße ... Entschuldigen Sie.» Henderson blickte sich verzweifelt um. «Hat er etwas hinterlassen – wegen der Bilder?»

«Nein.» Alma-May fegte ihm Staub über die Schuhe. Er trat zur Seite.

«Wissen Sie, wo er ist?»

«Nein.»

«Wissen Sie, wann er zurückkommt?»

«Nein.»

An diesem Abend saßen Henderson und Bryant vor dem Fernseher, nachdem man ihnen sogenannte Rübenkuchen und eine wäßrige Ratatouille aufgetischt hatte. Beckman verschwand in seinem Zimmer. Von oben drang das erbarmungslose, dumpfe Gedröhn von Duanes Rockmusik herunter. Gegen halb zehn begann Henderson starke Kopfschmerzen zu verspüren. Er trat in die warme Nacht hinaus und sah von der Veranda zu den gelben Fenstern von Freeborns Wohnmobil hinüber. Das half ihm auch nicht, und so ging er hinauf und legte sich zu Bett.

Sechstes Kapitel

«Ja, da waren wir auf Spähtrupp, bei Loc Tri. Nein, falsch, es war bei Dhat Pho. Mann, waren wir voll. Ganz verrückter Spähtrupp war das. Ja, und da sehen wir diesen Büffel da – ein Vieh so wie eine große Kuh, verstehen Sie? Mitten in einem Feld. Einem Reisfeld, wo die Schlitzaugen ihr Zeug da anbauen.»

«In einem Reisfeld? Aha.»

«Jaja. Das Vieh war so hundertfünfzig Meter vor uns, schätze ich. Nein, Augenblick, vielleicht waren's nur hundertdreißig.» Elementarteilchenphysiker Beckman Gage runzelte die Stirn, während er sich an die genaue Entfernung zu erinnern versuchte. «Na ja, sagen wir hundertvierzig. Jedenfalls – der Sergeant sagt, wer als erster den Büffel da abknallt, dem spendiere ich ein Sechserpack. Tja. Nun hatte ich das MG, wissen Sie. Die anderen fangen also zu ballern an . . .»

Henderson spürte, wie er einnickte. Er hatte seit dem Mittagessen schon gute fünfundvierzig Minuten Kriegsanekdoten hinter sich.

«. . . und da hab ich dem Burschen zehn Salven Leuchtspurmunition in den Arsch gejagt. Das Vieh hat sich richtig aufgelöst. War alles wie rosa Schaum.» Beckman stieß ein trockenes Kichern aus und schüttelte den Kopf über seine Jugendsünden.

Henderson sah auf seine Uhr. Er war den ganzen Tag im Haus geblieben, um Gage nicht zu verpassen, aber der war nicht zurückgekehrt. Bryant war mit Shanda zum Einkaufen die fünf, sechs Meilen nach Hamburg gefahren. Henderson hatte sich gerade durch einen von Alma-Mays Spezialsalaten hindurchgeknabbert – hartgekochte Eier, rohe Kartoffeln, Fruchtsaft und irgendein zähes purpurfarbenes Blattgemüse –, als Beckman aus seinem Labor zurückgekommen war.

«Das war so wie damals in Tro Nang, nein, Doc Tri, als wir –»

Freeborn kam herein. Henderson hätte es nicht für möglich gehalten, daß er sich bei seinem Anblick auch nur ein wenig freuen würde, aber jetzt tat er es. Dennoch faßte er abwehrend nach der Kante des Küchentisches. Aber Freeborn schien die abgelaufene Frist vergessen zu haben und ignorierte ihn.

«Beckman, kann ich dich mal kurz sprechen? Draußen.» Er warf Henderson einen finsteren Blick zu. Er und Beckman gingen hinaus.

Henderson hörte, wie Freeborn «Ruhe da oben, verdammt!» zu Duane hinaufbrüllte. Etwa zwei Minuten später kam er allein wieder herein.

«Hören Sie, Sie englischer Schnüffler, daß ich Ihnen nicht die Eier eintrete, liegt nur daran, daß ich meinen Vater liebe.»

Henderson vermochte der Logik dieses Arguments nicht zu folgen.

«Letzte Warnung», fuhr er fort. «Wenn Sie meinem Vater gegenüber den Namen Sereno erwähnen, sind Sie ein toter Mann.»

«Aber ich will doch nur meine Arbeit erledigen und schnell aus diesem . . . schnell hier herauskommen», beharrte Henderson. «Lösen Sie Ihre Probleme mit Ihrem Vater selbst, ich habe damit nichts zu schaffen.»

Freeborn zog seine engen Jeans hoch und deutete auf ihn.

«Ich bin jetzt zwei Tage unterwegs. Wenn Sie bei meiner Rückkehr noch hier sind, kriegen Sie den Arsch poliert, klar?»

«Keine Sorge, da bin ich längst fort.» Freeborns Drohungen schienen ihn heute nicht aufzuregen – vielleicht war das der anästhetischen Wirkung von Beckmans Kriegerlatein zuzuschreiben.

Sie starrten sich eine Weile an. Warum haßt mich dieser

Mann so sehr, fragte er sich. Welchen Plan habe ich ihm mit meiner Ankunft durchkreuzt?

Alma-May unterbrach ihr Blickemessen.

«Raus aus meiner Küche jetzt», befahl sie unwirsch. «Ich muß ein großes Abendessen vorbereiten, sagt Ihr Daddy.»

«Was für ein Abendessen?» fragte Freeborn.

«Er gibt ein großes Dinner für Mr. Dorse hier. Er hat auch den Prediger und seine Frau eingeladen.»

«T. J. Cardew? *Scheiße*. Und Mrs. Cardew? O *nein*.»

«Das ist der einzige Prediger, den wir hier haben. Und Sie sollen alle dasein, sagt Ihr Daddy.»

Das Dinner sollte um halb acht aufgetragen werden. Ab sieben Uhr wurden die Gäste im Wohnzimmer unten erwartet. Henderson badete und zog sein letztes sauberes Hemd an. Er hatte nur drei mitgenommen, weil er nicht mit einem so langen Aufenthalt gerechnet hatte. Er band seine Krawatte und kämmte sich. Auch den wuchernden Augenbrauen ließ er einen Kammstrich zukommen. Demnächst würde er sie sich stutzen lassen müssen wie eine Hecke. Es war einer der langweiligsten Tage seines Lebens gewesen, mit diesem vergeblichen Warten auf Gage. Bryant und Shanda waren um vier Uhr aus Hamburg zurückgekehrt. Als Henderson sie gefragt hatte, wie sie mit Shanda ausgekommen sei, hatte sie gesagt, es sei «schön» gewesen.

Er ging den Flur hinunter und klopfte an ihrer Tür.

«Bist du fertig?» fragte er mit lauter Stimme.

«Fünf Minuten!» rief sie. «Trockne mir noch die Haare!»

Sie hatten schreien müssen, weil Duane seine Rockmusik gerade besonders laut dröhnen ließ. Henderson fragte sich, ob Duane sie an diesem Abend mit seiner Gegenwart beehren würde. Er hätte gern gewußt, wie der Bursche aussah.

Gage selbst würde, wie Henderson erfahren hatte, erst später eintreffen, zusammen mit seinen beiden Gästen, T. J. und Mrs. Cardew. Cardew war der Pfarrer von Luxora

Beach. Henderson erinnerte sich, daß jemand namens Cardew für die kleine Predigt verantwortlich gewesen war, die sie auf der Herfahrt im Wagen gehört hatten. Er nahm an, daß es sich um ein und dieselbe Person handelte. Während er die Treppe hinunterging, fragte er sich, ob «T. J.» die Anfangsbuchstaben seiner Vornamen waren oder für einen obskuren baptistischen Rang standen. In der Küche wurde mit Tellern geklappert, und aus Freeborns Wohnmobil drang gedämpft der Lärm einer heftigen Auseinandersetzung herüber. Gut, dachte er. Mit einem Lächeln auf dem Gesicht schlenderte er ins Wohnzimmer.

«Oh», sagte er. «So trifft man sich wieder.»

Cora Gage war heruntergeführt und mitten auf das breiteste Sofa plaziert worden. Sie trug ein einfaches schwarzes Kleid, und man hatte sich bemüht, ihr Haar einigermaßen in Ordnung zu bringen. Ihre Lippen hatten sogar – Henderson nahm sich die Freiheit, genauer hinzusehen – etwas blaßorangen Lippenstift abbekommen. Sie trug ihre dunkle Brille (wie Münzen auf den Augen einer Toten, dachte er plötzlich), und natürlich rauchte sie. Das Päckchen und das Feuerzeug hatte sie vor sich auf dem Schoß.

«Schenken Sie sich was ein», sagte sie, den Blick geradeaus gerichtet.

«Vielen Dank.»

Auf einem Tisch an der Wand standen verschiedene Sorten Whisky und Bourbon, einige Flaschen Bier und eine riesige Weinflasche, die gewiß fünfzehn Liter faßte – kalifornischer Wein, wie er auf dem Etikett las. Unter beträchtlicher Anstrengung gelang es ihm, das Ungetüm anzuheben, ein wenig davon in ein Glas zu gießen und einen anderen Teil zu verschütten. Er versuchte den Wein mit einer Papierserviette von der Tischplatte abzuwischen, doch die Serviette löste sich auf, und er machte sich auch noch die Hände naß. Mit einem kurzen Wonnegefühl wischte er sich die Hände an den Kissen eines Lehnstuhls neben dem Tisch trocken.

«Zum Wohl», sagte er.

«Prösterchen.»

Sie war wirklich eine unangenehme junge Frau, dachte er. Er starrte ihren schmächtigen Körper an. Das schwarze Kleid war so eng, daß sich leicht überproportionierte Brüste abzeichneten – überproportioniert insofern, als er fand, jemand von ihrer Statur sollte eher flachbrüstig sein. Er nahm ihr gegenüber Platz.

«Schöner Abend», sagte er.

«Ach ja?»

«O ja, doch. Das Wetter –»

«Ach, vom Wetter sprechen Sie. Natürlich, das *Wetter*. Sehr britisch von Ihnen.»

«Ich dachte nur . . .»

«Wissen Sie, warum ich die Engländer so sehr verabscheue?» fragte sie.

«Ich war eigentlich nicht auf Sonne gefaßt. Seltsamerweise.»

«Ich glaube, am meisten von allem – Boshaftigkeit, Herablassung, Dilettantismus – stört mich dieser Schein von Überlegenheit, den ihr an den Tag legt, wenn ihr nur den Mund aufmacht.» Sie sagte das alles in sehr sachlichem Ton, so als spräche sie davon, daß Alma-May den Donnerstagnachmittag frei hatte.

«Mir kommt es für April ungewöhnlich warm vor», fuhr Henderson unbeirrt fort. «Aber wir sind hier natürlich auch recht weit im Süden.»

«Es überrascht mich nicht, daß ihr Engländer weltweit als . . . als Heuchler verschrien seid.» Sie zog an ihrer Zigarette. «Diese laut vorgebrachten Versicherungen, ihr handeltet im *öffentlichen* Interesse, womit ihr in Wirklichkeit das rücksichtslose Verfolgen der *eigenen* Interessen kaschiert.»

«War überwältigend heiß gestern, als ich zu Fuß nach Luxora Beach gegangen bin. Gibt es hier auch eine Regenzeit?»

«Wir nennen sie Winter, auf unsere altmodische Art.»

«Fühlte mich fast wie in den Tropen, wenn Sie wissen, was ich meine.»

Asche fiel ihr in den Schoß. Such dir selbst einen Aschenbecher, wenn du kannst, dachte er grausam.

«Diese spezielle Blasiertheit, diese Selbstgefälligkeit . . .»

Henderson verzog die Oberlippe zu einem blasiert-selbstgefälligen Grinsen.

«. . . und dann scheint ihr noch ehrlich überrascht zu sein, wenn ihr nicht mehr als die Nummer eins behandelt werdet. Ehrlich überrascht.»

«Es ist äußerst nett von Duane – er heißt doch Duane –, daß er meinen Wagen repariert.» Dieses Mädchen würde ihn nicht aus der Reserve locken, wie zornig er auch wurde.

«Und ihr nehmt noch immer an, die Welt will den britischen Lebensstil nachäffen; eure Manieren nachäffen, eure Attitüden nachäffen.»

Die wiederholte Verwendung des Wortes «nachäffen» veranlaßte ihn, mit der Zunge die Unterlippe vorzuwölben und die Hände mit den Knöcheln nach innen von den Unterarmen herabbaumeln zu lassen. Er schielte mit beiden Augen auf die Nasenspitze und tat so, als pflücke er sich eine Nisse aus dem Haar und stecke sie in den Mund.

«Also wirklich, das sind grobe Verallgemeinerungen», sagte er und nahm wieder seine normale Haltung ein. Er genoß das Spielchen jetzt nachträglich. Gewiß, so etwas war kindisch, wie das Gesichterschneiden hinter dem Rücken des Lehrers, wenn dieser etwas an die Tafel schrieb, aber es machte doch diebischen Spaß. Er sah sich um, um sich zu vergewissern, daß sie noch allein waren.

«Traurig», sagte sie. «Mitleiderregend.»

Die Entschiedenheit ihres Tons machte ihn plötzlich wütend. Er beugte sich vor und sagte lautlos, nur mit Lippenbewegungen: «Du kannst mich mal, du blöde Gans.» Er sah Zwillingsbilder seiner selbst auf ihren dunklen Brillengläsern – aufgeblähtes Gesicht, hervorquellende Augen.

«Sie mich auch, Sie Idiot», sagte sie, erhob sich und ging

zum Getränketisch, um sich einen Whisky einzuschenken. «Aber das Theater hat mir Spaß gemacht. Den Affen fand ich am besten.»

Hendersons Hand zitterte so heftig, daß ihm kalifornischer Wein auf die Hose schwappte. Mit einem kurzen, klirrenden Trommelwirbel stellte er das Glas ab und betupfte den Fleck mit dem Taschentuch. Er lehnte sich im Sessel zurück, während ihm ein Schauer durch den ganzen Körper lief. Er öffnete den Mund, um etwas zu sagen, aber es kam nichts außer einem leisen Piepsen wie von einem kranken oder verletzten Vogel heraus. Er war wie von Sinnen, und sein Hirn gehorchte ihm nicht mehr. Es gab keine begrifflichen Strukturen für eine so peinliche Situation, einen Fauxpas von solch epischen Ausmaßen.

Er spürte eine Hand auf der Schulter und sprang bestürzt auf. Es war Loomis Gage.

«Es tut mir leid, daß ich bisher keine Zeit für Sie hatte, Mr. Dores.» Gage schien seinen erschrockenen Blick und die schweißnasse Stirn nicht bemerkt zu haben.

«O bitte, das macht –» Die Worte gingen in ein Husten über. Henderson schlug sich mit der Faust gegen die Brust. «Keine Ursache.»

«Ich hoffe, Cora hat sich um Sie gekümmert.»

«Wir haben uns sehr gut unterhalten, Dad. Nicht wahr, Mr. Dores?»

«Piep.»

«Ich möchte Sie mit meinen anderen Gästen bekannt machen.» Gage machte eine weit ausholende Geste mit dem Arm. «Der Pfarrer von Luxora Beach, Reverend T. J. Cardew, und seine Gattin Monika.»

Henderson wandte sich um und begrüßte das Paar, das auf der Türschwelle stand. Reverend T. J. Cardew war ein lebhafter, korpulenter, noch jung wirkender Mann (Mitte Dreißig, schätzte Henderson) mit gelocktem schwarzem Haar und langen, schmalen Koteletten, die wie abgehackt am Kieferknochen endeten. Er trug einen unauffälligen schwarzen Anzug, ein rotes Hemd mit silberglänzenden Metallplättchen am Kragen und eine knallige, karierte Krawatte. Seine Frau stellte ein lindgrünes Kleid zur Schau, über das sie einen weißen Netzschal geworfen hatte. Sie trug eine eckige goldgerahmte Brille unter rötlich-braunem, zu einer Hochfrisur aufgekämmtem Haar. Sie war stämmig und schien insgesamt kräftiger gebaut als ihr Mann. Ihr Gesicht erweckte trotz der leuchtend roten Lippen und der blaßblauen Augenlider einen mürrischen Eindruck. Die Primärfarben vermochten kaum die Tatsache zu verschleiern, daß sie zutiefst gelangweilt war.

Henderson schüttelte beiden die Hand. Er bemühte sich, Cora nicht anzusehen.

«Guten Tag. Guten Tag, Reverend.»

«Sehr nett, Sie kennenzulernen, Henderson. Nennen Sie mich einfach T. J.»

Henderson bezweifelte, daß er je dazu in der Lage sein würde, lächelte aber entgegenkommend.

«T. J. kennt Europa gut», erklärte Gage. «Und Monika ist sogar deutscher Abstammung. Mr. Dores kommt aus England.»

Monika zeigte eine Spur mehr Interesse.

«Von wo in Deutschland kommen Sie?» fragte Henderson pflichtschuldig.

«Berlin.»

«Wir haben uns kennengelernt, als ich dort stationiert war», warf T. J. ein. «Als Militärgeistlicher bei der 43. Luftlandedivision.»

«Eine Soldatenbraut», sagte Monika trocken. Sie hatte einen starken deutschen Akzent.

«Was darf's sein, T. J.?» fragte Gage.

«Oh, ich nehme einen Schluck vom Bock, wie üblich, Loomis.»

«Den müssen Sie auch mal probieren, Mr. Dores», sagte Gage und hielt eine gedrungene braune Flasche in die Höhe. Henderson nahm sie ihm ab und sah auf das Etikett. «Henry's Bock», las er. «Sour Mash Bourbon.» Auf dem Etikett war ein hübscher Stich mit einem angebundenen Ziegenbock und einer Menschenschlange vor einem baufälligen Holzschuppen im Hintergrund.

«Whiskey», sagte Gage. «Das Geheimnis meines Überlebens.»

Gage nahm ein kleines Glas und schenkte ihm eine gehörige Portion ein. Henderson, der noch immer unter dem Schock von Coras so unvermuteter Offenbarung ihres Sehvermögens stand, gestattete sich einen kräftigen Schluck. Die Flüssigkeit war ölig und weich und flutschte leicht wie eine Auster durch seine Kehle.

«Trinkt sich angenehm», sagte er, ehe so etwas wie eine Splittergranate in seinem Magen zu explodieren schien. Eine Flammensäule stieg seine Speiseröhre empor. Er trat vom einen Bein aufs andere und atmete dünne Ströme heißer, vibrierender Luft durch die Nase aus. Er lächelte benommen.

«Allerhand», sagte er.

«Ja, geht einem durch und durch», sagte Cardew mit einem unschönen Lachen.

Gage schenkte nach und klingelte dabei mehrmals nach Alma-May.

«Der Junge scheint diese moderne Musik wirklich zu lieben», bemerkte Cardew, auf die dumpfen Rhythmen anspielend, die aus Duanes Zimmer herunterdrangen.

«Mögen Sie Rockmusik, Mr. Dores?» fragte ihn Cora mit Unschuldsmiene, die Brillengläser unerbittlich auf sein Gesicht gerichtet.

«Nein. Ich ziehe klassische Musik vor.»

«Dann haben Sie und Cora etwas gemeinsam, Mr. Dores», sagte Gage und legte den Arm um seine Tochter. «Sie ist eine ausgezeichnete Pianistin. Spielst du uns heute abend etwas vor, Schatz? Nach dem Dinner?»

«Nein.»

«Unsere Cora läßt sich nicht überreden.» Cardew strahlte. Gage schien das schroffe Nein nicht zu stören. Alma-May kam mit Appetithäppchen herein, gefolgt von Freeborn und

Shanda. Shandas Augen waren blutunterlaufen, und sie sah schlecht gelaunt aus. Henderson erhob sich und bot ihr seinen Platz an, aber Freeborn dirigierte sie zu einem Sofa hinüber.

«Wie ich höre, haben Sie Ihre Tochter bei sich, Henderson», sagte Cardew. «Das ist nett.»

«Nun, genau gesagt», begann Henderson, beschloß aber dann, den Reverend nicht weiter aufzuklären. Cardew beugte sich zu ihm vor.

«Und wie ich weiter höre, ist sie ein ganz reizender Teenager.»

Henderson wußte nicht, was er antworten sollte. «Sie schlägt ihrer Mutter nach», erklärte er etwas gereizt.

«Ach ja?»

«Was macht Patch?» fragte Henderson.

«Wer?»

«Patch. Ihr Hund. Kratzt er furchtlos an der Himmelstür?»

«Ich fürchte, ich –»

«Der aus Ihrer Predigt. Im Radio. Ich habe sie gehört.»

«Ich besitze keinen Hund. Ich bin allergisch gegen Tierhaare.»

«Aber Sie –»

«Ach, das war, was man so dichterische Freiheit nennt.»

«Noch etwas Bock?» Gage schenkte wieder Bourbon aus.

«Ja, bitte.» Henderson hielt ihm sein leeres Glas hin. Er begann sich an das starke Zeug zu gewöhnen.

Gage schien guter Dinge. Sein volles Gesicht war gerötet, das Haar ein wenig zerzaust.

«Der Mann, der dieses Zeug in der guten alten Zeit hergestellt hat, war ein Schotte namens Henry Stewart. Er hatte seine eigene Brennerei hinterm Haus, und er hatte auch einen preisgekrönten Ziegenbock. Und immer, wenn die Leute wieder mal ihre Flasche nachgefüllt haben wollten, nahmen sie ihre Ziegen mit, um sie decken zu lassen. Wenn sie gefragt wurden, wohin sie gingen, sagten sie, sie gingen zu Henry's Bock. Und der Name ist dann hängengeblieben.»

«Erstaunliche Geschichte.»

Gage setzte sich auf die Armlehne von Hendersons Sessel. «Dadurch habe ich sogar Hem und Scotty in Paris kennengelernt. In den zwanziger Jahren. Ich saß in der American Bar im Ritz, und da kamen diese zwei Burschen herein. Sie hatten schon einen über den Durst getrunken, das sah man. Und der eine – es war Hem – sagt: ‹Gibt's hier Henry's Bock?› Ich traute meinen Ohren nicht. Ich bin gleich hingegangen und hab mich vorgestellt. Hem war offenbar auf den Geschmack gekommen, als er beim *Texas Star Bugle* beschäftigt war.»

«Sie meinen den *Kansas City Star*», sagte Henderson höflich.

«Nein, nein. Es war der *Texas Star Bugle*.»

«Und Sie haben sie richtig kennengelernt?»

«Sicher. Ich kannte sie alle – Hem, Scott, Gertie, Alice, Pablo. Zum Teufel, ich war ein reicher Mann damals. Nun ja, sie mochten mich wohl hauptsächlich deswegen, weil ich die Rechnungen bezahlte, aber» – er hielt kurz inne – «es war gut, wie Hem zu sagen pflegte. Und ich wollte ein paar Gemälde kaufen, und sie haben mir gesagt, welche. Gute Gemälde.»

«Ach ja, die Gemälde.»

«Ich zeige sie Ihnen nach dem Essen.» Gage drückte ihm freundlich die Schulter. Henderson spürte, wie sich zum erstenmal seit seiner Ankunft in Luxora Beach ein Gefühl der Ruhe in ihm ausbreitete. Loomis Gage mit seinen zusammengestückelten Erinnerungen war ihm plötzlich sympathisch. Vielleicht zeigte auch einfach der Bock Wirkung.

«Ich schenke Ihnen noch mal nach.»

Cora trat mit einem silbernen Kästchen voller Zigaretten auf ihn zu. Henderson bemerkte, daß Beckman und Bryant gekommen waren. Bryant und Shanda waren in ein ernsthaftes, vertrauliches Gespräch vertieft.

«Zigarette, Mr. Dores?» fragte Cora.

«Nein, danke.» Er hielt den Blick auf ihre rechte Schulter gerichtet.

«Gefällt es Ihnen in den Südstaaten?»

«Sehr.»

«Das meinen Sie nicht im Ernst, oder? Sie können es doch kaum erwarten, wieder abzureisen.»

«Nun –»

«Aber Sie haben perfekte Manieren.»

Er empfand allmählich ihre ständige Ironie als äußerst ermüdend.

«Zu den Dingen, an die ich fest glaube», sagte er mit leiser Stimme, aber in etwas energischerem Ton, als er beabsichtigt hatte, «zählt die Ansicht, daß es gewisse Schicklichkeiten, gewisse gesellschaftliche Regeln gibt, die wir um jeden Preis beachten sollten. Sonst . . .» Er zuckte die Achseln, er hatte sich die eventuellen Folgen nicht genau überlegt. «Sonst bricht alles zusammen.»

«Und das würden sie nicht als typisch englische Heuchelei betrachten? Das Gegenteil von dem zu sagen, was man denkt?»

«Keineswegs. Wir alle haben Aufgaben und Verpflichtungen, die uns lästig sind. Gänzliche Aufrichtigkeit läßt die Gesellschaft nicht zu.» Seine Redegewandtheit ermutigte ihn. «Die Alternative dazu ist eine Art, eine Art schrecklicher Schönfärberei, wo alles in bester Ordnung ist, ohne Rücksicht auf die Augenfälligkeit des Gegenteils. Damit will ich natürlich niemandem zu nahe treten», setzte er hinzu, während seine Verwirrung wieder zunahm.

«Mmm», erwiderte sie nur, als hätte sie gerade eine These bestätigt bekommen. «Entschuldigen Sie mich.»

Henderson merkte, daß er ein wenig keuchte, als wäre er eine Treppe hinaufgerannt.

«Ich finde, Cora ist ein faszinierendes Mädchen, Henderson, nicht wahr?» flüsterte Cardew ihm ins Ohr. «Sehr intellektuell. Ihr Medizinstudium ließ sich schon vielversprechend an. Dann hat sie aufgehört, einfach so. Ohne Grund. Keiner wußte, warum. Aber dieses . . . Impulsive trägt zu ihrer Attraktivität bei.» Beide sahen sie an, da drehte sie sich um und erwiderte ihren Blick. Cardew hob sein Glas.

«Warum trägt sie ständig diese Sonnenbrille?»

«Ich weiß es wirklich nicht, Henderson», sagte Cardew. «Meines Wissens hat sie nichts an den Augen. Sie setzt die Brille selten ab. Sie verleiht ihr einen ... einen geheimnisvollen Charme, finden Sie nicht?»

Henderson trank von seinem Bock.

«Werden wir Sie und Ihre reizende Tochter am Sonntag in der Kirche sehen, Henderson?»

«Nun, Reverend –» Er blinzelte heftig. Der Bock hatte einen plötzlichen Anfall von Doppelsichtigkeit hervorgerufen.

«T. J., bitte.»

«Ich fürchte, dann sind wir schon wieder fort.»

«Oh.» Er runzelte die Stirn. «Loomis sagte mir, Sie würden mindestens zwei Wochen hierbleiben.»

Henderson ließ beinahe das Glas fallen. «Da muß ein Mißverständnis vorliegen.»

«Zweifellos, zweifellos. Wir haben eine lebendige, treue Gemeinde hier in Luxora Beach, Henderson. Ich glaube, unser Gottesdienst würde Ihnen gefallen.»

«Leider, Reverend.» Henderson breitete, einer der besagten gesellschaftlichen Regeln folgend, bedauernd die Hände aus.

«T. J., bitte. Alle meine Schäfchen nennen mich T. J. Ich habe nichts für Förmlichkeit übrig. Würden Sie mir eine Zigarette geben, Henderson?»

Alma-May kam herein. «Es ist fertig», sagte sie und ging wieder.

Henderson trank erleichtert sein Glas aus und erhob sich, um gleich darauf festzustellen, daß das Zimmer einen Neigungswinkel bekommen hatte, der ihm vorher nicht aufgefallen war. Er paßte seine Körperhaltung der neuen Lage an. Drei Glas Bock waren offensichtlich genug.

Die Gäste gingen im Gänsemarsch durch die lärmerfüllte Eingangshalle ins Speisezimmer hinüber. Henderson hörte, wie Beckman Monika etwas von einem Feuergefecht in der Provinz Duc Pho erzählte. Shanda kam auf Henderson zu.

«Abend, Mr. Dores.»

«Hallo», sagte Henderson. «Wie geht's so?»

«Oh, ganz gut.»

Bei seinen Worten war Coras Kopf herumgefahren. Man mußte beinahe schreien, um das Gedröhn von Duanes Musik zu übertönen.

«Kannst du nicht dafür sorgen, daß dieser Schwachkopf mal ein, zwei Stunden Ruhe gibt?» sagte Freeborn zornig zu seinem Vater.

«Laß dem Jungen doch sein einziges Vergnügen», rief Gage freundlich zurück. «Im Speisezimmer hören wir es ja nicht.»

«Ich werd ihn mir vornehmen, diesen Trottel», murmelte Freeborn und stürmte die Treppe hinauf.

«Deshalb sind wir in das Wohnmobil umgezogen», sagte Shanda. «Freeborn und Duane sind ständig aufeinander losgegangen. Sie können sich einfach nicht vertragen.»

Sie gingen ins Speisezimmer. Henderson hatte bei seiner verstohlenen Inspektion des Hauses am Tag zuvor einen Blick hineingeworfen. Ein trüber Kristalleuchter hing über einem langen, polierten Tisch. Der Raum war getäfelt, und die Paneele waren in einem cremigen Blaßgrün gestrichen worden. An den Wänden hingen Familienporträts, angefertigt von am Ort lebenden Malern, wie er annahm. Er erkannte Gages Kinder: den schlanken, bartlosen Freeborn, Beckman und Cora, als junges Mädchen von zwölf Jahren, ohne Sonnenbrille. An der Stirnwand hing ein älteres, viktorianisches Ölbild, das einen korpulenten, bärtigen Mann in marineblauer Uniform zeigte.

«Mein Vater», sagte Gage, der seinem Blick gefolgt war. «Es ist unverkäuflich», setzte er mit einem Lächeln hinzu. «Er starb, als ich zwei Jahre alt war. Auf den Philippinen. Die Schlitzaugen –»

«Daddy», sagte Cora, «ich glaube nicht, daß wir uns diese Geschichte vor dem Essen anhören wollen.»

Sie ließen sich von Gage die Plätze zuweisen. Er selbst nahm am Kopfende Platz, zwischen Henderson und Monika Cardew. Neben Henderson kamen Shanda, Cardew und Cora. Ihnen gegenüber, neben Beckman und Bryant, war ein Platz frei für Freeborn, der wohl noch immer Duane zurechtwies.

Durch die Tür hörte man laute Stimmen. Dann kam Alma-May mit einer Suppenterrine herein, gefolgt von einem merkwürdig bedrückt aussehenden Freeborn.

«Sagen Sie ihm, er soll Duane in Ruhe lassen, Mr. Gage», sagte sie und stellte zornig die Terrine auf den Tisch.

«Ich hab' ihm nur gesagt, er soll das Ding leiser stellen», knurrte Freeborn verdrießlich und setzte sich.

«Ist schon gut, Alma-May», besänftigte Gage sie. «Wir lassen ihn ja jetzt in Ruhe.»

Alma-May teilte mürrisch die Suppe aus, in der dicke Gemüsebrocken schwammen. Dann schenkte sie recht mühevoll Wein aus einer weiteren Fünfzehn-Liter-Karaffe ein. Henderson trank seinen Wein, löffelte seine Suppe und hörte Shanda zu, die, wie er nach einer Weile herausfand, von Bryants und ihren Erlebnissen in Hamburg erzählte. Er sah, daß Cardew sich viel zu weit über den Tisch vorbeugte und mit einem breiten Gummigrinsen im Gesicht auf Bryant einredete, die ihrerseits den Reverend mit unverhohlenem Argwohn anblickte.

«Wie gefällt Ihnen Luxora Beach?» fragte Monika Cardew.

«Hm. Sehr . . . Ja, gefällt mir gut. Doch. Was ich davon gesehen habe.»

«Da ist nicht viel zu sehen», sagte sie.

«Warum heißt es übrigens Luxora Beach?» fragte Henderson. «Ist in der Nähe vielleicht ein See oder ein Fluß?»

«Gute Frage», sagte Gage. «Wir haben zwar den Ockmulgokee-River, der am Ort vorbeifließt, aber keinen Strand, soviel ich weiß. Fragen Sie mal T. J.» Er lenkte die Aufmerksamkeit des Reverends von Bryants Brüsten ab.

«T. J., Henderson hat eine Frage an Sie.»

«Ja, Henderson?»

«Ich hätte gern gewußt, wie das ‹Beach› von Luxora Beach zu erklären ist.»

«Hm, verdammich, da bringen Sie mich in Verlegenheit. Mir ist noch nie der Gedanke gekommen, mich danach zu erkundigen.»

«War nur neugierig.»

«Alle Wetter, das zeigt wieder einmal, worauf man durch die Augen eines Fremden erst aufmerksam wird.» Er zog ein kleines Notizbuch aus der Brusttasche und schrieb etwas hinein. «Wie lange leben wir jetzt hier, Liebes?» wandte er sich an Monika.

«Elf Jahre», sagte Monika in bitterem Ton.

«Und ich habe mich nie danach gefragt. Ich danke Ihnen, Henderson, ich danke Ihnen aufrichtig. Ich werde mich bemühen, die Antwort herauszufinden.»

«War reine Neugierde.» Er leerte sein Glas.

«Freeborn, würdest du unseren Gästen Wein nachschenken?» bat Gage.

Alma-May räumte die Suppenteller ab und kam mit weiteren Speisen herein. Sie stellte bis zum Rand gefüllte Schüsseln auf den Tisch: bergeweise verschiedene Bohnensorten, Maiskolben, irgendein verkochtes grünes Gemüse, eigenartig knubblige Knödel.

«Hausmannskost für unseren Gast aus England.» Gage hob sein Glas.

Henderson bekam einen gehäuften Teller vorgesetzt.

«Was ist das alles?» fragte er matt, um Zeit zu gewinnen. Er verspürte nicht den geringsten Hunger. Außerdem übte Henry's Bock auf seinen Körper eine seltsame Wirkung aus. An manchen Stellen schien er gefühllos zu werden, während es an anderen zu jucken begann.

Beckman deutete auf das Grünzeug. «Das ist Rübenblattgemüse», sagte er. «Das da – der Reis mit Bohnen – nennt sich Hopstopf. Das ist Schwarzbohnenstew. Und das da heißt bei uns Maishunde.»

«Hopstopf?» sagte Henderson. «Warum dieser Name?»

«Weil Sie», sagte Freeborn, der gerade hinter ihm stand, um ihm Wein einzuschenken, «zum Topf hopsen müssen, wenn Sie ihn gegessen haben.»

Henderson gab sicherheitshalber ein nervöses Gelächter von sich. Aber außer ihm lachte niemand.

«Und dieses Bohnenstew da», fuhr Freeborn fort, «das *war* mal Stew, aber ich weiß nicht, was es jetzt ist. Ho-ho.»

Henderson füllte sich den Mund mit Hopstopf. Schmeckte harmlos. Er trank einen weiteren Schluck Wein, fragte sich aber dann, ob das klug war. Vielleicht war es die Mischung aus kalifornischem Verschnitt und Henry's Bock, die dieses merkwürdige Körpergefühl verursachte. Zu seiner leichten Benommenheit gesellten sich inzwischen Anfälle von Übelkeit. Er ließ den Blick über den Tisch schweifen. Bryants Augen und Gesichtsausdruck schienen ihm etwas mitteilen zu wollen, aber er konnte die Botschaft nicht enträtseln. Cora saß hinter einem Teller mit einem einsamen Häufchen Bohnen darauf. Man machte eifrig Konversation, während der Hauptgang in Angriff genommen wurde.

«Warum sind Sie Vegetarier, Mr. Gage?» fragte Henderson. «Aus religiösen Gründen oder einfach, weil es Ihnen schmeckt?»

«Oh, *ich* bin kein Vegetarier.»

«Aber weshalb –»

«Nicht ich. Alma-May, ja. Sie ist vor zwei Jahren Vegetarierin geworden. Duldet weder Fleisch noch Fisch im Haus. Weigert sich rundheraus. Was sollten wir da machen?»

«Oh, ich verstehe.»

«Ach, Henderson, kennen Sie zufällig . . .? Henderson? Ich sagte gerade, kennen Sie zufällig Upper Heyford in England?» Es war Cardew, der ihn um Shandas Rücken herum ansprach.

«Das liegt bei Oxford, Reverend. Ein Luftwaffenstützpunkt, glaube ich. Ja, ich kenne es flüchtig.»

«Henderson, nennen Sie mich doch bitte T. J.»

«Ach ja, richtig.»

«Wissen Sie, ich war da einmal eine Zeitlang stationiert. Sie kennen nicht zufällig einen Mr. John Fairchilder aus Upper Heyford?»

«Nein, ich fürchte –»

Freeborn unterbrach ihr Gespräch. «Das ist doch da, wo wir unsere Bomben und Atomraketen haben, oder? Jaja, und können Sie mir vielleicht sagen», fuhr er, in Fahrt kommend, fort, «was ihr Briten gegen unsere Bomben und Raketen habt?»

Henderson kaute mannhaft an seinen Bohnen und fragte sich, wie er von diesem Thema ablenken könnte.

«Ich glaube, ehem, der Hauptgrund ist der, daß wir keine Kontrolle haben über die –»

«Natürlich nicht. Es sind ja unsere Bomben. Wir haben sie hergestellt. Ihr habt doch eure eigenen, oder?» Freeborns Gesichtsausdruck schien «Na also!» zu sagen.

«Ach, Henderson, die Namen von englischen Dörfern, haben die alle eine Wurzel, einen Ursprung?» fragte Gage und runzelte nachdenklich die Stirn.

«Ja, viele schon. ‹Chipping›, wie in Chipping Sodbury, bedeutet, daß da einmal ein Steinbruch war. ‹Hurst›, wie in –»

«Henderson?»

«Ja, Shanda?»

«Mein Mädchenname ist McNab. Das ist doch ein schottischer Name, nicht?»

«Ganz recht.»

«Das dachte ich mir.»

«Wir sind doch Verbündete», sagte Cardew mit Nachdruck. «Was ich persönlich aber nicht begreife, das ist diese Feindseligkeit unter Verbündeten. Ich meine, wir – unsere Waffen, unsere jungen Männer – sind doch dort, um den freien Westen zu verteidigen.»

«Luxora Beach . . .», sagte Gage gedankenverloren. «Wissen Sie, mir gefällt das eher, daß es keine logische Begründung für den Namen gibt. Es gibt viel zuviel Logisches auf der Welt. Ich hab's gern so . . . so vieldeutig.»

«Es gibt ein Luxor am Nil», meinte Cora. «Vielleicht war der erste Siedler hier ein alter Ägypter.»

«Aber das ist doch wieder Logik, Cora. Du suchst immer nach einer Logik.»

Freeborn beugte sich über den Tisch und deutete mit seiner Gabel auf Henderson. «Schließlich mußten wir den ersten und zweiten Weltkrieg für euch gewinnen, und wahrscheinlich geht das beim dritten und vierten genauso.»

«Man könnte auch so argumentieren», sagte Henderson, «daß ihr eure Kriege gewissermaßen in Europa ausfechtet. Wenn Europa das Schlachtfeld ist, dann paßt es euch ganz . . . Ich meine, nicht daß ich . . .» Er spürte, wie sich ihm der Kopf drehte.

«Also ich glaube, im achtzehnten Jahrhundert hat es hier keine ägyptischen Einwanderer gegeben», sagte Cora.

«Übrigens – wann ist der Ort eigentlich gegründet worden, T. J.?» fragte Gage.

«Entschuldigen Sie, Loomis. Ich wollte schnell auf die Bemerkung von Henderson eingehen. Also, Henderson –»

«Könnten Sie mir das Krautgemüse reichen, Henderson?» Das war Beckman. «Schieben Sie's doch einfach rüber.»

«Ihre Feststellung da eben, Henderson.»

«Welche Feststellung?»

«Sie läßt all das amerikanische Blut außer Betracht, das in Europa vergossen wurde.»

«Ganz so habe ich das nicht gemeint – ehem –, J. P.» Henderson verlor den Faden.

«Aber darauf gibt's doch eine ganz einfache Antwort», sagte Gage fröhlich. «Wenn ihr uns nicht mehr haben wollt, dann sagt Bescheid, und wir machen die Fliege. Spart uns einen Haufen Geld, soviel steht fest.»

«Ich finde Ihre Bemerkungen zutiefst beunruhigend, Henderson. Sind unsere Verbündeten in Europa wirklich der Ansicht –»

«Aber bitte, T. V., darum geht es doch gar nicht.»

«Ach, Henderson, würden Sie den Wein mal rüberreichen?»

«Okay, okay, dann reißen sich die Roten eben England unter den Nagel», sagte Freeborn. «Wen kümmert das schon einen feuchten Dreck?»

«Freeborn, *bitte!*»

«Ist England dasselbe wie Schottland oder was?» fragte Shanda. «Das hätte ich gern mal gewußt.»

«Warum, Henderson, warum muß man immer gleich gegen Uncle Sam sein, wenn man gegen Kernwaffen ist?»

«Um ehrlich zu sein, E. T., ich glaube, Sie verfehlen den Kern der Sache –» Er mußte sich jetzt anstrengen, um in dem zunehmenden Stimmenlärm etwas zu verstehen. Alle redeten durcheinander.

«Herrgott, Mann, wir sind doch alle gegen den Krieg, oder? Ich kann euch sagen, in Vietnam –»

«Henderson, das möchte ich Ihnen sagen. Ihrem Volk, Henderson. Den Engländern. Sagen Sie ihnen, Henderson, wir sind Ihre Freunde. Weist uns um Gottes willen nicht ab!»

«Hören Sie, M. G. oder wie immer Sie heißen –»

«Mann, wenn du unter Beschuß liegst, Herrgott, dann bist du gegen den Krieg!»

«*Warum*, Henderson, *warum?*»

«Warum was? Sie dummer, blöder –»

«– euch allein lassen und dann sehen, was passiert –»

«– es gibt Schottland, okay? Und es gibt England –»

«– Schlitzaugen niedergemacht in Dac Tro –»

«– Gottes fortwährende Liebe –»

«– einem, der vielleicht mal in Ägypten war?»

«AAAUAA!!»

Sofort verstummte jedes Gespräch. Der Schrei war von den Lippen des Reverend T. J. Cardew gekommen. Er war wie von der Tarantel gestochen aufgesprungen, hatte dabei seinen Stuhl umgeworfen und hielt jetzt schmerzensblaß mit beiden Händen sein rechtes Knie umklammert. In der darauffolgenden Verwirrung, inmitten der lautstark geäußerten Fragen und Beileidsbekundungen sah Henderson, daß

Bryant verstohlen die Hand unter dem Tisch hervorzog und eine Gabel an ihren Platz zurücklegte.

Henderson erhob sich und spürte, wie sich das ganze Zimmer drehte und neigte. Er hörte Schwarzbohnen, Hopstopf, Maishund und Rübenblattgemüse in seinem Magen dringend nach frischer Luft rumoren. «Entschuldigen Sie mich», murmelte er und lief hinaus. Er rannte zum Vordereingang, sprang die Stufen hinunter und erbrach sich in einen Azaleenbusch.

Er lehnte sich erschöpft an die Wand. Die Welt wankte und schwankte noch immer. Er hustete und spuckte und kickte lose Erde über diejenigen Brocken seines herausgewürgten Essens, die er im Dunkeln ausmachen konnte. Er stöhnte leise vor sich hin. Er fühlte sich hundsmiserabel. Grobe, ungestüme Hände umkrallten und zwickten seine Eingeweide. Er atmete tief durch und erinnerte sich an Teagardens Grundregel. Kontrollierte Entspannung. Einatmen, ausatmen. Kontrollierte Entspannung.

Eine leichte Brise wehte einen Duft von Kiefern über das mondbeschienene Gras herbei. Er sah zu den beständigen, geduldigen Sternen hinauf. Er hörte das ferne Brausen eines Güterzuges auf der Bahnstrecke durch Luxora Beach und den fast menschlichen Ruf seiner Sirene. Hätte er sich nicht so elend und betrunken gefühlt, hätte ihn vielleicht Melancholie überkommen.

Er tappte umher, wobei er in etwa eine Acht beschrieb, übergab sich noch ein letztes Mal und wollte gerade wieder hineingehen, als in Freeborns Wohnmobil das Telefon läutete. Er taumelte hinüber. Ja, es läutete tatsächlich. Er schwankte einen Augenblick. Sollte er Freeborn holen? Etwas an dem Ton des Läutens brachte ihn zu der Überzeugung, daß es ein Anruf aus New York war. Er probierte an der Tür. Abgeschlossen. Er rannte die Verandastufen hinauf, lief zur Tür des Wohnwagens zurück und rüttelte vergeblich an der Klinke. Das Läuten hörte auf. Voller Zorn und Verzweiflung schlug er mit der Faust gegen die Tür und schrammte sich die Knöchel auf.

«Au! Verflucht!»

Er drehte sich um und sah auf der Veranda eine Zigarette orangerot aufglühen.

«Amüsieren Sie sich?» fragte Cora.

«Das Telefon», sagte er. «Es hat geläutet. Dann hat es aufgehört.» In seiner Unterleibsgegend verschob und drehte sich noch immer alles. Das letzte, wonach ihn verlangte, war ein Gespräch mit Cora.

«Ja, ich hab's gehört. Wie geht es Ihnen?» Sie wirkte eigenartig boshaft mit ihrem schwarzen Kleid und der schwarzen Brille im Dunkel der Veranda.

«Nicht so besonders. Ich entschuldige mich lieber bei den anderen.»

«Daddy will Ihnen seine Gemälde zeigen.»

«O ja, natürlich. Gern.» Er kletterte die Stufen hinauf. Der Geruch ihrer Zigarette vermischte sich mit dem der Kiefern und dem noch in der Luft hängenden säuerlichen Aroma seines Erbrochenen. Es war keine angenehme Mixtur.

«Drinnen hat sich alles etwas beruhigt», sagte sie. «T. J. hat gesagt, es sei eine alte Footballverletzung. Die melde sich manchmal auf diese Art, aus heiterem Himmel.»

«Aha.»

«Ihre Tochter schien nicht ganz überzeugt.»

«Ja. Allerdings.»

Eine Pause entstand.

«Miss Gage», begann Henderson, «ich möchte mich für mein Benehmen entschuldigen. Es war unverzeihlich. Ich weiß nicht, was da in mich gefahren ist. Ich meine, selbst wenn Sie wirklich blind gewesen wären . . . das heißt . . . so etwas tut man einfach nicht – besonders in meinem Alter.» Er sah in die Nacht hinaus. «Peinlich.»

«Machen Sie sich deswegen keine Gedanken. Schließlich habe ich Sie an der Nase herumgeführt.»

Das Verandalicht wurde angeknipst. Es war Gage.

«Na, geht's Ihnen jetzt besser, Mr. Dores? Ja, der Bock kann einem schon arg zusetzen.»

«Ich brauchte ein bißchen frische Luft.»

«Ein bißchen frische Luft. Das gefällt mir. Wollen wir zum Geschäftlichen kommen?»

Henderson sagte Cora gute Nacht und folgte Gage erschöpft ins Haus und nach oben.

Als Gage die Tür zu seinen Zimmern aufschloß und das Licht einschaltete, wurde ihm erneut übel. Er sah ein großes Wohnzimmer vor sich, von dem wie bei Cora drüben auf der anderen Seite des Flurs ein Schlafzimmer abging. Im Wohnzimmer standen ein altes Ledersofa, ein antikes Schreibpult und – an einer Wand zwischen zwei Fenstern – ein großer, beinahe leerer Bücherschrank mit Glastüren. Die anderen drei Wände waren bedeckt mit Bildern und Fotografien. Über den größeren Gemälden waren Lämpchen aus Messing angebracht. An einer Wand hing an einem Ehrenplatz ein idealisierendes, verschönerndes Amateurölbild von einer Frau, umgeben von mehreren schwarz gerahmten Fotografien.

«Mrs. Gage», wurde Henderson informiert. «Gott hab sie selig. Vor fünfzehn Jahren gestorben.»

Henderson trat näher heran. Die Fotos stellten ein seltsames Sammelsurium dar. Da war Gage, wie er verschiedenen bekannten Persönlichkeiten die Hand schüttelte – Henderson erkannte zwei amerikanische Präsidenten, einen Schlagersänger mit Toupet und Ernest Hemingway –, dazu ein großformatiges Foto von einer Szene im Café mit der Überschrift PARIS, 1922. Außerdem hingen da verschiedene Studioaufnahmen des Gageschen Nachwuchses in der üblichen Stufenleiter vom lächelnden Kind über den noch unsicheren Heranreifenden bis zum banalen Erwachsenen.

Indem er einen Rülpser unterdrückte und sich krampfhaft um einen klaren Kopf bemühte, wandte er sich den Gemälden zu. Hätte er sich nicht so betrunken und elend gefühlt, wäre er in Hochstimmung geraten, da nun der Zweck seines Besuchs endlich erfüllt war. So aber mußte er froh sein, daß ihm die Gemälde nicht vor den Augen verschwammen.

Beebys summarische Aufzählung war zutreffend gewesen. An der ersten Wand hingen vier nicht sonderlich bemerkenswerte trübe holländische Landschaften aus unbedeutenden Schulen – spätes siebzehntes Jahrhundert, wie er schätzte. Zu dieser Gruppe gehörten auch das Porträt eines bärtigen Mannes und ein kleines allegorisches Werk.

Die andere Wand war dem zwanzigsten Jahrhundert gewidmet. Henderson erkannte die zwei großen Landschaftsbilder von Sisley – ein von Pappeln gesäumter Fluß, ein Obstgarten mit ziegelgedeckten Schuppen darin –, einen Derain – ein grüner Kahn auf einem roten Fluß –, zwei mit kraftvollen Strichen ausgeführte Stilleben, ein mittelmäßiges kubistisches Interieur von Braque, eine winterliche Straßenszene von Utrillo und zwei schimmernde, durchscheinende Interieurs von Vuillard.

«Da habe ich gewohnt», sagte Gage, wobei er auf den Utrillo deutete. «Max hat es für mich gemalt.»

Henderson wußte, daß er den Wert der Bilder hätte schätzen und Begeisterung an den Tag legen sollen, doch ein großer Teil seiner Aufmerksamkeit war noch immer von der in seinem Torso stattfindenden strukturellen Sanierung in Anspruch genommen.

«Eine bemerkenswerte Kollektion, Mr. Gage. Mir gefallen die Bilder sehr.»

«Ich habe sie alle im selben Jahr gekauft», sagte Gage in wehmütigem Ton, «1922. Ich hatte mehr Geld, als ich ausgeben konnte.» Er legte Henderson die Hand auf die Schulter. «Ehrlich gesagt, ich bin nach Europa gefahren, um mich zu amüsieren, nicht in der Absicht, Gemälde zu kaufen. Aber wie das so geht – ich traf Hem und Scott, und die meinten, ein Mann wie ich sollte ein bißchen Kunst sammeln, und das habe ich dann getan. Ich habe die Bilder direkt bei den Künstlern gekauft, einige bei ihren Freunden, ein oder zwei auch bei Kunsthändlern, und ich habe sie alle nach Hause geschickt. Ich wollte im Laufe der Jahre noch mehr kaufen, aber dann hielt ich es nicht mehr für nötig.

Ich hatte ja meine Bilder. Ich liebte sie. Ich brauchte keine mehr.»

«Ich weiß genau, was Sie meinen», sagte Henderson diplomatisch. «Es hat keinen Sinn, etwas nur um der Anhäufung willen anzuhäufen.»

Er wandte sich wieder den Holländern zu.

«Die habe ich gekauft, weil ich Heimweh hatte», sagte Gage. «Sie haben mich an die Gegend hier erinnert.»

Henderson konnte keinerlei Ähnlichkeit zwischen den feuchten, düsteren Landschaften und der Gegend um Luxora Beach feststellen.

«Und der Bursche da, der hat mich an meinen Vater erinnert. Und das andere dort» – er deutete auf das allegorische Werk – «das ist einfach ein obszönes Bild.» Er packte Henderson am Ellbogen und flüsterte ihm ins Ohr: «Bleibt unter uns: Ich habe einen Steifen bekommen, als ich es in der Galerie sah. Passiert mir heute noch, sechzig Jahre danach.»

Um nicht antworten zu müssen, sah Henderson näher hin. Das Gemälde war klein, etwa fünfzig mal fünfunddreißig Zentimeter. Inmitten einer eher grob ausgeführten allegorischen Landschaft – Felsklippen, Wald, Wasserfälle, stürmische mausgraue Wolken, im Hintergrund Meer und Inseln mit üppiger Vegetation – stand ein schlichter Säulentempel. In diesem Tempel, zwischen den weit auseinander stehenden Säulen, sah man zwei Frauen. Die eine ging in Sack und Asche, der traditionellen Trauerkleidung. Sie kniete mit gefalteten Händen, aber ihr Kopf war der anderen Frau zugekehrt. Obwohl sie die Haltung einer Betenden einnahm, lag auf ihrem Gesicht ein breites Lächeln. Die andere Frau – dunkelhaarig, schlank und jünger – lachte ebenfalls. Sie hielt ihren Rock hoch und zeigte ihre Scham. Sie hatte kräftige, weiße Schenkel, die sie leicht gespreizt hielt. Der Schlitz ihrer Scheide war deutlich sichtbar, und der Maler hatte offenbar einen einhaarigen Pinsel benutzt, um einen fast transparenten Schleier von Schamlöckchen hinzutupfen. Zu ihren Füßen stand ein Krug. Das Lächeln auf den Gesichtern beider

Frauen war fast ein breites Grinsen, jedenfalls so breit, daß man ihre Zähne sah.

Er betrachtete noch einmal das junge Mädchen. Zu seiner Schande fühlte er, wie sich in seiner Hose etwas regte. Rasch wandte er sich dem Porträt zu. Ein stämmiger Holländer mit einem dichten Bart. Es bestand eine entfernte Ähnlichkeit mit dem Porträt im Speisezimmer. Er machte eine entsprechende Bemerkung. Er mußte etwas sagen.

«Und Ihr Vater starb, als Sie zwei Jahre alt waren?»

«Ganz recht», sagte Gage.

«Mein Vater starb noch vor meiner Geburt.»

«Das tut mir leid», erwiderte Gage, als wäre er in irgendeiner Weise dafür verantwortlich.

«Er starb in Burma, im Krieg. Im Zweiten Weltkrieg.»

«Nun, das ist aber ein Zufall», sagte Gage. «Mein Vater starb auch im Krieg. Auf den Philippinen.»

«Was für ein Krieg war das?»

«Unser Krieg gegen die Philippinen» – das war Henderson neu – «1898–1902.»

«Was um alles in der Welt hat denn die Vereinigten Staaten zu einem Krieg gegen die Philippinen veranlaßt?»

«Ich weiß es nicht genau», sagte Gage nachdenklich. «Aber wir haben drei Millionen von ihnen getötet.»

«Sie machen Witze.»

«Keineswegs. Aber die Schlitzaugen haben meinen Vater geschnappt. Als sie ihn umbrachten, haben sie ihm das Glied abgeschnitten und es ihm in den Mund gesteckt.»

«Du lieber Gott! Wie gräßlich!» Henderson faßte sich in einer Reflexbewegung an Mund und Lende.

«Ein fieser kleiner Krieg war das», sagte Gage. «Scheinbar haben die Schlitzaugen das mit all ihren Opfern gemacht.»

«Mit den Schlitzaugen meinen Sie die Filipinos?»

«Ganz recht. Ich finde, diese Art von Verstümmelung spottet jeder Beschreibung.»

«Ja, sicher», sagte Henderson verwirrt. «Ganz sicher.»

Urplötzlich ging Gage in Boxerpositur und stoppte eine

Serie von Schlägen dicht vor seinem Gesicht. Henderson hätte sich beinahe auf den Teppich erbrochen, so erschrocken war er. Er taumelte zurück.

«Sind Sie Boxer, Mr. Dores?» fragte Gage, der noch immer Linke und Rechte austeilte.

«Nein. Ich . . . nein, ich boxe nicht.»

«Das ist ein fairer Sport. Hui.» Gage hielt inne und klopfte sich auf die Brust. «Aber außerhalb von Sportarenen gibt es so etwas wie einen fairen Kampf nicht, finden Sie nicht auch?»

«Da haben Sie wohl recht. Ich weiß es nicht genau.»

«Ich wette, Ihr Vater ist nicht in einem fairen Kampf gestorben. Genau wie meiner.»

«Ich habe keine Ahnung.» Henderson fuhr sich mit den Fingern durchs Haar. «Komisch, ich versuche seit einem Jahr herauszufinden, wie er eigentlich gestorben ist. Habe an Leute geschrieben, die in seiner Einheit waren und so.»

«Geht nichts über einen fairen Kampf. Denken Sie daran.» Gage schritt in seinem Zimmer auf und ab. Er wirkte eigenartig erhitzt und erregt. «Sind Sie Sportler?»

«Nicht eigentlich. Ich fechte ab und zu ein bißchen.»

«Sie fechten? Sie meinen . . .?» Er vollführte einen Schnörkel mit der Hand und machte einen Ausfall mit einem imaginären Degen.

«Ja.»

Gage lachte. «Flunkern Sie mir was vor?»

«Nein, nein, bestimmt nicht. Fechten macht mir Spaß.»

«Das Wort ‹Schwäche› hat doch mit dem Fechten zu tun, nicht?»

«Ja. Die Schwäche ist der schwache Teil der Klinge.»

«Schwäche . . .» Gage hielt inne. Sein dichtes weißes Haar war bei den sportlichen Übungen durcheinander geraten. Henderson bemerkte, daß es aus der Kopfhaut zwei, drei Zentimeter stracks hervorzustreben schien, ehe es sich unter seinem Eigengewicht umlegte. Ein bemerkenswerter Haarschopf, dachte er. Gage blickte auf den Teppich und zupfte an der losen Haut unter seinem Kinn.

«Wissen Sie, was uns verbindet, Mr. Dores? Alle miteinander?»

«Nun, das kommt darauf an . . .»

«Wir wollen alle glücklich sein, und wir werden alle sterben.»

«Ja, das ist wahr.»

«Man könnte sagen, das sind die einzigen unbestreitbar wahren Tatsachen, die für alle Menschen auf unserem Planeten zutreffen.»

«In der Tat.» Hendersons Blick wanderte nervös durch den Raum, schweifte über die Gemälde. «Schönheit ist Wahrheit, Wahrheit Schönheit etcetera . . . So etwas klingt heutzutage manchmal recht esoterisch.»

«Ich hätte es nicht besser ausdrücken können. Sagen Sie mir noch eins, Mr. Dores.» Gage ging zu den Vuillards hinüber. «Wir wollen alle glücklich sein, und wir werden alle sterben. Wenn jeder das wüßte und zugäbe, sollte man nicht meinen, daß dann alles anders sein müßte?»

«Ich weiß nicht.»

«Ja – hm . . .» Gage runzelte die Stirn. Eine Pause entstand.

«Ich glaube, die gefallen mir am besten.» Henderson deutete auf die Vuillards. «Herrlich.» Er war verwirrt und etwas aus der Fassung gebracht durch den kleinen alten Mann. Auch noch ein wenig schockiert beim Gedanken an die gräßliche Verstümmelung von Gages Vater. Er fragte sich, ob bei den Nachforschungen über den Tod seines Vaters vielleicht etwas ähnlich Erschütterndes zutage kommen würde. Vielleicht lieber ratlose Unwissenheit als diese Art von Wissen . . . Er verzog das Gesicht. In den Tiefen seiner Bauchhöhle wand und entheddertc sich etwas. Er zwang sich zur Konzentration.

«Bei Gemälden von dieser Qualität verzichten wir gern auf unsere Verkäuferprovision. Wir erstellen natürlich einen Farbkatalog und –»

«Über die Details sprechen wir lieber morgen, Mr. Dores.

Es ist schon spät.» Er öffnete die Tür; er sah ein wenig verwirrt aus. «Und ich muß zu meinen Gästen zurück.»

Henderson sagte, er wolle gleich zu Bett gehen, da er sich noch immer etwas flau fühle. Sie verabschiedeten sich oben an der Treppe, und er ging langsam den Flur entlang zu seinem Zimmer. Als er an Bryants Tür vorüberkam, trat sie gerade heraus.

«Hi», sagte sie. «Geht es dir besser?»

«Wo willst du denn jetzt hin?»

«Duane hat mich gefragt, ob ich mir ein paar Platten anhören möchte.»

«Sieh zu, daß es nicht zu laut wird, okay?»

«Klar. Noch was – Duane hat gesagt, es tut ihm leid, aber er will sehen, daß du morgen deinen Reifen zurückbekommst.»

«Gut. Übrigens – was war denn mit Cardew los?»

«Ach das. Er hat ständig versucht, seine Beine irgendwie an meinen zu reiben, und da hab ich's ihm mit einer Gabel ins Knie gegeben.»

«Oh.»

«Alte Lustmolche. Wie ich sie hasse.»

«Bis morgen früh. Gute Nacht.»

Beim Ausziehen packte Henderson eine überwältigende Müdigkeit. Er schlüpfte erschöpft zwischen die Laken und legte mit einem Seufzer der Erleichterung den Kopf auf das kühle Kissen. Binnen Sekunden wurde es ihm unerträglich warm. Er drehte sich um. Seine Ohren glühten wie Heizplatten. Er legte sich auf den Rücken, atmete regelmäßig, versuchte sich in einen Zustand kontrollierter Entspannung zu versetzen. Als er eine Stunde später die Cardews abfahren hörte, war er noch immer wach.

Zumindest hatte er endlich die Gemälde zu Gesicht bekommen, dachte er. Er furzte geräuschvoll. Was hatte er da nur gegessen? Waren es die Maishunde, der Hopstopf oder das Rübenblattgemüse? Oder war Henry's Bock an allem schuld? . . . Er würde Beeby gleich morgen anrufen und ihm die frohe Botschaft mitteilen. Mit Gage dürfte es kein größeres Problem mehr geben; sie kamen gut miteinander aus, und er schien zum Verkauf bereit zu sein. Er grübelte kurz über Beckmans Behauptung nach, daß Freeborn die Bilder bereits verkauft habe. Aber sie waren so offenkundig Gages *persönliches* Eigentum – es schien unvorstellbar, daß sein Sohn sie in irgendeiner Weise für sich beanspruchen konnte.

Aber warum wollte Gage verkaufen? Das war eine Frage, die er seinen Auftraggebern selten stellte – dergleichen ging das Auktionshaus nichts an. Oft gab jemand von sich aus einen Grund an: Sicherheitsfragen, Erbschaftssteuer, ein Umzug – aber nur dann und wann wurde der alltäglichste Grund offenbart: Geldmangel. Er vermutete stark, daß dieser hier vorlag. Gage war pleite. Natürlich war er einmal reich gewesen, aber in diesem Haushalt kündete alles von galoppierender Armut.

Er fragte sich, wie er am nächsten Tag Beeby verständigen sollte. Freeborn hatte gesagt, er werde nicht dasein, vielleicht konnte er da mit Shandas Hilfe rechnen. Ein Fußmarsch nach Luxora Beach jedesmal, wenn er telefonieren wollte, das war nicht gerade verlockend . . . Und wann würde dieser Schwachkopf von Duane seinen Wagen fertig haben? Er bezahlte gutes Geld dafür, um über die Beweglichkeit zu verfügen, die er jetzt brauchte, und da stand der Wagen draußen nutzlos auf drei Rädern herum und setzte Staub an.

Bei dem Gedanken an das Telefonat mit Beeby erinnerte er sich wieder daran, daß der Apparat in Freeborns Wohnwagen geläutet hatte. Bestimmt war das ein Anruf für ihn gewesen – aber von wem? Beeby? Melissa, die sich nach Bryants Befinden erkundigen wollte? Irene? Der leichte sinnliche Reiz, den Gages kleines Stück erotischer Kunst aus dem sechzehnten Jahrhundert verursacht hatte, löste in ihm ein schmerzhaftes Verlangen nach Irene aus. Bis morgen sollte sie seinen Brief bekommen haben . . . Er mußte sie hier herunter bekommen, um alles wieder in Ordnung zu bringen. Er durfte es nicht zulassen, daß eine schiefgelaufene Nacht alles verdarb. Er würde ihr ein Rückflugticket erster Klasse nach Atlanta schicken, würde für sie beide ein Zimmer im vornehmsten Hotel am Platze buchen, und dann würden sie drei oder vier unbeschwerte Tage miteinander verbringen, wenn diese Sache hier erst erledigt war. Er malte sich ihre Versöhnung in einem halben Dutzend Varianten aus. Er wurde sich bewußt, daß ihn der Schlaf längst geflohen hatte. Er sollte aufstehen und lesen, sich Notizen über die Gemälde machen. Er stellte in Gedanken eine vorläufige Liste auf, schätzte die möglichen Preise. Die holländischen Gemälde waren Kuriosa und nicht viel wert. Aber die Sisleys und die Vuillards waren bedeutende Werke, und der Braque ... Er dachte plötzlich an Gages und seinen Vater. Beide waren im Osten in einem Krieg getötet worden und hatten ihre Söhne nicht gekannt. Ein eigenartiges Zusammentreffen. Es machte ihm den kleinen Mann sympathisch ... Bekommt noch immer eine Erektion beim Betrachten seines erotischen Gemäldes ...

Er mußte wieder an den gräßlichen Tod von Gages Vater denken. Etwas so Schreckliches konnte Arnold Dores in Burma gewiß nicht widerfahren sein. Zu seiner Überraschung machte er sich auf einmal Sorgen um das Wohlergehen seines Vaters, als lebte er noch und befände sich noch immer auf seiner gefährlichen Mission im Dschungel. Nimm dich in acht, Dad, sagte er zu sich selbst – und wies sich dann wegen seiner absurden Gefühlsregung zurecht. Doch es war ein komischer Augenblick gewesen, eine Art Zeitverschiebung, irgendwie unheimlich. Er fühlte sich von einer leisen, anhaltenden Traurigkeit durchdrungen, die allmählich in Unbehagen überging. Hoffentlich bekam er keine allzu schreckliche Nachricht ...

Siebtes Kapitel

Am nächsten Morgen stand Henderson auf und fiel sogleich hin. Er blieb ein paar Sekunden auf dem Boden sitzen und sah, wie seine Hände zitterten. Ihm war so, als hätte man ihm ein recht großes Prisma zwischen Rückgrat und Brustkorb gerammt. Das innere Dreieck. Seine Gedärme schienen bis zur letzten Windung mit Kies angefüllt zu sein. In seinen Augen pochte es schmerzhaft, als hätte man sie aus ihren Höhlen entfernt, auf dem Boden aufhüpfen lassen und wieder eingesetzt. Er kroch zwischen die Laken zurück.

Später schaute Bryant herein, um ihm mitzuteilen, daß sie mit Duane nach Atlanta fuhr, wo sie Platten kaufen wollten. Henderson verabschiedete sie mit einem kraftlosen Winken. Um die Mittagszeit brachte ihm Alma-May ein Sandwich mit sauren Gurken und gehackten Zwiebeln. Er schleppte sich auf den Balkon hinaus und warf es in den Garten.

Am Nachmittag bekam er Besuch von Cora.

«Wie geht es Ihnen?» fragte sie. Sie stand mitten im Zimmer, in der einen Hand die brennende Zigarette. Sie schien jetzt recht freundlich.

«Nicht so gut», erwiderte er. «Ziemlich schwach. Chronische Verdauungsstörung. Ab und zu Übelkeit. Es muß von diesem Whiskey sein.»

«Sie haben einen Anruf bekommen, sagt Shanda. Von einer Miss Dubrovnik oder so. Sie sollen zurückrufen.»

«Oh! O ja, gut. Vielen Dank.»

Sie ging wieder, und Henderson kleidete sich recht wacklig an. Sein Rücken schmerzte, als könne die Wirbelsäule den Körper nicht aufrecht halten. Er suchte die Toilette auf und hockte dort fünf Minuten, knirschte mit den Zähnen und drückte, daß ihm die Augen tränten, doch nichts rührte sich.

Er tappte vorsichtig die Treppe hinunter und schlurfte zu Shandas Wohnmobil hinüber. Draußen im Park fuhr ein alter Schwarzer auf einem Miniaturtraktor herum und mähte das Gras.

Henderson klopfte an die Tür, und Shanda ließ ihn ein.

«Kann ich mal telefonieren?»

«Telefonieren? Klar.»

Er setzte sich vorsichtig auf die Sitzgelegenheit aus Glas und Stahlrohr. Er fragte sich, was Shanda den ganzen Tag machte. Sie setzte sich auf ein Sofa und blätterte in einem Magazin. Er tippte Irenes Nummer. Er war erregt, fühlte sich aber ein wenig gehemmt durch Shandas Gegenwart und etwas niedergedrückt durch seine schwache körperliche Verfassung.

«Hallo, Irene. Hier ist Henderson.»

«Hi. Ich habe deinen Brief bekommen.»

«Also es tut mir wirklich leid, diese ganze Sache –»

«Vergiß es. Wie geht es dir?»

«Um ehrlich zu sein, ich habe ganz schlimme Verdauungsstörungen. Ich habe etwas namens Henry's Bock getrunken und etwas namens Hopstopf gegessen.»

«Typische Hausmannskost von da unten. Das Zeug muß man von Kindheit an gewöhnt sein. Hat man dir schon Maisschrot oder so etwas vorgesetzt?»

«Ich habe so den Eindruck.» Vielleicht war es der Mais, der dieses kiesig-verstopfte Gefühl verursachte. Er rutschte ein wenig auf seinem Sitz herum und kehrte Shanda, die unverhohlen neugierig zuhörte, den Rücken. Er war ungeheuer erleichtert und dankbar, daß zwischen ihm und Irene wieder alles im Lot war.

«Sag mal, kannst du hier herunterkommen?» fragte er.

«Ich weiß nicht. Wann denn?»

«Dieses Wochenende. Wir können in einem Hotel absteigen. Dann machen wir uns ein paar schöne Tage und fahren in der Gegend herum. Charleston, Savannah und so.»

Pause.

«Okay, vielleicht kann ich am Freitagabend kommen.»

«Ich hole dich am Flughafen ab. In Atlanta.»

«Nein. Ich weiß noch nicht, welche Maschine ich nehme. Ich fahre lieber gleich ins Hotel.»

«Gut. Sekunde.» Er wandte sich an Shanda. «Shanda, was ist das beste Hotel in Atlanta?»

«Wie bitte?»

«Hotel. Das beste. In Atlanta.»

«Hm . . . Ich glaube, das Monopark 5000. Aber das ist wirklich teuer.»

Es hörte sich eher nach einem Haarpflegemittel als nach einem Hotel an, aber er mußte sich auf die Auskunft verlassen. Er gab den Namen an Irene weiter, die sagte, sie habe schon von dem großen Komplex von Läden, Plazas, Banken und Abenteuerspielplätzen gehört, aus dem das riesige Hotel emporschoß.

«Also dann treffen wir uns dort», sagte er. «Freitagabend.» Seine Stimme wurde leiser. «Bye.» Er legte den Hörer auf.

«War das Ihre Frau?» fragte Shanda. «Ich meine Ihre Verlobte. Bryants Mommy?»

«Nein.» Er überlegte rasch. «Eine Arbeitskollegin.» Von Irenes Flug durfte Bryant nichts erfahren. Er fragte, ob er noch ein, zwei Leute anrufen dürfe, da er schon einmal neben dem Apparat sitze, und Shanda erlaubte es ihm. Sie ging in die kleine Küche und machte ihm einen Kaffee. Er rief Beeby an und teilte ihm die guten Neuigkeiten mit, gab eine Beschreibung der Bilder durch, nannte die ungefähren Marktpreise und sagte, Gage scheine sehr zufrieden und bereit, seine Sammlung über Mulholland & Melhuish zu verkaufen.

Beebys Freude war groß. «Wir stehen alle in Ihrer Schuld, Henderson. Eine sehr gute Nachricht. Wann kommen Sie zurück?»

Henderson erzählte ihm von seiner Absicht, noch ein paar Tage herumzufahren und den Süden etwas besser kennenzulernen.

«Nehmen Sie sich soviel Zeit, wie Sie wollen, mein lieber

Junge, soviel Zeit, wie Sie wollen. Was ist mit den holländischen Gemälden?»

«Sehr mittelmäßige Werke, wie Sie ganz richtig vermuteten. Aber da ist noch ein Kuriosum.» Er beschrieb Gages erotisches Bild. «Ich kenne den zugrundeliegenden Mythos nicht. Ich dachte, Pruitt weiß vielleicht etwas darüber.»

«Ich werde ihn fragen. Machen Sie sich ein paar schöne Tage.»

Henderson legte auf. Shanda kam mit einer Tasse Kaffee zurück. Ihr Knutschfleck war ein wenig verblaßt. Ihre schweren Brüste schwangen, wie Henderson schien, frei unter einem blumengemusterten Umstandskleid. Sie saßen einige Minuten zusammen und unterhielten sich, so gut es ging. Er glaubte, sie habe ihn gefragt, ob er und «Bryants Mommy» in der Kirche getraut werden würden. Er verneinte und zählte die Argumente auf, die für eine standesamtliche Trauung sprachen.

«Wie bitte?»

«Standesamtlich.»

«Die Schande ist amtlich? Wie? Die Ihrer Verlobten?»

Hatten sie in Amerika keine Standesämter?

«Nein, standesamtlich! S-T-A-N-D-E-S-amtlich.»

Shanda zündete sich eine Zigarette an und lächelte ihn bekümmert an.

«Wissen Sie, es funktioniert noch immer nicht richtig», sagte sie. «Manchmal geht es gut, dann verstehe ich Sie prima. Aber ab und zu komme ich einfach nicht mit.»

Zehn Minuten später verließ Henderson erschöpft das Wohnmobil. Er ging seitlich um das Haus herum und rülpste still vor sich hin in dem Bemühen, die Kugel warmer Luft loszuwerden, die in seinem Brustkorb gefangen saß. Er schlenderte die kühlen, überwachsenen Wege des Gartens entlang und fühlte sich ein wenig wohler. Von seinem verstopften Organismus abgesehen, begann das Leben wieder ins Lot zu geraten. Er kam endlich mit seinem Auftrag voran, und er hatte sich mit Irene versöhnt. Die letzten Tage waren ein absurdes und bedauerliches Durcheinander gewesen. Es war, als sei er bei der Reise in den Süden in irgendeine anarchische und frustrierende Zeitzone geraten – so wie Alice, als sie ins Kaninchenloch fiel –, doch jetzt lief wieder alles normal.

Er zwängte sich durch ein Lorbeergestrüpp und stand auf der Uferböschung eines breiten, brackigen Flusses. Am jenseitigen Ufer war dichter Kiefernwald. Zu seiner Rechten stand eine Steinbank, und auf der saß Cora.

«Mr. Dores», rief sie, «kommen Sie und bewundern Sie die Aussicht.»

Er ging hin und setzte sich zu ihr. Sie trug schwarze Baumwollhosen und eine weiße Bluse, und mit ihrem kurzen Haar hatte sie etwas von einer Chinesin.

«Die Aussicht?»

«Meine Mutter hatte hier einen Aussichtspunkt anlegen wollen, aber es ist nicht dazu gekommen.»

«Aha. Schade.» Sie saßen da und blickten über den zehn, fünfzehn Meter breiten Fluß zu den Kiefern hinüber.

«Sie halten das vielleicht für eine anmaßende Idee», sagte sie. «Eine Südstaatlerin, die sich als Landschaftsgärtnerin versuchen will.»

«Keineswegs.» Er wechselte das Thema. «Ich bin sehr beeindruckt von der Sammlung Ihres Vaters.»

Sie richtete ihre Sonnenbrille auf ihn. «Will er die Bilder über Sie verkaufen?»

«Ich hoffe es.»

«Gefällt Ihnen *Demeter und Iambe*?»

«Das ist das Bild, auf dem . . .»

«Das Mädchen seinen Rock hochhebt. Ja.»

«Wie nannten Sie es?»

«*Demeter und Iambe*. Das steht hinten auf der Leinwand. Aber ich habe keine Ahnung, wer die beiden sind.»

«Über Demeter kann ich Sie aufklären. Sie war die Göttin der Ernte. Ihre Tochter Persephone wurde eines Tages beim Blumenpflücken von Hades, dem Gott der Unterwelt, geraubt. Demeter, rasend vor Kummer, läßt ein Jahr lang keine Ernte wachsen. Als die Menschheit dem Untergang nahe ist, überredet Zeus Hades dazu, Persephone freizulassen. Es gibt wieder Ernten. Ich weiß nicht, was Iambe damit zu tun hat. Kommt wahrscheinlich in einer der weniger bekannten griechischen Mythen vor.»

Sie sprach seine letzten Worte mit betont englischem Akzent nach. Henderson lächelte. Er konnte Spaß vertragen.

«Sind Sie verheiratet, Mr. Dores?»

Er schilderte in groben Zügen sein Verhältnis zu Melissa.

«Sie haben sich von ihr scheiden lassen, und jetzt wollen Sie sie wieder heiraten? Warum?»

«Nun ... ich glaube, weil mir jetzt klar ist, daß das eine Jahr unserer Ehe die einzige Zeit war, in der ich wirklich glücklich gewesen bin, und ich glaube, daß ich wieder glücklich werden kann.» Er war ein wenig erstaunt über seine Aufrichtigkeit. Nachdem er dem Gefühl Ausdruck gegeben hatte, schätzte er es im Lichte seines jüngsten Telefongesprächs mit Irene neu ein. Stimmte es? Ja, sagte er sich und wurde sich abermals der grenzenlosen Fähigkeit zur Selbsttäuschung bewußt, die in jedem Menschen schlummert.

«Dann ist also Miss Dubrovnik nicht Ihre Zukünftige?»

«Wer? O nein. Warum ... was bringt Sie zu der Vermutung, daß sie es sein könnte?»

«Ich weiß es nicht. Nur – als ich Ihnen sagte, daß sie angerufen hat, haben Sie ein so erfreutes Gesicht gemacht.»

«Sie ist eine Kollegin von mir. Sie – ehem – hatte mir etwas Wichtiges mitzuteilen wegen der Gemälde. Ich treffe sie am Freitag in Atlanta. Ein paar Probleme, die Datierung, Herkunft und so weiter betreffen. Die holländische Malerei des siebzehnten Jahrhunderts ist nicht eigentlich mein Fachgebiet.»

«Und was ist Ihr Fachgebiet?»

«Das späte neunzehnte. Ich bin das, was man einen Impressionisten-Mann nennt.»

«Der Impressionisten-Mann», sagte sie in erhabenem Ton.

«Ja.» Er wußte nicht, warum ihm ein wenig unbehaglich wurde.

«Ich verstehe.»

«Darf ich Sie etwas fragen?» sagte er, ermutigt durch den freundlichen Ton, in dem das Gespräch geführt wurde.

«Sie dürfen.»

«Warum tragen Sie immer eine Sonnenbrille?»

Sie sah ihn an. «Weil ich auch ein Impressionisten-Mann bin, wie man sagen könnte. Eine Impressionisten-Frau.»

«Da komme ich nicht ganz mit.»

«Weil alles hübscher aussieht. Die Landschaft, das Wetter, die Leute. Sie sehen alle mehr so aus, wie sie aussehen sollten.»

Henderson war sich nicht ganz sicher, ob sie im Ernst sprach. «Sie meinen, wie Sie sich irgendwie vorgestellt haben, daß sie aussehen würden?»

«Sagen wir lieber, wie ich *glaube*, daß sie aussehen sollten. Ohne meine Brille sieht die Welt nicht so hell oder so bunt aus. Auch die Leute sehen bösartiger aus.» Sie zog an ihrer Zigarette und schickte Rauchwölkchen zu den Zweigen des Baumes hinauf, die ihre Bank überdachten.

«Das leuchtet ein», sagte Henderson ohne rechte innere Überzeugung.

«Möchten Sie, daß ich sie abnehme?»

«Nun, ich . . . nur wenn –»

Sie setzte die Brille ab und kehrte ihm das Gesicht zu. Es schien eine fast profane und unanständige Geste, als hätte sie plötzlich ihre Brüste entblößt oder, wie das Mädchen auf dem Bild, den Rock hochgehoben. Ihre Augen wirkten klein und waren braun wie Bier. English Bitter, dachte er, wie passend. Ihr Gesicht wirkte kühl und ausdruckslos. Man konnte – nach dem Wegfall eines so beherrschenden Gesichtsmerkmals – unmöglich sagen, ob sie hübsch war oder nicht. Es war so, wie wenn sich ein guter Freund den Bart abnimmt, den er seit zehn Jahren getragen hat. Darunter kommt ein völlig anderer – unbekannter – Mensch zum Vorschein.

Henderson wurde es unbehaglich zumute. Eine Fliege summte um ihren Kopf, und sie verscheuchte sie. Das Absetzen der Sonnenbrille schien eine Intimität zwischen ihnen zu schaffen, als täte sie etwas eigens für ihn. Er hatte sie nicht ausdrücklich darum gebeten, sagte er sich.

«Ich glaube», sagte er mit unaufrichtiger Ritterlichkeit, «Sie sehen ohne Brille viel hübscher aus.»

«Vergessen Sie nicht, daß ich auch Sie jetzt anders sehe», sagte sie, während sie ihn eindringlich ansah. «Ich habe einen Schleier zerrissen.»

Er lächelte nervös. Die Fliege kam zurück und summte jetzt um seinen Kopf. Da hörte man vom Haus her das leise Geräusch von Rockmusik.

«Sie sind heute nicht ganz so feindselig gegen uns Briten», sagte er.

Sie lachte. «Das Leben kann hier recht langweilig werden. Sie dürfen es mir nicht übelnehmen, wenn ich ein wenig Schwung hineinbringe. Für etwas Spannung sorge. Ich locke die Leute gern ein bißchen aus der Reserve, wissen Sie. Zwinge sie, sie selbst zu sein.»

«Ihre Blindheit war jedenfalls recht überzeugend. Ihre Verachtung der Engländer auch.»

«Wie steht es dann mit Ihrem Abscheu vor uns Amerikanern?»

«Welchem Abscheu? Wir haben keinen Abscheu vor Ihnen. *Ich* jedenfalls bestimmt nicht.»

Sie sah ihn fest an. «Nun, das ist uns auch egal. Wir wissen, daß nur der Neid daran schuld ist.»

Er nahm sich vor, sich nicht mehr provozieren zu lassen.

«Warum leben Sie hier, wenn ich das fragen darf? Ich habe gehört, Sie hätten Ihr Medizinstudium abgebrochen.»

Sie setzte die Sonnenbrille wieder auf. «Ich war im Begriff, zu heiraten», sagte sie mit ruhiger, ernster Stimme. «Drei Tage vor der Trauung kam mein Verlobter bei einem Autounfall ums Leben. Ich bin dann nach Hause zurück. Das war vor einem halben Jahr.»

«Oh, das tut mir leid.» Er fühlte sich plötzlich sehr traurig. «Ich hatte keine Ahnung . . .»

«Ach, es ist nicht wahr.»

«Also wirklich!» Plötzlich war er zornig. Was *war* eigentlich in dieser Familie wahr?

«Ich habe Medizin studiert, ja. Aber nach einiger Zeit habe ich das Interesse verloren. All diese Krankheiten, wissen Sie. Nicht die großen, schweren Krankheiten; es waren die kleinen, die ‹Syndrome›, die ‹Leiden›, die nach Leuten benannt sind. Davon gab's zu viele, damit bin ich nicht fertig geworden.»

Sie schwiegen.

«Duane scheint zurück zu sein», sagte Henderson. «Wird er meinen Wagen repariert haben, oder wäre das zuviel erwartet?»

«Bis später, Mr. Dores.»

An diesem Nachmittag machte Henderson Polaroidaufnahmen von den Gemälden. Von der Tür aus im Uhrzeigersinn vorgehend, maß er jedes einzelne Bild aus, nahm es von der Wand, um die Rückseite zu prüfen, verfaßte eine kurze Beschreibung und notierte sich den Titel, die Signatur und – falls angegeben – das Entstehungsdatum. In New York würde er dann das Werkverzeichnis jedes Künstlers zu Rate ziehen, aber er hatte das instinktive Gefühl, daß alle Gemälde «stimmig» waren.

Er hörte auf, als man sich zum Dinner begab. Seine Speicheldrüsen traten in Aktion, als Alma-May mit einer großen, dampfenden Kasserolle mit «Spaghetti bongalese» hereinkam, wie sie es nannte. Das Gericht erwies sich jedoch als eine vegetarische Version, bei der verschiedene Sorten von Nüssen den Fleischanteil ersetzten. Es schmeckte nicht schlecht, und Henderson aß seine bescheidene Portion mit einigem Appetit – wobei er sich allerdings besorgt fragte, ob man sein Quantum an Pflanzenfaserstoffen auch überdosieren konnte. Seine Gedärme schienen den Betrieb eingestellt zu haben; die Abflußkanäle waren absolut verstopft.

Was Pudding hieß, stellte sich als Apfelkuchen heraus, gebacken in einer Blechform mit zolldickem Teig aus ungeschroteten Weizenkörnern. Alma-May hatte die Äpfel halbiert, aber das war auch ihr einziges Zugeständnis an die Obstzubereitung. In seiner Portion fand Henderson einen kleinen Zweig mit einigen Blättern daran. Vielleicht kleidete Alma-May ihre Backform nur mit Teig aus, stellte sie im Obstgarten auf den Boden und schüttelte die Bäume, bis die Früchte hineinplumpsten . . .

Bryant schien recht zufrieden und ging nach dem Essen hinauf zu Duane und seiner Musik. Henderson konnte sie einen Moment allein sprechen und fragte sie, ob es ihr hier gefalle.

«Klar. Ist alles okay.»

«Willst du bestimmt nicht nach Hause zurück?»

«Nein, ich bleibe.»

«War es schön in Atlanta?»

«Es war schon in Ordnung.»

«Und sag mal – wie ist Duane?»

«Er ist okay.»

Er saß bis elf Uhr zusammen mit Gage und Beckman vor dem Fernseher und ging dann auf sein Zimmer. Er zog sich aus und betrachtete seinen nackten Körper im Spiegel. Sein Bauch war hart und geschwollen wie ein Kürbis. Er ließ den Blick über die haarlosen Schienbeine und die schlaffen Gesäßbacken schweifen und war nicht sonderlich zufrieden mit dem, was er da sah. Er faßte den halbherzigen Entschluß, einige Gymnastikübungen zu machen. Vielleicht sollte er anfangen zu joggen? Aber da fiel ihm ein, daß er sich ja bereits sportlich betätigte: er focht. Er absolvierte einige Fechtdrills, stellte sich auf die Fußspitzen und machte Ausfälle, bis ihm die Waden weh taten. Dann kletterte er ins Bett.

Er dachte eine Zeitlang an das bevorstehende Wiedersehen mit Irene. Es war eigentlich nicht ganz ihre Art, so schnell nachzugeben. Vielleicht hatte sie ihn vermißt? Vielleicht hatte sie sich gar in ihn verliebt? Doch dies überstieg schließlich seine Vorstellungskraft.

Er legte sich auf seiner Folterstatt zurecht und wartete darauf, daß die Nacht verging. Von Zeit zu Zeit sandte sein harter, aufgeblähter Magen ein ominöses Rumpeln und Pfeifen aus. Was er brauchte, war eine Nahrung ganz anderer Art: etwas Cholesterin, Karzinogene und rotes Fleisch. Alma-Mays Diät war zu grobschlächtig: eher geeignet für ein Tier, einen robusten Pflanzenfresser, ein Kamel oder eine Giraffe, irgendeine Kreatur mit einem Maul voller Mahlzähne, deren Vorstellung von Delikatessen es war, von einem Schößling die Rinde abzurupfen. Sein Modell eines Menschen des ausgehenden zwanzigsten Jahrhunderts war nicht für solche Eßstrapazen ausgerüstet. Wenn er in den nächsten vierundzwanzig Stunden nicht etwas Mononatriumglutaminat bekam, würde er bald den Tatterich kriegen.

Er hörte, wie Duanes Musik verstummte und die Nachtgeräusche sich selbst überlassen blieben. Er dachte eine Zeitlang besorgt an die Bevölkerungsexplosion, das Verschwinden der Regenwälder und die Zerstörung der Ionosphäre durch Aerosolsprays, und irgendwann in den frühen Morgenstunden ließ ihn sein Bewußtsein in Ruhe.

Achtes Kapitel

Am nächsten Morgen vervollständigte Henderson seinen Katalogentwurf und zeigte ihn Gage.

«Was jetzt noch festgelegt werden muß, Mr. Gage, das sind die Preise und das Auktionsdatum.» Er überreichte seine Schätzliste.

	Mindestpreis	Schätzpreis
Sisley,		
Le Verger à Voisins	$ 500 000	$ 550 000 – $ 650 000
Les Toits de Marly	500 000	600 000 – 700 000
Derain,		
La Bélandre Verte	300 000	400 000 – 500 000
Van Dongen, *Stilleben*	100 000	100 000 – 150 000
Stilleben	100 000	125 000 – 200 000
Braque, *L'atelier*	280 000	350 000 – 500 000
Utrillo,		
Montmagny en hiver	200 000	250 000 – 300 000
Vuillard, *Petit Déjeuner*	200 000	225 000 – 300 000
Intérieur Bleu	150 000	200 000 – 250 000

«Wie Sie sehen, beläuft sich der Mindestpreis auf insgesamt zwei Millionen dreihundertundsechzigtausend Dollar», sagte er. «Darunter schlagen wir sie nicht los. Ich brauche nicht zu erwähnen, daß dieser Preis streng vertraulich ist. Ich habe ihn nach den derzeitigen Auktionsergebnissen kalkuliert, aber ich glaube, daß Vuillard zum Beispiel im Augenblick stark unterbewertet ist, aber so ist das nun mal. Jedenfalls – den Mindestpreis erzielen wir auf alle Fälle. Viele werden zu einem bedeutend höheren Preis abgehen. Der Braque, die Sisleys . . .»

«Zwei Komma drei Millionen», überlegte Gage. «Wo springt für euch Burschen dabei etwas heraus?»

«Wir berechnen den Käufern eine Provision von zehn Prozent des Verkaufspreises. Normalerweise stellen wir auch dem Verkäufer eine Provision in Rechnung, aber in diesem Falle verzichten wir gern darauf.»

«Nettes Geschäft. Was ist mit den Landschaften?»

«Ich glaube nicht, daß wir da mehr als noch einmal, hm, hunderttausend herausholen, wenn wir Glück haben.»

«Ich verstehe.»

«Nun, es war mir ein Vergnügen –»

«Heißt das, Sie sind schon fertig?»

«Ich persönlich, ja. Jetzt geht es noch um die Versicherung, die Verpackung, den Transport, die Kataloge, die Ausstellung und die Reklameanzeigen, aber das erledigt alles unser gut geschulter Mitarbeiterstab. Wenn Sie mit den Mindestpreisen zufrieden sind, brauchen Sie sich um nichts mehr Sorgen zu machen.»

«Oh.» Gage schien verstimmt.

«Ist etwas?»

«Ich hatte wohl nicht damit gerechnet, daß Sie so schnell fertig sein würden.»

«Ich bin nur der Sachverständige und Taxator», erklärte Henderson. «Meine Aufgabe ist eigentlich ganz unkompliziert. Und ich bin schließlich», fügte er freundlich hinzu, «schon seit Sonntag hier – seit vier Tagen. Gewöhnlich bleibe ich nicht länger als einen Nachmittag.»

Gage schien zutiefst ratlos. «Ich verstehe. Dann fahren Sie wohl bald wieder.»

«Ja, ich dachte, morgen früh.»

«Mmm.»

Henderson sagte, er wolle nach seinem Wagen sehen, und ging. Er fragte sich, was den alten Mann beunruhigte. Er hatte es nur wegen der Bedeutung und Größe des Auftrags so lange in diesem bizarren Haushalt ausgehalten. Wir Taxatoren, sagte er sich ein wenig selbstgefällig, bummeln nicht gern. Pruitt Halfacre nahm sich selten mehr als eine Stunde Zeit.

Er schritt die Verandastufen hinunter. Es war wieder ein klarer, heißer Tag. Sein Wagen hatte bereits Staub angesetzt, und die metallenen Seitenteile waren heiß, wenn man sie berührte. Er ging um das Fahrzeug herum und sah zu seiner Verärgerung, daß das Rad noch immer nicht montiert war. Verflixter Duane, dachte er. Mußte er eben selbst ran. Er zog das Jackett aus und krempelte die Ärmel hoch. Er hatte das letzte Mal auf einer Fahrt durch das Loiretal in den sechziger Jahren einen Reifen gewechselt, aber alles, woran er sich noch erinnerte, waren große Schwierigkeiten mit dem Wagenheber und ein sich anschließender erbitterter Streit mit seiner damaligen Freundin.

Er ging nach hinten, um den Kofferraum zu öffnen, und bemerkte, daß die kleine Klappe über dem Tankdeckel offenstand. Der Deckel war locker. Er bezweifelte stark, daß noch Benzin im Tank war. Er öffnete den Kofferraum. Der Ersatzreifen war fort.

Er umschritt den Wagen zweimal, wobei er nickte und mit einem ironischen Ausdruck auf dem Gesicht vor sich hin murmelte wie jemand, der gerade seine schlimmsten Befürchtungen hinsichtlich der Entwicklung der Menschheit eindeutig bestätigt sieht.

«Alles okay?» Das war Shanda; sie stand in der Tür ihres Wohnmobils und fächelte sich mit einem Magazin Luft zu. Sie kam vorsichtig die Stufen herunter und stakste mit ihren hohen Absätzen auf ihn zu wie jemand, der sich auf nackten Sohlen über einen Kiesstrand bewegt. Henderson deutete auf den Tank.

«Kein Benzin», sagte er.

«Ich weiß. Duane hat's heut morgen abgesaugt. Ich soll's Ihnen sagen.»

«Aber warum, um Gottes willen? Was hat er denn vor?»

«Er hatte kein Benzin mehr in seinem Wagen.»

Henderson stemmte die Hände in die Hüften und betrachtete die Szenerie.

«Er hat auch Ihr Reserverad mitgenommen. Er hat gesagt, Sie hätten lauter verschiedene Typen von französischen Reifen an Ihrem Wagen. Er versucht passende zu kriegen.»

Henderson rieb sich die Augen. «Ich fahre morgen», sagte er.

«Vorsicht, Ihr Jackett ist auf den Boden gefallen.» Shanda bückte sich, um es aufzuheben, aber aus irgendeinem Grund – die hohen Absätze und das durch Freeborn junior verursachte Ungleichgewicht – fiel sie hin und stieß einen leisen Schreckensschrei aus. Henderson half ihr auf. Shanda kicherte, und er fragte sich plötzlich, ob sie etwas getrunken hatte. Ihr dicker Bauch stieß an seinen Hüftknochen. Er war weich und federnd, ganz im Gegensatz zu seinem harten gußeisernen Leib. Sie legte ihm den Arm um die Schulter, während sie, auf einem Bein humpelnd, den Riemen an ihrem Schuh festzuziehen versuchte. Henderson blieb geduldig stehen, ein verläßlicher Stützpfosten. Er hörte einen Wagen kommen und wandte den Kopf. Hoffentlich Duane mit zwei Rädern und etwas Treibstoff. Aber nein: es war Freeborn.

Der Wagen hielt mit einem Ruck an, und Freeborn sprang heraus, ohne sich die Mühe zu machen, die Tür zuzuschlagen. Shanda stöhnte leise auf – sie kämpfte noch immer mit ihrem Schuhriemen.

«Hi, Darling», rief sie. «Hast du deine Freunde mitgebracht?»

Henderson sah zwei städtisch gekleidete Männer hinter ihrem vorpreschenden Gatten aus dem Wagen steigen. Shanda konnte wieder auf beiden Beinen stehen. Freeborns gespreizte zehn Finger bohrten sich schmerzhaft in Hendersons weiche Brust und schoben ihn mit beunruhigender Mühelosigkeit gegen seinen Wagen.

«Autsch! Hören Sie auf!»

Freeborn hatte jetzt einen Zeigefinger praktisch in Hendersons linkem Nasenloch stecken. Sein grobes Gesicht ragte keine zehn Zentimeter vor ihm auf. Henderson kam in den Genuß einer Nahansicht der fjordgleichen Konturen seines gestutzten, wie gemeißelt aussehenden Gesichtshaars. Welch gewissenhafter Mühen bedurfte es wohl – der Gedanke ging ihm unwillkürlich durch den Kopf –, jeden Morgen um diese Golfe und Vorgebirge, diese Halbinseln und Buchten herum zu rasieren und somit den offensichtlichen Nutzen, zu dem man sich überhaupt einen Bart wachsen ließ, zunichte zu machen, nämlich den, dieses lästigen Arbeitsgangs ledig zu sein.

«Ich hab dich gewarnt, du Drecksack!» Freeborns Atem war von einer eigenartig antiseptischen Würze. Vielleicht die Folge gründlichen Sprühens mit dem Mundwasser, das er zusammen mit seiner Verbandswatte verhökerte.

«Nun *kommen* Sie», sagte Henderson gekränkt. «Sie ist gestürzt. Ich habe ihr aufgeholfen.»

«Sie rühren sie mir nicht an, verstanden?»

«Was hätte ich denn tun sollen? Sie konnte nicht aufstehen; sie lag da wie – wie eine Schildkröte auf dem Rücken. Völlig hilflos.»

«Sie nennen Shanda eine Schildkröte? Scheißkerl!»

Freeborn versetzte ihm einen Schlag in die Magengrube, und etwas Schreckliches widerfuhr seinen verstopften Verdauungsorganen. Er fiel auf die Knie. Alles wurde rot und verschwamm für einen Moment. Er hörte Shanda kreischen. Sein Sehvermögen kehrte zurück, und er blinzelte die Tränen fort. Es hatte gar nicht sonderlich weh getan. Wie erstaunlich! Er erhob sich ein wenig wacklig. Er wich zurück. Ein Pfeifen und Rumpeln ging von seinem Darm aus wie von einem Damm, der gleich bricht. Er ließ Winde fahren, ohne etwas dagegen tun zu können. Freeborn rieb sich die Faust und kam auf ihn zu. Jetzt gab es nur noch eins, kalkulierte Henderson. Die Beine in die Hand nehmen. Er drehte sich um und rannte los.

Zu spät wurde ihm klar, daß er die Richtung nach Luxora Beach hätte einschlagen sollen. Er sprintete zu den Bäumen am Parkrand hinüber und sah sich um. Schwerfällig und laut fluchend kam Freeborn ihm nachgelaufen. Henderson wich seinen Schwingern aus und rannte zum Haus zurück.

«Haltet ihn auf! Haltet ihn auf!» flehte Shanda. Die zwei Gäste Freeborns schauten mit aufgerissenen Mündern zu.

«Wer? Wen?» rief Henderson.

«Sie!»

Wollte sie, daß er stehenblieb oder daß er Freeborn aufhielt?

Freeborn stampfte auf ihn zu, sein Gesicht war gerötet, sein Atem war ein rauhes, schleimrasselndes Keuchen. Henderson sah sich rasch um und riß dann eine Bambusstange aus einem Blumenbeet. Die Sonnenblume, die sie gestützt hatte, sank langsam um, wie in Zeitlupe.

Henderson hielt die Stange vor sich. Linker Ellenbogen an die Hüfte. Kontrollierte Entspannung: *Flèche*-Angriff, Hiebe Richtung Kopf. Freeborn blieb abrupt stehen und sah ungläubig drein. Shandas Wimmern erstarb. Alle beobachteten Henderson in Abwehrposition.

Henderson schwang seine Stange und ließ die Spitze vor Freeborns Gesicht hin und her zucken. Niemand bewegte sich. Doch plötzlich fühlte sich Henderson müde und kam sich töricht vor. Er spürte, wie er unter dem Schweiß zu erröten begann.

Freeborn wandte sich ab.

«Bring mir ein Bier, Schatz», sagte er und spie zwei-, dreimal auf den Boden. Er wandte sich seinen Gästen zu. «Meine Herren, gehen wir hinein.» Nervös lächelnd schlichen die zwei Männer um Henderson herum und gingen in das Wohnmobil. Freeborn folgte ihnen, und Henderson war allein.

Er rammte die Bambusstange wieder in das Beet und versuchte die umgesunkene Sonnenblume aufzurichten. Als er sie aufhob, hielt er auf einmal nur noch den nickenden Kopf in der Hand, der so groß war wie sein Gesicht.

Am Nachmittag, nach dem Lunch – in der Pfanne gebackene Nußbrisoletten und Weiße-Rüben-Salat – machte sich Henderson auf die Suche nach Duane. Mobilität war jetzt seine Hauptsorge: er mußte in vierundzwanzig Stunden in Atlanta sein, wo er sich mit Irene traf.

«Er ist nicht hier», sagte Alma-May. Sie wußte nichts «von keinen Reifen».

Auf dem Weg von der Küche in den Flur begegnete er Freeborn und seinen beiden Gästen. Es kam nicht zu einer Vorstellung. Freeborn ignorierte ihn, während er die zwei Männer die Treppe hinaufgeleitete. Henderson nahm an, daß sie zu Gage wollten. Er fragte sich, zu welchem Zweck.

Er ging hinaus und steuerte auf eine Ansammlung baufälliger alter Schuppen in einiger Entfernung vom Haus zu. Hier fand er den alten schwarzen Gärtner, der das Gelände in Ordnung hielt. Henderson fragte ihn, ob er wisse, wo man einen Ersatzreifen und einen Kanister Benzin bekommen könne.

«Luxora», sagte der alte Mann. «Dr. Tire. Da ist auch eine Tankstelle. Dort kriegen Sie Benzin.»

«Vielen Dank», sagte Henderson und lächelte höflich.

Auf dem Rückweg zum Haus beschleunigte er den Schritt, als er das dumpfe Dröhnen von Musik hörte. Es kam aus Duanes Zimmer.

Er klopfte an die Tür und stieß sie auf, als er keine Antwort bekam. Die Wände waren tapeziert mit bunten Postern von Rockstars und Sportlern. In der Luft hing ein Geruch von ungewaschenem Bettzeug und lange nicht mehr geleerten Aschenbechern. Der Lärm war ungeheuer und geradezu mit den Händen zu greifen. Er schien seine Haarsträhnen zum Flattern zu bringen. Vier Lautsprecherboxen in der Größenordnung von Reisekoffern standen in den Ecken des Zimmers. Bryant saß mit übereinandergeschlagenen Beinen allein auf dem Bett. Sie rauchte und schüttelte im Rhythmus des Schlagzeugs den Kopf.

«Bryant!» rief er.

Sie sah auf, stand auf und drehte die Musik leiser.

«Was willst du?» fragte sie.

«Ich suche Duane.»

«Er ist nicht da.»

«Das sehe ich. Was machst du hier?»

«Er hat gesagt, ich kann hier Musik hören, wann immer ich will.»

«Nun, er hat jetzt zwei von meinen Reifen und einen Tank voll Benzin, und ich hätte sie gern zurück.»

«Ich weiß. Gott, er will dir doch nur helfen», sagte sie aufgebracht.

«Eine merkwürdige Art, jemandem zu helfen. Warum mußte er denn mein Benzin absaugen?»

«Er hatte keines mehr, und er brauchte welches, um deine Reifen mitzunehmen, damit er passende kriegt. Ich hab's ihm erlaubt.»

«Sehr liebenswürdig von dir. Sag ihm, bis morgen früh muß alles wieder an Ort und Stelle sein. Wir fahren.»

«Was?»

«Nun, zumindest fährst *du*. Ich habe noch eine geschäftliche Verabredung in Atlanta. Überleg dir inzwischen, ob du nach New York oder nach Richmond willst.»

Bryant sagte nichts. Sie tat einen zittrigen Zug an ihrer Zigarette. Henderson bemerkte, daß es eine Selbstgedrehte war.

«Hör mal, das ist doch nicht etwa ein Joint, oder?»

Zu seiner allergrößten Bestürzung begann sie zu weinen. Sie fing an zu schluchzen und zu schnüffeln. Sie setzte sich aufs Bett. Nach einigem Zögern setzte sich Henderson zu ihr. Er fühlte eine beunruhigende Feuchte unter den Oberschenkeln, es war, als säße er an einem Flußufer. Er stand auf.

«Entschuldige, tut mir leid. Ich habe dir nicht vorwerfen wollen, daß du Gras rauchst oder was immer.» Sie fuhr sich mit allen Fingern immer wieder durchs Haar.

«Ach, geh und laß mich in Ruhe, du . . .» Sie beugte sich über den Verstärker und stellte die Musik wieder lauter.

Er ignorierte den angedeuteten Fluch und verließ mit

einem Seufzer das Zimmer. Oben an der Treppe begegnete er der umherschlendernden Gestalt Coras.

«Hi», sagte sie. «Wie ich höre, ist es zwischen Ihnen und Freeborn wegen Shanda fast zu Schlägen gekommen. Sehr ritterlich.»

«Es *ist* zu Schlägen gekommen. Oder vielmehr zu einem Schlag. Es wurde nur ein Schlag versetzt – dazu ein amerikanischer.»

«Aber dann sollen Sie zum Fechten übergegangen sein.»

«Notwehr», sagte er, ein wenig frostig. «Morgen bin ich jedenfalls weg. Alles erledigt.»

«Das ging aber schnell.»

Henderson erklärte ihr, daß es eher langsam gegangen war. Dann erzählte er ihr von der mysteriösen Kränkung, die er Bryant zugefügt haben mußte.

Cora zuckte die Achseln. «Was erwarten Sie? Es fällt ihr wahrscheinlich schwer, mit Ihnen als Vater zurechtzukommen.»

Henderson sagte sich, daß diese Bemerkung vielleicht nicht ganz unberechtigt war. Er wurde sich bewußt, daß er Bryant wie eine schmuddelige Kellnerin in einem Restaurant behandelte, mit einschüchternder Aggression und gar nicht mit so etwas wie väterlichem Verständnis. Er hatte sich in ihrer Gegenwart nie ganz wohl gefühlt, und seit jener Nacht in Skaggsville hatte sich ihre Beziehung noch unangenehmer gestaltet . . .

Er fühlte sich plötzlich deprimiert bei dem Gedanken an seine bevorstehende Hochzeit mit Melissa. Es war weniger Melissas wegen, es war die Aussicht auf einen lebenslangen gespannten und problematischen Kontakt mit Bryant und dem wortkargen Irv, die sich lastend auf ihn legte. Er schob die Lippen vor. In diesem Augenblick wurde er sich bewußt, daß er infolge irgendeiner Gedankenassoziation – ausgelöst zweifellos durch die Erinnerung an den Blick in Bryants Pyjamajacke – geistesabwesend auf Coras Brust starrte. Sie verschränkte die Arme.

«Wie alt ist Duane eigentlich?» fragte er.

«Ich weiß nicht genau. So dreiunddreißig, vierunddreißig, glaube ich.»

«Dreiunddreißig? Vierunddreißig?»

«Wußten Sie das nicht?»

«Du lieber Gott.» Er verspürte eine unbestimmte, aber mächtige innere Unruhe. «Ich hatte gedacht, er wäre siebzehn oder achtzehn. Dreiunddreißig . . .»

Cora lachte laut auf. Es war das erste Mal, daß er sie lachen hörte.

«Fahren Sie auf kürzestem Weg zurück?» fragte sie.

«Nein, ich habe doch noch diese geschäftliche Verabredung in Atlanta.» Er konnte sich nicht richtig konzentrieren; er war damit beschäftigt, sein Bild von Duane zu revidieren.

«Mit Miss Dubrovnik?»

«Wie? O ja. Ja.» Er überlegte verzweifelt. «Ich habe Ihnen doch davon erzählt. Es geht um die Datierung eines dieser Gemälde. Ich habe Polaroidaufnahmen gemacht, Nahaufnahmen . . . technisches Problem, bin mir nicht ganz sicher.»

«Dann ist sie so eine Art echte Expertin. Im Gegensatz zu Ihnen.»

«Mmm.»

«Ist sie Jugoslawin? Dieser Name –»

«Ja. Ja, ich glaube schon. Der Abstammung nach, wissen Sie.» Sie standen da und sahen einander ein zwei Herzschläge lang an. Sie glaubt mir nicht, dachte er. Ich würde mir auch nicht glauben.

«Sie wissen nicht zufällig, wer diese beiden Männer sind, die Freeborn mitgebracht hat?» fragte er.

«Kennen Sie sie nicht? Sie kommen aus Ihrer Heimatstadt.»

«Was? Aus Hove? Das ist unmöglich.»

«Nein, Dummchen. Aus der Stadt der Kakerlaken. Sie haben eine Galerie in New York.»

Neuntes Kapitel

Henderson polterte die Verandastufen hinunter und machte sich auf zu einem strammen Fußmarsch nach Luxora Beach. Besorgt wie er war wegen dieses neuen Problems, brachte er doch eine heftige Verzweiflung darüber zustande, daß er meilenweit laufen mußte, um telefonieren zu können. Es war, als lebte man hier im Wilden Westen, in so einer Grenzstadt von damals in den neunziger Jahren. Fehlte nur noch, daß man ihm erklärte, die Indianer hätten die Drähte heruntergerissen, um Ornamente daraus zu fertigen ...

Er warf einen düsteren Blick zu Freeborns Wohnmobil hinüber und hielt inne. War es das Risiko wert? Würde Shanda ihn hereinlassen, wenn Freeborn nicht da war? Aber was, *wenn* er da war? Er ging weiter. Da wurde er durch leise Rufe vom Haus her aufgehalten. Er drehte sich um, sah, daß es Alma-May war, und kehrte um.

«Mr. Dorse! Mr. Dorse!»

«Ja, ja. Ich bin hier.»

«Hab eine Nachricht von Duane bekommen. Er hat Shanda vor zehn Minuten angerufen. Er sagt, er kann die Reifen für Ihren Wagen besorgen.»

«Ausgezeichnet. Wann?»

«Samstag.»

«Aber das nützt mir doch nichts!» Er stampfte tatsächlich mit dem Fuß den Staub des Zufahrtswegs auf. «Ich fahre doch schon morgen.»

«Es sind diese französischen Reifen, sagt er.»

Henderson strich sich mit den Fingern beider Hände über die Stirn. Er hatte starke Zweifel, was diesen Vorwand mit den «französischen Reifen» betraf. Duane hatte sie wahrscheinlich versetzt, um Schallplatten dafür zu kaufen. «Das ist verrückt», sagte er überflüssigerweise. «Ich bin hier an einem Sonntag angekommen. Mein Wagen hat einen Platten. Irgendeine geisterhafte Person erbietet sich, das zu reparieren. Eine Woche später ist noch immer nichts geschehen. Verrückt.»

Der Gang nach Luxora Beach fand in der sengenden Hitze des Spätnachmittags statt, und Henderson traf in der ihm inzwischen vertrauten verschwitzten und gereizten Verfassung am Ziel ein. In trotzigem Bestehen auf seine persönlichen Rechte als zu Fuß gehendes Individuum beschloß er, eine Tankstelle am einen Ende der Straße aufzusuchen, die sich, wie er zuvor bemerkt hatte, für DRIVE-THRU BURGERS empfahl. Er überquerte die Geleise und die Hauptstraße und ging den erhöhten Holzbürgersteig entlang zu der Tankstelle. Ein Lieferwagen und ein Pkw parkten vor dem dünnwandigen Kiosk. Ein Mädchen – blond wie Shanda, kräftiges Make-up, glitzernde Ohrringe – beugte sich zum Fenster hinaus und unterhielt sich mit zwei anderen Mädchen in dem anderen Wagen. Sie kamen ihm irgendwie bekannt vor: ja, er hatte sie bei seinem ersten Besuch hier gesehen – sie hatten gelacht. Jegliches Gespräch erstarb, als er sich näherte. Ein mühsam arbeitendes Abzugsgebläse preßte dicke Lufte aus der Küche. Es roch stark nach gebratenen Zwiebeln und heißem Öl.

Er las die Speisekarte.

«Einen Viertelpfünder, bitte.»

«Zwiebeln? Senf? Gurke? Ketchup?»

Er bejahte viermal. Er bezahlte, und kurz darauf wurde ihm der Burger vorgesetzt: Ein grauer Eishockeypuck in einem armseligen Brötchen, eine braune Zwiebelkrause und ein zerteiltes Stück Gurke sahen darunter hervor. Er biß einen großen Happen ab, an dem er sich fast die Kinnlade ausrenkte. Öl tropfte ihm über das Kinn auf die Krawatte. Schärfe fuhr ihm ätzend durch die Nasenlöcher. Seine Augen begannen zu tränen. Senf und Ketchup quatschten zwischen seinen Zähnen. Noch im Kauen goß er einen großen Schluck Cola hinunter. Die Mädchen im Wagen beobachteten ihn entsetzt und hingerissen zugleich. Er hätte als Neandertaler durchgehen können, der gerade ein noch dampfendes Stück Mammutfleisch hinunterschlang. Ah, was für ein Genuß!

Er hörte das Geräusch von Fingerknöcheln auf Glas und sah auf. Am Steuer des Lieferwagens saß Beckman und strahlte über das ganze Gesicht. Ich kann dieser verflixten Familie nicht entrinnen, dachte Henderson und ging hinüber.

«Hi, Henderson. Schmeckt Ihnen Ihr Eichhörnchenburger?»

Henderson brachte ein Lächeln zustande. «Mir war einfach mal nach Fleisch zumute. Ich bin diese vegetarische Kost nicht gewöhnt, wissen Sie.»

«Das ist doch kein *Fleisch*, Mann.» Beckman lachte hell auf. «Zumindest stammt's nicht von einem Rindvieh.»

Henderson mußte zugeben, daß er jetzt einen leisen Nachgeschmack wahrnahm, der ihm zuvor noch nie untergekommen war. Ein gewisser Nieren-Hautgout, aber irgendwie künstlich – so wie sich Sacharin von Zucker unterscheidet –, chemisch hervorgerufen. Er schickte die Zunge auf Erkundung in die Höhlungen und Winkel seines Mundes. Er ließ die Speicheldrüsen arbeiten. Nun konnte er es nicht nur schmecken, es erfüllte seine Nasengänge und drang ihm in die Nebenhöhlen wie Gas in einen Grubenschacht.

«Es ist aber doch kein Eichhörnchenfleisch, oder?» fragte er mit jener unsicheren Stimme, die man gebraucht, wenn man bestätigt haben will, daß alles nur ein Scherz war.

Beckman grinste. «Nerzburger. Wieselburger.» Er lachte schallend. «Hermelinburger.»

Henderson ließ seinen nur noch lauwarmen Nagetierburger in einen Abfallkübel fallen und kippte seine Cola hinunter.

«Kommen Sie, trinken Sie ein Bier», lud Beckman ihn ein.

Henderson sagte, er müsse noch jemanden anrufen, werde

aber in ein, zwei Minuten in dem Lokal sein. Er schritt langsam auf das Postamt zu. Ihm war jetzt eindeutig flau im Magen. Bei dem derzeitigen marmorharten Zustand seiner Gedärme würde das wohl noch Wochen anhalten.

Er stolperte in die Telefonzelle und ließ sich von der Auskunft die Nummer des Monopark 5000 geben. Dann rief er das Hotel an. Eine Reihe fröhlicher Mädchenstimmen reservierte ihm eine Suite von Freitag auf Samstag. Wünschte er eine Suite mit Whirlpoolbad? Warum nicht. Dies erweckte Vorstellungen gemeinsamen Badens mit Irene, und dabei wurde ihm etwas wohler.

Er schnappte nach Luft. Das zwischen Rückgrat und Wirbelsäule eingeklemmte Prisma war nun an den Ecken abgeschliffen wie ein Kiesel am Strand und auf den Umfang eines großen Kochapfels zusammengeschrumpft. Er mußte unbedingt etwas trinken, um den Burgergeschmack, den er jetzt eher noch deutlicher wahrnahm, fortzuspülen oder wenigstens zu überdecken. Er steuerte auf das Lokal zu.

Etwa zehn Lieferwagen und andere Fahrzeuge parkten davor. Innen wurde lauthals gelacht und eifrig Bier auf Ex getrunken. Er entdeckte Beckman am Kegelautomaten und zwängte sich unter gemurmelten Entschuldigungen und nervösem Lächeln durch die drillichgekleidete Menge. Der Automat war die Einfachheit selbst. Eine Kugel wurde eine Rutsche hinuntergerollt, deren Richtung und Neigungswinkel man verändern konnte, um die Kegel zu treffen. Die umgestürzten Kegel wurden mittels einer an ihrem oberen Ende befestigten Schnur wieder aufgerichtet. Die einzige mechanische Apparatur bei dem Spiel zog die Schnur straff, wenn ein Kegel umgefallen war.

Beckman stand über die Rutsche gebeugt da und stieß jedesmal einen Jubelschrei aus, wenn er Kegel umgeworfen hatte. Ein seltsam banaler Zeitvertreib für einen Elementarteilchenphysiker, dachte Henderson, aber vielleicht fand er auf diese Art Entspannung nach einer anstrengenden Sitzung mit den Quarks und Neutrinos, die quantweise durch sein Labor flitzten.

«Ich spendiere Ihnen ein Bier», sagte Beckman nach einigen Spielen.

Sie gingen zur Theke. Zwei Bierflaschen wurden auf die Platte gestellt, dazu (unaufgefordert) ein Glas für Henderson, begleitet von dem herablassend-mitleidigen Blick des bleichsüchtigen Barkeepers und den neugierigen der unablässig witzelnden Zecher.

«Machen Sie sich nichts draus», sagte Beckman tröstend. «Die denken sowieso, ihr Engländer seid alle schwul.» Er trank aus seiner Flasche. «Na, wie steht's bei Ihnen?»

«Ich bin so gut wie fertig», sagte Henderson. «Morgen früh fahren wir.»

«Ach ja? Ich dachte, Sie bleiben einige Wochen hier.»

Henderson erklärte ihm in groben Zügen seine Aufgabe. Er erwähnte auch seinen zur Immobilität verdammten Wagen und Duanes leere Versprechungen. Er fragte sich, ob Beckman etwas tun konnte, um Duanes Reparaturarbeit zu beschleunigen.

«Kein Problem, ich fahre Sie nach Atlanta», erbot sich Beckman. Henderson erzählte ihm von seiner geschäftlichen Verabredung im Monopark 5000 (Beckman stieß einen bewundernden Pfiff aus) und seiner Absicht, noch ein paar Tage die landschaftlichen Schönheiten des Südens zu genießen.

«Keine Angst», fuhr Beckman fort. «Sie nehmen meinen Lieferwagen. Samstag, wenn Duane Ihren Wagen fertig hat, fahre ich damit nach Atlanta, und wir tauschen. Wir treffen uns am Samstag, sagen wir um vier, wieder an der Kreuzung Peachtree und Edgewood.»

«Großartig», sagte Henderson. «Samstag um vier. Dann ist es doch noch ein Glückstag geworden. Er hat gar nicht gut angefangen», erklärte er.

«Ha, ich wußte gleich, daß es für mich ein guter Tag werden würde. Mir geht's prächtig seit heut morgen.»

«Ach ja? Wie das?»

«Ganz einfach. Hab vor dem Frühstück einen kolossalen Haufen geschissen. Hebt die Stimmung für den ganzen Tag.»

«Wirklich?» Henderson hielt inne, es gab nichts, was man darauf hätte erwidern können. Er versuchte, sich diese Quelle der Zufriedenheit nicht vorzustellen. «Ich bin Ihnen sehr dankbar, Beckman. Diese Verabredung, die ist sehr wichtig.»

«Kein Problem. Wozu hat man Freunde?» Seine flatternden Lider ließen die Bemerkung unpassend geziert erscheinen. Henderson empfand leise Beunruhigung angesichts seines neuen Status als Freund, beschloß aber, nicht darauf einzugehen. Statt dessen stellte er Beckman eine weitere Frage.

«Wissen Sie zufällig, wer diese zwei Männer sind, die Freeborn heute mitgebracht hat?»

«Sie meinen Ben und Peter? Nette Burschen.»

«Wer sind sie – wenn ich Sie das fragen darf?»

«Bekannte von Freeborn. So eine Art Geschäftspartner. Sie hatten da eine größere Sache laufen oder so etwas. Sie waren vor etwa einem Jahr schon mal hier. Ihnen hat er die Bilder verkauft.»

Henderson kniff die Brauen zusammen. «Sind Sie da sicher?»

«Na ja, einigermaßen.» Er sah auf die Uhr. «Scheiße. Ich muß zurück.»

Auf der Rückfahrt saß Henderson stumm neben Beckman und dachte über die Neuigkeit nach. Was hatte Freeborn gemacht? Die Gemälde verkauft – zweifellos sein Erbteil –, um irgendein dunkles Geschäft zu finanzieren? Oder hatte er sie irgendwie verpfändet? Dann geht sein Vater her und ruiniert alles, indem er beschließt, sie selbst zu verkaufen. H. Dores taucht auf und löst eine Panik aus. Das würde jedenfalls Freeborns feindselige Haltung erklären.

Er sann noch immer über die Verästelungen dieses möglichen Komplotts nach, als er schon die Eingangshalle betrat.

Gage, Freeborn und die zwei Männer standen am Fuß der Treppe und plauderten.

«Henderson», rief Gage, «kommen Sie, ich mache Sie mit unseren zwei Freunden bekannt.» Gage wirkte fast unnatürlich heiter. Henderson wurde mit den beiden Herren bekannt gemacht. Der eine hieß Benjamin Sereno, der andere Peter D. Gint. Sereno war klein und dunkelhaarig. Er hatte einen riesigen Schnurrbart, der nicht zu den übrigen Proportionen seines Körpers zu passen schien, doch dem lag, wie Henderson sogleich bemerkte, eine Absicht zugrunde: er sollte von den Lippen ablenken. Der Mann hatte Lippen wie Toulouse-Lautrec: dick, rotweinfarben und feucht. Sie verstärkten noch Hendersons von dem Nagetierburger herrührendes Übelkeitsgefühl: sie erinnerten ihn an dünne Leberfilets oder, wegen der struppigen Nähe des Schnurrbarts, an eine Wunde in der Flanke eines Tiers. Er schluckte einen Mundvoll Speichel hinunter. Sie schüttelten sich die Hand. Er bemerkte einen protzigen Ring mit einem roten Stein. Wie Henderson beobachtet hatte, trugen viele amerikanische Männer solche Ringe, nur saß Serenos Stein in einer gut zwei Zentimeter hohen Fassung und mußte ein knappes Pfund wiegen.

Gint war stämmig und hatte schütteres, blondes Haar. An seinem schmalen Kragen prangte unübersehbar das Monogramm P. D. G. Irgendwann in jungen Jahren war sein Gesicht von Akne zerstört worden, so daß seine Haut jetzt zerfurcht war wie ein Pfirsichkern. Die Geißel war noch nicht ganz vorüber: eine zornige Geschwulst, ein dem Ausbruch naher Minikrakatau, schob seinen Kragen zur Seite. Wie immer sie auch aussahen, dachte Henderson mit einem Gefühl zwischen Beunruhigung und Erleichterung, wie New Yorker Galeristen sahen sie bestimmt *nicht* aus.

«Sie sind bei Mulholland & Melhuish, ja?» fragte Sereno freundlich.

«Ja. Ja, das bin ich.»

«Gute Firma.» Er nickte. «Gratuliere.»

«Ja, gute Firma», pflichtete ihm Gint bei. Er hatte eine sanfte Stimme, die nicht zu seinem Gesicht paßte.

«Wie heißt Ihre Galerie?» fragte Henderson hinterhältig.

Sie sahen sich an. «Na, Sereno und Gint», sagte Sereno. «Heißt das, Sie haben noch nichts von uns gehört?»

«Leider nein. Ich bin erst seit zwei Monaten in New York. Wo ist Ihre Galerie?»

«An der Rückseite der Canal Street», sagte Gint. «Zwischen der Eldridge und der Allen Street.»

«Ist das die Lower East Side?»

«Ganz recht.»

«Ah.» Henderson unterdrückte das laute Lachen, das in ihm aufsteigen wollte. Er sah Gage an. Den schien diese Information nicht aufzuregen. Sie hätten genausogut sagen können, ihre Galerie sei in Harlem oder in der South Bronx gelegen. Aber alle lächelten höflich und warteten darauf, daß das Gespräch weiterging.

Cora kam die Treppe herunter. Zu Hendersons Überraschung trat Sereno auf sie zu und begrüßte sie.

«Cora», sagte er, «wie schön, Sie wiederzusehen.» Er küßte sie auf die Wange. Für Henderson war das ein Schock, fast ein Affront. Diese fetten Lippen auf Coras schmalem Gesicht.

«Sie erinnern sich noch an Peter?» fragte Sereno.

Gint hob die Hand. «Hi. Wir haben uns letztes Mal kennengelernt.»

«Bleibt ihr bei uns?» fragte Cora in vertrautem Ton.

«Nein, wir sind in Atlanta abgestiegen.» Sereno bot Cora eine Zigarette an und gab ihr Feuer. «Im Monopark 5000. Tolles Hotel.»

Henderson glaubte einen Wühlmausburger zu schmecken.

«Sind Sie da nicht auch morgen mit Ihrer Kollegin?» fragte Cora. Wie konnte sie das wissen? Shanda!

«Na, das ist ja wunderbar», meinte Sereno. «Gehen wir gemeinsam essen. Freeborn, Cora, Shanda, Sie und Ihre Kollegin.»

«Ich werde leider an diesem Abend sehr beschäftigt sein. Tut mir leid.»

«Mit der Radiokarbonmethode», sagte Cora.

«Ist sie hübsch?» fragte Gint und lachte. Sereno stimmte begeistert ein.

«Er ist immer so witzig», sagte Sereno. «Ich liebe seinen Witz.»

«Kann ich Sie einen Augenblick sprechen?» fragte Gage leise und berührte Henderson am Arm. «In meinem Zimmer.» Er stapfte die Treppe hinauf. Henderson verabschiedete sich von den Galeristen und folgte ihm gehorsam.

Gage stand in seinem Zimmer am Schreibpult und blickte prüfend auf ein paar Unterlagen. Er bot Henderson mit einer Handbewegung einen Stuhl an und reichte ihm ein Blatt Papier. Es war eine Liste seiner Gemälde mit Preisen daneben.

«Ich will gleich zur Sache kommen, Henderson. Sereno und Gint haben mir ein Angebot für die Bilder gemacht.»

Henderson sah, daß die Zahlen annähernd mit den seinen übereinstimmten, bis auf einen wichtigen Unterschied: Sereno und Gint boten $ 100 000 für jede der vier holländischen Landschaften sowie für das Porträt und das allegorische Werk.

«Aber das ist absurd», sagte Henderson voller Verzweiflung. «Haben Sie gesehen, was sie für die Landschaften bieten? Sie müssen verrückt sein.»

«Das ist ihre Sache. So schätzen sie sie ein.»

«Aber kein Mensch würde je soviel dafür bezahlen. Das ist lachhaft.»

«Das ist Ihre Meinung, Henderson.» Er trat auf die Landschaftsbilder zu und betrachtete sie. «Ich muß gestehen» – er hielt ihm den Rücken zugekehrt –, «daß ich das Gefühl habe, Sie sind ein wenig – wie soll ich's ausdrücken – überstürzt vorgegangen bei der Einschätzung der Landschaften. Ich frage mich . . . ob vielleicht Ihr Verlangen, uns so schnell zu verlassen, Ihre Beurteilung beeinflußt hat.»

Henderson protestierte energisch. Gage wandte sich um.

«Henderson, ich will über Mulholland & Melhuish verkaufen», sagte er in sanftem Ton. «Um meiner Freundschaft mit Eddie Mulholland und Ihnen willen, wenn ich das so sagen darf. Aber ich kann es mir nicht leisten, auf eine halbe Million zu verzichten.» Er kam auf Henderson zu und klopfte ihm auf die Schulter. «Ich möchte, daß Sie noch ein paar Tage bleiben. Überlegen Sie sich das noch einmal mit den Holländern.»

«Aber ich fahre morgen nach Atlanta. Dann wartet – ehem – eine andere Aufgabe –»

«Es tut mir wirklich leid, das zu hören. Aber ich will Sie nicht aufhalten. Ich danke Ihnen, daß Sie zu uns heruntergekommen sind.»

Henderson fühlte sich einer Ohnmacht nahe. Er improvisierte. «Wissen Sie, diese Verabredung in Atlanta . . . ich treffe mich da mit . . . mit einer Kunsthistorikerin und Expertin, die Sache hat mit einigen Unklarheiten meiner Datierung gerade der holländischen Gemälde zu tun. Es mag sein, ich bin sogar sicher, daß ich dann zu einer Neueinschätzung gelange.»

«Großartig. Dann fahren Sie doch zu Ihrer Verabredung und kommen Sie wieder zurück. Lassen Sie mich das Ergebnis wissen.»

«Ja.» Henderson schloß die Augen.

«Ich hab's nicht eilig. Meine Entscheidung hat ein paar Tage Zeit.»

Henderson erhob sich. «Darf ich Sie fragen, wie Sie an Sereno und Gint gekommen sind?»

«Sie sind Geschäftsfreunde von Freeborn. Freeborn meinte, ich sollte ein Gegenangebot einholen. Vernünftiger Vorschlag. Er hat sie hergebeten, und sie sind gekommen.»

«Vielleicht sollte ich Ihnen sagen, daß sie meines Erachtens von Kunst sowenig verstehen wie ich von Suppositorien.»

«Soll ich ganz ehrlich zu Ihnen sein? Das ist mir egal,

Henderson. Ich gebe die Bilder nicht an ein Museum ab. Sie bieten mir Bargeld auf die Hand. Ich brauche nicht auf eine Auktion zu warten.»

«Ich wäre an Ihrer Stelle sehr vorsichtig –»

«Das lassen Sie meine Sorge sein, Henderson. Freeborn hat mir gesagt, daß sie in der Kunstszene Neulinge sind. Sie fangen erst an. Aber was soll's? Sie haben Geld.» Er boxte Henderson leicht gegen die Schulter. «Gesunder Wettbewerb, Henderson. Ein fairer Kampf. Bleiben Sie noch ein paar Tage. Denken Sie nach, entspannen Sie sich, fühlen Sie sich wohl. Ich bin sicher, wir finden eine Lösung.»

Henderson ging langsam die Treppe hinunter. Daß aus dieser Richtung eine Katastrophe drohen könnte, damit hatte er nicht gerechnet. Er stand vor alptraumhaften Problemen. Was würde Beeby tun, wenn ihnen der Verkauf der Gemälde entging? Was würde Irene zu einer weiteren Verschiebung ihres Treffens sagen? Diese Sache hatte Priorität: Er mußte Irene anrufen, sie ein paar Tage später kommen lassen. Und dann Beeby vom neuesten Stand der Dinge in Kenntnis setzen.

Er ging hinaus und lauschte auf Geräusche aus Freeborns Wohnmobil. Es schien alles ruhig zu sein. Vielleicht war er mit Sereno und Gint irgendwohin gefahren. Er hörte den gedämpften Ton des Fernsehgerätes. Shanda sah sich eine Seifenoper an. Er klopfte. Mach, daß es Shanda ist, mach, daß es Shanda ist, betete er.

Freeborn öffnete die Tür. Hinter ihm sah Henderson Sereno, Gint und Shanda vor dem Fernseher.

«Was zum Teufel wollen Sie?»

«Besteht die Möglichkeit . . .? Ich wäre Ihnen sehr dankbar, wenn ich . . . könnte ich mal telefonieren?»

«Nein.»

Die Tür wurde zugeschlagen. Henderson glaubte ihn sagen zu hören: «Das war dieses Arschloch von Engländer», worauf lautes Gelächter folgte, aber vielleicht kam das aus dem Fernsehgerät. Er verspürte plötzlich keine Lust mehr, irgendwen anzurufen. Es blieb ihm nichts anderes übrig, als die Dinge zu nehmen, wie sie kamen, und das Beste daraus zu machen.

Zehntes Kapitel

Niedergeschlagen packte Henderson am nächsten Morgen seine Sachen. Das Eintreffen Serenos und Gints beunruhigte ihn immer mehr. Was ging da vor? Konnten sie wirklich die Sammlung für vier Millionen kaufen, oder gehörte das zu einem ganz großen Bluff?

Ein anderer Teil seines Gehirns wand sich unter düsteren Vorahnungen bei dem Gedanken, daß er Irene irgendwie die radikale Abkürzung ihrer geplanten kleinen Ferienreise beibringen mußte. Er hoffte jetzt, seine eine Nacht mit ihr würde sie in so lyrische Stimmung versetzen, daß sie ihm verzieh. Er mußte mit großem Einfühlungsvermögen auf den richtigen Augenblick warten . . .

Von Atlanta mit seinen funktionierenden Telefonen aus würde er auch Beeby anrufen, ihm von der neuen Entwicklung der Dinge berichten und irgendeine Art Gegenangriff planen. Vielleicht konnten sie die Mindestpreise garantieren, die Holländer etwas höher einstufen, Gage zu verstehen geben, daß bei entsprechender Publizität die Verkaufspreise für die Sisleys oder den Braque unter Umständen noch höher gehen würden. Das konnte klappen.

Als er den Koffer schloß, dachte er dankbar daran, daß zumindest auf einem Gebiet – in seinen unteren Regionen nämlich – alles endlich wieder normal funktionierte. Der Eichhörnchenburger hatte wie ein starker Katalysator in den frühen Morgenstunden die Verstopfung gelöst. Er hatte sich als das wirksamste Abführmittel erwiesen, das ihm je untergekommen war. Henderson fühlte sich insgesamt besser in Form, jünger und *leichter* als je zuvor seit seiner Ankunft in Luxora Beach. Und trotz der drohenden Krisen durchfuhr ihn doch immer wieder eine leise Erregung bei dem Gedanken an das Wiedersehen mit Irene. Er fühlte sich, als wäre er seit Jahren nicht mehr in Gesellschaft eines Menschen gewesen, mit dem ihn wechselseitige Zuneigung verband. Hier gab es nur Fremdheit, Zynismus und feindselige Abneigung.

Er ging den Flur entlang zu Bryants Zimmer. Er hatte ihr am Abend zuvor gesagt, daß auch sie abreisen mußte, und ihr freigestellt, zu fahren, wohin sie wollte. Sie hatte sich lustlos für New York entschieden und nichts mehr von ihrer früheren Aufmüpfigkeit erkennen lassen. Vielleicht war nun auch sie darauf aus, von hier fortzukommen.

Er klopfte an ihre Tür. Keine Antwort. In Duanes Zimmer war alles still. Er klopfte noch einmal und öffnete dann die Tür. Das Zimmer war leer. Auf dem Kopfkissen lag ein an ihn adressierter Umschlag. Er riß ihn auf.

Lieber Henderson,
ich habe beschlossen, nicht nach Hause zurückzukehren.
Duane und ich werden heiraten. Mach Dir keine Sorgen.
Wir lieben uns. Ich werde es Mom beibringen.
Ich dachte, es ist besser, ich bin nicht hier, wenn Du fährst.
Bis morgen. Viel Spaß in Atlanta.

Bryant

P. S. Duane hat gesagt, er besorgt Dir eine ganz neue Garnitur Reifen.

Henderson sah seine Hand zittern, während das Papier in seinen Fingern knisterte. Er hatte plötzlich so schreckliche Angst vor dem Zorn Melissas wie ein armer Lehnsmann vor dem seines Herrn. Er zupfte an der Unterlippe, prüfte einige Zähne auf festen Sitz. Er schluckte. Beruhige dich, sagte er sich, das sind Hirngespinste, reine Hirngespinste, das kann gar nicht passieren. Sie ist minderjährig, sie ist erst *vierzehn*. Sie kann keinen Mann heiraten, der alt genug ist, um ihr Vater zu sein. Wer war dieser unsichtbare Duane? Was für ein übler, perverser Typ war er? Und was für ein Narr war *er* gewesen, daß er ihnen erlaubt hatte, so oft zusammenzusein.

Zwei Teenager, die sich Platten anhören . . . Er faßte sich ans Herz. Es schlug wild. Er drehte das Blatt um und schrieb auf die Rückseite: «Ich nehme Dich mit, wenn ich zurückkomme. Sag auf *keinen* Fall Deiner Mutter etwas davon. H.»

Dieses neue Problem gesellte sich zu den anderen, die sich in seinem Gehirn bereits um den Vorrang stritten, allesamt freche Rowdys, die auf Ärger aus waren. Im Augenblick waren sie mit Mühe hinter Schloß und Riegel, aber sie konnten jederzeit ausbrechen, auf die Straße stürmen.

Wie in Trance, einen benommenen Kretinflunsch ziehend, ging er die Treppe hinunter und aus dem Haus. Sein Wagen war jetzt, völlig radlos, auf vier Backsteinsäulen aufgebockt. Die Kühlerhaube stand offen. Auf den ersten Blick schien nichts zu fehlen, aber seine Unkenntnis des Inneren eines Verbrennungsmotors war vollständig. Spulen, Vergaser, Magnetzünder hätten entfernt worden sein können, ohne daß es ihm aufgefallen wäre.

Das Gefühl einer ungeheuren Nutzlosigkeit senkte sich auf ihn herab, und er neigte unter der Last ohnmächtig den Kopf.

«Hi, hallo.» Er blickte auf. Es war Shanda. Er fragte sich gereizt, ob sie ihn bewachte. Sie schien eine Art allgegenwärtiger Hüter der Eingangsstufen zu sein.

«Hallo.»

«Was ist mit Ihrem Wagen passiert?»

«Duane.»

«Dieser Junge. Er meint's vielleicht gut, aber . . .» Sie ließ die Einschränkung unausgesprochen. Junge, dachte Henderson. Warum bezeichnen sie einen vierunddreißigjährigen Mann eigentlich als Jungen? Da hatten seine falschen Vorstellungen hergerührt.

«Wollen Sie telefonieren? Freeborn ist fort.»

«Nein, danke.» Er hielt inne. «Was ist Duane für ein Mensch?» fragte er langsam.

«Duane? Hm . . .» Shanda kam näher. Henderson meinte

Alkohol in ihrem Atem zu riechen. «Also ich glaube, er ist ein bißchen, Sie wissen schon, komisch.»

«O Gott.» Wieder überkam ihn die Schwäche, eine Art sanfter Schmerz in Rückgrat und Knien. Wenn ein Mitglied der Familie Gage schon jemanden als «komisch» einstufte, dann mußte die Wirklichkeit wahrhaft alarmierend sein. Aber nein, sagte er sich entschlossen, dieses Problem war bis morgen ad acta gelegt, auf ihn warteten dringendere Katastrophen. Er stieg in Beckmans Transporter.

«Sie kommen doch wieder zurück, nicht wahr?» fragte Shanda mit einem bestürzten Unterton.

«Ja», sagte er. «Morgen.»

«Oh, gut. Viel Spaß, ja?»

Auch aus dieser Richtung sah man Atlanta schon von weitem. Wie gotische Kathedralen im Mittelalter, eine stets am Horizont gegenwärtige beruhigende Augenfälligkeit. Die Wolkenkratzer der City hoben sich dunstverschleiert und verschwommen im sanften Nachmittagslicht ab. Je weiter er sich von Luxora Beach entfernte, desto wohler wurde ihm. Es hatte ihm sogar einen gewissen Genuß bereitet, in Beckmans Transporter den Highway entlangzubrausen.

Als er in Atlanta ankam, hatte er Probleme mit dem verwirrenden Einbahnstraßensystem der Stadt. Er sah das Hotel drei, vier Straßen weiter vor sich aufragen, einen eindrucksvollen Klotz aus Stahl und Spiegelglas, aber er schien immer nur im Kreis darum herumfahren zu können: keine Straße führte direkt hin – das Gebäude schwebte unerreichbar im Raum –, eine klotzige Sinnestäuschung. Schließlich parkte er den Wagen und versuchte, zu Fuß hinzugelangen. Er sah Schilder mit dem Hinweis MONOPARK COMPLEX, dann MONOPARK 5000 HOTEL. Er durchschritt einen gewölbten Gang unter einem Einkaufszentrum, ging die dunkle Rampe eines Korridors hinauf und schob sich am anderen Ende durch eine Schwingtür.

Er befand sich in einem hohen, strahlenden Foyer. Das

Sonnenlicht fiel in dicken Balken durch große Deckenfenster auf den Marmorfußboden. Es schien zahlreiche Eingänge zu geben. Der, den er benutzt hatte, war offensichtlich nicht der Haupteingang. Zahlreiche Portiers und Pagen standen herum; sie trugen stilisierte Kavallerieuniformen: Stiefel, Mützen, goldene Epauletten, sogar zierliche Säbel am Gürtel. Am hinteren Ende des Foyers erhob sich allem Anschein nach ein dichter Wald aus zehn Meter hohen Bäumen. Vor diesem Wald befand sich eine lange Rezeptionstheke. Henderson näherte sich ihr mit der schuldigen Ehrfurcht. So ungefähr, dachte er, muß einem zumute sein, wenn man vorm Himmelstor erscheint und der Sünde-Tugend-Ausgleich noch auf Messers Schneide steht.

«Dores», sagte er zu dem braungebrannten Kavalleristen. «D-o-r-e-s. Ich habe eine Suite reservieren lassen.»

«Guten Tag, Sir», sagte der Mann. «Willkommen im Monopark 5000.» Er tippte Hendersons Namen in einen Computer ein. Es schnurrte, machte *klick*, und die Maschine spie ein Stück Plastik mit eingestanzten Löchern aus.

«Was ist das?» fragte Henderson. «Eine Kreditkarte?»

«Ihr Schlüssel, Sir. Möchten Sie den Koffer getragen haben?» Das Lächeln wich nicht von seinem Gesicht.

«Nein, danke, das schaffe ich allein.»

«Sie haben Suite 35 J. Folgen Sie diesem Weg» – er deutete auf eine Lichtung im Wald –, «gehen Sie durch das Atrium und nehmen Sie einen der Panoramaaufzüge zum fünfunddreißigsten Stock. Wir wünschen einen angenehmen Aufenthalt im Monopark 5000.»

«Gut.» Henderson nahm seinen kleinen Koffer und warf einen zweifelnden Blick auf den Weg, an dem ein Schild ZUM ATRIUM wies. Er kam sich vor wie ein Expeditionsteilnehmer beim Verlassen des Basislagers. «Auf Wiedersehen», sagte er zu dem Mann und ging los.

Er hatte den Wald für eine dekorative Attrappe gehalten, aber er hatte sich getäuscht. Er befand sich in einem Hain, einem Gehölz, einem wahren Dickicht aus Feigenbäumen,

Silberbirken und Bambusstauden. Ein sanftes, grünliches Licht drang von oben hindurch, Xylophonmusik plätscherte aus verborgenen Lautsprechern. Andere Wege zweigten von seinem ab. TAGUNGSRAUM las er, ZUM INDIANERDORF und SCHWIMMBUCHT. Die Wegweiser waren im Wildweststil gehalten: angeschliffenes Holz mit darin eingebrannten Buchstaben. Die Wildwestatmosphäre bekam zusätzlichen Reiz durch eine Kellnerin, die in fransenbesetztem Lederwams und Minirock plötzlich hinter einem Baum hervortrat. Henderson zuckte zusammen. Sie trug auf Wangen und Stirn Kriegsbemalung.

«Cocktails, Sir?» fragte sie. «Im Indianerdorf.»

«Was? Oh, nein. Ich suche das Atrium.»

«Immer geradeaus.» Sie verschwand wieder zwischen den Bäumen.

Er folgte ihren Anweisungen und stand auf einmal in einem zwölf oder vierzehn Stockwerke hohen Atrium. Vor ihm breitete sich ein etwa dreißig Meter breiter See aus, der ihm den Weg versperrte. Darin schwammen Inseln mit Sitzgelegenheiten und sprießenden Pflanzen darauf. Links auf dem gegenüberliegenden Ufer war eine Ansammlung von Wigwams, die sich bei näherem Hinsehen als großes Restaurant samt Bar erwiesen. An der mit Balkonen versehenen Rückwand stiegen ein Dutzend Panoramaaufzüge auf und ab; einige verschwanden in Löchern in der Decke wie stumme gläserne Skarabäen.

Henderson hielt vor Überraschung den Atem an. Er hatte von dieser neuen Sorte von amerikanischen Hotels gehört – das Hotel als Wunderland, als weltliche Kathedrale, als Erlebnispark –, aber auf dergleichen hatte ihn seine Phantasie nicht vorbereitet. Überall wuchsen Pflanzen, plätscherten Brunnen, das Licht war sanft, indirekt und schattenfrei.

Ein Cowboy kam auf ihn zu und reichte ihm ein Holzpaddel.

«Du lieber Gott – wozu ist das?»

«Für das Kanu, Sir.»

Henderson blickte nach rechts. Richtig, dort war ein Dutzend Kanus am Betonufer festgemacht.

«Heißt das, ich soll zu den Aufzügen hinüberpaddeln?»

«Ich kann Sie auch hinbringen, aber die meisten Gäste tun es lieber selbst.»

Henderson sah ein unerschrockenes älteres Paar unter Entzückensschreien der Ehefrau vom Ufer ablegen.

«Ach so. Na dann.»

Der Cowboy führte ihn zu einem Kanu, stellte seinen Koffer im Bug ab und half ihm hinein. Henderson setzte sich.

«Hören Sie mal, sind diese Dinger auch sicher? Vielleicht sollten Sie doch lieber–»

Der Cowboy stieß das Kanu ab. «Angenehmen Aufenthalt im Monopark 5000. Sir.»

Henderson trieb auf die Mitte des Sees hinaus. Er sah sich um. Die einzelnen Inseln waren durch große runde Schrittsteine mit dem anderen Ufer verbunden. Indianermädchen trippelten mit Drinks aus der großen, düsteren Barregion darüber hinweg. Henderson tauchte zögernd sein Paddel ins Wasser und tat einige behutsame Schläge. Das Kanu, dünnes Aluminium mit einem Anstrich, der Birkenrinde vortäuschen sollte, glitt mühelos über das Wasser und stieß einem anderen Kanu in die Seite. In diesem Fahrzeug saß ein Offizier höheren Rangs – ein General, nach den Sternen auf den Schulterstücken zu urteilen – in einer quarzgrünen Uniform.

«Entschuldigung!» sagte Henderson lachend. «Hab den Bogen noch nicht ganz raus. Ha, ha.»

«Sie müssen auf beiden Seiten paddeln», sagte der General mit einem falschen Grinsen und schob ihn fort – etwas heftiger als nötig, dachte Henderson, während sein Kanu sich um 180 Grad drehte und er wieder den Wald vor sich sah.

Er zog sein Paddel durchs Wasser, und das Kanu schoß in einem schönen Bogen davon. Er fuhr dicht vor dem Bug einiger kompetenterer Gäste vorüber.

«He, achten Sie auf die Stromschnellen!» rief einer von

ihnen – zumindest glaubte Henderson das verstanden zu haben.

«Was?» rief er ein wenig bestürzt über die Schulter zurück. Es schien ihm nicht unvorstellbar, daß die Leute vom Monopark 5000 in ihrem fanatischen Streben nach naturgetreuer Gestaltung auch einige echte Gefahrenstellen vorgesehen hatten: Stromschnellen, Riffe, Alligatoren . . . Aber sein Ruf verhallte ungehört, und da er inzwischen nicht auf den Kurs geachtet hatte, kam es bald zu einer weiteren Kollision, diesmal mit einer Cocktailinsel.

«Peng! Peng! Peng!»

Henderson sah auf. Ein kleiner Junge beschoß ihn mit ausgestrecktem Zeigefinger aus der Deckung einer kreisrunden Polsterbanklehne heraus.

«Waylon, hör auf», befahl sein Vater. «Haben Sie Schwierigkeiten?» rief er Henderson zu. «Soll ich Ihnen ein Seil zuwerfen?» Auch andere Leute erhoben sich jetzt und belächelten die Invasion ihres Territoriums von der Seeseite her.

«Alle Mann fertig zum Sturmangriff!» rief jemand, und alles lachte schallend.

«Peng! Peng!»

«Alles okay.» Henderson machte gute Miene zum bösen Spiel.

«Hab nur den Kompaß verloren.» Erneutes Gelächter.

«*Peng!* Ich hab ihn erwischt. Dad. *Peng!* Ich hab ihn erschossen, ich hab ihn erschossen!»

«Waylon, ich habe dir doch gesagt, du sollst aufhören.»

Leise fluchend beugte sich Henderson vor und stieß sich ab. Liebend gern hätte er dem frechen Knirps mit dem Paddel eins über den Kopf gezogen. Das Kanu schoß in einem sich verengenden Bogen zurück.

«Passen Sie doch auf!» kreischte jemand von hinten.

In der Panik stieß Henderson das Paddel zu kräftig ins Wasser. Sein Arm tauchte bis zum Ellbogen ein. Wütend warf er das Paddel ins Boot und versuchte, den nassen Ärmel auszuwringen.

«Passen Sie auf, wo Sie hinfahren!» riefen zwei aufgebrachte Gäste, während sie seinem treibenden Kanu auswichen.

«Entschuldigen Sie!» rief Henderson fröhlich, obwohl ihm Zorn und Enttäuschung die Kehle zuschnürten.

«Sie dürfen hier nicht so herumgondeln», ermahnte ihn eine hängebackige, blaugetönte Matrone aus dem Heck eines Kanus, das von einem grinsenden Cowboy gesteuert wurde.

«Ich weiß», erwiderte Henderson und zwang sich mit zusammengebissenen Zähnen zu einem vergnügten Tonfall. «Entschuldigung!»

Ein paar Minuten, und ein halbes Dutzend enthusiastischer «Entschuldigung!»-Rufe später erreichte er endlich das jenseitige Ufer. Er war völlig erschöpft, und zwei belustigte Cowboys halfen ihm an Land und versicherten ihm, sie hätten noch nie jemanden gesehen, der solche Schwierigkeiten gehabt hatte. Henderson war zumute, als hätte er eine zweiwöchige Abenteuerfreizeit hinter sich. Von seinem Arm tropfte das Wasser, seine Halsmuskeln zuckten, und das verschwitzte Hemd klebte ihm am Körper. Welcher irre, perverse Architekt hatte dieses Hotel entworfen? Er würde an den Besitzer schreiben und darauf bestehen, daß für diejenigen, die es nicht nach Wasserspielen gelüstete, eine Art Damm oder Brücke gebaut wurde.

Er spreizte den nassen Ärmel vom Körper ab, während er in einem Panoramaaufzug emporschwebte. Auf das glanzvolle Panorama unten – Hain, See, Inseln, hin und her flitzende Kanus –, dem zu Ehren die Aufzüge wohl benannt waren, verschwendete er keinen Blick.

Im fünfunddreißigsten Stock ging er den Flur entlang – G, H, I; seine Suite J lag ganz am Ende. Als er mit der Plastikkarte herumfummelte und sie schließlich in einen Schlitz im Türrahmen steckte, kam der General, mit dem er auf dem See zusammengestoßen war, aus der gegenüberliegenden Suite K heraus. Das Lächeln auf seinem Gesicht erstarb.

«Oh», sagte er, die Enttäuschung über Hendersons Anblick kaum verbergend, «Sie haben's endlich geschafft.»

«Ja», sagte Henderson. «War sehr spaßig.»

Der General sah den Gang hinunter, knurrte etwas und verschwand wieder. Offenbar erwartete er jemanden, dachte Henderson, während seine Tür mit einem Summton aufschwang.

Die Suite J war sehr nobel eingerichtet, inklusive kleiner Porzellanornamente an allen möglichen Stellen. Von einem kleinen Wohnzimmer ging ein Schlafzimmer mit einem extrabreiten kanariengelben Bett ab. Die große dreieckige Wanne im Badezimmer war ebenfalls kanariengelb. Außerdem war sie eigenartig geriffelt und mit mehreren chromverkleideten, seltsam beweglichen Ausgüssen und Griffen versehen. Dies war der Whirlpool, nach dem er so unbekümmert verlangt hatte. Er ließ die luxuriöse Ausstattung auf sich wirken und hoffte, daß sie das Geld wert war. Vielleicht ließ sich Irene von dem Whirlpool becircen.

Er zog das nasse Jackett und das verschwitzte Hemd aus und beschloß, das Bad auszuprobieren. Heißes, sprudelndes Wasser war genau das, was er jetzt brauchte. Zehn Minuten lang studierte er die Bedienungsanleitung des Whirlpoolmechanismus, dann justierte er mehrere Knöpfe und Hebel an der Wand und ließ das Wasser einlaufen. Als die Wanne voll war, zog er sich aus und kletterte hinein. Das heiße Wasser war herrlich beruhigend. Er fragte sich kurz, ob er sich überhaupt die Mühe mit dem Whirlpooleffekt machen sollte, doch dann beschloß er, sich für sein Geld auch etwas zu gönnen. Er griff nach oben und legte den Hebel um. Zunächst tat sich nichts, abgesehen von einem summenden und knirschenden Geräusch. Dann schäumte das Bad auf, als würde er von einem Schwarm Piranhas angegriffen, und schwere Fäuste stießen gleichzeitig nach seinem Körper.

Er schrie auf vor Entsetzen und Schmerz – ein donnernder fehlgeleiteter Stoß schien seine Lendengegend pulverisiert zu haben – und sprang aus dem Bad. Sein Körper war rot und juckte überall. Er kam sich wie eine einzige große Quetschung vor. In der Wanne schäumte und gurgelte es wie in einem Säurefaß in einem Horrorfilm. Er stellte den Mechanismus ab, und binnen Sekunden wurde es wieder ein normales Bad. Er mochte aber nicht noch einmal hineinsteigen: der Spaß war ihm irgendwie vergangen.

Müde kleidete er sich an und sah auf die Uhr: 4.30. Er fragte sich, wann Irene eintreffen würde. Am Abend, hatte sie gesagt. Er setzte sich und rief Beeby an. Er sagte ihm nur, daß Gage mit seiner Einschätzung der Holländer nicht ganz zufrieden sei und sich noch nicht auf ein Versteigerungsdatum festlegen wolle. Beeby konnte das nicht verstehen. War Henderson absolut sicher, daß es sich um unbedeutende Bilder handelte? Ja, sagte Henderson, ohne Zweifel, ganz mittelmäßige Bilder. Er wollte das Porträt aber noch einer Prüfung unterziehen – weshalb er in Atlanta sei, er benötige eine öffentliche Handbibliothek, log er ohne Hemmungen. Beeby ließ seine Besorgnis durchblicken und ermahnte ihn, die Sache zu einem schnellen Abschluß zu bringen. Henderson teilte ihm seine Schätzpreise mit und sagte, er glaube, Gage rechne mit einer weiteren halben Million für die holländischen Gemälde. Ganz unmöglich, sagte Beeby, das würde einen großen Verlust für sie bedeuten, vor allem dann, wenn sie die Mindestpreise garantierten. Sie tauschten noch eine Zeitlang müßige Überlegungen aus. Schließlich bat Beeby ihn noch einmal, alles zu versuchen, und sagte dann, Pruitt Halfacre warte auf einer anderen Leitung.

«Hallo, Henderson. Wie geht's?»

«Na ja, auf und ab, Pruitt.»

«Übrigens, was dieses allegorische Werk betrifft – ich habe da einige Nachforschungen angestellt. Es könnten Demeter und Iambe sein.»

«Alle Wetter, Sie haben recht.» Henderson war sehr beeindruckt.

«Ist es aber nicht.»

«Nein?»

«Es sind Demeter und Baubo. Sehr ungewöhnlich.»

Pruitt sagte, es handele sich um eine Variante des Mythos. Nachdem Persephone von Hades geraubt worden war, war Demeter außer sich vor Schmerz über den Verlust ihrer Tochter auf der Erde umhergewandert. In Eleusis jedoch war sie durch eine Dienstmagd, die in einer Version Iambe hieß und Demeter obszöne Witze erzählte, und in einer anderen Baubo, die sie zum Lachen brachte, indem sie die Röcke hochhob und ihre Genitalien entblößte, aus ihrem Kummer herausgerissen und wieder zum Essen ermuntert worden. Danach hörte Demeter auf, um Persephone zu trauern, und auf der Erde gab es wieder Ernten einzufahren.

«Das Faszinierende ist, dieser Mythos findet sich nur in den *Gesängen des Orpheus* und im *Protrepticus* des Clemens von Alexandria.»

Henderson notierte sich alles. «Pruitt», sagte er, «ich bin zutiefst beeindruckt. Sie waren mir eine große Hilfe.»

«Von wem ist das Gemälde?»

«Ich weiß es nicht. Aber es ist nicht gut. Mir hat nur der Mythos zu schaffen gemacht.»

«Ist etwas ausgefallen, das steht fest.»

«Unbedingt. Ach, noch etwas, Pruitt – kennen Sie eine New Yorker Galerie namens Sereno und Gint?»

«Nie gehört.»

«Das dachte ich mir.» Er verabschiedete sich und legte auf. Er holte seine Polaroidfotos heraus und betrachtete die Bilder noch einmal durchs Vergrößerungsglas. Er legte das Vergrößerungsglas beiseite und dachte über das nach, was Pruitt ihm gesagt hatte. Seltsamer Mythos. Ergab keinen Sinn. Er rief Melissa an.

«Henderson! Endlich. Wann kommst du zurück?»

«Sehr bald, hoffe ich», sagte er gefühlvoll.

«Wie geht es Bryant? Sie hat mir eine Karte geschickt. Es scheint ihr ja zu gefallen.»

«Ja.» Henderson schluckte. «Sie hat sich mit einem . . . einem sehr netten Mädchen namens Shanda angefreundet.»

«Oh, schön. Darling, ich bin dir so dankbar, wirklich. Fällt sie dir auch nicht zur Last?»

«Nein, nein. Keineswegs.»

«Baby, ich muß Schluß machen. Ich möchte dich unbedingt bald wiedersehen. Irving läßt dich grüßen.»

Sie legte auf, ehe Henderson Irvings Grüße erwidern konnte. Ihm wurde plötzlich unbehaglich angesichts seiner Täuschungsmanöver: Beeby hatte er nichts von Sereno und Gint, Melissa nichts von Duane und Irene nichts von der abgekürzten Urlaubsreise gesagt . . .

Beeby rief zurück. Wieviel wollte Gage für die Holländer haben? Henderson nannte ihm die Schätzbeträge von Sereno und Gint.

«Grundgütiger», sagte Beeby. «Aber wenn sie so mittelmäßig sind, wie kann er dann soviel dafür fordern?»

«Er ist ein gerissener alter Teufel. Er weiß, daß wir die anderen haben wollen.»

«Na schön. Gehen Sie bis fünfzigtausend für jedes Bild. Aber dann muß er die Versicherung, den Katalog und die Reklame bezahlen. Vielleicht kommen wir so ohne Verlust hin. Wir können nur hoffen, daß eines der anderen Gemälde die große Attraktion wird. Die Sisleys sind gut, sagten Sie?»

«Ja. Ich tue mein Bestes, Tom.»

«Ich habe so etwas noch nie gemacht, Henderson. Es geht mir gegen den Strich. Wir müssen sobald wie möglich das Datum für die Auktion festsetzen. Wann sind Sie zurück?»

«Montag oder Dienstag», sagte er ohne große innere Überzeugung.

Er legte auf. Er fuhr sich mit beiden Händen übers Gesicht, massierte es, zog die Augenlider herunter, zog die Haut der Wangen straff. Er war verwirrt und unsicher, aber nicht nur wegen der possenhaften Ereignisse auf dem See im Atrium. Seine Nöte reichten tiefer, waren mehr spiritueller und metaphysischer Art. Seine ohnehin beträchtlichen Selbstzweifel, sein mangelndes Vertrauen in die eigenen Fähigkeiten waren in diesen letzten Tagen gewuchert wie ein

Tumor. Er bekam allmählich das Gefühl, mit nichts mehr fertig werden zu können. Der Kampf zur Anpassung seiner Persönlichkeit an die neue Umgebung, zur Vermischung mit seiner erwählten Kultur wie Öl und Essig, fand einfach nicht statt. Diese Kultur war zu unnachgiebig; er und Amerika fanden einfach nicht zu der Harmonie, die er sich erhofft hatte. Es genügte ganz offensichtlich nicht, eifrig bemüht zu sein und sich ernsthaft zu wünschen, daß etwas geschah. Vielleicht wurden alle Ehen im Himmel geschlossen, dachte er bedrückt. Er hatte die schreckliche Vorahnung, daß nichts klappen würde.

Und was dann? Zurück nach England? Aber dort war er unglücklich gewesen. Alle seine Hoffnungen wurzelten hier. Daß es ihm nicht gelingen könnte, in den USA zu sich zu finden, daran durfte er gar nicht denken. Zum erstenmal im Leben fühlte er, wie sich Splitter düsterster Verzweiflung in seinen Geist zu bohren begannen. Wie die ersten Nadeln in einer Voodoo-Puppe. Was hatte Gage da gesagt? «Wir wollen alle glücklich sein, und wir werden alle sterben.» Das war kein großer Trost.

Er hörte Schritte draußen auf dem Flur und erkannte sie an ihrem energischen Rhythmus sofort als die Irenes. Er stürzte erfreut zur Tür und riß sie auf. Jenseits des Flurs tat der General das gleiche. Sie starrten beide in das erstaunte Gesicht eines schwarzen Zimmermädchens.

«Noch Handtücher, Sir?»

Henderson und der General ließen sich verlegen je ein Handtuch geben. Henderson bemerkte, daß der General in Zivil war.

«Ich dachte –», begann Henderson lächelnd.

«Ich erwarte jemanden», sagte der General. Er trug eine auffällig karierte Hose, wie sie Golfchampions bevorzugten, ein kurzärmeliges Hemd und um den Hals einen geknoteten Seidenschal, der gar nicht zu seinem harten, straffen Gesicht und dem kurzgeschorenen grauen Haar paßte. Ohne Uniform hatte er seine ganze selbstherrliche Autorität verloren.

Er war ein Mensch wie jeder andere. Er hob die Hand zum Gruß und trat in sein Zimmer zurück.

Henderson rief die Rezeption an und erkundigte sich nach der besten Handbibliothek in Atlanta, und nach einer kurzen Pause bekam er die gewünschte Information. Er hörte wieder Schritte auf dem Flur – nicht die Irenes, dessen war er sicher –, gefolgt von einem Klopfen an der Tür. Er stand auf und öffnete.

«Zimmerservice, Sir.» Ein Kellner in weißer Jacke trug ein Tablett mit einer Flasche Champagner in einem Eiskübel, einer großen Platte mit Räucherlachs und ein paar Scheiben Brot herein.

«Da muß ein Irrtum vorliegen.»

«Das ist doch 35 J?»

«Ja.»

«Und Sie sind General Dunklebanger?»

«Nein. Ich glaube, den finden Sie dort drüben. In 35 K, nicht J.»

Inzwischen war der General zur Tür gekommen.

«General, ich glaube, das ist für Sie.» Henderson stellte belustigt fest, daß der General etwas betreten wirkte.

«O ja. Ja, ich glaube . . . Bringen Sie es herein. Entschuldigen Sie die Störung», sagte er zu Henderson.

Henderson schloß die Tür und lächelte. Irgendwie konnte er sich nicht vorstellen, daß der Champagner für Mrs. Dunklebanger gedacht war. Aber die Idee ist gar nicht so schlecht, dachte er. Er rief den Zimmerservice an und bestellte das gleiche für sich und Irene. Die Episode – ein Blick auf das menschliche Gesicht hinter dem militärischen Auftreten – hatte ihn ein wenig aufgeheitert. Er ging wieder ins Badezimmer und fuhr sich noch einmal mit dem elektrischen Rasierapparat übers Kinn, wobei er sich auf die Haut um die Lippen konzentrierte, bis sie völlig glatt war. Irene weigerte sich oft, ihn zu küssen, wenn sie nur die Andeutung eines Stoppelbarts entdeckte. «Was glaubst du, wie das für mich ist?» sagte sie dann. «Reib dir mal mit

Schmirgelpapier übers Gesicht, dann merkst du, wie sexy das ist.»

Das Telefon läutete.

«Henderson?» Es war Irene. «Ich bin auf dem Flughafen. In zwanzig Minuten bin ich da.»

«Ich hole dich unten –» Aber sie hatte schon aufgelegt.

Er bekam ein flaues Gefühl in der Brust vor Vorfreude. Er schloß die Augen und versuchte, sich Irene nackt vorzustellen. Die breiten Schultern, die tiefsitzenden flachen Brüste mit ihren winzigen Warzen, die unrasierten Achselhöhlen, das dichte schwarze Haar über der Schampartie, die kräftigen Beine ... Er tat einen tiefen Atemzug. Oh, wie sehr hatte er sie vermißt.

Auf dem Weg nach unten in einem Panoramaaufzug ließ er den Blick über die hin- und herfahrenden Kanus schweifen, aber in keinem schien Irene zu sitzen. Sollte er sie vorn an der Rezeption abholen? Nein, er wollte sie nicht des Vergnügens berauben, selbst das Atrium mit seinen Wundern zu erleben. Es ging dort inzwischen lebhafter zu als vorhin. Der Cocktailarchipel war dicht besetzt, und man hörte Stimmenlärm. Alle Kanus schienen in Betrieb zu sein.

Er begab sich in den Barbereich. Die Wigwams erwiesen sich als über Einzelnischen gespannte Planen. Überall üppige Vegetation. Die Tische und Stühle wirkten roh zusammengezimmert, und die lange Theke sah aus wie ein nachgebauter Korral. Es hätte ihn nicht gewundert, wäre da und dort ein Pony angebunden gewesen. Der Barkeeper stellte Federkopfschmuck, Wampumperlen und ein Lederwams zur Schau. Er hob die Hand und sagte: «Howgh.»

Nun mal langsam, dachte Henderson, damit wird das Leitmotiv doch etwas überstrapaziert, oder? Er vergewisserte sich, daß niemand hinsah, und hob dann gleichfalls die Hand – um die Geste sogleich abzuwandeln und sich am Hals zu kratzen.

«Howgh. Eine Bloody Mary, bitte.»

«Sofort, Sir.»

Der Drink wurde in einem Glas von der Größe und Form einer Sturmlaterne serviert. Ein ganzes Selleriebüschel ragte oben heraus. Henderson hob das Glas und saugte unsicher an dem Strohhalm. Alles an diesem Hotel trug dazu bei, ihn befangen zu machen. Er stellte das Glas ab und machte sich auf die Suche nach der Toilette.

Hier zumindest herrschte die gewohnte orthodoxe Norm vor: weiße Kacheln und Chrom. Er hatte schon halb damit gerechnet, einen Spaten überreicht zu bekommen mit der Anweisung, sich ein Loch zu graben. Er stellte sich vor ein Becken, zog den Reißverschluß herunter und ließ seinem Bedürfnis freien Lauf. Sein Blick war starr auf die weißen Kacheln vor seinem Gesicht gerichtet.

«Hallo», rief da jemand zu seiner Linken. Er achtete nicht darauf. Man sprach nicht miteinander beim Urinieren – so etwas tat man einfach nicht.

«Mr. Dores.»

Er sah sich ernstlich verärgert um. Es war Sereno; er stand vor dem übernächsten Becken. Zu Hendersons Verblüffung lehnte sich Sereno hinüber und streckte ihm über das freie Becken hinweg die Hand hin. Gott im Himmel, keuchte Henderson innerlich, er erwartet doch nicht im Ernst, daß ich ihm die Hand schüttele, während ich pinkele. Das war unerträglich. Aber Serenos Hand wurde weiter hingehalten. Henderson wechselte den Griff und schüttelte Sereno in gebotener Kürze die Hand.

«Hallo», sagte er steif und wandte den Blick wieder den Kacheln zu.

«Sie erinnern sich noch an meinen Partner, Peter Gint?»

Henderson sah sich um. Hinter Sereno tauchte der Kieselstrand von Gints Gesicht auf. Warum pinkelten sie zusammen? Wie Mädchen in einer Diskothek?

«Hallo», sagte Gint und griff um Serenos Rücken herum. Nach einer entsetzten Pause beugte Henderson sich hinüber und schüttelte ihm die Hand. Ich kann einfach nicht glauben, daß ich das tue, dachte Henderson. Warum fassen wir uns nicht gleich an den Schwanz?

«Schön, Sie wiederzusehen», sagte Gint.

«Mng.»

«Tolles Hotel», meinte Sereno. «Das achte Weltwunder.»

Sie waren alle gleichzeitig fertig. Henderson wusch sich die Hände mit ungewohnter Gründlichkeit: Seife und heißes Wasser. Sereno kämmte sich Haar und Schnurrbart.

«Setzen Sie sich doch zu uns», sagte er, als sie hinausgingen. Er deutete auf eine nahe gelegene Cocktailinsel. Henderson erblickte Freeborn, Shanda und – zu seiner Überraschung – Cora.

«Vielen Dank, aber ich treffe mich–»

«He, Henderson!» Shanda winkte und rief. Er sah Coras Sonnenbrille herumfahren.

«Kommen Sie», sagte Sereno. Er schien aufreizend zuversichtlich. Sollten sie als Rivalen im Kampf um Gages Sammlung einander nicht eher aus dem Weg gehen?

Sie gingen zu der Insel hinüber. Henderson betrat die Schrittsteine mit großer Vorsicht.

«Hallo», sagte Cora. «Ist Ihre ‹Kollegin› schon da?»

«Ich erwarte sie jeden Augenblick.»

«Setzen Sie sich», befahl Shanda. Sie war offensichtlich betrunken. Vor ihr stand ein riesiger Becher mit einer blauen Flüssigkeit und Fruchtstücken darin. Sie zog ihn hinunter.

Sereno sagte: «Würden Sie und Ihre Kollegin – wie war doch noch ihr Name?»

«Dr. Dubrovnik. Dr. Irene Dubrovnik.»

«Sie ist Tschechoslowakin», sagte Cora.

«– mit uns zu Abend essen?»

«Ich fürchte, die Pflicht ruft. Aber trotzdem vielen Dank.»

«Sagten Sie Tschechoslowakin?» fragte Shanda.

«Wie ist ihr Englisch?» fragte Cora.

«Ausgezeichnet.» Henderson ließ den Blick über die freie Fläche schweifen. Da wurde Irene gerade von einem Cowboy herübergepaddelt. Sie sah sich entgeistert um. Henderson erhob sich. «Nun, es war nett, Sie zu treffen», sagte er. «Guten Appetit.»

«Bringen Sie Ihre Kollegin doch herüber, wir möchten sie gern kennenlernen», sagte Cora hinterhältig.

«Oh. Ja.»

Er stelzte über die Schrittsteine zurück ans Ufer und ging zu der Stelle, wo die Kanus anlegten. Man half Irene gerade an Land.

«Mein Gott, Henderson», sagte sie mit lauter Stimme. «Dieses Hotel. Ich kann es nicht glauben.» Sie beugte sich vor, um ihm einen Kuß zu geben.

«Keinen Kuß!» sagte Henderson, wobei er sich bemühte, die Lippen nicht zu bewegen. «Küß mich ja nicht.» Er schüttelte ihr förmlich die Hand.

«Was?»

«Wir werden beobachtet.»

«Von wem?»

«Von Gages Familie.» Er nahm ihren Ellbogen in die eine und ihr Köfferchen in die andere Hand und begann mit ihr die Cocktailinsel anzusteuern.

«Und wenn schon. Was soll das?»

«Hör zu. Du heißt Dr. Dubrovnik, und du bist eine Kunsthistorikerin aus der Tschechoslowakei.»

Irene blieb stehen. «Henderson, ich warne dich.» Ihre Stimme klang streng. «Bei deinen dummen Spielchen mache ich nicht mit.»

«Bitte, es ist sehr wichtig. Nur ein, zwei Minuten. Ich erkläre es dir später.» Er fühlte, wie dünner Schweiß sein Gesicht überzog. Sie trippelten über die Schrittsteine. Er sah Irene an. Ihre Augen hatten sich verengt.

«Dr. Irene Dubrovnik», verkündete Henderson und machte sie mit allen bekannt.

«Schön, Sie endlich kennenzulernen», sagte Sereno. «Ich bin mit Ihrer Arbeit vertraut.»

«How. Do. You. Do?» sagte Cora langsam, als spräche sie

zu einem geistig minderbemittelten Wesen. «Willkommen. In. Unserem. Land.»

«Tag, Miss Tschecho, Tschechslo, Miss Dubronnik. Nick?» Shanda rülpste.

«Darf ich Ihnen einen Drink anbieten?» fragte Sereno, ganz öliger Charme. Er winkte einem Indianermädchen.

«Ja, ich nehme einen großen Scotch, mit einem Kringel», sagte Irene und sah Henderson dabei an.

Sie setzten sich. Weitere Drinks wurden bestellt. Eine Art Zittern hatte sich in Hendersons linkem Oberschenkel eingenistet, und auf mysteriöse Weise war seine Magenverstimmung wieder da. Er spürte ein Brennen in der Kehle. Zu seiner Bestürzung sah er, daß er zwischen Sereno und Freeborn geraten war. Cora zündete sich eine Zigarette an und blies den Rauch aus. Irene wedelte heftig mit der Hand.

Die Getränke kamen. Henderson vergrub das Gesicht in dem kühlen Selleriebüschel einer weiteren Bloody Mary. Bitte, lieber Gott, betete er in das Blattwerk hinein, mach, daß sie mitspielt.

«Dr. Dubrovnik», sagte Cora. «Ach, bitte, Dr. Dubrovnik?»

Irene weigerte sich, auf ihr Pseudonym zu reagieren.

«Ist dieses Hotel nicht ganz erstaunlich?» meldete sich Henderson zu Wort. «Ich muß gestehen, ich hatte einige Schwierigkeiten mit meinem Kanu.»

«Was hat er gesagt?» fragte Shanda Gint.

«Er hat von seinem Kanu gesprochen», sagte Gint.

«Mr. Dores», hauchte Sereno ihm ins Ohr. Sein großer Schnurrbart und die glänzenden weinroten Lippen hingen dicht vor seinem Gesicht. «Wir mögen ja Rivalen sein, aber ich bin froh, daß wir uns wie gebildete Leute benehmen können.»

Henderson stand auf. «Die Pflicht ruft», sagte er fröhlich. «Wir dürfen Sie nicht länger vom Dinner abhalten.»

«Was hat er gesagt?»

«Danke für den Drink.» Irene leerte ihr Glas auf einen Zug.

«Good bye, Dr. Dubrovnik», sagte Cora.

Irene ignorierte sie.

«Dr. Dubrovnik?»

«Good bye», sagte Henderson und zog Irene am Arm fort.

Sie gingen ans Ufer. Henderson winkte noch einmal. Noch einmal davongekommen, dachte er, während sich dem Völlegefühl abermals Übelkeit hinzugesellte.

«Bring mich ja nicht noch einmal in eine solche Situation», sagte Irene kalt. «Ich mache bei diesen versponnenen Spielchen nicht mit.»

«Tut mir leid», sagte er. «Es ging nicht anders. Die Dinge laufen nicht ganz so, wie sie sollen . . .» Er hatte das Gefühl, daß dies nicht der rechte Moment war, ihr von der gestrichenen Autotour zu erzählen. «Dieser Sereno da versucht auch, die Bilder zu kaufen.»

«Wer ist dieses sonderbare Mädchen mit der Sonnenbrille?»

«Gages Tochter Cora.»

«Gott, ist die unheimlich.»

Sie befanden sich jetzt in einem Panoramaaufzug. Irene genoß den Ausblick und lachte. «Du liebe Güte, Henderson, nur du konntest auf so ein Hotel kommen.» Sie lehnte sich an ihn. Er sah sie zum erstenmal richtig an. Sie trug ein dunkelgrünes, vorn durchgeknöpftes Jerseykleid und beige Schuhe mit flachen Sohlen. Er fuhr ihr mit der Hand die warme Furche des Rückgrats hinunter. Kein BH.

In der Suite standen der Champagner und die Sandwiches auf dem Tisch. Sie tranken ein Glas Champagner. Sie küßten sich. Er zog sie hinüber ins Schlafzimmer, und sie fielen aufs Bett. Irene stützte den Kopf in die Hand und sah auf sein Gesicht hinunter.

«War es eine schlimme Woche? Ich meine wirklich schlimm?»

«Die schlimmste aller Zeiten.»

«Armer Henderson.»

«Sprechen wir nicht davon.»

«Aber ich will alles hören.»

«Später.»

«Na, zumindest ist es jetzt vorüber.»

Henderson schluckte. War dies der Augenblick, es ihr zu sagen? Aber Irene beugte sich vor und küßte ihn auf die Stirn. Er schloß die Augen. Dann fühlte er ihre Lippen auf seinem linken Augenlid. Ihr dunkler Mund schloß sich heiß über der Augenhöhle. Die feste Spitze ihrer Zunge massierte den Augapfel durch das Lid hindurch. Fotomagnetische Technicolorexplosionen schienen das Innere seines Schädels zu erhellen. Eine Gänsehaut überlief ihn.

«Hör auf, bitte», sagte er matt. Sie zog den Kopf zurück, und er schlug die Augen auf. Er sah ihr Gesicht verschwommen durch warme rosa Tränen.

«Was ist das?» sagte er. «Wo hast du das gelernt? Das ist ja entsetzlich.»

«Ich habe es gern, wenn dein Augapfel unter meiner Zunge zuckt. Es ist so eine Art Pochen.»

«Aber ich kann nichts mehr sehen. Und es tut weh.»

«Es soll ja auch *mich* stimulieren, Dummchen.»

Er knöpfte ihr Kleid am Hals auf, schob es zurück und entblößte eine weiße, flache Brust mit ihrer makellosen, schokoladenbraunen kleinen Warze. Er preßte das tränende Auge dagegen und spürte, wie sich Übelkeit und Völlegefühl in Erleichterung auflösten. Endlich, dachte er, endlich.

Er erhob sich und legte Krawatte und Hemd ab. Er kickte die Schuhe mit gemimter Leidenschaft fort, zog Socken und Hose aus. Irene lag auf dem Bett und sah ihm lächelnd zu. Er streifte die immer straffer spannende Unterhose herunter.

«Oh, hallo da unten», sagte Irene.

Er legte sich zu ihr aufs Bett. Er empfand es auf angenehme Weise erotisch, nackt zu sein, während sie noch bekleidet war. Methodisch öffnete er weitere Knöpfe, bis beide Brüste entblößt waren. Er senkte den Kopf.

«Bleiben wir morgen hier?» murmelte sie. «Es ist lustig in diesem Hotel.» Sie küßte ihn aufs Haar.

Henderson setzte sich auf. «Ach ja», begann er langsam. «Was ich dir noch sagen wollte. Da hat sich ein Problem ergeben. Ich muß zurückfahren.»

Verdutzt sah er seine Erektion zurückgehen – dem Organ wohnte ein unheimliches Vorauswissen inne, dachte er.

«Was? Nach New York?»

«Nein. Luxora Beach.»

«Du Ekel», sagte sie mit vernichtender Nüchternheit und knöpfte sich wieder zu. «Aber du wolltest trotzdem ein schnelles Nümmerchen schieben.»

«Nein, wirklich, so war es nicht», flehte er. «Das hat sich gerade erst ergeben. Alles ist auf einmal schrecklich schiefgegangen. Nichts als Katastrophen.» Er spulte einen wirren, verzweifelten Bericht ab von Gage, von den Bildern, von Beeby. Dann kamen das Eintreffen von Sereno und Gint, Freeborns Machenschaften, Gages Sinneswandel, der Schock über Bryants Verlobung mit Duane . . .

«Und wer zum Teufel ist Bryant?»

«*O Gott* . . . Ach, ein Mädchen . . .»

«Du kannst es nicht lassen, wie? Du armes Schwein.»

«Sie ist erst vierzehn. Sie ist keine Freundin von mir. Herrgott!» Er schloß die Augen und zog die Decke um sich.

«Und was machst du mit einem vierzehnjährigen Mädchen?»

«Sie ist die Tochter von . . . Thomas Beeby. Ich hatte ihm versprochen, ich würde –»

«Quatsch, Henderson. Du Arsch. Du englischer Arsch.»

Warum, fragte er sich verstört, machte das Adjektiv das Substantiv noch schlimmer?

Es klopfte an der Tür.

«Verdammt noch mal!» fluchte Henderson. Er sprang aus dem Bett und griff nach seinem Morgenrock. Doch Irene war schon zur Tür gegangen. Er hörte eine Stimme. Eine Frauenstimme.

«Oh. Entschuldigen Sie. Ist das . . . ist das hier 35 J?»

Henderson kämpfte wild mit einem nach innen gestülpten Ärmel.

«So steht's an der Tür», entgegnete Irene kalt.

Dann hörte er ein Jammern, einen klagenden Schrei. O Gott, wer kann das sein, dachte er. Bryant? Cora? Melissa? Shanda? Angstvoll spähte er durch den Spalt der Zwischentür. Er erblickte Irene, die mit energisch vor der Brust verschränkten Armen einem Mädchen in Militäruniform mit den Korporalsstreifen am Ärmel gegenüber stand. Das Mädchen hielt sich heftig schluchzend die Hände vors Gesicht. Eine Armeeangehörige, dachte er, was für eine neue Nemesis ist das? Da sah sie auf und kreischte ihn an.

«Alvin, du Schwein! Ich will dich nie wiedersehen!» Sie wandte sich um und rannte den Flur hinunter.

Alvin? Augenblick mal. Seine herumstochernde Hand bemächtigte sich endlich des widerborstigen Ärmels. Er machte einen Satz zur Tür.

«Was ist das für ein Scheißspiel? Alvin?» wollte Irene wissen.

In diesem Augenblick wurde gegenüber die Tür aufgerissen, ein gehetzter General Dunklebanger erschien auf der Schwelle und zog sich gerade noch den Hosenlatz zu. Er starrte ungläubig den Flur hinunter auf die fahnenflüchtige Korporalin.

«Mary?» sagte er mit einem jammervollen Blick zurück zu Henderson und Irene. «War das Mary?»

«Ich glaube, da liegt eine Verwechslung –» begann Henderson, aber da stieß der General auch schon einen urzeitlichen Schmerzenslaut aus und rannte seiner entschwindenden Geliebten nach. Henderson lief ein paar müßige Schritte hinter ihm her. Er sah, daß der General genau in dem Moment bei den Lifttüren anlangte, als diese sich vor seiner Nase schlossen. Er flitzte hin und her – der fünfunddreißigste Stock wurde von drei Aufzügen bedient – und drückte wild auf Knöpfe. Endlich kam ein anderer Lift, und er sprang hinein. Henderson schüttelte verwundert den Kopf. Einige andere Gäste waren aus ihren Zimmern gekommen, um zu sehen, was da los war. Henderson wurde sich bewußt, daß er nur seinen Morgenrock anhatte. Er kehrte zu seiner Tür zurück. Sie war verschlossen. O Gott, nein. Er klopfte leise mit den Fingerspitzen.

«Irene», flüsterte er. «Mach auf. Ich kann dir alles erklären.» Er warf einen Blick über die Schulter und lächelte den neugierigen Gästen beruhigend zu.

«Irene», zischelte er. *«Mach um Gottes willen auf!»* Er klopfte noch einmal.

Er mußte volle zehn Minuten warten. Er verbrachte die Zeit, indem er leise vor sich hin pfiff und betont unbekümmert in einem engen Oval dahinschritt; es gelang ihm, sich minutenlang intensiv für die Webart des Flurteppichs zu interessieren. Endlich ging die Tür auf, und Irene kam heraus, ihr Köfferchen in der Hand.

«Ich haue ab», sage sie. «Bleib du in diesem Irrenhaus bei den Verrückten. Leb wohl.»

Sie ging zielstrebig davon. Henderson zögerte einen Augenblick.

«Irene, warte», rief er.

Weiter unten auf dem Flur streckte ein Mann den Kopf zur Tür heraus.

«Herrgott noch mal, feiern Sie Ihre Party doch gefälligst auf dem Zimmer!» rief er Irene zu.

Sie gab ihm eine Antwort, die ihn veranlaßte, sich schockiert und schleunigst wieder zurückzuziehen.

Henderson stürzte ins Zimmer und begann sich anzuziehen. Er konnte ihr nicht im Morgenrock nachlaufen. Panik erfaßte ihn. Irenes Ton war so kompromißlos endgültig gewesen. Sie *durfte* nicht gehen, sagte er sich: sie mußte ihn zuvor anhören. Jeder würde ihn angesichts seiner Notlage verstehen. Sie konnte ihn nicht so einfach verlassen. Er fuhr in Jackett und Hose. Er zog die linke Socke an und fand den linken Schuh in einer Ecke. Er sah sich nach der anderen Socke und dem anderen Schuh um. Er fand die Socke, aber nicht den Schuh – mit solcher Leichtfertigkeit hatte er sich entkleidet.

«O Gott, bitte», betete er laut und spähte unters Bett. Er sah ihn: ganz hinten in der Mitte, direkt vor der Fußleiste. Er versuchte an ihn heranzukommen, aber seine Finger waren einige Zentimeter zu kurz. Er bemühte sich mit aller Kraft, das Bett fortzurücken, aber es schien am Boden befestigt zu sein. Im Geist sah er, wie Irene über den Atriumsee gepaddelt wurde. Es blieb ihm nichts anderes übrig. Er rannte unbeholfen aus dem Zimmer und sprintete wie ein klumpfüßiger Athlet den Flur hinunter zu den Aufzügen. Er drückte auf den Abwärtsknopf. Erfreulicherweise kam ein gehorsamer Lift rasch zu seinem Stockwerk herauf. Dreiunddreißig, vierunddreißig, fünfunddreißig, *bing!*

Die Tür ging auf. Einen Augenblick lang sah er General Dunklebanger kraftlos an der Liftwand lehnen. Dann stürzte der General mit einem Zornesschrei heraus; Finger schlossen sich um Hendersons Hals, und sie fielen im Clinch zu Boden. Der Mann war drahtig und zäh, aber Henderson – angespannt durch sein dringendes Vorhaben, durch die Panik und durch kräftige Adrenalinstöße – machte sich frei.

Der General lag heiser keuchend auf den Knien.

«Lassen Sie mich in Ruhe, Sie verrückter Idiot!» kreischte Henderson. Die Lifttüren standen noch offen. Der General rappelte sich auf, ging in eine wacklige Ringerpositur und kam wieder auf ihn zu.

«Sie hat die Zimmernummer verwechselt, Sie verdammter Trottel!» brüllte Henderson verzweifelt. «Das ist doch nicht meine Schuld!»

Der General hielt inne, klappte dann zusammen und produzierte kindliche Weingeräusche. Henderson sprang über ihn hinweg und stürzte in den Lift. Die Türen schlossen sich. Henderson drückte auf «E».

Während der Lift das letzte Stück durch das hohe, hell erleuchtete Atrium zurücklegte, spähte er hoffnungsvoll hinunter. Da war Irene! Sie bestieg gerade ein Kanu. Der

Lift hielt, und Henderson stürzte hinaus. «Irene!» rief er. «Irene!»

Im Atrium wimmelte es von Menschen. Henderson bahnte sich einen Weg durch das Gedränge zum Kanuanlegeplatz. Ein Kind rief: «Guck mal, Mommy, der Mann da hat nur einen Schuh an!»

Am Seeufer hatte sich eine kleine Schlange gebildet, alle Kanus waren in Betrieb. Henderson schob sich nach vorn.

«Entschuldigen Sie, Sir, aber würden Sie sich bitte hinten anstellen? Es dauert nur zwei Minuten.»

Henderson sah, daß Irene sich dem anderen Ufer näherte.

«Irene!» brüllte er jammervoll übers Wasser. Alle drehten sich um. Nur nicht Irene.

«Geben Sie mir ein Kanu!» bettelte er.

«Sir, bitte! Zwei Minuten.» Die starken Arme des Cowboys hielten ihn zurück.

Henderson blickte auf den See. Er konnte den Grund deutlich durch das tanzende Wasser sehen. Fünfzig, höchstens sechzig Zentimeter, schätzte er.

Er sprang hinein.

Er tauchte bis zu den Hüften ein, und im ersten Augenblick blieb ihm in dem kalten Wasser die Luft weg. *«Hüfttief!»* rief er hell empört aus. «Das ist gefährlich. Wie steht's da mit den Sicherheitsbestimmungen?»

Er begann schwerfällig zum anderen Ufer zu waten, die Arme überm Kopf, schäumendes Kielwasser nach sich ziehend, wie ein strammer Marinesoldat bei der Invasion einer Pazifikinsel. Man hörte Rufe, Gelächter und Schreie von seiten der Zuschauer und des Hotelpersonals, aber er war von einer ganz ungewohnten Zielstrebigkeit besessen. Er schob sich unbeirrt weiter durch das Wasser. Kanus wichen ihm aus. «Irene!» rief er abermals. Zu seiner Verzweiflung sah er sie aus dem Kanu klettern und in den Wald hineinmarschieren.

«Haltet diese Frau auf!» schrie er heiser. «Sie ist krank, sie hat ihre Arznei vergessen.»

Helfende Hände griffen nach ihm, als er das Ufer erreichte.

«Geht um», keuchte er, «Leben und Tod.» Und stolperte in die Bäume hinein.

Er stürzte ins Foyer und rannte humpelnd – bum-platsch, bum-platsch – zum Haupteingang, wobei er eine nasse Spur hinterließ wie eine Schnecke. Ein Taxi fuhr gerade los. Ein anderes nahm sofort seinen Platz vor den Eingangsstufen ein. Der Fahrer sprang beim Anblick des verstörten und triefenden Henderson aus dem Wagen.

«Folgen Sie diesem Taxi», krächzte Henderson.

«He, Mann, nichts zu machen.» Der Fahrer war dick und hatte eine Rasur nötig. Er versperrte Henderson den Zugang zu seinem Taxi, indem er seine stummeligen Fingerspitzen behutsam gegen Hendersons schwer arbeitende Brust drückte.

«Hören Sie, es geht um Leben und Tod – um Gottes willen!»

«Klar. Das sagen sie alle, Freund. Aber so kommen Sie mir nicht in meine Kiste, Mann. Klitschnaß und nur ein Schuh. Nichts zu machen.»

«Ich gebe Ihnen hundert Dollar!»

«Die zeigen Sie mir erst mal.»

Henderson rang mit seiner pitschnassen Gesäßtasche und zog die Brieftasche heraus. Er öffnete sie: ein Sammelsurium von Kreditkarten, zwei Zehner, drei Ein-Dollar-Scheine.

«Sie haben ja gar keine hundert Dollar, Mann. Am besten gehen Sie wieder hinein. Sehen Sie zu, daß Sie sich abtrocknen.» Der Taxifahrer half ihm sorgsam die Stufen zum Foyer hinauf, und Henderson schickte sich plötzlich in alles wie ein Invalide, der ins Bett zurückgebracht wird. «Jetzt gehen Sie rein, Mann. Ziehen Sie sich trockne Sachen an, dann fahre ich Sie.»

Finstere, lähmende Resignation hatte sich auf Henderson herabgesenkt, als er über den Atriumsee zurückgepaddelt wurde. Eine neugierige Menge sah ihm beim Aussteigen zu, darunter auch Sereno und Cora.

«Ist mit Dr. Dubrovnik alles okay?» fragte Sereno.

«Eine tolle Nummer», sagte Cora. «Höchst eindrucksvoll.» Ihre Lippen lächelten nicht, aber ihre dunkle Brille verbarg Augen, die gewiß vor Belustigung funkelten, davon war er überzeugt. Doch er war zu schwach und mutlos, um etwas darauf zu erwidern. Er hinkte in Richtung der Panoramaaufzüge und seines einsamen Zimmers.

Elftes Kapitel

Wie zu erwarten stand, schlief Henderson in dieser Nacht, von wilden Träumen gequält, nur kurz und unruhig. Doch am Morgen stellte er zu seiner Überraschung fest, daß das Gefühl der Demütigung und Verlegenheit nicht so überwältigend war, wie er befürchtet hatte. Zu viele potentielle Katastrophen lagen noch vor ihm und erforderten seine Aufmerksamkeit. Und außerdem merkte er, daß ihm in bezug auf Irene nichts zu tun blieb. Es wäre völlig sinnlos gewesen, ihr zum Flughafen von Atlanta zu folgen und in der Abflughalle eine Versöhnung zu bewerkstelligen. Das mußte warten bis zu seiner Rückkehr nach New York, wann immer das sein würde.

Während er allein in dem großen Bett lag, dachte er eher verwundert als von Schamgefühlen oder Selbstvorwürfen gemartert daran, wie er gleich einem Besessenen durch den Atriumsee gewatet war. Er versuchte den Denkprozeß nachzuvollziehen, der ihn zu so überstürztem Handeln und so auffälligem Benehmen getrieben hatte, doch vergebens. Es war, als wäre der enttäuschte Liebhaber mit nur einem Schuh, der da seine flehentlichen Bitten über den belebten Tümpel gebrüllt hatte, ein anderer gewesen, so einzigartig fremd kam ihm diese Handlungsweise vor. Er hatte, wie er plötzlich erkannte, zum erstenmal in seinem Leben überhaupt nicht an die Reaktionen anderer gedacht. Er hatte sich einfach nicht darum gekümmert, ihre Meinung war ihm völlig gleichgültig gewesen. Er runzelte die Stirn.

Der einzige magere Trost bei der ganzen bedrückenden Affäre war der, daß er sich jetzt darauf konzentrieren konnte, die Bilder für Mulholland & Melhuish an Land zu ziehen. Wenn er Beebys neues Angebot für die Holländer ins Spiel brachte, einige vorsichtige Hoffnungen erweckte, was einen eventuell höheren Auktionspreis für die Sisleys betraf ... Gage brauchte Geld; Geld würde der Dreh- und Angelpunkt sein müssen. Publizität, Prestigeausstellungen in London – sie gaben dabei nicht den Ausschlag.

Er stand auf. Und dann waren da noch Bryant und Duane. Er zog sich an. Er hoffte inständig, Bryant werde zur Vernunft kommen, wenn er sehr energisch mit ihr redete und ihr Melissas empörte Reaktion vor Augen führte. Er konnte sich nicht vorstellen, was in sie gefahren war. Duane, ein vierunddreißigjähriger Nichtstuer mit einer Vorliebe für laute Musik und einer chronischen Unfähigkeit, Autos zu reparieren ... Was konnte ein hübsches, privilegiertes Mädchen wie Bryant an einem solchen sagenhaft benachteiligten Menschen finden?

Er bestellte beim Zimmerservice ein Frühstück. Wenn er ehrlich war, verspürte er auch ein gewisses Maß von Eifersucht. Wenn sie eine Laus wie Duane heiraten konnte, warum war sie dann so unfreundlich zu *ihm*? Meine Güte, dachte er, jetzt höre ich mich schon fast wie Pruitt Halfacre an. Doch an diesem Morgen, mit all dem Selbstmitleid und Schmerz, wollte er von jemandem gemocht werden.

Das Frühstück wurde hereingerollt. Kaffee und Orangensaft. Noch immer ging ihm einer seiner Träume nach, der besonders peinigend und deutlich gewesen war. In diesem Traum hatte Irene ihm mit einem kleinen, nicht sehr scharfen Messer den Kopf abgeschnitten. Er hatte keinen Schmerz verspürt und war während der ganzen Prozedur in der Lage gewesen, lauthals gegen seine Enthauptung aufzubegehren und eine Erklärung für diesen feindseligen Akt zu verlangen. Irene – barbrüstig, wie sie am Abend zuvor gewesen war – hatte immer nur gesagt: «Weil du ein Schwächling bist, ein Schwächling, ein Schwächling, ein Schwächling» und im Rhythmus ihrer Worte weitergesäbelt.

Während er von seinem Orangensaft trank, erschauerte er von neuem über die Phantasieprodukte seines Unterbewußtseins. Irenes erotische Gewalttätigkeit, ihre beim Drauflossäbeln schwankenden Brüste, das Blut, das aus seiner zerschnittenen Kehle und durchgetrennten Luftröhre sprudelte. Ein Glück, daß er kein Freudianer war, sonst wäre er schlimm dran gewesen: eine gehörige Portion Schuldgefühl und Selbstverachtung lag da verborgen. Gut, daß ihm seine Ausbildung als Kunsthistoriker den richtigen Bezug lieferte und er nicht in seinem Ich herumzustöbern brauchte ... Die Sache ging eindeutig zurück auf *Judith und Holofernes* von Artemisia Gentileschi ... oder von Jacob van Hoegh.

Er fragte sich beiläufig, was er mit dem Rest des Tages anfangen sollte. Der Gedanke an Jacob van Hoegh erinnerte ihn an den vorgeblichen Zweck seiner Fahrt nach Atlanta. Er konnte einige Zeit in der Bibliothek verbringen, sich beschäftigen, sehen, ob es da etwas gab, das eine Neueinschätzung der holländischen Landschaftsbilder rechtfertigte.

Die William Russell Pullen Bibliothek der Universität von Georgia lag glücklicherweise nicht weit vom Komplex des Monopark 5000 entfernt. Henderson entlohnte den Taxifahrer und überquerte eine moderne Plaza mit einzelnen Kiefern und seltsam aussehenden Lampen. Er betrat das Gebäude durch eine breite Glastür in der glatten Backsteinfassade. Niemand nahm ihn zur Kenntnis, niemand fragte nach einem Ausweis. Er konsultierte eine erleuchtete Wandtafel, summte in einem Lift ein paar Stockwerke hinauf, erkundigte sich bei einer hübschen Studentin nach der Abteilung Schöne Künste und entdeckte dann gleich die entsprechenden, dichtgefüllten Regale.

Nachdem er in mehreren Büchern über holländische Malerei des siebzehnten Jahrhunderts geblättert hatte, fand er sich in der Ansicht bestätigt, daß Gages feucht-düstere Landschaften nichts weiter waren als eben prosaische Landschaften. Er überflog die Notizen, die er sich zu den Gemälden gemacht hatte. «Demeter und Baubo» las er da. «*Protrepticus* – Clemens von Alexandria.»

Er ging zu einer Bibliothekarin, einer fröhlichen jungen Dame namens Ora Lee Emmet, wie auf ihrem Ansteckkärtchen zu lesen stand. Ora Lee drückte auf die Tasten eines Bildsichtgeräts, wälzte einige dicke Kataloge und sagte dann, das einzige Exemplar von Clemens von Alexandrias *Protrepticus*, das sie besäßen, sei eine mittelmäßige französische Übersetzung auf Mikrofilm.

Eine halbe Stunde später saß Henderson vor einem blauen Bildschirm und spulte den aufleuchtenden Text ab. Der alte Clemens zog, soweit Henderson das feststellen konnte, über alle unflätigen und obszönen Riten und Gebräuche her, die mit der klassischen Mythologie in Verbindung standen.

«Wie können wir uns über Barbaren wundern», übersetzte Henderson langsam, «wenn die Athener und das übrige Griechenland – ich erröte bei der Feststellung – in der Gestalt der Demeter eine Religion besitzen, die zutiefst unanständig ist?»

Henderson drehte das Rädchen weiter. Clemens faßte die Geschichte zusammen. Demeter zieht auf der Suche nach Persephone durch Griechenland. In Eleusis setzt sie sich, erschöpft und *toute désolée*, an einer Quelle nieder. In Eleusis leben Schäfer und Schweinehirten. Und Baubo. Er übersetzte weiter. «Nachdem Baubo Demeter empfangen hat, bietet sie ihr einen Trunk an (eine Mischung von *farine, d'eau et d'une espèce de menthe*). Aber Demeter lehnt ab, weil sie trauert. Baubo, *très chagrinée* und zutiefst gekränkt, entblößt ihre Scham und zeigt sie der Göttin. Bei diesem Anblick nimmt Demeter den Trunk an – entzückt von dem Schauspiel!»

Der Empörte von Alexandria wetterte weiter über die Athener und zitierte einige Verse aus den *Gesängen des Orpheus*. «Baubo zog ihre Röcke beiseite, um zu zeigen, was unflätig war. Die Göttin lächelte, lächelte in ihrem Herzen und trank den Trunk aus dem blinkenden Becher.»

Henderson schaltete den Apparat aus.

Was bedeutete das alles? Lachen ist die beste Medizin?

Betrachte das Leben von der heiteren Seite? Nichts ist es wert, daß man sich *so* niederdrücken läßt? Alles ist zwecklos?

Er ging ein Stockwerk tiefer und beschäftigte sich mit den klassischen Nachschlagewerken. Dort fand er, wie erwartet, sehr viel über Demeter, über ihren Kummer und ihr Fasten nach dem Raub der Persephone, über die Beendigung des Fastens und des Trauerns in Eleusis. In allen Versionen hieß es jedoch, bewirkt hätten diese Beendigung Iambe und ihre anstößigen Witze. Wer also war Baubo?

Da er nun schon dabei war, begann er in anderen Werken über klassische Mythologie zu blättern, um einen Hinweis auf Demeter und Baubo zu finden. Er fand nur einen, und zwar in *Mythus, Ritual und primitives Denken* von Max Kramer.

«Derbe Komik und Obszönität», hieß es da, «waren allgemein rituelle Praxis. Ihr Zweck scheint ursprünglich die Förderung der Fruchtbarkeit gewesen zu sein, aber später wurden sie in allgemeinerem Sinn mit dem Austreiben böser Geister in Verbindung gebracht und als beliebtes Heilmittel gegen Niedergeschlagenheit und Verzweiflung gebraucht. So ließ Herakles die glücklosen Kerkopen – die er töten wollte – frei, als sie ihn mit Witzen über seinen erstaunlich haarigen Hintern *(Melanpygos)* zum Lachen brachten, und die gleiche rituelle Bedeutung findet sich in der Geschichte von Demeter und Baubo, in der Baubo Demeter zum Lachen bringt, indem sie ihre Röcke hebt und sich vor der Göttin entblößt, als Demeter um Persephone trauert.»

Er saß vornübergebeugt an seinem Tisch. Es war später Nachmittag. Er hatte seit Jahren nicht mehr so intensiv gearbeitet, und obwohl er erschöpft war, verspürte er doch eine gewisse Heiterkeit. Er kaute am Ende seines Stiftes und mußte dann plötzlich wieder an Irene in New York denken, an Bryants und Duanes bevorstehende Heirat, an Sereno, Gint und Freeborn. Er blickte sich in der stillen Bibliothek um, sah die ordentlich aufgereihten Tisch- und Stuhlgruppen, die Studenten, die – scheinbar ausnahmslos in Sportkleidung – in ihre Bücher vertieft waren. Er betrachtete die gelehrten Werke, die sich da vor ihm stapelten, den stumpfen Glanz der Illustrationen, die gedrängten Buchstabenreihen . . . Er wandte den Kopf und blickte durchs Fenster auf die von der Sonne beschienenen Häusertürme der City von Atlanta. Welches Chaos erwartete ihn dort draußen?

Er sehnte sich plötzlich nach der warmen Geborgenheit von Studium und Forschung, nach der Vogel-Strauß-Ruhe der Bibliothek, der absoluten Richtungslosigkeit irgendeines wissenschaftlichen Weges, den er während der nächsten ein, zwei Jahrzehnte verfolgen konnte. Dort draußen, auf den heißen Straßen, in Luxora Beach, im Haus der Gages lauerte das Leben wie ein Revolverheld und wartete auf ihn – nichts als Fehlschläge und Enttäuschungen, verwirrende Entwicklungen und Wendungen.

Als er noch ein kleiner Junge war, hatten ihn zwei Brüder, die in seiner Straße wohnten, eine Zeitlang zum Freund auserkoren. Sie waren etwas älter als er – stämmig, schmutzige Knie, richtig wilde, kleine Rangen – und kamen unter irgendwelchen Vorwänden immer wieder zum Haus seiner Mutter.

«Phillip und Colin sind da», sagte seine Mutter dann. «Sie wollen, daß du herauskommst und mit ihnen spielst.»

«Ich will aber nicht draußen spielen», jammerte er darauf. «Ich will zu Hause bleiben.»

Er empfand große Sympathie für sein jüngeres Ich. Genauso war ihm derzeit zumute. Er sehnte sich danach, zu Hause bleiben zu können. Er wollte nicht draußen spielen.

Bei dem Gedanken an zu Hause und Kindheit erinnerte er sich an die Nachforschungen nach seinem Vater. Er dachte einen Moment lang daran, in New York anzurufen, den Hausmeister zu bitten, seine Post durchzugehen und nachzusehen, ob Drew geschrieben hatte. Aber wenn nun wirklich ein Brief gekommen war? Er konnte ihn sich nicht nachschicken lassen, und ganz gewiß wollte er sich den Inhalt nicht telefonisch durchgeben lassen.

Er fuhr sich durchs Haar. Müde klappte er die Bücher zu und raffte seine Notizen und Fotos zusammen. Beckman würde schon auf ihn warten. Es war soweit.

Zwölftes Kapitel

Es war erstaunlich, dachte Henderson, wie rasch Zorn und Frustration Ruhe und Abgeklärtheit verscheuchen konnten, ganz gleich, wie sorgfältig die beiden letzteren Emotionen gehegt wurden. Er sah auf die Uhr. Sechs Uhr. Seit zwei Stunden wartete er jetzt an der Ecke Peachtree und Edgewood auf Beckman und seinen Wagen. Zwei vergeudete Stunden. Genug war genug.

Er ging zum Monopark 5000 zurück, um seinen Koffer zu holen. Es war ihm gelungen, Beckmans Lieferwagen inzwischen auf dem Hotelparkplatz abzustellen, und den Koffer hatte er an der Rezeption deponiert. Er würde einfach mit dem Lieferwagen nach Luxora Beach zurückfahren. Wenn dieser Dummkopf an einer anderen Ecke wartete, hatte er eben Pech gehabt.

Im Foyer holte er den Koffer ab.

«Ich hoffe, Sie hatten einen angenehmen Aufenthalt im Monopark 5000», sagte die Dame an der Rezeption.

«Nun . . . ich werde ihn bestimmt nicht vergessen.»

«Wir werden Sie auch nicht vergessen. Bitte, beehren Sie uns wieder.»

«Mal sehen.»

«Ach, entschuldigen Sie –»

Henderson drehte sich um. Es war General Dunklebanger, der auch gerade abreiste. Ungeachtet seiner smarten Uniform sah er schrecklich aus – erschöpft und gequält.

O Gott, dachte Henderson, das hat mir noch gefehlt.

«Also das mit gestern abend tut mir wirklich leid», begann Henderson. «Man hat unsere Zimmer verwechselt, es hatte nichts mit mir zu tun. War einfach Pech – Riesenpech, weiter nichts.»

«Hat sie etwas gesagt?» Die Stimme des Generals bebte, in seinen dunklen Augen glitzerten Tränen. «Irgend etwas? Ich habe sie den ganzen Tag gesucht. Ich kann sie nicht finden, wissen Sie.»

«Nun, sie hat nur gesagt, ‹Alvin, du Schwein, ich will dich nie wiedersehen›, und dann ist sie fortgerannt.»

«Das war alles?»

«Ja. Tut mir leid.»

«Nur ‹Alvin, du Schwein›?»

«Ja. Und ‹Ich will dich nie wiedersehen›. Sie sind Alvin, nehme ich an.»

Zu seiner Bestürzung sah Henderson, daß dem General jetzt tatsächlich die Tränen in die Augen schossen und über die Furchen und Spalten seines wettergegerbten Gesichts rannen.

«Ich muß sie finden», wiederholte er und zog die Unterlippe zwischen die Zähne.

«Ich wünsche Ihnen viel Glück.» Henderson dachte nach, wollte ihm helfen. «Sie war in Uniform. Muß sie sich da nicht irgendwo zurückmelden?»

Der General umklammerte Hendersons Arm. «Sie müssen mir helfen. Sie müssen mir helfen, Mary zu finden.»

«Es tut mir schrecklich leid für Sie. Wirklich. Aber ich wüßte nicht, wie –»

«*Bitte*. Sie sind der einzige.» Jetzt hielt er Henderson an beiden Schultern gepackt. Henderson versuchte sich loszumachen. Sie würden doch wohl nicht wieder im Clinch auf dem Fußboden landen?

«Was kann ich schon tun?» sagte er. «Meine Freundin ist mir fünf Minuten danach auch fortgelaufen, falls Ihnen das ein Trost ist.»

«Ach, sehen Sie! Gemeinsam können wir sie finden!»

Behutsam löste Henderson die Finger des Generals von seinen Schultern.

«Wirklich, ich kann da gar nichts für Sie tun. Ich habe selbst genug Probleme. Große Probleme. Wenn Sie wüßten –»

«Sie *müssen* mir helfen!» sagte der General mit lauter, überschnappender Stimme. Köpfe fuhren zu ihnen herum.

«Nein», sagte Henderson. Armer Kerl, dachte er. «Ich muß gehen. Sie kommt sicher jeden Augenblick zurück.»

«Wäääää!» plärrte der General mitten im Foyer los, als Henderson zurückwich.

«Mwää-wää-wää!» Seine Hände hingen schlaff herunter und zuckten, und seine Schultern bebten.

«Was haben Sie dem Mann nur getan?» fragte ein schockierter Passant.

Der General schluchzte geräuschvoll weiter. Bedienstete eilten hinter der langen Rezeptionstheke hervor und geleiteten den General behutsam zwischen die Bäume. Leute starrten Henderson feindselig an. Erstaunlicherweise hatten auch ein paar Frauen zu weinen begonnen – aus Mitgefühl, nahm Henderson an. Er fühlte sich jeder Kraft beraubt, voller Kummer. Alle machten besorgte, beunruhigte Gesichter. Wenn ein General in Uniform weinen kann wie ein Baby, schienen sie zu denken, wo kommen wir anderen da hin?

Mit diesem düsteren, mahnenden Bild vor Augen, fuhr Henderson durch die einsetzende Dämmerung nach Luxora Beach zurück. Er fuhr nach Westen, in das Feuer der untergehenden Sonne hinein, das die wenigen dünnen Wolkenstreifen in einem lachsrot-goldenen Licht erglänzen ließ. Er spürte, wie sich eine schwere Niedergeschlagenheit auf sein Denken legte. Er schaltete das Radio ein, um sich ablenken zu lassen. Schmalzige Gitarrenklänge kündeten ein vertrautes Liedchen an.

She never said a single angry word to me
Though I cheated on her every gnat and day
She smiled when I come home
No, she never raised a moan
An' I laughed when I heard her'n' the children pray.

Henderson erinnerte sich an das Stück aus dem Skaggsville Motor Hotel. Wie gebannt hörte er weiter zu.

Though he's the happiest meanest, full-time signed-up sinner
Don't forget that he's your only paw
Lord, forgive him for his sins, an' –

Henderson schaltete das Radio aus und fuhr in drückender, beklemmender Stille weiter.

Als er in Luxora Beach ankam, war es schon spät. Die Hauptstraße war wie immer ausgestorben, aber vor dem Lokal standen die üblichen Pkws und Lieferwagen. Die Neonschilder – die rote Schleife, die blaue Rosette – leuchteten fröhlich in die Nacht hinein. Er hielt an. Jemand kam heraus, und er sah kurz durch einen Rauchschleier das Gedränge drinnen und hörte den erregten Stimmenlärm von Leuten, die sich amüsierten. Er dachte einen Augenblick lang daran, zu ihnen hineinzugehen, aber er wußte, wie sehr seine Gegenwart den Ortsansässigen die Laune verderben würde, und so ließ er den Motor wieder an und fuhr den Weg zu Gages Haus entlang.

In Freeborns Wohnmobil brannte Licht, aber im Haus war alles dunkel. Henderson parkte den Wagen, stieg aus und streckte sich. Er hörte auf mit Strecken, als er sah, daß sein Wagen nicht mehr da war – nur noch ein Backstein stand wie ein primitives Bilderrätsel an der Stelle. Er seufzte. Bedeutete dies, daß Beckman noch immer an der falschen Kreuzung auf ihn wartete? Oder hatte Duane beschlossen, ihm ein völlig neues Auto zu besorgen?

Er stapfte die Verandastufen hinauf und betrat die Eingangshalle. Keine Musik, ergo kein Duane. Und wahrscheinlich keine Bryant. Er war seltsam erleichtert darüber, daß er diese Konfrontation aufschieben mußte. Er knipste ein paar Lampen an und, zur Gesellschaft, den Fernseher, ehe er in die Küche ging, um nach etwas Eßbarem zu sehen. Zu seiner nicht unbeträchtlichen Beunruhigung wurde er sich bewußt, daß er sich benahm, als wäre er hier zu Hause.

In der Küche fand er ein lauwarmes bratenartiges Ding, dunkelbraun, wie aus Fleisch. Bei näherem Hinsehen stellte sich heraus, daß es sich um zu einem großen, schwammigen Knödel geformte Nüsse, Bohnen und andere Hülsenfrüchte handelte. Im Kühlschrank stand eine Plastikbox mit geraspelten Karotten. Er schnitt sich eine Scheibe Nußknödel ab und tat ein, zwei Löffelvoll Karotten hinzu. Er wünschte schon, er hätte sich in Luxora Beach einen Wieselburger gegönnt, aber er hatte jetzt solchen Hunger, daß ihm alles egal war.

Er setzte sich zu einem frugalen Mahl und begann mit langen Zähnen zu kauen. Er hörte einen Wagen vorfahren, und kurz darauf kam Beckman hereingeschlendert.

«Hi, Henderson. Da sind Sie ja wieder. Tut mir leid, daß ich Sie sitzenlassen mußte, aber ich dachte, Sie kommen sowieso zurück, und da war's ja egal.»

«Dann waren Sie also gar nicht in Atlanta?»

«Genau.»

Henderson dachte an die zwei Stunden, die er an der Kreuzung Peachtree und Edgewood gewartet hatte. «Warum nicht?»

«Weil Ihr Wagen nicht da war, Mann. Er war heut morgen verschwunden.»

«Was heißt, er war verschwunden?» Er spürte, daß ihn wieder die verwirrende Schwäche überkam, die er inzwischen mit dem Leben in Luxora Beach verband.

«Ich bin heut morgen aufgestanden – kein Wagen da.»

«Duane?»

«Schon möglich. Ich hab gehört, er will ihn reparieren lassen und so.»

«Aber an dem verdammten Ding war doch gar nichts kaputt!» Er trommelte mit den Fingern auf die Tischplatte. Der weinende General, der verschwundene Wagen . . . Das alles erinnerte ihn an die bösen Vorzeichen in Shakespeare-Stücken. Beckman redete schon wieder weiter:

«Es gibt Wagen, die sind richtig biestig. Ich weiß noch, damals in Quang Tri hatten wir ein Kettenfahrzeug, ein richtiger Verrecker. Ständig die Ketten verloren, ständig zusammengebrochen. Eines Morgens wachen wir auf, und der Wagen ist weg. Genau wie Ihrer. Der Sergeant hatte scheint's mit ein paar Hubschrauberpiloten gesoffen und war mit dem Ding zum Flugfeld gefahren. Dort haben sie es dann auf den Haken genommen – mit einem der ganz dicken Brummer, einem Chinook –, sind damit über ein Stück Dschungel geflogen und haben es ausgeklinkt. Die dachten wohl, so würde es bei Charlie Cong mehr Schaden anrichten.» Beckman lachte über seine Anekdote und strich sich das dünne blonde Haar hinter die Ohren zurück. Seine Lider flatterten wie die Schwingen eines auf der Stelle schwebenden Vogels.

«Ah, hallo.» Cora stand auf der Türschwelle, die Zigarette in Gesichtshöhe in der Hand. «Mein Vater hätte Sie gern gesprochen.»

Dann war also doch jemand zu Hause, dachte Henderson.

«Bis nachher», sagte Beckman. «Warten Sie, bis Sie erst hören, was als nächstes passiert ist.»

Cora und Henderson gingen zusammen die Treppe hinauf.

«Wie kommen Sie mit Beckman aus?»

«Gut, gut. Er erzählt mir immer von seiner Zeit in Vietnam.»

«Ihnen ist doch klar, daß er nie dort war.»

«Wie bitte?»

«Er war untauglich. Wegen seiner Augen. Ein Nervenleiden.»

«Nein, das wußte ich nicht. Ich dachte –» Die Mitteilung schockierte ihn irgendwie. Er wußte nicht, warum. Nichts im Hause Gage war, was es schien – das hätte er doch inzwischen wissen müssen.

«Ist Dr. Dubrovnik wieder abgereist? Verspüren Sie Nachwirkungen Ihres Spaziergangs im See? Das Gehen auf Wasser erfordert einige Übung, habe ich mir sagen lassen.»

«O Gott, es war ... Alles ist schiefgegangen. Es ist schwierig – äh ...»

«Machen Sie sich keine Sorgen.» Cora lachte, aber freundlich. «Aber ich war sehr beeindruckt. Irgendwie hatte ich das nicht von Ihnen erwartet.»

«Ich auch nicht», sagte er nachdenklich. Dann setzte er hinzu: «Ich wäre Ihnen dankbar, wenn Sie Bryant gegenüber nichts davon erwähnten. Ich möchte nicht, daß sie falsche Schlüsse daraus zieht.»

«Oder Bryants Mutter.»

«Ja.»

«Dr. Dubrovnik war nicht gerade eine überzeugende Kunsthistorikerin.»

«Nun ...» Er verzog das Gesicht.

«Sie sind ein stilles Wasser, Dr. Dores, wie? Führen einen komplizierten Lebenswandel.»

«Gewöhnlich nicht», sagte er freimütig. «Aber seit ich hier bin, ist alles ziemlich aus den Fugen geraten.»

Sie waren vor Gages Tür angelangt. Cora sah ihn einen Augenblick lang etwas spöttisch an.

«Gehen Sie nur hinein. Er erwartet Sie.» Sie wandte sich ihrem Zimmer zu.

Henderson klopfte und trat ein. Das Zimmer war leer, und die Flügeltür zum Schlafzimmer war geschlossen.

Durch die Tür kam Gages Stimme. «Henderson? Gleich – in zwei Minuten.»

«Schön.»

Henderson benutzte die Gelegenheit, um sich noch einmal *Demeter und Baubo* anzusehen. Da war die Göttin in ihrer zerrissenen Trauerkleidung und lachte über das empörende Schauspiel der Dienstmagd. Das Grinsen war grobschlächtig wiedergegeben, aber breit genug, um die Zähne der Göttin erkennen zu lassen. Baubo lachte ebenfalls. Sie amüsierten sich beide, das war klar.

«Kommen Sie herein», sagte Gage vom Schlafzimmer aus. Henderson ging durch die Tür hinüber. Gage stand mit bloßem Oberkörper da und trocknete sich die feuchten, roten Wangen mit einem Handtuch ab. Brust und Schultern des alten Mannes waren mit erstaunlich dichtem grauen Haar bedeckt.

«Hab mich gerade rasiert», sagte er und streifte ein sauberes Hemd über. «Wie geht es Ihnen, Henderson?»

«Danke, gut.»

«War die Besprechung in Atlanta erfolgreich?»

«Ja und nein.»

«Freeborn hat mir erzählt, Sie hätten einen kleinen Aufruhr verursacht. Sie hätten laut gerufen und seien durch den Atriumsee gewatet.»

Henderson errötete. «Ach das. Ja. Ich kann –»

«Freeborn meinte, mit einem, der sich so aufführt, sollte man keine Geschäfte machen.»

«Ich kann Ihnen das erklären –»

«Ich höre mir zwar an, was Freeborn sagt, aber ich folge seinem Rat selten.» Er hielt inne. «Sie hatten wohl Ihre Gründe.»

Henderson kratzte sich an der Wange. «Ja, ich glaube, die hatte ich.»

«Schön, okay. Was ich alles gemacht habe in Ihrem Alter . . .» Er kam auf ihn zu und legte ihm den Arm um die Schulter. «Wir müssen uns schließlich alle die Hörner abstoßen, nicht? Was soll sonst das Ganze? Hab ich recht?»

«Wir wollen alle glücklich sein, und wir werden alle sterben.»

«Sie lernen hinzu, Henderson, Sie lernen hinzu.»

Henderson lächelte. Gage klopfte ihm auf die Schulter.

«Ich mag Sie, Henderson. Ich mag Sie sehr. Sie sind etwas still und zurückhaltend, aber ich muß sagen, ich mag Sie.»

Henderson wußte nicht, was er erwidern sollte. Er merkte, daß er Gage ebenfalls mochte. Er hatte den alten Mann einfach gern. Er wollte es ihm schon sagen, aber etwas hielt ihn davon ab.

«Vielen Dank», murmelte er.

Gage lächelte und schüttelte traurig den Kopf.

«Jetzt – was ist mit unserem Geschäft?»

«Ich habe mit Mr. Beeby gesprochen, und wir haben noch einmal über die holländischen Bilder nachgedacht. Wir werden den Mindestpreis auf fünfzigtausend Dollar pro Bild heraufsetzen. Ich weiß, das ist nicht so viel, wie Sereno und Gint bieten, aber wenn wir mit unseren Schätzungen für die anderen Gemälde einigermaßen richtigliegen, fahren Sie dabei viel besser.»

Gage breitete die Hände aus. «Da sehen Sie's. Ein wenig Nachdenken kann Wunder wirken.»

«Alle anderen Bedingungen bleiben natürlich mehr oder weniger die gleichen.»

«Nun, ich glaube, die Sache ist perfekt.» Gage streckte die Hand aus. Henderson schüttelte sie. Gages Händedruck war kühl und trocken.

«Ich freue mich», sagte Henderson. Er verspürte einen Ruck in seiner Brust, das Nachlassen einer Spannung. «Ich freue mich außerordentlich.»

«Ich fürchte, mein Sohn wird nicht sehr begeistert sein. Desgleichen Sereno und Gint. Aber es sind schließlich *meine* Bilder.»

Henderson ging rasch die nächsten Stufen der Operation durch – Verpacken, Versand, Versicherung.

«Wie bald können Sie sie verkaufen?»

«Es wird einen Monat dauern, vielleicht ein wenig länger. Wir brauchen etwas Zeit für die Reklame, die Ankündigung –»

«Gut. Nun, je früher, desto besser. Ich will Ihnen nicht verhehlen, Henderson, daß ich das Geld brauche. Das Haus, Beckmans Labor, Freeborns Sanitätsartikelunternehmen und verschiedene sogenannte sichere Geschäfte, in die er mich verwickelt hat, Coras . . . Nun, im Augenblick kostet Cora nicht viel – aber man muß für sie sorgen. Es ist alles dahingeronnen im Lauf der Jahre.»

«Ich verstehe», sagte Henderson mitfühlend.

«Wissen Sie, wie ich meine erste Million gemacht habe?

Mit Parkplätzen. Gleich nach dem Ersten Weltkrieg. Ich habe all diese neuen Automobile auf den Straßen gesehen, und da dachte ich mir, die Leute werden damit bald zur Arbeit fahren, und dann werden sie einen Platz zum Abstellen brauchen. Ich hatte etwas Geld gespart, und damit habe ich ein unbebautes Grundstück in der Innenstadt von Atlanta gekauft. Hab's planieren und ein paar Linien auf den Boden pinseln lassen. Der erste richtige Parkplatz in Atlanta.

Wissen Sie, mein Parkplatz hatte einen etwas ausgefallenen Grundriß, so daß ich einen Plan machen mußte, um möglichst viele Wagen darauf unterzubringen. Da hatte ich dann meinen Einfall.» Gage hielt inne und nahm, in Fahrt geratend, eine andere Haltung ein.

«Ich ließ mir eine Reihe von Parkplatzentwürfen patentieren. Hab sie beim Patentamt angemeldet. Nehmen Sie einen x-beliebigen Parkplatz heutzutage. Was sehen Sie? Das Gitternetz, das Parallelogramm, den Winkel, den ineinandergreifenden Winkel. Auf die alle hatte ich Patente in den frühen zwanziger Jahren. Wer einen Parkplatz hatte, mußte mir für die Verwendung des Entwurfs etwas bezahlen. Ich hatte drei Anwälte, die in den Südstaaten herumgefahren sind und Zahlungsaufforderungen zugestellt haben. Das Geld kam nur so geflossen. Ich habe noch mehr Grundstücke für Parkplätze gekauft. Ehe ich's mich versah, war ich der größte Parkplatzbetreiber südlich der Mason-Dixon-Linie. Ich habe meine erste Million gemacht und noch ein paar dazu. Aber dann 1924 hat der Oberste Gerichtshof meine Patente für ungültig erklärt, und es war für immer aus mit dem Geschäft mit Parkplatzentwürfen.»

«Verblüffend», sagte Henderson. «Die Idee liegt so auf der Hand.»

«Das tun die besten Ideen alle, mein Junge. Jedesmal wenn ich heute einen Parkplatz sehe, könnte ich weinen. Und diese Parkhäuser . . . Aber was soll's. Es hat mich nicht so sehr gekümmert. Ich hatte dieses Haus hier gekauft. Ich war in

Europa gewesen, und ich hatte meine Kunstsammlung. Und 1935 habe ich geheiratet.» Er hielt inne.

«Ich hatte nur diese eine gute Idee, die mir all mein Geld eingebracht hat. Ich dachte, es würden später noch mehr werden, aber wie sich herausstellte, war mir nur diese eine vergönnt.» Er lachte vor sich hin. «Erstaunlich, wie leicht das geht. Geld. Ich bin arm gewesen, und ich bin reich gewesen, jetzt werde ich wieder arm, und es besteht kein Zweifel: reich sein ist besser. Geld macht nicht glücklich, heißt es, und das stimmt wohl auch. Aber man kann sich doch sehr viele andere Dinge dafür kaufen.» Er sah Henderson an. «Verschaffen Sie mir zwei oder drei Millionen, Henderson, dann sehe ich mir das Jahrhundert noch glücklich zu Ende an.»

«Ich glaube, da brauchen Sie sich keine Sorgen zu machen. Die Sisleys allein werden –»

«Sind Sie ein glücklicher Mensch, Henderson?»

Henderson war ein wenig überrascht. «Nun, ich war es nicht. Dann dachte ich, ich wüßte, was mich glücklich machen würde. Aber jetzt bin ich mir nicht mehr so sicher.» Er rieb sich die Hände und schob sie in die Taschen. «Ich fürchte, das klingt nicht sehr einleuchtend.»

Jemand betrat das Zimmer nebenan.

«Loomis», sagte eine Stimme. «Ich bin's.»

«Ah», sagte Gage und sah auf seine Uhr. «Etwas früh, aber macht nichts.»

Sie gingen ins Wohnzimmer hinüber. Mitten auf dem Teppich stand Monika Cardew in einem leuchtend orangen Kleid, das um die Hüften herum eng ansaß, und weißen Schuhen mit hohen Absätzen. Ihr Haar war noch immer zu der komplizierten Hochfrisur aufgekämmt.

«Du erinnerst dich an Henderson, Monika?»

«Natürlich. Guten Abend.»

«Hallo», sagte Henderson und versuchte, unbekümmert dreinzuschauen.

«Nur eine Sekunde, Monika. Schenk dir schon etwas ein.»

Er folgte Henderson zur Tür und öffnete sie. Er lächelte. «Feine Frau, Henderson. Gute Nacht.»

Henderson schloß die Tür. Einen Moment lang stand er fassungslos da. Dann erinnerte er sich an die frohe Botschaft, verschränkte die Hände, blickte himmelwärts und sagte: «Danke, lieber Gott.»

«Alles gutgegangen?» Das war Cora, die auf der Türschwelle zu ihrem Zimmer stand.

«Ja, ich denke doch. Wir haben die Gemälde nach einigem Verhandeln bekommen. Ich fürchte, Ihr Freund Sereno hat seine Reise umsonst unternommen.»

«Er ist nicht mein Freund.»

«Ich dachte –»

«Falsch.»

Henderson nickte. «Das war – äh – Monika Cardew.»

«Ja. Sie kommt einmal die Woche. Wenn T. J. nach Tallapoosa fährt, um seine ‹Kleine Sonntagspredigt› auf Band zu sprechen.»

«Aha.»

«Das geht schon seit Jahren so. Was glauben Sie, weshalb sonst Daddy sich soviel mit T. J. abgibt?»

«Das ist einsichtig.» Er hielt inne. «Ja, ich muß noch einmal telefonieren. Ich werde nach Luxora Beach gehen müssen. Ich kann mir nicht denken, daß mir Freeborn für das Gespräch mit meinem Chef seinen Apparat zur Verfügung stellt.»

«Gehen Sie zu Fuß?»

«Notgedrungen. Mein Wagen hat sich in Luft aufgelöst.»

«Darf ich Ihnen Gesellschaft leisten? Ich hätte Lust auf einen Spaziergang.»

Henderson und Cora gingen die Stufen hinunter und in die Nacht hinaus. Es war warm, aber von Zeit zu Zeit kam eine kühle Brise auf. Cora trug eine alte blaue Strickjacke über dem weiten grauen T-Shirt und der schwarzen Baumwollhose. Nach einer Wegbiegung waren die Lichter des Hauses bald hinter ihnen verschwunden. Sie schritten eine Weile schweigend dahin. Rings um sie her zirpten melancholisch die Grillen. Es war, fand Henderson, eines der bezauberndsten Geräusche auf Erden. Gleich dem Ruf der Eule oder dem Schrei der Möwe war es nachgerade befrachtet mit Emotionen und Stimmungen. Er fühlte sich traurig und erleichtert, erschöpft und dankbar, seltsam reif und weise. Über ihm schienen die Sterne in ihren verwirrenden Konstellationen.

Cora ging neben ihm, eine kleine, aufgeweckte Gestalt, und ihr Kopf hüpfte in der Höhe seines Ellbogens auf und ab. Sie zündete sich eine Zigarette an, und er roch den Rauch. Sobald sie aus dem Haus getreten waren, hatte sie die Sonnenbrille abgesetzt. Er warf ihr jetzt einen Blick von der Seite zu, aber es war zu dunkel, um ihre Gesichtszüge erkennen zu können. Was für eine sonderbare, komplexe Person sie war, dachte er. Er wurde nicht klug aus ihr. Hatte sie wirklich ein Medizinstudium abgebrochen? Oder war das ein weiteres Gage-Märchen? Was trieb sie den ganzen Tag im Haus ihres Vaters? Rauchte und las sie nur und hörte klassische Musik? Und mit Sex, wie stand es da bei ihr, fragte er sich ungalant und wurde sich verlegen seiner Lüsternheit bewußt. Wider Willen versuchte er, sie sich nackt vorzustellen: die schlanke, kleine Mädchengestalt mit vollen Brüsten und dem Haar einer Frau . . . eigenartig stimulierend.

«Herrliche Nacht», sagte er, um sich abzulenken. «Sie haben nicht – ehem – zufällig Duane und Bryant gesehen?»

«Bryant sitzt, glaube ich, bei Shanda im Wohnmobil und sieht fern. Wo Duane ist, weiß ich nicht. Es war die Rede davon, daß er Ihren Wagen nach Hamburg bringen wollte.»

«Bryant hat mir gesagt, daß sie und Duane heiraten wollen.»

«Das ist ein schlechter Witz, Henderson.»

«Es war kein Witz. Es ist eine Tatsache.»

«Sie machen Witze.» Sie blieb stehen.

«Ich wünschte, es wäre so.»

«Das klingt mir sehr unwahrscheinlich. Ich meine – Sie wissen doch, wie Duane ist.»

«Also so überraschend das klingen mag, ich habe ihn noch kein einziges Mal zu Gesicht bekommen. Für mich ist er nur eine Art böser Geist, der meinen Wagen mit Beschlag belegt hat.»

«Nun, wenn Sie ihn kennenlernen, werden Sie wissen, wovon ich rede. Gott, Duane heiraten?»

Sie waren in Luxora Beach angekommen. Henderson wußte nicht, ob er sich durch Coras Worte beruhigt oder beunruhigt fühlen sollte. Sie passierten das Einkaufszentrum und überschritten die Geleise.

«Das Lokal scheint ja zu florieren», bemerkte er.

«Na ja, es ist unser einziges.»

Sie gingen eine dunkle Seitenstraße entlang zu der sanft leuchtenden Telefonzelle vor dem Postamt.

«Dauert nicht lange», sagte er. Während er das R-Gespräch mit Beeby anmeldete, sah er Coras adrette kleine Gestalt draußen auf- und abgehen. Sie blieb stehen, um sich eine Zigarette anzuzünden, sah auf und begegnete dabei seinem Blick. Sie hatte ein hübsches, ovales Gesicht, das sah er jetzt, wo es nicht mehr durch die dunklen Gläser entstellt war. Sie machte einen spöttischen Knicks. Er zog eine imaginäre Mütze.

Beeby meldete sich.

«Thomas», sagte Henderson. «Es ist geschafft. Er ist einverstanden.»

«Sind Sie sicher?» Beeby stieß einen Freudenschrei aus. «Henderson, Sie sind großartig.»

«Wir haben die Sache vor einem Weilchen per Handschlag besiegelt. Ich regele morgen noch alles und bin am Montag wieder im Büro.»

«Fein. Tadellos. Aber ich dachte, Sie wollten ein paar Tage Urlaub machen?»

«Ich habe meine Pläne geändert.»

«Holen Sie's ein andermal nach.»

«Mach ich.»

«Sie haben das wunderbar über die Bühne gebracht.»

Nach einigen weiteren Lobeshymnen legte er auf.

Als nächstes rief Henderson Melissa an.

«Melissa, Darling, hier –»

«Bring sie her, du Mistkerl, oder ich benachrichtige die Polizei!»

«Was? Wen?»

«*Mein Baby*, du Scheusal, *mein Baby!* Du solltest auf sie aufpassen. Sie hat mich heute angerufen, sie hat gesagt, sie will jemanden namens Duane heiraten. Er heißt doch so? *Duane*, ich bitte dich. Hör zu, Henderson, ich warne dich –»

«Beruhige dich, Melissa, beruhige dich um Gottes willen. Es besteht kein Grund zur Sorge.» Er spürte seine Achselhöhlen schweißnaß werden. «Es ist nichts, nur so eine Jungmädchenschwärmerei. Kein Problem – Montag sind wir zurück.»

Schweigen. Dann fing Melissa wieder von vorn an, diesmal unter Tränen.

«Aber ich *mache* mir Sorgen, Henderson, wirklich. Sie sagt, sie kommt nicht nach Hause, sie bleibt bei diesem Duane. Sie sagt, sie ist sehr glücklich. Das war ganz untypisch für sie.»

«Eben», besänftigte er sie. «Eine Schwärmerei, die vorübergeht. Sie weiß nicht wirklich, was sie da sagt. Ich habe bereits mit ihr gesprochen. Es wird schon alles gutgehen, und wir sind Montag wieder zurück, ganz bestimmt.»

Er gab noch mehr beruhigende Platitüden von sich und hängte dann ein. Er fragte sich, wie er diesen so zuversichtlichen und beschwichtigenden Ton getroffen hatte – ihm war gar nicht so zumute. Er trat kopfschüttelnd aus der Zelle.

«Direkt unheimlich. Kaum ist ein Problem gelöst, schon taucht ein neues auf.»

«Welches?»

«Dieser verflixte Duane und Bryant. Das war Bryants

Mutter eben, sie ist fast hysterisch geworden. Das dumme Mädchen hat zu Hause angerufen.»

«Nehmen Sie es nicht so schwer.» Cora berührte ihn am Arm. «Ich gehe zu Daddy, er wird mit Duane reden – und basta, Problem gelöst. Duane tut immer, was Daddy sagt. Immer.»

«Würden Sie das tun? Das wäre wunderbar ... Ich weiß nicht, was sie da ausheckt. Sie ist doch erst vierzehn, Herrgott noch mal. Mit vierzehn hatte ich noch zwei Jahre bis zu meinem ersten Kuß vor mir.»

Cora lachte ungläubig.

«Doch, ehrlich. Wir sind anscheinend Spätentwickler in England – wenn wir uns überhaupt je entwickeln. Sie sperren einen ein, wissen Sie, während der gesamten Pubertät sperren sie einen mit lauter anderen Jungen zusammen.» Er runzelte die Stirn. «Das ist eine lange Zeit.»

Sie machten sich auf den Rückweg durch den Ort nach Hause.

«Übrigens – dieses Gemälde, das Sie *Demeter und Iambe* nennen –»

«Ja? Was ist damit?»

«Ich habe herausgefunden, es handelt sich nicht um Demeter und Iambe, sondern um Demeter und Baubo.»

«Und? Ist das wichtig?»

«Nein, eigentlich nicht. Aber interessant.» Er erzählte ihr, was er über den Mythos in Erfahrung gebracht hatte. «Wie es scheint, hat Demeter aufgehört, zu fasten und zu trauern, als Baubo ihr ... ihre Scham zeigte.»

«Sie meinen, Ihre Möse?»

«Hm, ja.»

«Sagen Sie doch, was Sie meinen, Henderson, drücken Sie sich deutlich aus.»

«Entschuldigen Sie. Ich habe mich nur gefragt, worum es da gehen konnte. Was das alles bedeutete.»

«Demeter ist die Tochter geraubt worden, ja? Sie verfällt in eine Art tiefe Trauer. Aber sie wird wieder froh, als Baubo ihre –»

«Genau.»

«Nun, mir scheint ziemlich klar, worum es da geht.»

«Ja?» Er sah sie an. Sie starrte zurück. Er stolperte über einen Stein. Cora packte ihn am Arm.

«Oh!»

«Alles okay?»

Sie waren an einer verlassenen Stelle des Weges stehengeblieben. Der Mond war noch nicht aufgegangen, aber die Sterne spendeten ein klares, schwaches Licht. Um sie her zirpten unablässig die Grillen. Henderson wußte in einer plötzlichen Eingebung zugleich, was er nun tun würde, und daß er es aus gutem Grund besser bleibenließe. Solche Krisenmomente hatte es bei ihm schon früher gegeben: Er sah den richtigen und den falschen Weg – und schlug prompt den falschen ein. Er konnte stehen, besaß aber auch die Freiheit, auf die Nase zu fallen. Es war ein ihm in regelmäßigen Abständen angebotenes Wissen um einen grundlegenden Zug des menschlichen Wesens. Aber vielleicht, dachte er, als er sich hinunterbeugte, um Cora zu küssen, klingt das etwas großspurig. Also nicht des menschlichen Wesens, sondern des Doresschen Wesens.

Seine geschürzten Lippen trafen ins Leere. Cora war zurückgewichen. Er griff ungeschickt nach ihr, aber sie schlug seinen Arm fort.

«Was machen Sie denn da, Henderson? *Gott.* Lassen Sie mich gefälligst!»

«Ich dachte –»

«Ich will Sie nicht küssen, Henderson. Wie kommen Sie auf die Idee? Warum müssen Sie versuchen, mich zu küssen?»

Er war froh, daß die Nacht sein vor Schamröte brennendes Gesicht verbarg.

«Um Gottes willen», begann er. «Da muß ich etwas falsch ausgelegt haben. Hören Sie, ich . . . Du lieber Himmel.»

«Ich mag Sie, Henderson. Sie sind ein netter Kerl. Das ist ein großes Plus. Aber ich will nichts mit Ihnen haben.»

Er schluckte. «Ein schreckliches Mißverständnis. Völlig

mißdeutet. Ich habe mich hinreißen lassen. Das ist mir entsetzlich, ganz entsetzlich –»

«Beruhigen Sie sich.» Ihre Stimme klang sanfter. «Ist doch nicht weiter schlimm. Jetzt wissen wir, woran wir sind.»

Er nickte stumm.

Sie machten sich schweigend wieder auf den Weg. Cora gab ein leises Kichern von sich und spähte ab und zu zu ihm hinüber. Du Narr, sagte er zu sich selbst, Narr, Narr. *Narr*, *NARR*. Sie bogen um eine Ecke, und das Haus lag vor ihnen. In sämtlichen Fenstern brannte Licht.

«Sieht aus, als wären plötzlich alle zu Hause.»

Sie gingen durch den Park auf die Verandastufen zu.

«Hören Sie, Cora», begann Henderson mit heiserer Stimme, aber er wurde unterbrochen, denn jemand riß die Eingangstür auf. Es war Alma-May, und sie weinte zum Erbarmen.

«Cora, Baby! Cora, Darling! Ihr Daddy ist tot, Baby. Ihr Daddy ist tot!»

Dreizehntes Kapitel

Ihr Vater hat mir fest zugesagt – wir haben das per Handschlag besiegelt, nur wenige Minuten» – Henderson räusperte sich, damit seine Stimme nicht so zitterte – «nur Minuten, bevor er ... verschied, buchstäblich nur Minuten vorher –, daß die Firma Mulholland & Melhuish die Gemälde versteigert.»

«Hauen Sie ab», sagte Freeborn. «Sie lügen, Sie Schwein. Herrgott, Sie erwarten doch nicht, daß ich Ihnen das glaube, Sie englische Pißnelke!»

«Mr. Dores», sagte Sereno, «wir kennen nur Ihre Darstellung. Das genügt leider nicht.»

«Aber hören Sie, ich habe Cora davon erzählt –»

«Hat er», sagte Cora. «Das stimmt.»

«Na und? Nichts als Gerede. Das ist kein Beweis. Ich sage, wir nehmen Ben Serenos und Peter Gints Angebot auf der Stelle an, anstatt auf irgendeine blöde Auktion in New York zu warten.»

«Diese Leute», sagte Henderson in ehrlichem Zorn und deutete auf die beiden Galeristen, «sind ausgemachte Betrüger. Ich würde ihnen keinen Fußbreit über den Weg trauen.»

«Solche Anschuldigungen sind gänzlich unangebracht», sagte Sereno, den die Verleumdung nicht zu erschüttern schien.

«Halten Sie die Klappe», sagte Freeborn zu Henderson und deutete mit dem Finger auf ihn. «Es sind jetzt meine Bilder, und ich sage, sie gehen an Sereno und Gint.»

«Augenblick mal, Freeborn», sagte Cora. «Da ist Daddys Testament. Und Beckman und ich haben vielleicht auch noch ein Wörtchen mitzureden.»

«Ich schließe mich Freeborn an», murmelte Beckman. «Wenn ich nur mein Labor behalte.»

«Außerdem dauert es gottverdammte vierzehn Tage, bis das Testament eröffnet wird.»

«Hören Sie, könnten wir diese Diskussion nicht ohne den ständigen Gebrauch von Kraftausdrücken führen?» sagte Henderson.

«Leck mich am Arsch, du Scheißengländer!»

Freeborn, Beckman, Cora, Henderson, Sereno und Gint waren im Wohnzimmer. Jenseits der Halle, auf dem langen Tisch im Speisezimmer, lag Loomis Gage erkaltet in seinem Sarg.

Eine halbe Stunde nachdem Henderson ihn und Monika verlassen hatte, war Duane zurückgekehrt und hatte wie üblich die Musik aufgedreht. Beckman zufolge, der gerade durch den Flur ging, war sein Vater – im Morgenrock – oben an der Treppe erschienen und hatte wütend *«Duane, stell diese verdammte Musik leiser!»* gebrüllt. Dann hatte er zu zittern begonnen, war ganz weiß geworden, und unter Zuckungen zusammengebrochen. Duane kam aus seinem Zimmer gestürzt, hob Gage auf und trug ihn zum Bett zurück. Beckman hatte, einer seltenen diplomatischen Eingebung folgend, Monika nach Hause gefahren und auf dem Rückweg den Arzt mitgebracht. Als sie eintrafen, war Gage tot, und Duane – der teilnahmslos neben der Leiche saß – sagte, es sei erst vor Augenblicken passiert. Freeborn, Sereno und Gint – wer wußte schon, was sie gemeinsam ausgeheckt hatten? – waren fünf Minuten vor Hendersons und Coras Eintreffen zurückgekehrt.

Die ganze Nacht hindurch hatte hektisches Getriebe geherrscht; der Arzt und die Leichenbestatter waren gekommen und gegangen, desgleichen der glücklicherweise unwissende T. J. Cardew. Loomis Gage hatte sich ein stilles Begräbnis im Familienkreis gewünscht. Es schien keinen Sinn zu haben, die Sache aufzuschieben, und so wurde die Trauerfeier auf halb fünf am kommenden Nachmittag festgesetzt.

Und hier waren sie alle, dachte Henderson, und stritten sich um die Beute . . . Gages plötzliches Dahinscheiden hatte ihn tief getroffen. Die Familie hingegen – mit Ausnahme von Alma-May – schien seinen Tod mit bequemem Stoizismus hinzunehmen. Henderson hatte den lebhaften alten Mann lieber gemocht, als ihm bewußt gewesen war. Er erinnerte sich voller Bedauern an ihr letztes Gespräch: Gage hatte ihm seine Zuneigung zu erkennen gegeben, aber er war zu reserviert oder zu sehr mit dem Abschluß der Bildertransaktion beschäftigt gewesen, um darauf angemessen zu reagieren. Was hatte er gesagt? «Vielen Dank.» Er ekelte sich vor sich selbst, aber so geht das immer, dachte er bitter; du wartest immer, bis es zu spät ist. Was den alten Gage betraf, so wäre es vielleicht angemessener gewesen, wenn er ein paar Minuten früher in den Armen von Monika Cardew gestorben wäre – ein *petit mort*, der plötzlich *grand* wurde – anstatt durch die Anstrengung, die es ihn kostete, einem schmarotzenden Lümmel zuzurufen, er solle seine Rockmusik leiser stellen. Aber die Vorsehung, dessen war er sich bewußt, war groß darin, Dinge falsch zu timen.

Aber er war nicht nur traurig, er empfand auch die bittere Gewißheit seines letztlichen Scheiterns. Freeborn legte ein großspurig autoritäres Gebaren an den Tag, wie man es von jungen Offizieren kennt, die gerade mit Erfolg einen Staatsstreich inszeniert haben. Cora allein konnte gegen das herrische Auftreten ihres Bruders nichts ausrichten, und die niederschmetternden Auswirkungen von Beckmans irregeleiteter feiger Apathie waren mehr als offenkundig. Er war so nahe am Ziel gewesen, dachte er in einem Anfall von Egoismus. Wäre Gage nur ein paar Tage später gestorben . . .

Er saß einen Augenblick lang zusammengesunken auf seinem Stuhl, während er sich mit der Zwecklosigkeit all seiner Anstrengungen konfrontiert sah. Er unternahm einen letzten, verzweifelten Versuch.

«Mr. Gage», sagte er ernst und setzte seine ganze Förmlichkeit und Autorität ein. «Mr. Sereno, Mr. Gint. Was mich betrifft, haben Loomis Gage und ich eine bindende Abmachung getroffen. Wenn Sie etwas auf eigene Faust unternehmen, so warne ich Sie vor möglichen gerichtlichen –»

Er sprang von seinem Stuhl auf, als Freeborn auf ihn zustürzte. Sereno, Gint und Beckman hielten den Wütenden zurück.

«Sie *sagen*, Sie hätten eine Abmachung getroffen», sagte Sereno kühl, als Freeborns wilde Flüche verklungen waren.

«Es muß wohl so gewesen sein», sagte Cora. «Er hat mir davon erzählt. Sonst hätte er das doch nicht erwähnt, oder?»

«Waren Sie bei dieser Absprache zugegen?» wollte Sereno von Cora wissen.

«Nein.» Sie warf Henderson einen niedergeschlagenen Seitenblick zu.

«War irgend jemand sonst zugegen?» fragte Sereno.

«Nein. Aber –»

«Sie können uns gern verklagen, Mr. Dores», sagte Sereno. «Aber ich glaube, damit werden Sie nicht weit kommen.»

Alle sahen Henderson an. Er erhob sich.

«Sie begehen einen schrecklichen Fehler», sagte er. Das war alles, was ihm einfiel.

Die Nachmittagssonne schien warm auf die Köpfe der großen Trauergemeinde auf Luxora Beachs kleinem, wenig benutztem Friedhof. Henderson stand bei den Familienangehörigen, die hinter Reverend T. J. Cardew Aufstellung genommen hatten. Auf der anderen Seite des Grabes stand eine Gruppe von vierzig, fünfzig Ortsansässigen. Das Sternenbanner und die Südstaatenflagge am Postamt wehten auf halbmast. Die Straßen waren leer, die Läden geschlossen, sogar die Neonreklame der Brauerei in den Fenstern des Lokals war ausgeschaltet. Henderson sah sich suchend nach Bryant um, aber sie schien nicht anwesend zu sein, sowenig wie ihr Liebhaber und ihre zukünftige Schwiegermutter. Shanda hatte gemeint, sie würden getrennt von den anderen zum Friedhof kommen, aber Alma-May litt so sehr unter ihrem Kummer, daß es zweifelhaft war, ob sie die Beerdigung durchstehen würde.

Henderson hatte eigentlich nicht mitkommen wollen, sagte sich aber dann, daß er es dem alten Mann schuldig war. Er war im Wagen zum Friedhof gefahren, zusammen mit Sereno, Gint, Cora und Shanda (Freeborn und Beckman folgten mit den anderen Sargträgern nach), und hatte eine weitere Stunde lang mühsam seine Enttäuschung und Verbitterung im Zaum halten müssen. Sereno hatte ihm sogar die Hand hingestreckt und «Nichts für ungut» gesagt. Wider Willen hatte Henderson sie ergriffen.

Rings um ihn her ertönten nun gedämpfte Klagelaute, als Loomis Gages Leichnam mühsam ins Grab hinabgelassen wurde. Henderson sah trockenen Auges zu dem Kreuz auf dem Holzturm der Baptistenkirche hinüber. Jemand da oben im Himmel amüsiert sich auf meine Kosten, dachte er. Er hatte den Geschmack von Asche im Mund.

Da hörte er, wie in einem Traum, jemanden seinen Namen rufen. Er fuhr bestürzt herum und stellte fest, daß aller Augen auf ihn gerichtet waren. T. J. Cardew deutete auf ihn und sprach mit der lauten, übertreibenden Stimme der Prediger und Straßenredner.

«. . . ja, Mr. Henderson Dores aus London, England, war mir eine Inspiration. Seine Worte waren es, die mir sofort in den Sinn kamen, als ich vom Tode meines treuen Freundes Loomis Gage hörte. Seine unschuldigen und doch so tiefsinnigen Worte. Sagen Sie ihnen, was Sie gesagt haben, Henderson, sagen Sie es unseren lieben Freunden, den guten Menschen, die sich heute hier versammelt haben.»

Henderson tat einen erschrockenen Schritt nach rückwärts. Wovon redet der Mann da, fragte er sich in wachsender Panik. Was wollte der Reverend hören? Sollte er vielleicht auf die Knie fallen? Verschwommene Erinnerungen an Versammlungen der Wiedererweckungsbewegung tanzten ihm durch den Sinn. Zeit gewinnen: sollte er «Halleluja» rufen?

«Tut mir leid», sagte er, die Finger am Knoten seiner Krawatte. «Ich weiß nicht . . .»

«Diese Ihre schlichten Worte, Henderson, als wir uns begegneten», half Cardew mit einem traurigen Lächeln nach.

«Äh.» Er zermarterte sich das Hirn.

«Was Sie damals zu mir sagten – es war eine Frage –, als wir uns kennenlernten. Erinnern Sie sich? Die Frage, die Sie mir stellten.»

«O ja . . . Jetzt habe ich's.»

«Schön, Henderson. Wiederholen Sie die Frage.»

«Wie geht's Patch?»

«Wie bitte?»

«Wie geht's Patch? Das habe ich Sie damals gefragt. Bei unserer ersten Begegnung.»

«Nein, Sir.» Ein Anflug von Verärgerung ließ Cardews Lächeln für einen Moment zu einem schiefen Grinsen verrutschen. Neugieriges Gemurmel pflanzte sich in der Menge fort wie ein Hüsteln in einem besetzten Saal.

«Nein, ich denke», fuhr Cardew fort, «an jene simple und rührende Frage, die Sie an mich richteten: ‹Sagen Sie mir, T. J.›, sagten Sie, ‹sagen Sie mir, T. J., wie erklären Sie sich das ‹Beach› in Luxora Beach?› Erinnern Sie sich jetzt, Henderson?»

«Ich fürchte, ich kann –»

«Und ich sagte» – Cardew wandte sich wieder der Trauergemeinde zu – «ich sagte darauf: ‹Henderson, das weiß ich nicht.› Und, Freunde, ich wußte es wirklich nicht. Und doch wohne ich jetzt schon seit elf Jahren unter euch. Und ich dachte an Hendersons schlichte, kindliche Worte – ‹Wie erklären Sie sich das ‹Beach› in Luxora Beach?› –, als man mir die Nachricht brachte, daß mein guter und teurer Freund Loomis Gage unerwartet im Geiste des Herrn entschlafen war. Ich dachte, da stellt der schlichte Henderson hier, ein Gast in unserem Ort, eine so naheliegende, so simple Frage, und ich weiß keine Antwort darauf. Und ich ging mit mir zu Rate. T. J., sagte ich, T. J., wie wenig wissen wir vom Willen unseres Herrn, wieviel nehmen wir gedankenlos für selbstverständlich hin, wo doch eine simple, fast törichte Frage uns offenbaren kann –»

«Entschuldigen Sie, T. J.» Ein großer, abgezehrter Greis hob seine zitternde Hand. «Aber das weiß doch jeder hier, warum Luxora Beach Luxora Beach heißt. Einer der frühen Siedler hier hieß Beech. B-e-e-c-h. Nach dem ist der Ort benannt. Und eigentlich müßte es Luxora Beech heißen.»

«Nun, vielen Dank, George, vielen Dank. Wie ich gerade sagte, liebe Freunde, Hendersons kindliche, schlichte Frage –»

«Augenblick noch, T. J.», warf ein untersetzter rotgesichtiger Mann ein. «George muß sich irren. Wissen Sie, früher mal, da hat der Ockmulgokee River hier in der Gegend einen riesigen Bogen gemacht und einen schönen großen Halbmond aus weißem Sand auf der Uferböschung hinterlassen. Als die ersten Siedler hier ankamen, da haben sie auf dem Strand Sanddollars gefunden, diese Seeigel. Ja, und Luxora hieß die Frau des ersten Bürgermeisters. Der Ort hieß früher mal Luxora's Beach.»

«Nun, vielen Dank, Willard Creek. Hendersons gedankenlose, dumme Frage –»

«Willard Creek, das stimmt nicht, und das weißt du auch.» Eine hagere alte Frau mit einer blaßblauen Brille trat zittrig vor. Sie sprach Henderson an. «Sehen Sie, das war ganz anders. Die erste Handelsniederlassung hier, die wurde von der Luxora Bleach Company aus Montgomery, Alabama, eingerichtet. Das war 1835. An dem Laden prangte ein großes Schild, darauf stand Luxora Bleach, und den Leuten hat der Klang gefallen und –»

«Ich danke euch allen, meine Freunde!» überschrie Cardew die hitzige Debatte, die sich entsponnen hatte. «Asche zu Asche, Staub zu Staub. Amen.»

Henderson ging lustlos mit Cora zusammen durch den Ort zurück.

«Ich glaube, Cardew ist mir böse», sagte er. «Er hat mir nicht die Hand gegeben nach der Trauerfeier. Er schien sehr verärgert.»

«Ich glaube, das ist die Art von Beerdigung, über die sich mein Vater gefreut hätte.»

«Wirklich?» Er sah sie an. Er dämpfte die Stimme. «Cora, ich hatte noch keine Gelegenheit . . . Es tut mir schrecklich leid wegen gestern abend . . . Ich habe mich hinreißen lassen.»

«Oh, denken Sie nicht mehr daran.»

«Hochmut kommt vor dem Fall», sagte er, als sie am Postamt vorüberkamen. «Ich bring's lieber gleich hinter mich.» Er blieb vor der Telefonzelle stehen. «Ich frage mich, wie Beeby wohl reagieren wird.»

«Morgen früh will ich Ihre Kündigung auf dem Tisch liegen haben», sagte Beeby mit vor Zorn zitternder Stimme. «Wie konnten Sie mich so im Stich lassen, Henderson? Wie konnten Sie nur?» Er knallte den Hörer auf die Gabel. Henderson legte ebenfalls auf und trat benommen hinaus.

«Na, wie war's?»

Er kniff die Augen zusammen. «Ziemlich übel. Er hat mich gerade gefeuert.»

«Mein Gott! Aber es ist doch nicht Ihre Schuld.»

«Oh, er kommt schon wieder zur Vernunft. Hoffe ich. Ist nur ein bißchen wütend im Augenblick.»

Sein Gleichmut überraschte ihn selbst – bis er sich bewußt wurde, daß er aufgesetzt war und daß er sich in Wirklichkeit in einem leichten Schockzustand befand. Beeby war außer sich gewesen, hatte getobt. Ganz übel im Stich gelassen, hatte er gesagt, sehr, sehr, sehr enttäuscht. Henderson hatte ihn noch nie so schneidend sprechen hören; er hatte ihn kaum wiedererkannt.

Sie gingen zum Wagen hinüber. Sereno und Gint saßen vorn, Shanda weinte leise auf dem Rücksitz. Henderson setzte sich neben sie. Cora wollte am Fenster sitzen, damit sie rauchen konnte.

«Eine sehr bewegende Trauerfeier», sagte Gint leise.

Henderson tätschelte Shanda die Schulter und sagte: «Schon gut, beruhigen Sie sich.»

Sie fuhren schweigend zum Gageschen Haus zurück. Henderson fühlte sich auf einmal sonderbar ruhig. Alles war dermaßen schiefgegangen, daß er zum erstenmal seit langer Zeit eine Art Gewißheit in bezug auf seine Zukunft empfand. Wenn sich alle Hoffnungen zerschlagen haben, reduziert sich das Leben auf das Problem, wie man die Stunden und Tage herumbringt, sinnierte er. Wenn man kein Ziel hat, nach nichts mehr strebt, ist nur noch banales und fügsames Überleben gefordert. Melissa empört, Irene beleidigt, die Bilder fort, die Stellung verloren . . . all die verschiedenen Unternehmungen und Pläne, die während der letzten Wochen von früh bis spät sein Leben bestimmt hatten, existierten nicht mehr. Die Zeit erstreckte sich vor ihm, leer und reizlos.

Er würde einfach noch einmal von vorn anfangen, die nächsten drei Jahrzehnte oder so mit neuen Aufgaben und Ablenkungen ausfüllen müssen. Aber er würde etwas zurückstecken: keine großartigen oder hochgestochenen Vorstellungen von «Veränderung» oder «Zu-sich-selbst-finden» mehr. Zuerst stand die Rückkehr nach England bevor: das Zurückstecken war dort eher zu Hause. Er würde die Wohnung in Baron's Court von seiner Nichte und ihren Freundinnen zurückfordern und – sein Puls beschleunigte sich nicht gerade bei dieser Aussicht – jenen versprochenen Auftrag für das Buch über Odilon Redon annehmen . . .

Im Haus angelangt, sah er, daß Bryant beim Packen war.

«Gut», sagte Henderson. «Wir fahren gleich morgen früh zurück.»

«Du ja. Wir nicht.»

«Was heißt das?»

«Ich fahre mit Duane, und zwar nach Kansas.»

«Nach Kansas? Warum Kansas?»

«Dort können Mädchen schon mit zwölf heiraten.»

«Das soll wohl ein Witz sein!»

«Nein!»

«Aber das ist ja widerlich. *Obszön.*»

Bryant erklärte, nun da Loomis Gage tot und Freeborn das Oberhaupt der Familie sei, glaube Duane es hier nicht länger aushalten zu können, denn er und Freeborn haßten einander. Deshalb fuhren sie nach Kansas, wo sie sofort heiraten konnten.

Henderson steckte diesen neuen Schlag mit der phlegmatischen Geduld eines Mannes ein, der ständig mit seinen Plänen Schiffbruch erleidet. Er erinnerte Bryant an ihr Alter und an das von Duane und führte ihr die zu erwartende Reaktion ihrer Mutter vor Augen.

«Mutter laß mal meine Sorge sein», sagte sie trotzig. «Dafür bist du nicht verantwortlich. Wenn ich mir etwas in den Kopf setze, hält mich niemand davon ab, weder du noch sie.»

Henderson sah sie an. Sie hatte sich verändert in der kurzen Zeit, die sie zusammen verbracht hatten. Sie war keine eigensinnige, verzogene Heranwachsende mehr, sondern eine eigensinnige, verzogene Erwachsene. Auf einmal war er auch überzeugt, daß sie und Duane miteinander geschlafen hatten.

«Bryant, im Ernst . . . Duane?»

«Kennst du ihn denn?»

«Nein.»

«Na also.»

Tatsächlich war er nahe daran, ihnen seinen Segen zu geben; er fühlte die tödliche Erschöpfung im Nacken, hörte förmlich, wie sie ihn mit großen Schritten einholen wollte. Bryant zog ein Päckchen aus der Tasche ihrer Jeans und zündete sich eine Zigarette an.

«Du kennst Duane nicht, sonst würdest du das anders sehen», sagte sie nachdenklich. «Er ist ein lieber, guter Mensch. Sehr freundlich, sehr liebenswürdig.» Sie blies Rauch aus und sah ihm träumerisch nach.

«Wo ist er übrigens?»

«Er holt deinen Wagen. Und kauft unsere Tickets.»

«Endlich.»

Er stand auf. Nein, das war alles verkehrt. Das würde nicht passieren. Er war plötzlich fest entschlossen, Bryants geplante Verehelichung zu vereiteln. Warum, fragte er sich ... Um sich bei Melissa lieb Kind zu machen? Möglich, obwohl das eine aussichtslose Sache zu sein schien. Um ein junges Mädchen daran zu hindern, ihr Leben zu ruinieren? Das hörte sich recht altruistisch und edel an, doch wenn er ehrlich war, kümmerte es ihn nicht so sehr, was Bryant mit ihrem Leben anfing. Nein, sagte er sich, er mußte einfach dem Unsinn Einhalt gebieten. Die Antwort hatte etwas damit zu tun, daß er dem endlosen, reißenden Fluß von Ereignissen und Phänomenen nicht länger nachgeben wollte. Er hatte sich der Strömung nicht widersetzen können, die *ihn* fortspülte, wie wild er auch dagegen ankämpfte. Vielleicht hatte er mit dem leidenschaftslosen, uneigennützigen Versuch, sie von jemand anderem fernzuhalten, mehr Erfolg.

«Nun», sagte er, während eine Idee in seinem Kopf zu entstehen begann, «es ist dein Leben, und du kannst damit machen, was du willst, wie man so sagt.»

Vierzehntes Kapitel

Henderson packte seine wenigen Habseligkeiten in den kleinen Koffer und machte sich dann auf die Suche nach Cora, um ihr zu sagen, daß er am nächsten Tag abreisen würde. Sie saß in ihrem Zimmer und blickte auf den verwilderten Garten hinaus. Es brannte kein Licht, aber ein rosiger Schein von der Abendsonne warf einen freundlichen Glanzschleier über sie und das schäbige Mobiliar.

«Es tut mir leid, daß Sie so schlimme Zeiten durchzustehen hatten», sagte sie. «Ich hoffe, Sie bekommen Ihre Stellung wieder.»

«Wer weiß? Vielleicht war es die verkehrte.» Er lächelte matt. «Ich glaube, ich bin für diesen Posten nicht der richtige Mann.» Er erzählte ihr kurz, was er in der Vergangenheit alles hatte erreichen wollen, und sprach von seiner damaligen Überzeugung, daß sich alles zum Besseren wenden würde, wenn er erst in Amerika war.

«Wie traurig für Sie», sagte sie ohne die Spur eines spöttischen Untertons. «Die Hoffnung zu verlieren – das ist viel schlimmer, als die Bilder zu verlieren.»

Er fand ihre Aufrichtigkeit eigenartig verwirrend. Er wußte nicht, was er sagen sollte. «Was werden Sie jetzt tun?» fragte er. «Das Studium wiederaufnehmen?»

«Machen Sie sich um mich keine Sorgen. Ich habe genug zu tun. Aber was ist mit Ihnen?»

Er sprach mit eher verhaltener Begeisterung von seiner Rückkehr nach London, von der Wohnung, dem Buch über Odilon Redon, und wurde dabei immer deprimierter.

«Was ist mit Dr. Dubrovnik?»

«Ich fürchte, diese Hoffnungen sind im Atriumsee baden gegangen.»

«Armer Henderson», sagte sie. «Wir haben Sie nicht gut behandelt in diesem Land, oder?»

«Hätte wohl besser sein können.»

Sie nahm ihre Brille ab und lächelte ihn traurig an. «Das mit den Bildern tut mir wirklich leid. Daddy hat alles Freeborn vermacht – die Bilder, das Haus, was von dem Geld noch übrig ist –, dazu brauche ich das Testament gar nicht zu sehen. Er glaubte entschieden an das Erstgeburtsrecht – sehr britisch von ihm.»

Henderson zuckte die Achseln. Im Abendlicht hatte Coras blasse Haut die Farbe einer Teerose angenommen. Sollte er noch einmal versuchen, sie zu küssen? Aber dann fragte er sich, weshalb er eingedenk aller Erfahrungen das Verlangen haben sollte, noch mehr Probleme auf sich zu laden. Doch sein Zögern ging nicht auf kluge Einsicht zurück, dessen war er sich bewußt: es war jene berühmte Zurückhaltung, die sich da wieder einstellte. Später würde er bedauern, daß er es nicht versucht hatte, das wußte er jetzt schon. Das war das Typische an der Zurückhaltung: sie ging mit dem Bedauern Hand in Hand. Hinterher war man trauriger, aber nicht weiser; man wußte nie, was hätte sein können.

Er stand auf. «Ich fahre früh los . . .» Er streckte ihr die Hand hin.

Cora schüttelte sie mit gespielter Feierlichkeit. «Alles, alles Gute und so weiter», sagte sie.

Er lächelte verlegen und kam sich wieder töricht vor. Vielleicht hätte er sie doch küssen sollen . . . Er empfand eine große Ohnmacht, und Tränen des Selbstmitleids brannten ihm in den Augen. Er bewegte sich rückwärts zur Tür, steckte ein resigniertes, aber beruhigendes Grinsen auf und ging hinaus.

An diesem Abend saßen Henderson und Bryant allein im Wohnzimmer. Cora blieb oben, Beckman war irgendwo unterwegs, und Duane war noch nicht zurück. Das Fehlen

Duanes – und damit das Fehlen seines Wagens – war zwar ärgerlich, aber im übrigen kam alles seinem Plan zupaß.

Alma-May setzte ihnen schniefend und mit rotgeweinten Augen das Abendessen vor – Hülsenfrüchteeintopf und gebackene Birnen mit Zimt –, und sie saßen ein, zwei Stunden vor dem Fernsehgerät.

«Und wo ist Duane?» fragte Henderson beiläufig gegen halb elf.

«Er kommt schon», sagte Bryant. «Wenn nicht heute abend, dann morgen früh. Er hat gesagt, er muß noch ein paar Dinge erledigen, ehe wir abreisen. Wichtige Dinge, hat er gesagt – es könnte etwas dauern.»

Einen Augenblick lang fragte sich Henderson, ob Duane es sich bei dem Gedanken an ein ganzes Leben zusammen mit Bryant vielleicht anders überlegt hatte, aber sie schien von seiner Rückkehr fest überzeugt zu sein. Auf jeden Fall mußte er seinen Plan ins Werk setzen. Er konnte nicht darauf bauen, daß Bryant – für ihn die bequemste Lösung – sitzengelassen wurde.

Eine Viertelstunde später sagte er, er mache sich einen Kaffee – ob sie auch eine Tasse haben wolle? Ein Glas Milch und ein Plätzchen, sagte Bryant, ohne den Blick vom Bildschirm zu wenden, auf dem zornige Gangster aus dahinrasenden Wagen aufeinander schossen.

In der Küche bereitete er die Getränke zu. Er zog sein Schlafmittel aus der Tasche und schüttete das Pulver von drei Kapseln in die Milch.

«Henderson?»

Er sah sich wie ertappt um. Es war Shanda. Sie warf einen raschen Blick über die Schulter und kam auf ihren hohen Absätzen in die Mitte der Küche gestolpert. Sie lehnte sich an den Tisch und hob ihren Bauch an, so wie ein Träger eine schwere Last zurechtrückt.

«Was machen Sie da?» fragte sie.

«Milch. Für Bryant.»

«Oh.» Sie schnickte sich mit den Fingerrücken das Haar

zurück. «Sie fahren morgen? Nach New York, hat Alma-May gesagt.»

«Ganz recht.» Er rührte Bryants Milch um, als tue er das mit Milch immer.

«Kann ich mitkommen?»

Der Teelöffel schepperte gegen das Glas, daß es klang wie eine Alarmglocke. Milch schwappte auf den Tisch.

«Was?»

«Ich muß weg hier, Henderson», sagte sie hastig. «Ich halt's hier nicht mehr aus. Ich muß ganz weit weg. An einen Ort wie New York. Ich möchte mit Ihnen fahren.» Shanda sprach sehr schnell, aber ausdruckslos, und starrte dabei auf die Spitzen ihrer hochhackigen Schuhe.

«Du liebe Güte, Shanda», begehrte er entsetzt auf. «Das ist ja absurd. Auf keinen Fall können Sie mitkommen.»

«Ich kann mitkommen?» Ihre Augen leuchteten voller Hoffnung auf.

«Nein. Sie können nicht.» Verzweiflung packte ihn. «Sie. Können. Nicht. Mitkommen.»

«*Bitte*, Henderson. Ich hasse Freeborn. Ich hasse das Wohnmobil. Ich hasse diesen medizinischen Kram, der überall herumliegt. Ich hasse den Geruch von Mundwasser. Ich hasse –»

«Aber – du lieber Gott – was ist mit dem Baby?»

«Das ist mir egal», sagte sie finster. «Ich bin hier nicht glücklich. Das ist alles, was zählt.» Sie berührte ihn am Arm. «Bitte!»

«Nein, Shanda. Nein, nein, nein.» Er schüttelte den Kopf. «Tut mir leid. Nichts zu machen.» Er nahm seinen Kaffee und Bryants präparierte Milch. Die Ironie der Situation entging ihm nicht: die widerwillige Reisegefährtin betäubte er, die willige wies er zurück.

«Denken Sie darüber nach, bitte. Überlegen Sie sich's noch einmal, ja? Ich will nur einfach weit weg, weiter nichts. Sie sind der einzige Mensch, den ich kenne, der so weit weg wohnt.» Sie folgte ihm zur Tür. «Sagen Sie jetzt nichts. Wir sprechen morgen früh darüber.» Sie klapperte auf ihren hohen Absätzen hinaus, zurück zum Wohnmobil.

Gott sei Dank, dachte er, dann bin ich hoffentlich längst fort. Eine leise Erregung durchzuckte ihn beim Gedanken an die geplante Entführung. Er ging ins Wohnzimmer hinüber und erzählte Bryant von Shandas Bitte.

«Sie wird alles tun, um von Freeborn fortzukommen.»

«Na, ich danke.»

«Gott, wie sie den Kerl haßt.» Sie trank einen großen Schluck Milch. «Mng. Ist die frisch?»

«Aus dem Karton.»

«Wahrscheinlich Yakmilch oder so was.» Sie trank sie aus und kaute ihr Plätzchen. Ein paar Minuten später sah sie auf die Uhr. «Ich glaube, Duane kommt heute nicht mehr. Ich hatte gehofft, ihr könntet mal miteinander sprechen. Dann könntest du Mom mehr über ihn erzählen.»

«Ein Jammer. Vielleicht treffe ich ihn morgen früh noch.»

«Ja, Ich glaube, ich leg mich schlafen.» Sie stand auf. «Gute Nacht.»

«Schlaf gut.»

Er blieb noch vor dem Fernseher sitzen, nachdem sie gegangen war. Er schrieb ein paar Zeilen an Cora, um seine überstürzte und unorthodoxe Abreise zu erklären, und gab ihr seine New Yorker Adresse an für den Fall, daß sie je Lust haben sollte, ihn zu besuchen, solange er noch im Land war.

Nach Mitternacht knipste er alle Lichter aus und ging leise nach oben. Er schob den Zettel unter Coras Tür hindurch. Vor Gages Zimmer blieb er stehen. Noch einen letzten Blick auf die Gemälde. Er drückte die Klinke herunter. Abgeschlossen. Freeborn hatte sich seines Eigentums bereits versichert.

Er schlich weiter. Beckman war auch fort. Er betrat Bryants Zimmer. Sie schnarchte leise mit schlaff geöffnetem Mund, ein wenig Speichel benetzte das Kissen.

In seinem Zimmer vergewisserte er sich, daß alles für eine

rasche Abreise vorbereitet war, und legte sich dann angekleidet aufs Bett, um zu warten. Ausnahmsweise einmal erwies sich seine Schlaflosigkeit als ein Segen, er lief nicht Gefahr, einzudämmern.

Er fühlte sich seltsam ruhig. Sein Vorhaben schien in diesem bizarren Haushalt nicht frevelhaft zu sein – eher zwingend in seiner Konsequenz, beinahe selbstverständlich. Alles war schiefgegangen, aber von irgendwoher schien er nun die Fähigkeit zum *Handeln* zu beziehen.

Die Stunden verstrichen mit gewohnter schleppender Langsamkeit. Er sah einen Streifen Mondlicht über die Wand wandern und sich in das Abbild eines Fensters verwandeln, allmählich größer werden, dann wieder schrumpfen. Er stand auf, um ein Glas Wasser zu trinken und den zahlreichen nächtlichen Geräuschen in dem dunklen Haus zu lauschen: dem Klicken und Knarren, wenn sich das alte Holz bewegte. Ein ganzer Trupp Einbrecher hätte hier herumstöbern können, ohne befürchten zu müssen, entdeckt zu werden.

Er schritt in Strümpfen auf und ab und versuchte, sich die Zukunft vorzustellen und seine Aussichten mit einem verlockenden Schimmer zu versehen. Es war bestimmt – ganz sicher, unbestreitbar – eine Marktlücke für eine weitere Monographie über Odilon Redon vorhanden. Es war sogar höchste Zeit für eine Neueinschätzung dieses exotischen zweitrangigen Künstlers mit seiner Phantasie und Gefühlsduselei. Das Gefühl sei wieder *en vogue*, hatte doch neulich erst jemand gesagt, oder im Begriff, wieder *en vogue* zu werden. Wenn er auf dieser Welle mitreiten könnte . . .?

Wenn er erst in New York war, sagte er sich, während er sich wieder lang hinlegte und den Kopf auf die verschränkten Hände stützte, würde er die Ruhe und Würde selbst sein. Die Leute – Beeby, Melissa, Irene – mochten ihn beschimpfen und beleidigen, soviel sie wollten (er sah auf die Uhr: kurz nach drei), doch er würde nur bekümmert lächeln und sich nicht aus der Ruhe bringen lassen. Keiner sollte ihn provozieren können; er würde ernst, gesetzt, weise bleiben . . . Das vom Sternen- und Mondlicht hervorgerufene Abbild des Fensters hatte in den beiden unteren Vierteln eine leicht pfirsichfarbene Tönung angenommen. Ein erstes Anzeichen des Morgengrauens. Das Licht schien zu flackern und sich zu bewegen. Er rieb sich die Augen. Er sah eine schwache Wellenbewegung, als wäre ein Musselinvorhang von einem Windhauch berührt worden.

Neugierig erhob er sich und trat ans Fenster. Dahinter, ganz am Ende des Gartens brannte ein Feuer. Ein recht großes Feuer sogar, das Bäume und Büsche in einem orangeroten Schein erglänzen ließ. Er konnte das Prasseln des Feuers nicht hören, und einen Augenblick lang nahm er nichts als die seltsame und verwirrende Schönheit des Anblicks wahr.

Dann sah er eine breitschultrige Gestalt, die sich vor den Flammen bewegte: den Umriß eines stämmigen Mannes. Als ihm vom angestrengten Hinsehen die Augen zu schmerzen begannen, verschwamm die Figur zu einer koboldhaften Form. Er sah die Erscheinung noch einmal ganz kurz, ehe sie sich ins Dunkel zurückzog. Henderson verspürte plötzlich Angst. Was ging da vor? Was brannte dort unten?

Er zog die Schuhe an. Er mußte nachsehen, und sei es nur, um sich zu vergewissern, daß dieses Feuer und sein Bewacher kein Hindernis für seine Pläne darstellten, die er – er sah wieder auf die Uhr – bald in die Tat umsetzen mußte. Er schlich aus dem Zimmer: alles war dunkel und, wenn nicht ganz still, doch so leblos wie zuvor.

Er schritt behutsam durch die Küche und auf die rückwärtige Veranda hinaus. Jetzt hörte er das leise Prasseln der Flammen. Er wartete etwa eine halbe Minute, bis sich seine Augen an die Dunkelheit gewöhnt hatten, und ging dann in den Garten hinunter. Die feine Sichel des zunehmenden Monds und die Sternengemeinde leuchteten ihm. Er arbeitete sich einen überwachsenen Weg entlang, blieb von Zeit zu Zeit stehen, um auf andere Geräusche zu lauschen, und spähte zu den flackernden Flammen hinüber, um zu sehen, ob der mysteriöse Feuerschürer noch immer seinen Scheiterhaufen betreute. Außer dem elektrischen Schrillen der Grillen hörte er nichts als seine Atemgeräusche und das endlose Brausen und Wogen des Blutes in seinen Ohren.

Er schlich näher heran, von Busch zu Gestrüpp, von Baumstamm zu Baumstamm. Da sah er eine große, eigenartig birnenförmige Gestalt vor das Feuer treten. Die Flammen erhellten ein grob geschnittenes, ausdrucksloses Gesicht. Henderson wußte sofort, wer es war. Er trat wie selbstverständlich aus den Büschen heraus.

«Hallo, Duane.»

Duane drehte sich ganz ruhig um. «Ja? Wer ist da?»

«Was tun Sie da?»

Duane sah ihn an. «Mr. Dores, sind Sie das? Hi.» Er hatte dunkles Haar, das in der Mitte gescheitelt war und ihm bis auf den Kragen fiel. Das Gesicht bekam durch das vorspringende Kinn etwas Störrisches, wirkte aber im übrigen friedfertig.

«Nett, Sie kennenzulernen, Sir. Ihren Wagen habe ich morgen da. Sie können sich darauf verlassen.»

«Sehr gut.» Henderson war ganz ruhig, was ihn selbst verwunderte. Er sah ins Feuer. Das Brennmaterial schien merkwürdig zu glänzen und zu glitzern.

«Was verbrennen Sie denn da?»

«Oh – Mr. Gages Bilder.»

Henderson fühlte seinen Adamsapfel anschwellen und ihm die Kehle blockieren. Er kniete nieder. Er fühlte zunächst mit befeuchteten Fingerspitzen vor und zog dann ein halb verkohltes Stück Holz vom Rand des Feuers fort. Es war ein dünnes, fein gearbeitetes Stück von einem Rahmen, die mattgoldene Hohlkehle war noch nicht ganz verbrannt. Mit diesem Holz stocherte er nun im Feuer herum. Rahmen, nichts als Rahmen. Manche ganz, andere zerbrochen, leere Rahmen mit einigen wenigen spröden, geschwärzten Fetzen Leinwand daran.

«Warum haben Sie sie verbrannt?» fragte Henderson ruhig. Er wollte Duane nicht provozieren.

«Er hat es mir aufgetragen.»

«Wer?»

«Mr. Gage.»

«Wann? Warum?»

Duane schob die Hände in die Taschen und starrte ins Feuer. «Ja, wissen Sie, als er diesen Anfall hatte . . . da hat Beckman Monika nach Hause gebracht und den Arzt geholt. Ich habe Mr. Gage aufgehoben und in sein Zimmer zurückgetragen. Ich habe mich gar nicht wohl gefühlt, weil er doch meinetwegen so geschrien hatte. Weil es meinetwegen war, sozusagen, daß er . . .» Duane hielt inne.

«Er hat so geröchelt und geschnauft, wissen Sie, und gekeucht, und auf einmal sagte er: ‹Duane, du mußt noch eins für mich tun.› Ich sage: ‹Klar, Mr. Gage, was denn?› Und er sagt: ‹Du mußt diese Bilder von den Wänden nehmen und verbrennen. Alle miteinander. Und laß dich dabei nicht von Freeborn oder Cora oder Beckman erwischen. Keiner darf davon wissen.› Da sage ich: ‹Okay, ist so gut wie erledigt.› Und da sagt er: ‹Schwöre.› Und da habe ich es ihm geschworen, bei der Bibel und dem Haupt meiner Mutter. Er hat gesagt, ich soll's tun, sobald ich kann . . .» Duane trat aufs Geratewohl nach einem aus dem Haufen ragenden Rahmen.

«Dann ist er wohl gestorben. Obwohl, ich war mir nicht ganz sicher. Schließlich kamen Beckman und der Arzt herein.»

Henderson hob ein weiteres Stück Bilderrahmen auf. Als er es ins Licht des Feuers hielt, konnte er die Inschrift auf dem sorgfältig gearbeiteten Kupferschildchen lesen: Edouard Vuillard (1886–1940). Er warf es wieder ins Feuer. Das war nun die Sammlung Gage. Rauch und Asche.

«Aber warum hat er Sie gebeten, sie zu verbrennen?»

«Keine Ahnung, Mr. Dores. Vielleicht konnte er nichts mehr damit anfangen, weil er gesehen hat, daß er stirbt. Vielleicht hat er nicht gewollt, daß sie ein anderer bekommt.

Sie haben ja ihm gehört und sonst niemand.» Duane breitete die Hände aus. «Also ich tu nur, was er mir gesagt hat, wissen Sie? Ich hab geschworen, daß ich's tu.»

«Ich verstehe.» Henderson rieb sich die Stirn.

«Mr. Dores?»

«Ja.»

«Hat – ehem – Bryant etwas zu Ihnen gesagt? Über uns? . . . Nicht über Sie und mich. Über mich und Bryant. Ich hätt gern mit Ihnen darüber gesprochen –»

«Erledigen wir das am Morgen», sagte Henderson. Plötzlich war ihm sein Entführungsplan eingefallen. Er mußte dafür sorgen, daß Duane ihm nicht in die Quere kam.

«Ich glaube, ich gehe wieder ins Bett», sagte er mit Bedacht.

«Ich bleib noch hier. Seh zu, daß alles richtig verbrennt. Paß auf, daß nichts anderes Feuer fängt und so.»

«Gute Idee. Ja, achten Sie darauf ganz besonders. Seien Sie sehr vorsichtig.»

«Keine Angst, Sir. Ich paß schon auf.»

«Dann bis zum Morgen.»

«Gut, Und wie gesagt, ich bring Ihren Wagen zurück, ganz klar. War nett, unser Gespräch, Mr. Dores.» Duane streckte ihm seine große Hand hin. Henderson schüttelte sie, lächelte und ging schnell ins Haus zurück. Als er sich in seinem Zimmer hinunterbeugte, um den Koffer aufzuheben, glaubte er, jeden Moment in Ohnmacht zu fallen. Er fächelte sich mit steifen Händen Luft ins Gesicht. Ihm war, als schlüge ihm eine kleine, aber gemeine Faust immer wieder gegen die Brust. Seine Beine zitterten heftig. Jetzt ganz ruhig, Junge. Er erinnerte sich an eine von Eugene Teagardens Atemübungen, blähte die Nüstern, atmete tief aus. *Nymphs and shepherds*. Ein, aus. *Come away*. Ein. Aus. *Hust. Come, come, come, co-ome away*.

Danach schlich er ein wenig ruhiger, in Bryants Zimmer.

Jetzt kam es auf Schnelligkeit an. Er schaltete eine der Lampen ein. Bryant schlief mit geöffnetem Mund weiter und schnarchte noch immer. Ihre Kleider lagen überall verstreut. Zuerst wollte er sie in ihren Koffer packen, aber dann sagte er sich, daß dazu keine Zeit sei. Außerdem hatte das Mädchen ohnehin genug Klamotten. Er schnappte sich eine grüne Jeans und ein gelbes Sweatshirt. Die würde er ihr einfach über den Schlafanzug streifen ...

Er wußte oder glaubte vielmehr nach seiner Erfahrung zu wissen, wie sich drei Kapseln des Schlafmittels auswirkten. Man war nicht im Koma und konnte durchaus geweckt werden. Und dann konnte man mit einiger Hilfe bei Bewußtsein bleiben, konnte gehen, sogar ein wenig sprechen, wie jemand, der aus dem Tiefschlaf geweckt worden war – was ja auch zutraf. Der Unterschied war, daß einen das Gefühl, nicht ganz dazusein, nie völlig verließ, im Gegensatz zum normalen, normal geweckten Schläfer. Das Gefühl hielt etwa vierundzwanzig Stunden an. Er erinnerte sich an einen dumpfen, benommenen Tag, nachdem *er* so viele Kapseln eingenommen hatte: Sein Kopf drehte sich schneller als die Augen; seine Hände bestanden aus zehn schwieligen Daumen; die Unterlippe wurde eigenartig schwer und neigte unwiderstehlich dazu, sich von ihrer Partnerin zu lösen; Speichel floß in jede Mundhöhlung und führte zu peinlichem Überlaufen oder ständigen lauten Sauggeräuschen. Nachdem er so zwei Stunden im Büro verbracht hatte, war er von Beeby nach Hause geschickt worden. Henderson baute darauf, daß Bryant ähnlich abwesend sein würde.

«Bryant», zischte er und zog die Bettdecke zurück. Sogleich zog er sie wieder hoch und wandte sich ab, die eine Hand auf dem Mund, die andere auf der Stirn. Die kleine Faust begann wieder zuzuschlagen. Er sah sich wie betäubt im Zimmer um. Sie war *nackt*.

Verflixtes gedankenloses Biest!, fluchte er gereizt. Er sah ihren Pyjama zerknüllt neben dem Bett liegen. Er rieb sich mit den Händen übers Gesicht, als wollte er es waschen. Seine Handflächen erwärmten sich unter der Hitze auf seiner Stirn und den glühenden Wangen. Es gab keine andere

Lösung. Er hoffte inständig, daß Duane noch fleißig das Feuer überwachte. Er zog die Decke wieder herunter.

Schuldgefühl und Scham quollen in ihm hoch, als er – strengen moralischen Selbstermahnungen zum Trotz – wie gebannt Bryants nackten Körper betrachtete. Die festen spitzen Brüste, die sanften hellen Brustwarzen, die über den Dauben des Brustkorbs straff anliegende Haut, die blasse Spur eines Bikinislips, der sonderbar anrührende dünne, vertikale Streifen Schamhaar. Er mußte sie aufwecken. Er setzte sich neben sie. Doch zuvor – böser Henderson – bedeckte er eine Brust eine Sekunde lang mit einer heißen, zitternden Hand.

«Bryant. Wach auf.» Er schüttelte sie, packte ihre Handgelenke und zog sie hoch, daß sie saß.

«Wa . . .?»

Er streifte ihr das Sweatshirt über das verschlafene blinzelnde Gesicht, zog es über diese anklagenden Brüste hinunter. Wie eine geplagte Mutter arbeitend, krempelte er die Beine ihrer Jeans hoch und dirigierte ihre schlaffen Füße durch die Öffnungen. Hau ruck! Hinauf bis zu den Knien. Die Augen hübsch auf die Fußnägel gerichtet halten: abgeplatzt und mit auberginefarbenem Lack überzogen.

«Wa's pass.» *Schluck* «Sier. Hndrson?»

«Wir reisen ab.» Ruck und hoch. «Leg dich hin. Mach eine Brücke.»

«Wa?»

«Mach eine Brücke.» Er schob eine Hand mit der Handfläche nach oben zwischen das warme Bettuch und ihr warmes Gesäß und hob an. Sie behielt die Stellung bei. Er zog.

«Okay.» Jetzt war nur noch der Reißverschluß zuzuziehen. Es empörte ihn, einen Druck von innen gegen seinen eigenen zu verspüren.

«So, warte.» Zack. Weiche Wimpern streiften über den Knöchel seines Zeigefingers. Dann schob er die Hand in den linken Ärmel ihres Sweatshirts, machte das linke Handgelenk ausfindig und zog es hindurch. Rechter Ärmel. Sie war angekleidet. Er fuhr sich mit der Zunge über die Lippen und schmeckte Salz. Eine übers Gesicht wischende Handfläche wurde feucht und glänzend.

«Hennersn. Ich will . . . schlafen.» Sie rollte die Augen, einen Moment lang sah man nur das Weiße in den Höhlen.

Er fand ein Paar Schuhe, flache goldglänzende Mokassins mit Knitterfalten, und zog sie über ihre Füße. Dann hatte er eine Eingebung. Er riß ein Blatt aus seinem Notizbuch und schrieb in Druckbuchstaben:

LIEBER DUANE,
ES HAT KEINEN ZWECK. ICH LIEBE DICH NICHT GENUG, UM MIT DIR FORTZUGEHEN. ICH BIN MIT HENDERSON NACH NEW YORK ZURÜCKGEFAHREN. ES IST ALLES VORBEI. ENTSCHULDIGE.
BRYANT

Mit stilistischen Feinheiten konnte er sich nicht aufhalten. Er hoffte nur, Duane konnte lesen. Er faltete den Zettel, schrieb vorn DUANE darauf und legte ihn aufs Kissen, wo man ihn sehen mußte.

«Komm», sagte er zu Bryant. «Wir gehen zu Duane. Sei ganz leise.»

Er faßte sie an der Hand und führte sie aus dem Zimmer. Sie kam gehorsam mit. Sie schwankte und taumelte ein wenig und sagte einmal mit lauter, klarer Stimme «Duane», aber sie gelangten unentdeckt und ohne größere Mühe die Treppe hinunter. Henderson entriegelte die Eingangstür und trat auf die Veranda hinaus. Inzwischen zeigte sich ein schwaches Morgenlicht am Himmel, und die Sterne waren fast verschwunden. An Stelle seines Wagens lag da noch immer der Backstein; selbst wenn er dagewesen wäre, hätte er ihn nicht benutzen können, merkte er jetzt. Er mußte in allergrößter Heimlichkeit fliehen. Und die Zeit drängte. Er baute darauf, daß Duane Bryants Zimmer nicht vor dem Frühstück betreten würde.

In der einen Hand seinen Koffer, die andere an ihrem Ellbogen, führte er Bryant die Stufen hinunter. Der große Schemen von Freeborns Wohnwagen lag völlig im Dunkeln. Er fühlte, wie sich der Schweiß auf seinem Gesicht abkühlte.

«Duane gesehen?» murmelte Bryant.

«Sch. Ja.» Good bye, hauchte er zum Haus der Gages hinüber, good bye für immer.

«Gehen wir.»

«*Henderson?* Sind Sie das?»

Er wirbelte herum und ließ vor Schreck beinahe den Koffer fallen.

«Was machen Sie da?» Shanda stand am Fuß der Treppe des Wohnmobils. Sie trug einen blaßgrünen Morgenrock.

«Wir gehen fort», flüsterte er.

«Ich habe vorhin schon Geräusche gehört. Waren Sie draußen?»

«Nein.» Das mußte Duane gewesen sein. «Good bye, Shanda.»

«He, warten Sie einen Augenblick. Ich komme mit.»

«Nein!»

«Henderson, ich kann in den Wohnwagen gehen und Freeborn wecken. Der wäre bestimmt neugierig zu erfahren, was Sie hier draußen machen.»

«O Herrgott im Himmel! Okay. Meinetwegen. Aber machen sie um Gottes willen schnell!»

«Dauert nur zwei Minuten.»

Er spürte, wie sich seine Nebenhöhlen verdickten und verstopften und die Augen sich aus eigenem Antrieb zusammenkniffen. Es hätte ein Niesen sein können, aber er wußte, es waren Tränen der Frustration. Er schüttelte zornig den Kopf.

«Shanda?» murmelte Bryant und lehnte sich an ihn.

«Ja, sie kommt auch mit.»

Seinem Gefühl nach Stunden später erschien Shanda. Henderson rechnete noch immer damit, daß Duanes breite Gestalt um die Hausecke herumgeschlendert kommen würde.

Shanda trug ein Kattunkleid und darüber offenbar Freeborns Drillichjacke. Sie hatte eine kleine Reisetasche aus Nylon bei sich.

«Gehen wir», sagte sie im Verschwörerton. «Hi, Bryant, Schatz.»

Sie schlugen den Weg nach Luxora Beach ein. Bryant wurde bei Hendersons raschem Schritt fast hinterhergeschleift, während Shanda auf ihren hohen Absätzen erstaunlich gut vorwärtskam.

«Was hat sie, Henderson?»

«Sie hat ein Schlafmittel genommen.»

«Was?»

«Ein Schlaf. Mittel. Zum. Teufel.»

«Ah, verstanden.»

«Ist Freeborn auch bestimmt nicht wach geworden?»

«Schläft wie ein Sack. Waren Sie bestimmt nicht vorhin schon mal draußen? So drei-, viermal?»

«Nein.» Zweifellos Duane, der die Bilder hinausgeschleppt hatte.

Sie schritten schnell auf dem dunklen Fahrweg dahin. Die Grillen waren fast verstummt, nur ab und zu ertönte eine Solostimme, der ein früh erwachter Vogel antwortete. Eine erfrischende feuchte Kühle lag in der Luft. Das Dunkel hatte sich zurückgezogen; das Licht war grau und silbrig, in den Bäumen und Büschen war es noch immer still und düster. Wenn er nach rechts blickte, sah er Shanda, die mit großen, unsicheren Schritten das Tempo zu halten versuchte. Henderson ging etwas langsamer, aus Rücksicht auf den herumgeschüttelten Embryo.

Bald waren sie in Luxora Beach. Einige wenige Lichter brannten; die einsame Verkehrsampel an der Hauptstraße leuchtete gelb, gelb, gelb. Das Lokal lag dunkel und leblos da, keine Neonreklame flimmerte. An der Bahnlinie blieben sie stehen. Shanda wischte etwas Speichel von Bryants Sweatshirt. Ein fernes Rumpeln im Osten entpuppte sich als riesiger Laster, der rücksichtslos durch den Ort donnerte.

«Ist sie auch bestimmt okay?»

«Ja.» Henderson sah sich um. «Sie ist nur benommen.» Drei Wagen standen vor dem im übrigen verlassenen Einkaufszentrum.

«Was jetzt?» fragte Shanda. Sie zündete sich eine Zigarette an und lehnte sich an den Pfosten einer Warnbake.

«Ein Bus, dachte ich. Ein Frühbus nach Atlanta.»

«Ein *Bus*? Sie machen wohl Witze. Gibt keinen Bus in Luxora.»

Henderson lächelte töricht. Natürlich nicht. Er dachte an winzige englische Dörfer, alle mit Busanschlüssen. Sie hielten in jedem Kaff. Was für ein Idiot . . . In diesem Augenblick sehnte er sich nach einem der englischen Busse mit den harten, abgewetzten Sitzbänken, dem Geruch nach nassen Mänteln, schalem Zigarettenrauch und Dieselöl. Nach einem mürrischen groben Klotz von Fahrer mit Abzeichen und einem Bleistift hinterm Ohr.

«Okay, müssen wir eben per Anhalter fahren», sagte Shanda.

Sie überquerten die Geleise und warteten. Ein seltsames verlassenes Trio, dachte Henderson. Shanda war um Bryant bemüht, die leicht schwankte und murmelte, sie sei müde.

«Zigarette, Schatz?»

«Nein, sie kann jetzt nicht rauchen.»

«Okay.» Shanda beugte sich zurück und stemmte sich beide Hände ins Kreuz. «Ich bin froh, daß ich mitkommen durfte, Henderson», sagte sie in aufrichtigem Ton. «Ich bin Ihnen sehr dankbar.»

«Mmm.»

«Nein, ehrlich. Ich hätt's da keine Sekunde mehr ausgehalten, wo Loomis nicht mehr da ist. Loomis war der einzige, der Freeborn an der Kandare halten konnte.» Sie schüttelte den Kopf. «Ich will nur nach New York. Das dürfte weit genug fort sein.» Sie schnickte die Zigarette auf die Straße. Es wurde jetzt merklich heller. Irgendwo hinter der Kirche hörte Henderson einen Motor anspringen. Einige Obergeschoßfenster leuchteten gelb auf. Eine Tür wurde zugeschlagen. Ein Hahn krähte. Die Flaggen am Postamt hingen noch immer wegen Loomis Gage auf halbmast.

Henderson sah die graue Straße hinunter. Er hatte das Gefühl, sein Körper müsse vor innerer Anspannung versteinern. Ein rauchgelber Streifen im Osten kündete das Aufgehen der Sonne an. Einen Augenblick lang glaubte er die rasende, schwere Rotation der Erde zu spüren. In England war es jetzt zehn Uhr morgens, die Sonne schien auf den Atlantik; in Los Angeles war es knapp nach Mitternacht. Eine Meile von hier waren die Produkte des Genies einiger toter europäischer Künstler von einem einfältigen, naiven Tölpel zu Asche verbrannt worden, und ihr Besitzer begann den langen Zersetzungsprozeß in einem Sarg unter der Erde jenes kleinen Hügels dort. Und inzwischen stand er, Henderson Dores, am Rand einer unbedeutenden Straße im Hinterland von Amerika, neben sich die schwangere Frau seines Feindes und ein betäubtes, entführtes Mädchen, und versuchte sich per Anhalter auf den Weg nach New York zu machen. Worauf lief das alles hinaus? Was für einen Sinn ergab es?

Er hörte das Geräusch eines Wagens, dann sah er die Scheinwerfer.

«Ein Auto», sagte er.

Shanda trat zwei Schritt auf die Straße hinaus. Henderson rüttelte Bryant wach. Sie hatte an ihn gelehnt gestanden, sein Ellbogen war unter ihrer Achselhöhle eingeklemmt gewesen. Ein geschwungener Speichelfaden glitzerte zwischen der Schulter seines Jacketts und ihrem Mund, dann zerriß sie ihn mit einer wedelnden Handbewegung.

Shanda reckte den Daumen und ihren schwangeren Leib vor. Das Fahrzeug war ein Lieferwagen. Er hielt. Der Fahrer war ein junger Mann mit einer Schirmmütze.

«Morgen», sagte er. «Wo soll's denn hingehen?»

Shanda übernahm das Erklären. Henderson konnte nicht verstehen, was sie sagte, stand aber hinter ihr mit einem freundlichen Grinsen auf dem Gesicht. Die Tür wurde geöffnet, und Shanda und Bryant stiegen ein.

«Du nach hinten, Darlin'», sagte Shanda und winkte ihm zu. Darling? Er gehorchte. Die Ladefläche des Lieferwagens war leer bis auf einen Spaten und zwei Stapel leerer Säcke in den Ecken. Henderson setzte sich auf den einen davon.

«Alles okay dahinten?»

«Ja», sagte er gedämpft, und der Wagen fuhr mit einem Ruck an. Der andere Sackhaufen rührte sich, setzte sich auf und schnaufte. Ein schwarzer Hund von unbestimmter Rasse. Etwas unsicher, wie ein Mensch auf einem schwankenden Deck, kam er auf dem gerippten Wagenboden näher. Seine Pfoten scharrten über den Preßstahl.

«Hallo, Freund», sagte Henderson erschöpft. Ein Stück Seil führte vom Halsband des Hundes zu einem Ring an der Seitenwand. Der Hund beschnüffelte Hendersons Knie und leckte beiläufig an ihnen. Dann kam er näher und schob die Schnauze zwischen Hendersons Beine. Was ist das nur mit mir und den Hunden, dachte er. Der Hund, einmal auf den Geschmack gekommen, schnüffelte begierig weiter, und sein Schweif schlug rhythmisch auf die Blechrückwand des Führerhauses.

Henderson schlug die Beine übereinander und wandte sich ab. «Aus», sagte er. «Hau ab.»

Der Hund hockte sich hin und sah ihn den Rest der Fahrt über geduldig an.

Am Flughafen von Atlanta, zu dem der zuvorkommende Fahrer sie gebracht hatte, kletterte Henderson steif von der Ladefläche und hob seinen Koffer herunter. Bryant hatte während der ganzen Fahrt geschlafen und mußte abermals geweckt werden. Der Fahrer half Shanda beim Aussteigen und schüttelte Henderson die Hand.

«Vielen herzlichen Dank», sagte Henderson.

«Alles Gute, Sir», sagte der Fahrer in ernstem Ton. Er war ein junger Bursche, dem, wie Henderson überrascht feststellte, die oberen Schneidezähne fehlten.

«Ich wünsche Ihnen viel Glück, Sir, und Gottes Segen.»

«Danke, danke.»

Als er fort war, fragte Henderson Shanda, was sie ihm erzählt hatte.

«Ich hab ihm gesagt, wir sind verheiratet. Ich bin schwanger, und Bryant ist meine kleine Schwester, die nicht ganz richtig ist im Kopf, verstehen Sie? Und Sie hätten gesagt, sie kann zu uns kommen und bei uns wohnen. Er hat gemeint, das wäre wirklich sehr nett. Dann hab ich noch gesagt, wir hätten mit dem Wagen eine Panne gehabt und müßten einen Flug kriegen.»

Henderson sah Shanda argwöhnisch an. In der Helle des frühmorgendlichen Sonnenlichts wirkte sie anstößig frisch. Ihr blondgefärbtes Haar glänzte und war reizvoll zerzaust, wenn man über die zwei Zentimeter braunes Haar hinwegsah, die sich da und dort an den Wurzeln zeigten. Ihre großen, milchprallen Brüste und der vorgewölbte Bauch dehnten das Muster ihres Kleides. Sie hatte die zu langen Ärmel von Freeborns Jacke hochgerollt, und Henderson bemerkte zum erstenmal eine kleine Tätowierung an ihrem rechten Unterarm, aber er konnte nicht sehen, was sie darstellte.

Bryant stand einen Moment ohne Stütze da; sie blinzelte wie eine Schwachsinnige, und ihr Kopf wackelte, als wolle er nicht auf dem schlanken Sockel des Halses ruhen bleiben.

«Duane», sagte sie.

«Gehen wir hinein», sagte Henderson.

Die ersten vier aus Atlanta abgehenden Flüge waren schon ausgebucht, aber schließlich bekam er drei Plätze nebeneinander in einer Maschine, die um halb elf starten sollte. Sie ließen Bryant schlafend auf einer Cordsamtbank zurück und machten sich auf die Suche nach einer Imbißstube. Dort trank Henderson etwas Orangensaft, schob aber seinen Teller mit Spiegeleiern und Speck, garniert mit einem Teegebäck und Marmelade, zurück. Shanda sprach ihrem Frühstück eifrig zu.

«Was soll man eigentlich damit machen?» fragte Henderson, auf das Gebäckstück deutend. «Das habe ich mich schon immer gefragt.»

«Mit dem Brötchen?»

«Dem Gebäck.»

«Wir nennen es Brötchen. Gewöhnlich schneide ich's nur entzwei und laß es liegen.

Er lächelte aufmunternd und sah ihr beim Essen zu. Wenn er es sich recht überlegte, müßte er eigentlich sehr wütend sein, weil Shanda sich ihm auf solche Weise aufgedrängt hatte, aber er war zu müde, um sich aufzuregen. Er konnte noch lange genug über alles nachdenken, wenn er erst in New York war. Er rieb sich die Augen. Er hatte seit vierundzwanzig Stunden nicht geschlafen. Wen wunderte das schon? Er drückte sich mit allen Fingern fest aufs Jochbein und schloß die Augen. Bei den Gages würde man sein Verschwinden inzwischen bemerkt haben. Ob es Duane klar war, daß man seine Verlobte entführt hatte? Und hatten Freeborn, Sereno und Gint von der Vernichtung der Bilder erfahren? Eigentlich sollte er so etwas wie Empörung empfinden, aber es tat sich nichts. Was sonst wichtig war, schien heute lächerlich.

Shanda zündete sich eine Zigarette an.

«Alles okay mit Ihnen?» fragte sie und blies eine Rauchfahne in die Luft.

«Ich weiß es nicht», sagte er ganz ernst. «Ich weiß es wirklich nicht.»

Henderson, Shanda und Bryant versuchten sich in dem futuristischen Flughafen von Atlanta zurechtzufinden. Sie bestiegen einen führerlosen unterirdischen Zug, in dem ihnen eine körperlose Roboterstimme sagte, wo sie sich hinzustellen und wo sie auszusteigen hatten. Bei den ersten Worten des Roboters stieß Shanda einen vergnügten Juchzer aus, und Bryant sagte: «Duane?» Sie schwirrten unter dem Flughafen dahin und stiegen an der richtigen Stelle aus. Jetzt war die

Luft erfüllt von einer sanften, mütterlichen Stimme, die gehauchte Informationen über die innerhalb des Terminalkomplexes zur Verfügung stehenden Transportmittel von sich gab. Henderson fühlte sich plötzlich sicher und geborgen, bis er sich bewußt wurde, daß genau diese Wirkung erreicht werden sollte, worauf er in gereizte Stimmung verfiel.

Sie gingen – eine gute Meile, wie es scheinen wollte – durch den vornehmen Ausläufer einer Terminalhalle, bis sie ihren Abflug-Warteraum fanden, der voller makellos gekleideter Geschäftsleute war.

Ihre Tickets waren auf die Namen Mr., Mrs. und Miss Dores ausgestellt. Bryant schlief jedesmal ein, wenn sie sich setzten, und wachte jedesmal gehorsam auf, wenn sie weiter mußten. Eine aufmerksame, besorgte Stewardess ließ die Familie Dores wegen Shandas Zustand als erste an Bord gehen. Als Henderson die «Duane, Duane» murmelnde Bryant den Mittelgang entlanggeleitete, fragte jemand vom Flugpersonal, ob ihr etwas fehle.

«Nein, ihr fehlt nichts», sagte Henderson mit einem traurigen Lächeln. «Sie ist nur geistig zurückgeblieben.»

Mitgefühl und prompter Service schirmten sie von da an ab. Henderson bat Shanda, ihre Tätowierung (die ineinander verschlungenen Buchstaben F. G. und S. M., umrahmt von einer Laub- und Blümchengirlande) zu verdecken, da er das Gefühl hatte, daß sie nicht zu der sie umgebenden Aura von Opferbereitschaft und Entsagung paßte. Sie setzten sich und mußten noch einmal aufstehen, weil Shanda einen Platz in der Rauchersektion verlangte (was sie moralisch einiges an Boden kostete), aber schließlich hatten sie sich eingerichtet.

Die Maschine füllte sich mit ordentlich aussehenden Geschäftsleuten, die ihre Aktentaschen oben ins Gepäckregal warfen, mit ehrfürchtiger Sorgfalt teure Trenchcoats zusammenlegten und dann ihre Zeitungen aufschlugen. Schließlich drängten sich zwei Dutzend riesenhafte junge Männer mit enorm dicken Nacken und in Einheitsblazer durch den

Gang, von vielen der Passagiere mit Hallo begrüßt und mit guten Wünschen bedacht. (Eine Zirkusnummer, dachte Henderson, oder ein Eugenik-Experiment?). Shanda erklärte ihm aufgeregt, wer sie waren und was sie taten: die Ranchers, die es auf die Cowpokes abgesehen hatten oder so ähnlich. Aber wahrscheinlich hatte er sich da verhört.

Und dann dröhnten die Motoren auf, und die Maschine rollte vom Flugsteig fort auf die Startbahn zu. Ein leises *ping* ertönte, ruhige Stimmen gingen Verhaltensmaßregeln im Katastrophenfall durch, und Shanda versuchte einen Orangensaft mit Wodka zu bestellen. Als das Motorengeräusch lauter wurde und die Maschine die Startbahn entlangzurasen begann, faßte sie über die eingenickte Bryant hinweg nach seiner Hand.

«Ich hab Angst vorm Fliegen», sagte sie.

Das hatte er auch, wurde er sich plötzlich bewußt, aber er hatte noch keine Zeit gehabt, darüber nachzudenken.

Feuchte Handfläche klebte an feuchter Handfläche. Shanda schloß die Augen und bekreuzigte sich. Ein Speichelbläschen bildete sich auf Bryant Lippen, und Henderson blickte an Shandas verzerrtem Gesicht vorbei zum Fenster hinaus. Er sah den herrlichen Flughafen und die abgestellten Flugzeuge, dann ging die Nase in die Höhe, die Maschine hob ab und stieg steil in den Himmel hinauf. Im Glasoval des Fensters erhaschte er einen flüchtigen Blick auf Vororte, eine neue Fabrik, hohe gläserne Gebäude und viele Bäume. Und er ließ den Süden und seine Nöte hinter sich zurück.

☆ Dritter Teil ☆

Vierundzwanzig Stunden in New York

[illegible]

[illegible]

[illegible]

Erstes Kapitel

Auf dem La Guardia Airport regnete es stark. Es schien nur recht und billig, daß das Wetter sich geändert hatte. Die Wolken hingen tief und waren von jenem kompromißlosen Grau, das auf ein längeres Verweilen hindeutet. Aber es war überraschend warm und schwül.

Henderson, Shanda und Bryant standen in der Warteschlange vor den Taxis. Er hatte Shanda die Schlüssel zu seiner Wohnung gegeben und ein paar Zeilen für den Portier geschrieben. Er wollte nicht, daß sie dabei war, wenn er Bryant zu ihrer Mutter zurückbrachte.

Er sah diesem Vorgang mit einiger Beklommenheit entgegen. Er war sich bewußt, daß in einer solchen Situation Erleichterung sehr rasch in Zorn umschlagen konnte. Die Mutter drückt das kleine Wurm an sich, das einem Ball auf die Straße nachgerannt ist und beinahe von einem Lastzug zerquetscht worden wäre. Dann verpaßt sie ihm eine kräftige Ohrfeige, weil es die Anweisungen für das Verhalten auf der Straße nicht beachtet hat. Melissa würde überglücklich sein, Bryant zurückzubekommen, aber Henderson rechnete damit, daß er die Hiebe abbekam. Er verzog ein wenig das Gesicht. Er war froh, wieder in New York zu sein, froh, die Familie Gage und Luxora Beach los zu sein, aber er war sich bewußt, daß einige seiner Mißerfolge auch hier begründet lagen: Mulholland & Melhuish, Melissa . . . und Irene. Er verspürte ein jähes, jämmerliches Verlangen nach Irene. Vielleicht würde sie ihn wieder in Gnaden aufnehmen, nun da er keinen Job mehr hatte . . . Und dieser Umstand gemahnte ihn an die Zukunft und die ermüdenden Demütigungen, die ihn erwarteten: das Packen, das Lebewohlsagen, die Rückkehr nach London, hallo, da bin ich wieder.

Shandas Taxi kam, und sie stieg gleich ein, weil sie nicht naß werden wollte. Henderson reichte ihr seinen Koffer und nannte dem Fahrer die Adresse.

«Ich werde in etwa einer Stunde dasein», sagte er zu Shanda. «So ungefähr», fügte er hinzu. Er hatte plötzlich den verrückten Drang, noch zu Irene zu fahren. Er trat unter das Schutzdach zurück. Der Regen fiel mit unerschütterlicher Zielstrebigkeit. Große Pfützen bildeten sich an den zahlreichen abschüssigen Stellen der Fahrbahn. Die Autos hatten die Scheinwerfer eingeschaltet, so gering war die Sicht. Bryant, die während des ganzen Flugs geschlafen hatte, schien ein wenig zu sich zu kommen.

«Wo sind wir?» fragte sie und sah sich mit halb geschlossenen Augen um. «Ist Duane hier?»

Henderson schob sie wortlos ins nächste Taxi. Sie schlief sofort wieder ein, den Kopf an seiner Schulter.

«Langer Flug gewesen?» fragte der Fahrer. Die Kennkarte in der Taxe besagte, daß er Ezekiel Adekunle hieß.

«Atlanta», sagte Henderson.

«Hoho! Wozu sind Sie denn da hin? Ah-ah.» Der Taxifahrer sog Luft durch die Zähne ein.

Gute Frage, dachte Henderson. «Regnet es hier schon lange?» fragte er.

«Sie sind Engländer?»

«Ja. Ja, bin ich.»

«Ich komme aus Nigeria.»

«Ah ja. Regnet es schon lange?»

«Seit zwei Tagen. Haben 'ne Überschwemmungswarnung bekommen.»

Das Wasser spritzte unter den Reifen hervor, als das Taxi auf der Schnellstraße eine leichte Steigung erklomm. Oben angelangt, konnten sie das Nordende von Manhatten sehen. Die Wolken hingen niedrig über der City. Die oberen Stockwerke selbst der nur mittelhohen Wolkenkratzer waren von einem grauen Schleier umhüllt. Herdersons Herz schlug höher bei dem Anblick, aber nicht viel. Sie überquerten die

Triborough Bridge und machten sich auf die lange Fahrt südwärts zu Melissas Apartementhaus. Die niedrig hängenden Wolken, der unablässige Regen, das Gewimmel der Regenschirme auf den Bürgersteigen ließen die belebten Straßen noch verstopfter erscheinen. Wenn einem in Manhatten der Blick nach oben verwehrt ist, dachte Henderson, wirkt alles so reizlos wie die Edgeware Street in London.

Sie hielten vor Melissas Haustür. Henderson schob Bryant unter das tropfende Schutzdach.

«Willkommen zu Hause, Miss Wax», sagte der Portier.

Bryant runzelte die Stirn, während ihr Hirn diese neue Information zu verarbeiten suchte.

«Melden Sie uns nicht bei ihrer Mutter an», sagte Henderson. «Es soll eine Überraschung sein.»

Sie fuhren mit dem Lift hinauf, stiegen aus, und er drückte auf den Summer an der Wohnungstür. Er hörte das schrille Kläffen von Candice und Gervase. Henderson war versucht, Bryant wie ein Findelkind auf der Schwelle zurückzulassen und sich davonzuschleichen.

Die Tür ging auf.

«Baby! Darling!» Umarmungen, Tränen, jede Menge Küsse. Henderson folgte Mutter und Tochter ins Wohnzimmer.

«Ist Duane hier?»

«Nein, Baby, das ist er ganz bestimmt nicht.» Dann, in kaltem, distanziertem Ton zu Henderson: «Was hat sie?»

«Sie ist sehr müde. Früh aufgestanden. Es war eine anstrengende Reise. Wir haben uns bestimmt eine Erkältung eingefangen.»

«Wovon redest du da? Albertine, bringen Sie Bryant in ihr Zimmer.» Bryant wurde von dem Hausmädchen hinausgeführt. Melissa drehte sich zu ihm um.

«Und was machen wir jetzt mit dir, mein Lieber?»

Henderson hörte sich gesenkten Hauptes an, wie sein Charakter durch den Reißwolf gedreht wurde. Mit der nassen Schuhspitze bewegte er den Teppichflor hin und her. Er warf ab und zu etwas ein – daß es schließlich Bryants Entschluß gewesen sei, nach Luxora mitzukommen, daß Melissa von der Vorstellung doch sehr angetan gewesen sei und so weiter. Doch diese Einsprüche gingen in dem ätzenden Zornregen unter, der sich über ihn ergoß.

Ein natürlicher Aggressionsabbau, all diese angestauten Ängste und Sorgen mußten sich irgendwie Luft machen. Aber inzwischen war der Zorn in beißende Ironie umgeschlagen. Melissa fragte sich, wie Henderson seine «wertvolle» Zeit verbracht hatte, während er ihr kleines Baby von einem hergelaufenen hinterwäldlerischen Lüstling hatte verderben lassen.

«Ich nehme an, du hast deine wertvollen Gemälde bekommen und wirst als Held in dein geschätztes Büro zurückkehren. Aber was ist mit Bryant? Was für ein schreckliches Trauma –»

«Falls es dich interessiert, Melissa», sagte er, während er die Hände abwechselnd in die Taschen schob und wieder herauszog, «die Gemälde sind zerstört, und ich habe meinen Job verloren.»

Das brachte sie für einen Moment zum Schweigen.

«Was bist du für ein Mensch? Du . . . du Wichser. Was für eine Entschuldigung . . . Du bist ein Jammerlappen. Ein Jammerlappen, hörst du!»

«Leb wohl, Melissa», sagte er in entschlossenem Ton und ging unvermittelt zur Tür. Das hatte er nicht nötig. Gervase und Candice sprangen vom Sofa herunter, von dem aus sie müßig die Auseinandersetzung verfolgt hatten, und hüpften ihm kläffend und keifend um die Beine.

«Gervase! Candice!» kreischte Melissa.

Henderson schied unter Gebelfer aus ihrem Leben.

Er knallte die Wohnungstür zu und lehnte sich dagegen, etwas außer Atem wie eine Theaterheldin, die soeben den ungeschickten Wüstling ausgesperrt hat. Er drückte auf den Liftknopf. Gemälde, Stellung, Exgattin – alles abgehakt. Blieb nur noch Irene.

Im Hinunterfahren sagte er sich mit falscher Gelassenheit, daß der Erhalt seiner gesunden geistigen Verfassung nun zum großen Teil auf Irenes starken Schultern ruhte. Er fragte sich, ob jetzt der richtige Augenblick war, sie zu überfallen. Er sah auf die Uhr. Fast Zeit zum Lunch. Sie würde bei der Arbeit sein, mit ihrem bärtigen Bruder zusammen. Sie aßen immer in dem gleichen Imbißrestaurant . . . Vielleicht wäre das der richtige Ort. Er käme einfach hereingeschlendert: «Hi, Irene, bin wieder zurück. Mann, habe ich was mitgemacht! Heute abend schon was vor?» Das hörte sich gut an, aber er hatte seine Bedenken. Andererseits befand er sich in einer verzweifelten Lage.

«Ich besorge Ihnen ein Taxi», sagte der zuvorkommende Portier in glänzender Ölhaut, öffnete die gläsernen Eingangstüren und blies in die Pfeife, die er immer an einer Kordel um den Hals trug.

Auf dem Bürgersteig drehten sich drei Männer in Regenmänteln um.

«Hey, Henderson», rief einer von ihnen. «Kein Problem. Wir haben den Wagen gleich um die Ecke stehen.»

Zweites Kapitel

Peter Gint hatte, so dachte Henderson, einen einzigartig schlechten Geschmack, was Schuhe betraf. Das Fabrikat, das er jetzt fünf, sechs Zentimeter vor seinem Gesicht hatte, war ein derber zweifarbiger Straßenschuh in Orange und Braun. Das war der linke Schuh, der rechte ruhte auf seinem Nacken.

Er lag auf dem Boden vor dem Rücksitz des Wagens, der, soweit er das ausmachen konnte, in südlicher Richtung durch Manhatten fuhr. Vorn saßen Freeborn und Sereno, hinten saß Gint und paßte auf ihn auf.

Als er aus Melissas Apartmenthaus getreten war, hatten die drei Männer ihn umringt wie alte Freunde und fröhlich fortgeführt. Gint hatte ihm einen Revolver vor die Nase gehalten, ein schwarzes, gedrungenes, kurzläufiges Ding, und Henderson hatte sich schnell entschlossen, alles zu tun, was sie verlangten.

Im Wagen hatte Gint abermals den Revolver gezogen und ihn aufgefordert, sich mit dem Gesicht nach unten auf den Boden zu legen. Keiner hatte ein Wort gesagt außer Freeborn, der sich von Zeit zu Zeit undrehte und etwas knurrte. «Scheißkerl. Haben wir dich. Du verdammter Scheißkerl.»

Henderson starrte auf Gints Schuh. In seinen Körper mußte ein Sicherheitsmechanismus eingebaut sein, sonst hätte er ihn vollgekotzt. Er hatte zwar Angst – aber aus irgendeinem Grund war sie nicht überwältigend. Jedesmal, wenn er aufzubegehren versuchte, verstärkte Gint den Druck auf seinen Nacken und sagte: «Ruhe.» Da Henderson mit dem Gesicht nach unten lag, konnte er nichts von der Stadt sehen. Er hörte nur das Prasseln des Regens auf dem Dach, das metronomische Ticken der Scheibenwischer und das Geräusch der Reifen auf den nassen Straßen. Er fragte sich, wie sie ihn so rasch gefunden hatten. Doch nach einigem Nachsinnen kam er zu dem Schluß, daß es keiner besonderen detektivischen Begabung bedurfte, um sein Ziel zu erraten – es gab viele Flughäfen und viele Maschinen nach New York –, und daß Bryant bei ihm war, mußte auf einen baldigen Besuch bei Melissa hindeuten. Bryants Adresse? ... Die hatten sie zweifellos bei ihren zurückgelassenen Sachen gefunden oder von Duane erfahren.

Er legte den Kopf auf die Arme und wartete darauf, daß die Fahrt endete. Was würden sie mit ihm machen? Was wollten sie von ihm? Die fortdauernde Absurdität seines Unglücks regte ihn nicht mehr auf. Nach allem, was sich bisher ereignet hatte, schien das der ganz normale Verlauf der Dinge zu sein.

Schließlich hielt der Wagen. Henderson kletterte unter den wachsamen Blicken seiner Entführer heraus. Als er die Straße hinauf und hinunter blickte, sah er nasse, schäbige Wohnhäuser, zugenagelte Läden und zerbeulte Garagentüren. Er erspähte kurz die dicken Zwillingsbeine des World Trade Center, die aus dem niedrigen Wolkendunst herunterkamen. Über einer Tür vor ihm stand auf einem zersprungenen Plastikschild O. K. KÄLTE-TECHNIK. Der Regen durchnäßte ihm das Haar. Die Rinnsteine flossen über; Unrat schoß vorbei, von starker Strömung mitgerissen. Die Regentropfen sprangen zehn Zentimeter hoch, wenn sie auf Stein oder Asphalt trafen. Gint schob ihn zum Türeingang, wo Sereno an einem Haufen faustgroßer Vorhängeschlösser herumfummelte.

«Was ist das hier?» fragte Henderson «Ihre Galerie?»

«Maul halten», sagte Freeborn.

Sereno öffnete die Türen, und Henderson wurde in einen dunklen, betonierten Vorraum gestoßen. Vor sich sah er einen großen Lastenaufzug. Die Gittertüren wurden zur Seite geschoben, und sie stiegen ein. Es ging zwei Stockwerke hinauf. Als sie ausstiegen, sah Henderson, daß sie sich in einem großen, weißgestrichenen Raum befanden, der hell erleuchtet und von leisem Arbeitslärm erfüllt war. In einer Ecke umsprühten Funken geschmolzenen Metalls einen Mann, der Rohre zu einer Art Darmverschlingung zusammenschweißte. Neben ihm feilte ein anderer die Kanten eines unterteilten Trägers aus blitzendem Chrom ab, der auf einem meterhohen Marmorsockel montiert war. Vom anderen Ende des Raums kam das hektische Summen einer Spritzpistole – dort färbte jemand eine Leinwand stumpfkastanienbraun ein.

Sereno trat in die Mitte des Raums und klatschte in die Hände.

«Okay, Jungs, macht Feierabend. Bis morgen.»

Die Männer stellten die Arbeit ein. Henderson sah sich um; die Angst wich vorübergehend bassem Erstaunen. Große, frische, abstrakte Leinwandgemälde stapelten sich an einer Wand; in einer Ecke lag ein Haufen Altmetall. Sereno sprach mit den Männern, die ihre Werkzeuge aus der Hand legten.

«Gefällt mir, José», sagte Gint zu dem Mann mit der Spritzpistole. «Du machst das immer besser.»

«Was ist das?» fragte Henderson und besah sich die Bilder. «Was geht hier vor?»

«Wir nennen es farbige Großflächenmalerei», sagte Gint gleichmütig.

Sereno trat zu ihnen. «Firmenkunst», sagte er. «Wissen Sie, wie viele Büros es in diesem Land gibt? Wissen Sie, wie viele kahle Vorhallen da sind? Die Leute brauchen Pflanzen, und sie brauchen Kunst. Großformatige, gute Kunst, nicht zu teuer.»

«Großformatige, gute Kunst?»

«Das ist das, was Sie hier sehen.»

Ein Mädchen in einer schmuddeligen Strickjacke und einem engen, kurzen Rock, Spanierin oder Lateinamerikanerin, kam aus einem kleinen Büro am Ende des Raums.

«Hey, Caridad», sagte Sereno. «Nimm dir den Tag frei. Wir brauchen dein Büro.»

Sie hielt ein Stück Papier in der Hand.

«Ben», sagte sie. «Bestellungen. Zwei Rothko, ein Kline –»

«Frühe oder späte?»

«Einfach schwarz und weiß, hat er gesagt. Und groß.»

«Gut.»

«Und ein Sam Francis.»

«Wer? Machen wir Sam Francis? Ist der im Katalog?»

«Ich hab ihn», sagte Gint und kam mit einem Kunstbuch aus dem Büro. Er hielt die Illustration in die Höhe.

«Kannst du das machen, José?»

«Hm. Ist schwierig, der da.» José kratzte sich am Kopf.

«Versuch's morgen. Also dann bis morgen, Jungs.»

Die Männer gingen nacheinander hinaus. Caridad eilte ins Büro zurück, um ihren Regenmantel zu holen. Sie kam wieder heraus und blieb nicht weit von Henderson entfernt stehen, den einen Arm im Ärmel, ein perlenverziertes Täschchen zwischen den Zähnen. Mit dem anderen Arm versuchte sie vergeblich, in den Ärmel zu schlüpfen. Henderson trat auf sie zu und half ihr.

«Diese Männer halten mich gegen meinen Willen fest», flüsterte er. «Rufen Sie die Polizei.»

Caridad, fertig angekleidet, drehte sich um und hieb ihm das Perlentäschchen an den Kopf, worauf mit feuchter Aussprache ein gezischelter spanischer Fluch folgte.

Henderson rieb sich das brennende Ohr.

Sereno sah ihn mitleidig an, als Caridad steif davonschritt.

«Sie sind ein ganz Schlimmer, Dores, das muß man Ihnen lassen. Immer hinter den Weibern her.»

Henderson hielt noch immer die Hand aufs Ohr gepreßt, die Augen zusammengekniffen, von jäher, tiefer Hoffnungslosigkeit übermannt. Brecher rollten gegen einen fernen Strand an. Er sah, wie Freeborn und Gint das Mobiliar – Tisch, Plastiksessel, Mantelständer, Telefon, kleiner Aktenschrank – aus dem Büro räumten.

«Okay, Dores, jetzt wollen wir uns mal unterhalten.»

Behutsam schob Sereno ihn in das Büro. Henderson sah, daß vor dem Fenster, das auf die Künstlerwerkstatt hinausging, ein eisernes Rautenmustergitter saß. Der Raum war völlig leer bis auf einen Holzstuhl. Ein kleines, trübes Fenster in der Mauer ging auf eine schmutzige Gasse hinaus. Der Fußboden war aus Holz, stark verschrammt und übersät mit dunklen, alten Flecken. Tinte, hoffte Henderson. Er konnte keine Verkehrsgeräusche wahrnehmen, und zum erstenmal bekam er richtig Angst. Diese Männer, dessen war er sicher, kannten keine Hemmungen.

«Nun hören Sie mal», begann er. «Ich habe bis jetzt geduldig alles mitgemacht, aber ich warne Sie –»

Freeborn zeigte mit dem Finger auf ihn, und er verstummte sofort. Henderson bewegte sich nervös auf das Fenster zu. Nichts zu sehen da draußen. Freeborn besprach sich kurz im Flüsterton mit den anderen und trat dann ein paar Schritte näher.

«Okay. Die Klamotten aus.»

«Was soll das –»

«Wir können sie Ihnen auch runterreißen, wenn Ihnen das lieber ist.»

Henderson schloß die Augen. Langsam zog er sich aus. Er legte Hemd, Jackett, Hose und Krawatte über den Stuhl. Nun stand er in Unterhose, Socken und Schuhen da.

«Alles.»

«Nun *kommt*, Leute. Bitte.»

Gint zog seine Knarre und richtete sie auf ihn.

«Wir hätten Sie gern nackig, Dores», sagte Freeborn.

Henderson zog Schuhe und Socken aus. Die Holzdielen waren erstaunlich kalt; hoffentlich bekam er keine Splitter in die weichen, rosigen Fußsohlen . . . Die Kälte verbreitete sich rasch über seinen ganzen Körper und erreichte binnen Sekunden die Schädeldecke. Er bekam überall eine Gänsehaut. Er legte die Unterhose ab, warf sie auf den Stuhl und hielt schamhaft die zitternden Hände vor sich.

«So kalt ist es doch auch wieder nicht, oder?» lachte Sereno.

Henderson sah zur Seite.

Gint nahm seine Kleider und trug sie hinaus, dann kam er zurück mit einer Zange in den Händen, die er auf- und zuklappte.

«Wozu ist die?» fragte Freeborn.

«Damit schnappt man ein Stück Haut, reißt sich ab wie Papier.»

Henderson spürte, wie ihm das Blut aus dem Kopf wich. Er schwankte ein wenig.

«Kommen Sie, Peter. Ben hat gesagt, zuerst käme ich dran», beschwerte sich Freeborn.

«Ach nein, Ben, du läßt mich doch sonst immer zuerst dran.»

«Nun mal langsam», sagte Freeborn. «In wessen Haus ist er gewesen, hm? In meinem.»

«Ja, aber jetzt ist er in unserem Büro.»

«Aber Sie hätten ihn nicht erwischt, wenn ich nicht gewesen wäre.»

«Ja, aber ich mußte –»

«Leute, Leute», sagte Sereno. «Immer mit der Ruhe. Sie kriegen fünf Minuten, Freeborn. Komm, Peter, gib ihm die Knarre.»

Mürrisch übergab Gint die Waffe, und dann gingen er und Sereno hinaus. Henderson hörte das Geräusch des Aufzugs.

Freeborn trat auf ihn zu. Er drückte Henderson die Revolvermündung gegen die Stirn.

«Ich bringe Sie noch nicht gleich um, Sie Scheißer, aber ich schieß Ihnen in zehn Sekunden den Fuß vom Bein, wenn Sie mir nicht sagen, was Sie mit den Gemälden gemacht haben.» Er richtete den Revolver auf Hendersons zuckenden, bleichen rechten Fuß. Henderson sah auf seine Zehen hinunter. Die Nägel hätten wieder einmal geschnitten werden müssen. Er dachte voller Zuneigung an die Hunderte von winzigen, zerbrechlichen Knochen in seinem Fuß, an seine Schwielen, sein eines treues, hartnäckiges Hühnerauge. Endlich konnte er sprechen.

«Heißt . . . heißt das, Sie wissen nicht, daß –»

«Wenn ich's wüßte, wär ich jetzt nicht hier, Idiot.»

«– daß Duane sie alle verbrannt hat?»

Freeborn packte Henderson an der Kehle und versuchte, ihm den stumpfen Revolverlauf ins linke Nasenloch zu rammen.

«Du *lügst*! Du lügst, du Bastard!»

Sein grobes Gesicht und sein glänzender Hufeisenbart ragten dicht vor ihm auf.

«Es ist wahr!» krächzte Henderson. «Gestern nacht. Ich habe ihn gesehen. Ich habe ihn dabei erwischt. Er sagte, Ihr Vater hätte es ihm befohlen. Ehe er starb. Seine letzten Worte.»

Freeborn trat zurück und fuhr sich mit den Fingern durch das dichte schwarze Haar. Er blickte über die Schulter, dann richtete er die Waffe auf Hendersons Lendengegend.

«Es ist wahr», weinte Henderson leise. «Wie hätte ich denn die Gemälde stehlen sollen? Überlegen Sie sich das doch mal. Duane hat sie verbrannt. Sagen Sie doch irgend jemand, er soll hinten im Garten nachsehen.»

Freeborn zupfte an seinen plumpen Wangen herum, als versuche er den Ausdruck zunehmend verwirrter Leichtgläubigkeit aus seinem Gesicht zu klauben.

«Sagen Sie, daß Sie lügen, Dores.»

«Es ist die Wahrheit. Ich schwöre es Ihnen.»

«O Gott, *nein*. Dieser blöde . . . dieser Hohlkopf, dieser verdammte Idiot . . .» Der Revolverlauf wurde gesenkt. Freeborn begann sichtlich zu zittern. «O Gott.» Er sank in die Hocke. Henderson erzählte ihm die Geschichte noch einmal in großer und überzeugender Ausführlichkeit. Angesichts von Freeborns Entsetzen entspannte er sich ein wenig.

«Ich muß das nachprüfen.» Er erhob sich wieder. «Sie könnten mich ja anlügen, Dores. Mich verscheißern.» Zweifel klang aus seiner Stimme, sprach aus seinen Augen. «Ich muß vorsichtig sein. Sehr vorsichtig.»

Er trat abermals auf Henderson zu. «Ich weiß nicht, ob Sie die Wahrheit sagen, aber was Sie auch tun, sagen Sie Sereno oder Gint nichts davon. Mann, oder wir sind beide erledigt. Beide tote Leute.»

«Ich sehe nicht, wieso ich –»

«Die bringen mich um, Mann. Und die bringen auch Sie um, so sicher wie nur was.»

Freeborn schritt im Zimmer auf und ab. «Ich muß das überprüfen. Wenn Sie recht haben, *falls* Sie recht haben, dann muß ich mir was ausdenken . . .» Er hielt inne. «Ich brauche etwas Zeit.» Er fuhr sich mit den Fingern durchs Haar. «Zeit», wiederholte er. «Ich hab's – wir werden sagen, Sie hätten sie irgendwo in Luxora versteckt. Ja, klar. Wir sagen – ehem –, Sie hätten von . . . ehem, von Ed Beak eine Garage gemietet, ja. Und –»

«Augenblick mal. Warum sollte ich dabei mitmachen, das erklären Sie mir mal!»

«Weil diese fiesen Brüder uns sonst wegpusten, Sie Schwachkopf!» rief er in schriller Panik. «Ich versuche, Ihren Hals genauso zu retten wie meinen!» Er lief wieder auf und ab.

Henderson schwieg, obwohl ihn die Aussicht auf diese ganz neue Bundesgenossenschaft mit tiefem Unbehagen erfüllte.

«Okay», sagte Freeborn. «Wir fahren nach Luxora zurück. Das wird seine Zeit brauchen. Gut, gut.» Er schien auf einmal den Tränen nahe zu sein. Er ballte die Faust und schlug sich gegen die Hüfte. «Dieses Spatzenhirn! Dieses Arschloch! Warum hat er das getan? Ich bring ihn um! Ich röste ihm die *Eier*!» Henderson vermutete, daß sich seine Wut jetzt gegen Duane richtete. «Bleib ruhig», ermahnte sich Freeborn. «Bleib ganz ruhig. Immer hübsch langsam.»

«Aber Sie wollen mich doch nicht so hier zurücklassen?» Henderson breitete die Arme aus.

«Muß, Mann. Geht nicht anders. Es muß echt aussehen, begreifen Sie das nicht? Wenn sie argwöhnen . . .» Er sah angestrengt ins Leere und rieb sich den Bart. Henderson spürte seine Angst wie ein Gas; Blut wurde in seinen Adern zu Sprudel.

«Was haben diese Burschen denn gegen Sie?» fragte Henderson.

«Ich schulde ihnen Geld, Mann», jammerte Freeborn. «Geld, verstehen Sie? Viel Geld, noch von früher. Schon seit langem.» Sein Gesicht war eingefallen. «Es hätte alles so schön geklappt. Da sind Sie plötzlich aufgetaucht.» Er verstummte, dann wurde seine Stimme zu einem leisen Flüstern. «Sie haben mich an den Eiern. Eins in jeder Hand.» Zur Demonstration hielt er beide Hände in die Höhe. Er kam auf ihn zu. «Spielen Sie mit, Henderson. Wir ziehen uns schon aus der Affäre. Aber erwähnen Sie nichts von diesem Hohlkopf von Duane, klar?»

Henderson roch seinen antiseptischen Atem.

«Ja, und wo ist Shanda?» fragte Freeborn. «Sie ist doch mit Ihnen gekommen, oder?»

«Sie ist in meinem Apartment. Sie hat darum gebeten. Ich habe sie nicht –»

«Das ist ja prima. Keine Angst. Sie haben mir da einen Gefallen getan. Junge.» Er zog die Brauen hoch. «Tut mir leid, aber es muß sein.»

Freeborn schlug Henderson ins Gesicht, und zwar mit Schwung. Henderson hörte in seinem Kopf ein Geräusch, wie wenn eine Walnuß zerknackt wird, und alles wurde einen Moment lang weiß und still. Als er die Augen aufschlug, war es, als schwämme er unter Wasser. Er lag auf den Knien. Blut quoll in Strömen aus seiner Nase, spritzte ihm über Brust und Bauch.

«Tut mir leid, Henderson. Es ging nicht anders. Mann, sieht ja übel aus.»

Henderson spie einen Schwall salzigen Bluts aus.

«Ben! Peter!» rief Freeborn.

«Kleider», sagte Henderson, einen Fingerknöchel in jedem tropfenden Nasenloch.

«Tut mir leid.» Freeborn ging hinaus und kam mit Hendersons Schuhen zurück. «Mehr kann ich nicht tun.»

Sereno und Gint kamen herein.

«Was haben Sie gemacht?» fragte Sereno und rümpfte die Nase über den blutigen Anblick.

«Er sagt, sie sind in einer Garage in Luxora. Ich werde das nachprüfen.»

«Wir werden das nachprüfen», sagte Sereno.

Gint hielt immer noch die Zange in der Hand. «Scheiße. Ich hätt ihm so gern die Brustwarzen abgekniffen. Wirkt immer.»

Henderson, der im Begriff war, sich aufzurappeln, fiel bei diesen Worten wieder zurück. Spontan begannen seine Brustwarzen zu pochen.

«Wir lassen ihn hier schmoren», sagte Freeborn. «Für den Fall, daß er lügt.»

«Ich komme wieder», sagte Gint und klickte mit der Zange.

Sie gingen. Henderson hörte, wie der Riegel vorgeschoben wurde.

Er setzte sich auf den Stuhl, während der Blutfluß aus seiner Nase allmählich versiegte. Nach der Pfütze auf dem Boden und seiner rot besudelten Brust zu urteilen, mußte er literweise Blut verloren haben. Er streckte die Beine aus und ließ den Kopf über die Stuhllehne hängen. Behutsam faßte er sich an die Nase. Es hatte sich angehört, als wären sämtliche Knochen und Knorpel zermalmt worden. Er setzte sich auf und zog die Schuhe an, seine alten schwarzen Halbschuhe mit den glänzenden Spitzen. Er blickte sich im Zimmer um. Er sah nichts, womit er sich hätte bedecken können. Es war völlig leer. Er schlug die Beine übereinander. Seine Hände waren blutbeschmiert und hinterließen Abdrücke auf seinem ganzen Körper. Das Blut auf Brust und Bauch begann zu trocknen, verklebte die Haare. Wie er wohl aussah? Wie ein bleichhäutiger Urmensch mitten in einem scheußlichen Ritual? Nur die schwarzen Schuhe verdarben diesen Eindruck.

Er dachte über Freeborn nach, seinen neuen Freund. Der Mann hatte ihn sogar Henderson genannt. Wie er vermutet hatte, waren Gages Gemälde verpfändet worden, um seinen Sohn mit Geld und sonstigen Annehmlichkeiten zu versorgen. Und Sereno und Gint waren die Kreditgeber, die endlich kassieren, die Schuldscheine einlösen wollten. Duanes gehorsamer Zerstörungsakt würde wohl noch weitere fatale Auswirkungen haben. Er fragte sich, was Freeborn vorhatte. Sie hinhalten? Nach Luxora zurückkehren, in der Garage «nachprüfen», sie leer vorfinden und wieder nach New York fliegen, um aus einem brustwarzenlosen Henderson die Wahrheit herauszuholen . . .? Je länger er darüber nachdachte, desto gefährlicher schien ihm seine Situation, desto vorübergehender die augenblickliche Atempause. Die durch seine Komplizenschaft erkaufte Zeit gab Freeborn die Chance, sich irgendwie herauszuwinden – um Hendersons Schicksal würde er sich nicht sonderlich kümmern.

Er ging in dem Zimmer umher. Das Fenster nach draußen war ein kleines Flügelfenster mit vier Scheiben, nicht ganz einen Meter hoch und einen guten halben Meter breit. Ein Griff war nicht daran. Es schien zugenagelt zu sein. Er konnte auf eine klitschige, mit Unrat übersäte Gasse zwischen dem Gebäude und der kahlen Backsteinwand des gegenüberliegenden Hauses hinunterblicken. Wenn er den Hals reckte, sah er oben stumpfgraue Wolken, aber sonst nichts. Der Regen prasselte gnadenlos herunter. Er bemerkte, daß er noch immer seine Uhr anhatte. Es war vier Uhr und vorzeitig dunkel. Er verspürte Hunger und Durst, und seine Blase war so voll, daß es wehtat. Er mußte hier heraus, eine andere Lösung gab es nicht.

Fünf Stunden später hatte sich eines seiner Probleme dampfend in einer dunklen Ecke gelöst, und er hatte seine Fluchtmöglichkeiten auf eine einzige reduziert: das Flügelfenster.

Die Tür, die Wände, das Innenfenster – alles hatte seinen Ausbruchsversuchen widerstanden. Er hatte sich die Knöchel aufgeschunden bei dem vergeblichen Versuch, das Gitter vor dem Fenster zu bearbeiten, und sich Schulter und Hüfte wund gestoßen, als er sich gegen die Tür warf. Im Film gab so etwas mit lächerlicher Leichtigkeit nach, aber hier hatte er das Gefühl gehabt, gegen eine Betonmauer anzurennen. Die zwangsläufige Reduzierung der Fluchtwege war noch in anderer Weise entmutigend: Nicht nur die Sicherheit winkte jenseits der Tür, auch seine Kleider lagen dort. Wenn er durch das Flügelfenster entkommen wollte, mußte er das splitternackt bewerkstelligen ... Vielleicht sollte er einfach abwarten – Sereno und Gint die Wahrheit sagen. Aber er argwöhnte, daß er sich dadurch nicht das Leben retten konnte, von den Brustwarzen ganz abgesehen. Nein, er mußte fliehen, nackt oder nicht.

Inzwischen war es völlig dunkel in seiner Zelle. Seine Fänger hatten kein Licht brennen lassen, und die schwache Helligkeit vom Fenster her war alles, was er hatte. Wenn er hinausspähte, sah er nichts als Dunkelheit.

Er nahm den Stuhl und zerschlug mit dessen Beinen die Scheiben. Die Scherben klirrten leise auf der Gasse unten. Ein kühler Windhauch trieb hindurch und wehte das Plätschern des Regens und der überfließenden Rinnsteine herein. Er sah hinaus. Nichts hatte sich verändert, niemand hatte etwas gehört. Die Nacht war kühl, aber nicht unerträglich kalt.

Zwei, drei Minuten lang rief er *«Hilfe! Hilfe!»*, aber es kam keine Antwort. Er schmetterte den Stuhl gegen die Wand und stieß mit einem Trümmerstück die Splitter aus dem Fensterrahmen. Danach war es ein leichtes, die Kreuzsprossen herauszuschlagen. Dabei benetzte der Regen das getrocknete Blut auf seiner Brust, und es begann wieder zu laufen.

Er schob Kopf und Schultern aus dem Fenster. Nach seiner Schätzung befand er sich etwa sechs, sieben Meter über dem Boden. Zu seiner Linken, in einiger Entfernung, war eine Feuerleiter. Zu seiner Rechten war ein dickes Regenrohr, gerade in Reichweite.

Er suchte sorgfältig die Rahmenkanten nach kleinen Glassplittern ab, die ihm beim Hinausklettern die Haut aufreißen mochten. Dann zog er die Schuhe aus, hängte sie sich mit verknoteten Schnürsenkeln um den Hals und kletterte rückwärts, Gesicht zum Himmel, aus dem Fenster.

Unter großer Vorsicht und einigen Verrenkungen gelang es ihm, sich durch Schieben, Ziehen und Krallen in eine etwas prekäre Position auf dem Fenstersims zu manövrieren, den Oberkörper flach an die unebene Wand gepreßt, die Finger in die Fugen zwischen den Backsteinen gekrallt. Ganz langsam schob er sich weiter in Richtung auf das Regenrohr, ein altes, stabil aussehendes gußeisernes Ding von Schenkeldicke. Er streckte den Arm aus und bekam es mit der linken Hand zu fassen, und als er sich blindlings mit dem linken Fuß vortastete, fand dieser schließlich einen Halt auf einem Vorsprung oder Wulst. Da stand er nun: den einen Fuß auf dem Fenstersims, den anderen auf dem Regenrohr, mit der einen Hand das Rohr umklammernd, die andere noch in einem Winkel der Fenstereinfassung. Der Regen klatschte ihm auf Schultern und Rücken; ein Wind wehte ihm zwischen den gespreizten Beinen hindurch kühl gegen die baumelnden Genitalien.

Mit einem Schwung packte er auch mit der anderen Hand nach dem Regenrohr und drückte es leidenschaftlich an sich. Er keuchte ein wenig unter dem Schock des kalten Gußeisens an der Brust und den Innenseiten der Schenkel. Langsam, wie eine Schnecke, begann er sich zentimeterweise hinunterzulassen, wobei ihm die zahlreichen Gabelungen, Ausbuchtungen und Verdickungen des Rohrs eine Hilfe waren. Dann berührte sein tastender Fuß den Boden, und er ließ sich mit einem erleichterten Schluchzen herabsinken.

Er zog die Schuhe an und erforschte vorsichtig die Gasse. Er kam sich äußerst seltsam und fremd vor in seiner Nacktheit, ein zartes, verletzliches Geschöpf, so gar nicht geschaffen für diese Welt der harten Gegenstände. Die Gasse war, wie er feststellte, nur anderthalb Meter breit und kein Durchgangsweg, nach dem Plunder und Abfall zu urteilen, der dort herumlag. Er entdeckte eine aufrecht stehende Holzkiste, die einigen Schutz vor dem Regen bot, und schlüpfte hinein. Er tastete den Boden nach Nägeln ab und setzte sich vorsichtig hin. Das rauhe Holz kratzte ihm ins Gesäß. Frei zu sein war schön und gut, aber die Freiheit wurde drastisch eingeschränkt, wenn man nackt war. Er sah auf die Uhr. Elf. Er konnte noch eine Zeitlang warten, ehe er sich nach Hilfe umsah.

Er hockte in seiner Kiste und sah zu, wie die Wasserrinnsale auf dem Pflaster zu kleinen Bächen wurden, so sehr goß es. Und sogleich packten ihn Selbstmitleid und Fassungslosigkeit. Da saß er nun, Doktor phil., Autor, «Impressionisten-Fachmann», heruntergekommen zum neuzeitlichen Troglodyten, Unterschlupf suchend in weggeworfenen Kisten, nackt, beschmiert mit dem eigenen Blut – und das alles mitten in New York . . . Er sah auf seine bloßen Knie, seine kahlen Schienbeine, die feuchten schwarzen Schuhe. Er streckte die Hände vor, als halte er die Nägel zur Inspektion hin, und sah zu, wie die Regentropfen von ihnen abprallten. Es stimmte, er träumte nicht, es war wahr.

Er erhob sich und wagte sich – ein bleicher Schatten – auf der Suche nach irgendeinem Kleidungsstück wieder in die Gasse hinein. Er entdeckte jede Menge Papier, Büchsen, Plastikbehälter, Styroporverpackungen und Kartons, aber fast alles war vom Regen durchweicht und unbrauchbar. Schließlich fand er unter einem Haufen feuchter Hobelspäne einen großen Karton. Auf der Seite stand in großen schwarzen Lettern:

2000 MARYMOUNT DAMENBINDEN
Absolute Sicherheit und Bequemlichkeit
Extradünn! Extrasaugfähig!

Er nickte. Ja, mit so etwas hatte er rechnen müssen. Aber in seinem derzeitigen Zustand konnte er es sich nicht leisten, allzu wählerisch zu sein. Ein Stück weiter fand er große Knäuel Plastikband von der Art, wie man es zum Verschnüren von Paketen benutzt. Er zerriß den Marymount-Karton zu einem langen Rechteck und legte es sich um die Hüften. Dann schlang er einige Meter Plastikband um den Karton und verknotete es, so fest und gut er konnte. Das Ergebnis war ein recht kurzer Minirock aus Pappe, der – gerade eben – seine Scham verbarg, aber die ärgerliche Tendenz hatte, beim Gehen zu rutschen. Mit noch mehr Plastikband bastelte er primitive Hosenträger, die den Karton einigermaßen festhielten, wenn sie auch an den Schultern etwas einschnitten.

Es war verblüffend, wie sehr es sein Selbstvertrauen hob, endlich wieder bekleidet zu sein, wenn auch nur mit einem Marymount-Damenbinden-Karton. Er hatte großes Verständnis für Adams und Evas Drang, sich nach dem Sündenfall Schurze aus Feigenblättern zu machen. Der postparadiesische Mensch lebte auch in ihm weiter.

Zögernd trat er zum Ausgang der Gasse. Es war fast Mitternacht. Er spähte um die Mauerecke herum. Die verlassene Straße war schlecht beleuchtet und stand fünf Zentimeter unter Wasser. Ein vorüberfahrender Wagen spritzte mit den Vorderreifen Schwingen von Gischt auf. Automatisch floh er wieder in das Dunkel der Gasse. Er fragte sich, warum er nicht hinausgetreten war und den Wagen durch Winken angehalten hatte. Denk daran, wo du bist, lautete seine Antwort. Niemand kommt in dieser Stadt nach Mitternacht einem halbnackten, blutverschmierten Mann in einem Pappkarton zu Hilfe ... Er sah, daß dieser sintflutartige Regen sowohl sein Verbündeter wie sein Feind war – er vertrieb alle von der Straße, zwang alles und jeden ins Trockene und überließ die leergespülten Straßen ihm.

Er arbeitete einen Plan aus. Er hielt es für zu riskant, auf seine Wohnung zuzusteuern. Er hatte das Gefühl, daß Sereno und Konsorten ihr bestimmt früher oder später einen Besuch abstatten würden. Freeborn mochte nach Shanda sehen, und Gint mochte plötzlich mit seiner Zange auftauchen. Er brauchte Freunde. Er würde Kurs aufs obere Manhatten nehmen zu seiner einzigen Freundin: Irene. Zu Irene gehen.

Drittes Kapitel

Um halb drei Uhr morgens brach Henderson auf. Sereno hatte gesagt, seine «Galerie» liege an der Lower East Side, «hinter der Canal Street». Henderson blieb am Ausgang der Gasse stehen. Dies mußte die Canal Street sein. Es regnete noch immer, alles war ruhig. Er schlüpfte aus der Gasse und lief in halb geduckter Haltung die Straße entlang, wobei er sich dicht an den Hauswänden hielt.

An der Ecke Canal und Forsyth Street blieb er stehen und stellte sich in einem Hauseingang unter. Er war außer Atem, nicht vor Anstrengung, sondern vor Erregung. Jenseits der Forsyth lag ein schmaler, von Bäumen gesäumter Park. Er rannte hinüber. SARA D. ROOSEVELT PARK stand da auf einem Schild. Er überkletterte das Gitter und versteckte sich hinter einem Baum. Ein Paar unter einem Regenschirm hasteten mit gesenkten Köpfen vorüber. Er lief durch den Park nach Norden, sprintete über die Straßen, die ihn schnitten – Grand und Delancey –, bis er zur East Houston Street gelangte.

Aus der Deckung eines Busches sah er zur U-Bahn-Station Second Avenue hinüber. Von Kanaldeckeln stiegen Dampfschleier auf. Zwei Wagen fuhren vorbei, dann ein gelbes Taxi. Sollte er in der U-Bahn Hilfe suchen? Der Eingang sah aus wie ein Tor zur Hölle. Er kletterte über das Parkgitter und ging auf ihn zu. Er wurde sich bewußt, daß er kein Geld und keinen Ausweis besaß. Er stand unentschlossen auf dem Bürgersteig und atmete schwer. Ein Mann kam aus dem Eingang heraus, warf ihm einen zornigen Blick zu und ging vor sich hin murmelnd und kopfschüttelnd seiner Wege. Natürlich, wurde sich Henderson plötzlich mit einem leisen Hochgefühl bewußt, sie halten mich für *verrückt*, für einen von diesen Bekloppten. Es war ein Moment wahrer Befreiung. Eine Offenbarung. Er fühlte alle Zwänge von Bildung und Erziehung von sich abfallen wie einen von den Schultern gleitenden Umhang. Er fühlte sich, im Sinne von Eugene Teagarden, spontan ungewöhnlich rein.

Er sah ein gelbes Taxi vorüberfahren, das «Frei»-Licht war eingeschaltet. Kühn geworden, gleichgültig und sorglos zugleich, trat er auf die Straße hinaus und winkte. Der Taxifahrer musterte ihn angewidert, schimpfte und fuhr weiter. Henderson zuckte die Achseln, lächelte, wandte sich um und joggte die Second Avenue entlang. Er hielt sich noch immer dicht an den Hauswänden und legte von Zeit zu Zeit in dunklen Hauseingängen eine Pause ein, aber er begann seine Gegenwart in der Stadt neu einzuschätzen und zu bewerten . . . Selbst unter Berücksichtigung der späten Stunde lag New York erstaunlich ruhig da. Das hatte er dem Regen zu verdanken; in Anbetracht der Wasserfluten, die durch die Straßen strömten, erfuhren die New Yorker beim Aufwachen morgen früh womöglich, daß ihre Stadt zum Katastrophengebiet erklärt worden war. Nur gelegentlich unterbrach ein Wagen oder ein leerer Bus die Einsamkeit. Henderson lief in stetem Tempo weiter; sein Marymount-Karton behinderte ihn erstaunlicherweise kaum, er fühlte sich ganz wohl darin. Er rannte an der St. Mark's Church vorbei und hielt in einem Hauseingang an der Fourteenth Street inne. Drüben zu seiner Linken war der Union Square, aber er hatte selbst bei diesem außerordentlich unwirtlichen Wetter keine Lust, in seine Nähe zu geraten. Die finsteren Gestalten dort würden sich durch ein bißchen Regen nicht verscheuchen lassen. Er würde noch ein paar Straßenblocks weiter nach Norden laufen und dann auf die Park Avenue South zuhalten, die, wie er wußte, auf ihrer ganzen Länge einen von Büschen und Sträuchern bewachsenen Mittelstreifen hatte, auf dem er sich weiter vorwärts bewegen konnte, sicher vor eventuell auftauchenden Fußgängern und mit viel Deckung für den Fall, daß die Polizei vorüberkam.

Er hatte daran gedacht, die Polizei anzurufen, sie um Hilfe zu bitten, aber er hatte sich schließlich dagegen entschieden. Er mußte damit rechnen, daß man ihm – vor allem angesichts seines Aufzugs – nicht glaubte, und eine erkennungsdienstliche Prozedur auf einem Polizeirevier mit all den damit verbundenen Peinlichkeiten mochte er zur Zeit nicht über sich ergehen lassen. Nein, er machte lieber allein weiter, einsam und frei, und außerdem kam er ganz gut vorwärts.

Er brach wieder auf, umrundete den Stuyvesant Square, lief durch die Nineteenth Street zur Park Avenue South. Mit der Zeit gewann er immer mehr Zuversicht und bewegte sich ungezwungener. Ihm wurde plötzlich klar, daß er effektiv unsichtbar war in dieser Stadt. Angesichts der vielen Verrückten, der Jogger und des vierundzwanzig Stunden täglich pulsierenden Lebens paßte er – endlich – perfekt dazu, befand er sich in perfekter Übereinstimmung mit der einzigartigen Logik der Stadt. Er war eben einfach ein verrückter Jogger wie viele andere, der in den frühen Morgenstunden, wo nur Taxis dahinrasten und der Regen herunterpeitschte, vergnügt seine Runden drehte. Um ihn her, davon war er überzeugt, gingen viel seltsamere Dinge vor. Und wenn er sich schnell bewegte, mußte sein inzwischen vom Regen dunkelbraun gewordener Marymount-Karton wie eine bizarre neumodische Sportausrüstung wirken: ein Trendsetter auf dem Gebiet der saugfähigen Wegwerfkleidung für Langstreckenläufer . . .

Bei der Park Avenue angelangt, lief er gleich zum Mittelstreifen hinüber und kauerte sich nieder, um Atem zu schöpfen. Ein Streifenwagen näherte sich. Er kroch hinter einen kleinen Busch und wartete, bis er vorüber war. Über ihm in den hohen Gebäuden verschwammen die senkrechten Lichterreihen rasch, ehe sie ganz von dunklen Wolken verhüllt wurden. Einige wenige Autos zischten links und rechts an ihm vorüber, doch die Bürgersteige lagen verlassen da. Er lief weiter den Grünstreifen entlang. Er fragte sich, was New Yorker, die zufällig aus ihren Fenstern das Schauspiel des

Regens betrachteten, wohl dachten, wenn sie ihn sahen, eine bleiche, geisterhafte Gestalt, die von Busch zu Busch huschte und in so unpassenden schwarzen Straßenschuhen über Fahrbahnen hüpfte . . . Dies war gewiß, dachte er im Laufen, die Apotheose seiner Schmach und Schande. Kein im Grunde schüchterner Mensch konnte eine Prüfung durchstehen, die so qualvolle Anforderungen stellte wie diese. Nach seinem nackten Lauf durch Manhatten würde er sich kaum noch über andere Martyrien beklagen können: Nichts konnte so unerbitterlich hart sein wie das, was er gerade durchmachte.

Dennoch war ihm erstaunlich wohl zumute. Er war sorglos, sonderbar ruhig. Er lief weiter, nicht schnell, aber in gleichmäßigem Tempo. Gelegentlich stolperte er, wenn sich seine Füße in dem Efeu verfingen, der entlang der Blumenbeete auf dem Grünstreifen der Park Avenue wuchs. Dicke Regentropfen schlugen ihm gegen Gesicht und Brust.

Er kam gut voran auf der Park Avenue, bis ihm die Grand Central Station und das Pan Am-Building den Weg versperrten. An der Forty-second Street machte er, durch einen jäh auftauchenden Fahrzeugstrom aufgehalten, an einer Ampel halt. Ein durchnäßter Mann wartete auf Grün. Henderson joggte neben ihm auf der Stelle, berauscht von seiner neuen Freiheit.

Der Mann sah sich um; er schwankte ein wenig.

«Wie geht's, Mann?»

«Mir?» keuchte Henderson. «Prima.»

«Halten sich fit, wie?»

«Genau.»

«Sind Sie so – so eine Art Sportler? Athlet, ja?»

«So ist es.»

«Marymount Damenbinden», las der Mann langsam.

«Meine Sponsorfirma.»

«Ah, gratuliere.»

Es wurde grün, und Henderson joggte weiter. Er war akzeptiert worden; es war nur ein Augenblick gewesen, aber er war endlich mit Amerika eins geworden. Er rannte durch die Vanderbuilt Avenue zur Forty-fifth und dann die Madison hinauf. Er lief langsam, lässig, verausgabte sich nicht, hielt inne, um Luft zu holen, wenn es ihn in der Seite stach, genoß den unbeschränkten Luxus seines zeitweiligen Status als Verrückter, als Jogger, als Amerikaner. An der Fifty-ninth überquerte er die Fahrbahn und lief gemächlich am Plaza-Hotel entlang, die dunkelgrüne Masse des Central Park zur Rechten. Irene war jetzt nur noch wenige Häuserblocks weit weg. Er sah auf seine Uhr: halb fünf.

Vor Irenes Haus hielt er inne. Der Marymount-Karton zeigte erste Anzeichen der Abnutzung, durchweichte Stücke lösten sich auf, und an den Seiten war die nasse Pappe vom Reiben beim Laufen durchgescheuert, und man sah seine Haut. Seine Schultern waren gerötet und wund von den Plastikhosenträgern. Er versteifte die Finger zu Krallen und versuchte, sich damit einen Scheitel zu ziehen.

Er schlich zum Eingang. Die Vorhalle war erleuchtet, aber an dem Pult saß niemand. Er drückte auf den Summer und wartete. Nichts geschah. Er begann wieder der nervöse, gewöhnliche Mensch von früher zu werden, nun, da sein heroischer, epischer Lauf zu Ende war. Alles neue Gefühl begann sich aufzulösen. Er war wieder der normale Henderson, der auf Türklingeln drückte, Besuche abstattete, um irgendwelche Gefallen bat. Er drückte noch einmal auf den Summer.

Hinten in der Vorhalle ging eine Tür auf. Ein kleiner Mann kam heraus und schlüpfte in ein Jackett. Henderson, plötzlich argwöhnisch geworden – wie ein Amazonasindianer bei der ersten Begegnung mit einem Fremden –, wich zurück und drückte sich außer Sichtweite an die Mauer.

«Ja?» kam eine metallische Stimme aus dem Lautsprecher.

«Ich möchte zu Miss Stein», flüsterte Henderson laut in Richtung des Apparats.

«Was?»

«Kommen Sie zur Tür.»

Der Mann kam vorsichtig näher. Zu seinem Schrecken sah Henderson, daß es Bra war.

«Wer ist da?» Bra spähte ins Dunkel hinaus.

«Bra», flüsterte Henderson aus seinem Versteck. «Ich bin's, Mr. Dores.»

«Wer sind Sie? Wo sind Sie?»

«Hier. An der Seite. Rechts von Ihnen.» Henderson winkte.

«Kommen Sie raus da, Sie blöder Spinner!»

Henderson richtete sich auf und trat in sein Blickfeld. Bra wich sichtlich entsetzt zurück.

«Hallo, Bra. Ich bin's, Mr. Dores. Ich muß Miss Stein sprechen. Ich bin in einer schrecklichen Situation.»

«Was? . . . Machen Sie, daß Sie fortkommen! Was sind Sie?»

«Hören Sie, Bra. Es . . . geht um Leben und Tod.»

«Verduften Sie, Sie Scheißkerl! Ich warne Sie, ich hab eine Knarre hier!»

«Bra, *ich* bin's, Mr. Dores. Sie kennen mich doch. Ich war neulich schon mal hier.»

«Ich zähle bis zehn, dann ruf ich die Polizei.»

Er sah, wie Bra den Hörer abhob. Mit bitteren Tränen der Empörung in den Augen rannte er fort, ins Dunkel hinaus. Dieser kleine Arsch wußte genau, daß ich es war, fluchte er. Er hat es absichtlich getan. Er sprintete die Straße zum Central Park hinunter. Ein größerer Fetzen Pappe löste sich, und ein bleiches Stück Hinterbacke war entblößt. Es regnete noch immer kräftig und schien nicht nachzulassen. Wenn das so weiterging, war er in einer halben Stunde wieder völlig nackt, nur mit Plastikbändern bekleidet. Bei dieser Aussicht fühlte er sich nicht mehr so in Hochstimmung, so verwandelt. Er hatte kein Geld; er konnte nicht einmal jemanden anrufen . . . Was er brauchte, waren Kleider. Nie war ihm aufgefallen, daß sie die Grundbedingung für das Überleben in der westlichen Hemisphäre darstellten. Wenn du halb nackt bist, bist du eine Unperson, ein Subversiver, ein Abweichler. Du kannst nichts tun, wenn du nicht anständig angezogen bist. Schuhe, Hose, Hemd – das *sine qua non* des gesellschaftlichen Umgangs.

Er brauchte Kleider . . . Vielleicht konnte er jemanden überfallen? Durfte er es wagen, in seine Wohnung zurückzukehren? Aber wenn Freeborn und Sereno dort schon auf ihn warteten? Wenn sie seine Flucht inzwischen entdeckt hatten? Da fiel ihm plötzlich ein, wo er eine zweite Garnitur Kleider aufbewahrte. Im Queensboro Fitness Club. Sein Fechtanzug. Er sah auf die Uhr. Fünf. In ein paar Stunden machten sie dort auf. Er sah zum Himmel empor. Regne weiter, flehte er. Er rannte los, die ganze Fifty-ninth Street hinunter.

Henderson fand ein Versteck in einem Kellereingang genau gegenüber dem Fitness Club. Zu seinem Schrecken begann es sehr rasch hell zu werden. Bald würden die ersten eifrigen Pendler eintreffen. Gleich den Hexen und Kobolden sollten Leute wie er von der Straße sein, wenn der erste Hahn krähte, dachte er. Er spürte eine große, unerbittliche Erschöpfung so dicht hinter sich lauern, daß ihr übler Atem ihm die Nackenhaare zu Berge stehen ließ; sie wartete nur darauf, zuzuschlagen. Er sah noch einmal auf die Uhr: halb sechs. Um sieben wurde der Club geöffnet. Jäh überfiel ihn wilder Hunger, und er wurde sich bewußt, daß er seit vierundzwanzig Stunden nichts mehr gegessen hatte.

Er blickte auf die leeren, grauen Straßen hinaus, auf die noch immer Regenwände herabduschten. Eine Pfütze von der Größe eines Fußball-Anstoßkreises überschwemmte die Kreuzung von York und Fifty-eigth. Jemand hatte mitten darin seinen Wagen stehenlassen, das Wasser schwappte gegen den Kühler. Um die Pfütze herum stapfte eine Gestalt in Regenzeug und Jogginganzug, in den Händen kleine Hanteln. Sieh da, dachte Henderson, es gibt noch Verrücktere als mich auf der Straße . . .

«Teagarden! Eugene, kommen Sie! Hier drüben!»

Teagarden trabte über die Straße und sah zu ihm hinunter.

«Na, Mr. Dores. Was für eine Überraschung.»

Henderson kletterte aus seinem Kellerloch. Sein Marymount-Karton wies jetzt gerade noch den Festigkeitsgrad von Haferbrei auf. Bei jedem Schritt bröckelte ein Stück ab.

Teagarden sah ihn an.

«Ja . . .» Er nickte. «Nicht schlecht.»

Henderson zuckte die Achseln. «Nun . . .»

«Hab Ihnen ja gesagt, fahren Sie da nicht hin. Was ist denn passiert?»

«Lange Geschichte, Eugene.»

«Kann ich mir denken.»

«Gehen Sie in den Club?»

«Ja.»

«Sie haben mir das Leben gerettet, Eugene.»

Sie gingen über die Straße zum Fitness Club hinüber. Teagarden schloß die Tür auf und knipste das Licht an. Henderson setzte sich mit einem platschenden Geräusch vor seinem Spind auf die Bank. Er war auf einmal den Tränen nahe und stand kurz davor, Teagarden eine Liebeserklärung zu machen, so abgrundtief dankbar war er ihm. Doch er hielt sich zurück.

«Hui», sagte er. «Das war eine Nacht, in jeder Hinsicht.» Nun da alles vorbei war, überwältigten ihn alle angestauten Emotionen, so wie Zuschauer nach dem Spiel aufs Feld strömen. Einige Augenblicke lang unterwarf sich sein Denken dieser blinden Gewalt.

«Kaffee?» fragte Teagarden.

«Bitte.»

Im Fitness Club war es still und kühl – er kam ihm vor wie ein Sanktuarium, eine heilige Stätte. Teagarden ging, um das Wasser aufzusetzen. Henderson stand auf. Mit beiden Händen riß er Fetzen von seinem Marymount-Karton ab. Duschen. Etwas essen. Frische Sachen anziehen . . .

«Ach, guten Morgen, Mr. Dores.»

Er sah auf. Freeborn, Sereno und Gint standen am Ende seiner Spindreihe. Gint hielt seine Waffe auf ihn gerichtet.

«Sie haben uns ganz schön in der Gegend herumgejagt, Mr. Dores», sagte Sereno. «Luxora hin und zurück in zwölf Stunden. Das war schon was.»

«Knallen Sie das Schwein ab», flehte Freeborn. «Knallen Sie ihn ab. Peter.»

«Zuerst muß er uns sagen, wo die Bilder sind.»

«Wie sind Sie . . .? Wie haben Sie . . .»

Sereno hielt Hendersons kleines Adreßbuch hoch. «Stehen nicht viele New Yorker Adressen drin, Mr. Dores. Peter hat die Nacht in Ihrem Apartment verbracht. Wir waren gerade dort. Haben Sie bei Miss Stein nur um Minuten verpaßt.»

«Machen Sie ihn kalt, Peter! Legen Sie den Bastard um!»

Sereno warf ihm einen argwöhnischen Blick zu.

«Wo sind die Bilder, Mr. Dores?»

«Sie sind verbrannt, zerstört. Duane hat sie auf Loomis Gages Anweisung verbrannt. Fragen Sie Freeborn.»

«Geben Sie mir die verdammte Knarre!» Freeborn wollte nach Gints Hand greifen, wurde aber mühelos beiseite gestoßen. Dann stand Gint plötzlich mucksmäuschenstill da.

«Keine Bewegung», sagte Teagarden. «Oder das Ding hier kommt Ihnen vorn zum Mund raus.»

Teagarden hielt Gint einen Säbel ans Genick, mit der Spitze am Haaransatz. Gint stand da wie jemand, dem man gerade einen Eiswürfel ins Hemd gesteckt hat: Rücken krumm, Bauch eingezogen.

«Lassen Sie die Kanone fallen und kicken Sie sie zu Mr. Dores hinüber.»

Gint tat, wie ihm geheißen. Henderson hob den Revolver auf. Er war irgendwie viel schwerer, als er ihn sich vorgestellt hatte. Er zielte ungefähr in Freeborns Richtung.

Teagarden ging um Gint herum, die Säbelspitze weiter an seinem Genick.

«Okay, ihr Knilche, macht die Mücke.»

Freeborn drehte sich um und stürzte davon. Sereno sah ihm nach.

«Also sind die Gemälde verbrannt», sagte Sereno. «Ergibt

endlich einen Sinn.» Gint und er bewegten sich langsam rückwärts.

«Duane hat sie verbrannt. Sehen Sie im Garten hinter Gages Haus nach.»

«Ein Jammer», sagte Sereno. «Das Haus habe ich eigentlich nie gewollt. Aber in der Not frißt der Teufel Fliegen.»

Gint und er wandten sich um und gingen.

«Sehr beeindruckend, Eugene», sagte Henderson matt. «Vielen Dank. Hier, die Knarre können Sie behalten.»

Viertes Kapitel

Als Henderson sich das nächste Mal auf der Straße zeigte, war er etwas besser angezogen. Er trug seine weiße Fechterkleidung – Rollkragenpullover, Kniebundhosen, Socken und Turnschuhe. Teagarden hatte ihm eine grüne Windjacke und zehn Dollar für das Taxi geliehen. Aus Dankbarkeit hatte sich Henderson für einen zweiwöchigen Intensivkurs in Degenfechten eingeschrieben.

Er winkte einem Taxi und ließ sich zu seinem Apartment fahren. Unterwegs fragte er sich, was Sereno und Gint wohl mit Freeborn machen würden, wenn sie ihn erwischten.

Beim Haus angelangt, holte er seine Post aus dem Fach. Der Portier reichte ihm noch ein Päckchen.

«Eine Eilsendung», sagte er. «Gerade vom Flughafen gekommen. Ihr Bekannter war vorhin hier, aber er sagte, er könne nicht länger warten.»

Henderson fuhr mit dem Aufzug hinauf. Das ganze gräßliche Abenteuer war jetzt, so hoffte er, endlich vorbei. Er drückte auf den Summer an seiner Tür. Sereno und Gint hatten seine Kleider, seine Brieftasche, sein Adreßbuch, seine Schlüssel. Zweitrangige Unannehmlichkeiten.

Bryant machte die Tür auf.

«Hi», sagte sie. «Gott, was hast du da an?»

«Was machst denn du hier?»

«Ich halt's zu Hause nicht mehr aus. Mom, diese Scheißhunde –»

«Bryant –»

«Entschuldigung.» Sie hielt inne. «Henderson, kann ich hier bleiben? Ich will nicht mehr nach Hause. Bitte.»

«Ja, meinetwegen, natürlich.» Er ging hinein. Sie schien Duane vergessen zu haben.

Shanda saß auf dem Sofa.

«Mein Gott, wie laufen Sie denn rum?» Sie stand auf und watschelte auf ihn zu. «Hi.» Sie gab ihm einen flüchtigen Kuß auf die Wange. «Dieser Peter Gint war die ganze Nacht hier. Mann, ist das eine komische Type . . . Dann sind Freeborn und Ben gekommen, sehr früh. Freeborn hat ein bißchen Unordnung gemacht. Ich habe gerade aufgeräumt, da kam Bryant. Wissen Sie was?»

«Nein – was?»

«Freeborn hat seine Jacke mitgenommen. Können Sie sich das vorstellen?»

Hendersohn nahm erschöpft in seinem durchstöberten Wohnzimmer Platz und ließ das Päckchen auf den Couchtisch fallen. Er ging die Post durch: Katalog, Rechnung, Rechnung, Katalog, Brief. Er riß den Brief auf.

Lieber Henderson,

beiliegend eine Reinigungsrechnung: $ 23,50 für Entfernung von Ölflecken an meinem Jackettärmel. Leider sind sie nicht herausgegangen. Der Anzug hat $ 275,00 gekostet. Wir können das regeln, wenn Sie zurück sind. Zu dumm, das mit den Gage-Bildern. Aber des einen Leid . . . Sie erinnern sich sicher noch an den Mann in Boston mit den Winslow Homers? Ian Toothe ist letzte Woche hingefahren und hat sie sich angesehen. Offenbar hatte der Mann auch noch zwei Pissarros und einen Renoir, und Ian hat ihn dazu gebracht, sie alle zu verkaufen. Der gute alte Ian – er hat uns gerettet.

Ihr
Pruitt

«Möchtest du frühstücken?» fragte Bryant.

«Etwas . . . etwas Kaffee, bitte.»

Bryant ging in die Küche. Shanda setzte sich zu ihm auf die Sessellehne; ihr Bauch war in Augenhöhe vor ihm, und ihr mehliger Geruch stieg ihm in die Nase.

«Freeborn hat mich rausgeschmissen. Er sagt, Sie können mich behalten.»

«Ach wirklich? Sehr großzügig von ihm.»

«Könnten wir nicht heiraten, Henderson? Ich hätt gern, daß das Baby einen Vater kriegt.»

«Ja, ja, natürlich.»

Er erhob sich, ging ins Badezimmer und ließ sich ein Bad einlaufen. Er schloß die Tür ab, zog sich aus und aalte sich zwanzig Minuten im warmen Wasser. Dann stieg er aus der Wanne, rasierte sich und ging ins Schlafzimmer hinüber. Er schlief auf der Stelle ein. Als er erwachte, war es Mittag. Er zog frische Sachen an.

Im Wohnzimmer war die Luft blau von Zigarettenqualm. Shanda verrührte Eier und machte Kaffee. Während er aß, läutete das Telefon. Shanda hob ab.

«Nein», sagte sie. «Mein Name ist Shanda McNab.»

Pause.

«Ja, ich wohne hier. Wer spricht, bitte?»

Pause.

«Nein, ich bin Hendersons Verlobte. Oh.» Sie sah sich um. «Sie hat aufgelegt.»

«Wer war das?» fragte Henderson, plötzlich beunruhigt.

«Bryants Mommy. Sie sagt, Sie sind eine trübe Tasse, und sie will Sie nie wiedersehen.»

«Typisch», sagte Bryant. «He, ihr zwei wollt heiraten? Herzlichen Glückwunsch!»

Henderson öffnete einen weiteren Brief. Er war vom Mietwagenservice und setzte ihn davon in Kenntnis, daß der Wagen, den er in New York gemietet hatte, bei einer Verfolgungsjagd nach einem Banküberfall in Biloxi, Mississippi, zu Schrott gefahren worden war. Konnte er etwas Licht in diese Sache bringen? Die Kosten für den Wagen beliefen sich auf $ 18 000,00.

Er bat Bryant, ihm noch mehr Kaffee zu machen. Shanda nahm ihm gegenüber Platz und rauchte eine Zigarette. Er fragte sich, was er tun sollte. Er ging weiter die Post durch. Reklame, Rechnung, Rechnung, Luftpost.

Luftpost. Seine eigene Handschrift. Poststempel GALASHIELS. Darin ein Brief in Campbell Drews energischen Zügen.

Sehr geehrter Mr. Dores,
besten Dank für Ihren Brief. Wie Sie wissen, war Ihr Vater bei Wingates erstem Vorstoß über den Chindwin bei der sechsten Marschsäule. Am 21. März 1943 biwakierten wir vor dem Angriff auf einen japanischen Stützpunkt bei Pinbon. Es hieß, vor dem Angriff sollten wir Nachschub abgeworfen bekommen.

In Anbetracht der Tatsache, daß wir uns hinter den feindlichen Linien befanden, hielt man einen Abwurf per Fallschirm nicht für sicher. Das Flugzeug sollte vielmehr sehr niedrig über dem Dschungel fliegen und Nachschubgüter wie Munition einfach aus der Luke abwerfen. Natürlich ging vieles verloren, aber es war bedeutend sicherer als Fallschirme.

Captain Dores befahl der Kompanie, sich über das für den Abwurf vorgesehenen Gebiet zu verteilen. Wir waren seit Wochen im Einsatz, und es fehlte an allem. Der Abwurf war von größter Bedeutung für uns.

Die Maschine, eine Dakota, wie ich mich erinnere, flog schnell und niedrig über uns hinweg, und die Kisten purzelten aus der Luke. Wir sammelten auf, was wir konnten, und erstatteten beim Kompaniegefechtsstand Meldung. Wir versammelten uns dort mit den aufgelesenen Sachen. Erst da stellten wir fest, daß Captain Dores fehlte. Ich machte mich mit drei Mann auf die Suche.

Ich muß Ihnen leider mitteilen, Sir, daß Ihr Vater durch eine Büchse Ananas getötet wurde. Eine Kiste war in der Luft zerbrochen, so daß alle Büchsen verstreut herunterfielen. Eine traf Ihren Vater genau auf den Kopf. Ich weiß, daß er auf der Stelle tot war.

Ich bedaure, Ihnen diese unglückseligen Details berichten zu müssen. Ich war seit Imphal mit Ihrem Vater zusammengewesen. Er war ein sehr tapferer Mann.

Mit freundlichen Grüßen
Campbell Drew

Henderson faltete den Brief sorgfältig zusammen. Eine Büchse Ananas. In seinen Schädel eingedrungen.

«Fehlt Ihnen was, Henderson?»

«Nein, nein.»

«Schlechte Nachricht?»

«Nein, nein. War zu erwarten gewesen.»

«Was ist in dem Päckchen?»

Er holte tief Luft. Ach ja, dachte er, alles so schön sinnlos. Er riß das Päckchen auf. *Demeter und Baubo*, ohne Rahmen, dazu ein Brief von Cora.

Lieber Henderson,

Duane hat es nicht über sich gebracht, das Bild hier zu verbrennen. Ich habe es in seinem Zimmer gefunden, und er hat mir alles erzählt. Ich nehme an, Sereno und Gint kommen nächste Woche wegen des Hauses. Ich dachte, Sie sollten es haben, da es Ihr Lieblingsbild ist. Denken Sie darüber nach.

Cora.

Bryant und Shanda sahen ihm über die Schulter. Henderson wußte, daß er es nicht behalten konnte. Vielleicht gelang es Cora, Sereno damit abzufinden.

«Das hab ich schon mal gesehen», sagte Shanda stirnrunzelnd. «Irgendwo.»

«Ich mag es nicht besonders», meinte Bryant.

Henderson hielt Drews Brief in der einen und *Demeter und Baubo* in der anderen Hand. Was hatte der alte Gage gesagt? . . . Er wußte jetzt, was er tun wollte. Er legte den Brief beiseite. Kollision von weicher grauer Hirnmasse mit Ananasbüchse. Ein guter Abgang.

«Fühlt euch wie zu Hause», sagte er zu Bryant und Shanda. »Ich komme bald wieder.»

Henderson Dores schreitet forsch die Park Avenue hinunter Richtung Süden. Die Straße wirkt jetzt ganz anders, nun, da der Regen aufgehört hat und die warme Mittagssonne alles zum Dampfen und Dunsten bringt. Er kann es kaum glauben, daß er vor wenigen Stunden durch die ordentlichen Büsche auf dem Grünstreifen geschlichen ist, nur mit einem Pappkarton bekleidet. Das hätte einem anderen widerfahren sein können . . .

Er wechselt auf die Fifty-seventh und geht dann die Fifth Avenue entlang. Große Pfützen bilden noch immer Verkehrshindernisse, es wird viel zornig gehupt und saftig geflucht. Er biegt in die Forty-seventh ein und folgt ihr, bis er das Imbißrestaurant erblickt, das Irene immer zum Lunch aufsucht. Er geht gemessenen, zielstrebigen Schrittes.

Wenn alle glücklich sein wollen und alle sterben werden, dann gibt es wirklich keine Alternative, sagt er sich und sieht plötzlich alles mit neuer Klarheit. Das ganze Gewusel rückt schärfer ins Bild und läßt eine gewisse Anordnung erkennen. Teagarden und sein Zen-Fechten, seine – Hendersons – Schüchternheit, Beckmans Blinzeln, Melissa und ihre Hunde, Bryants Brüste, Gages Boxen, Shandas Baby, Coras Traurigkeit, die Korporalin des Generals, Demeter und Baubo und schließlich die tödliche Begegnung seines Vaters mit einer fliegenden Ananasbüchse an einem heißen Tag 1943 im burmesischen Dschungel.

Er stößt die Tür auf. Irene sitzt dort in Gesellschaft eines netten jungen Mannes, der an Pruitt Halfacre erinnert. Henderson tritt näher.

«Irene», sagt er. «Ich bin zurück. Alles ist vorüber.»

Irene dreht sich herum, einen vieldeutigen Ausdruck auf dem Gesicht.

«Dores, Sie Schwein!»

Menschen schreien, Teller fallen klirrend zu Boden. Henderson duckt sich instinktiv, und der erste Schuß kracht in das Plastikfurnier über Irenes Tischnische.

Duane steht auf der Schwelle, sein aufgedunsenes Gesicht ist naß von heißen Tränen, eine Pistole zittert in seinen Händen.

«Sie haben sie mir gestohlen, Sie Schwein!»

In gebückter Haltung stürzt Henderson durch die bunten Plastikbänder, die von der Oberkante der Tür zur Küche herabhängen. Diverse orientalische Köche in klammen Trikots sehen ihn zu ihrer Überraschung zwischen Kochplatten und Herden hindurch zum Hinterausgang wieseln, gefolgt von weiteren Schreien und dem Poltern von Mobiliar, als Duane ihm nachsetzt.

Henderson schießt in den schäbigen Durchgang zwischen der Forty-seventh und der Forty-sixth hinaus und prallt gegen einen Stadtstreicher, der die Mülltonnen durchwühlt.

«'tschuldigung», keucht er und fängt sich wieder.

Das Gesicht des Stadtstreichers kommt ihm bekannt vor. Die Sonnenbrille, der Filzhut, der Regenmantel . . .

«Der Kürschner um Mitternacht –»

«Ich *weiß*», brüllt Henderson. «Das kenne ich jetzt alles!»

Er macht kehrt und rennt den Durchgang entlang, rennt, als ginge es um sein Leben (und das tut es auch), seine Beine arbeiten schwer, seine Hände krallen sich in die Luft, und er strebt unter Einsatz aller Kräfte auf die ferne, sonnenhelle Vision der belebten Straße zu.